福建新闻界"四力"
教育实践系列读本
"Four Effectiveness" Theory in Fujian Press
Educational Practice Series

福建优秀
新闻作品选评

Selected Works of
Excellent News Stories
in Fujian

- 中共福建省委宣传部
- 福建省新闻工作者协会　㊐编

主　编：梁建勇
副主编：蔡小伟　叶雄彪　陈惠勤　阎立峰

厦门大学出版社　国家一级出版社
XIAMEN UNIVERSITY PRESS　全国百佳图书出版单位

图书在版编目(CIP)数据

福建优秀新闻作品选评/中共福建省委宣传部,福建省新闻工作者协会编.—厦门:厦门大学出版社,2020.4
(福建新闻界"四力"教育实践系列读本)
ISBN 978-7-5615-7793-6

Ⅰ.①福…　Ⅱ.①中…②福…　Ⅲ.①新闻—作品集—中国—当代　Ⅳ.①I253

中国版本图书馆 CIP 数据核字(2020)第 063616 号

出 版 人	郑文礼
责任编辑	刘　璐　廖婉瑜
出版发行	厦门大学出版社
社　　址	厦门市软件园二期望海路 39 号
邮政编码	361008
总　　机	0592-2181111　0592-2181406(传真)
营销中心	0592-2184458　0592-2181365
网　　址	http://www.xmupress.com
邮　　箱	xmup@xmupress.com
印　　刷	厦门市金凯龙印刷有限公司

开本	720 mm×1 000 mm　1/16
印张	19.75
插页	1
字数	314 千字
版次	2020 年 4 月第 1 版
印次	2020 年 4 月第 1 次印刷
定价	49.00 元

厦门大学出版社
微信二维码

厦门大学出版社
微博二维码

序　言

福建是一块红色的热土,具有悠久的革命历史传统;福建又是改革开放的前沿,以"敢拼爱赢"的开拓精神著称。置身于这块火热土地和这个伟大时代的广大新闻工作者,始终以对党的忠诚和对人民的挚爱,扎根基层,深入生活,践行着新闻人的职责使命,张扬着新闻人的风格情操,从而无愧于"党的政策主张的传播者、时代风云的记录者、社会进步的推动者、公平正义的守望者"这一崇高的历史期许,也不负"不断增强脚力、眼力、脑力、笔力"的谆谆教诲。

当前,全省宣传思想战线正在开展增强"四力"教育实践工作。为了深入学习领会习近平总书记关于宣传思想工作的重要思想,切实提升增强"四力"教育实践的思想自觉和行动自觉,同时着眼于坚定信念信仰、锤炼政治品格、增强专业本领、激发创造活力、锻造过硬作风的具体教育要求,我们组织学界和业界的力量,编撰了这本《福建优秀新闻作品选评》,作为"福建新闻界'四力'教育实践系列读本"的第一辑。

本书收录的篇目,全部是荣获中国新闻奖的福建作品。作品涵盖报纸、广播和电视三大类别,包括消息、通讯、评论、专题等体裁,涉及政治、经济、社会、科教文体卫等各个领域。这些优秀新闻作品,都具有坚定的党性原则和鲜明的人民立场,又能充分遵循新闻传播规律,勇于开拓创新。

可以说,《福建优秀新闻作品选评》,是改革开放40年福建新闻战线工作实绩的集中体现,是当代福建新闻事业发展历程的生动写照,更是广大新闻工作者聚焦于福建经济社会文化的变迁而绘制出的一幅幅壮丽画卷。

阅读这些作品,我们深深自豪于八闽人民在政治、经济、文化等各领域焕发出的开拓精神和拼搏意志,惊叹于八闽大地所创造的历史巨变和辉煌成就;然而更加感动我们的,则是作为历史的参与者和记录者的记者、编辑,他们以脚力前行,以眼力观察,以脑力思索,用笔力记录和擘画。

《福建优秀新闻作品选评》,既是各新闻单位开展增强"四力"教育实践工作的业务用书,也可以作为高校新闻院系"新闻理论"和"新闻实务"课程的教材。

鉴于本作品选所具有的教材功能,以及为了更好地发挥优秀作品的典型示范作用,也让对新闻作品的评析有路可循,有法可依,我们在编辑体例上采用"作品"和"评点"相映照的方式。即以优秀新闻作品为主干,辅以专业性评点进行提要、解读。评点着重从新闻作品的主旨、内容、体裁、语言等角度,条分缕析,尤其注意挖掘那些遵循新闻规律、创新新闻手段等方面的特点。评点还适当引入新闻采编的时代背景,激发阅读者与作品产生跨时空的对话,从而更好地揭示中国新闻奖福建获奖作品所蕴含的"四力"精神。

历史是昨天的新闻,新闻是明天的历史。我们相信,在习近平新时代中国特色社会主义思想指引下,经过增强"四力"教育实践的洗礼,福建新闻战线将涌现出更多记录时代、讴歌时代的新闻佳作。

CONTENTS

目　录

报纸类

广 播 类

电　视　类

报纸类

福建优秀新闻作品选评

平潭大开发　共筑两岸人民美好家园

兰　锋　王凤山

（《福建日报》 2010 年 12 月 26 日）

本报讯 平潭距离台湾新竹 68 海里。昨日，在这个祖国大陆离台湾本岛最近的地方，有两个交通基础设施项目开工。通过这两个点，大陆与台湾岛的时空距离将大大缩短，两岸人民共筑美好家园的愿景又近了一步。

一个是福州至平潭铁路。这是规划中的北京至台北铁路在大陆的最末端，未来将从这里通过两岸海底隧道直达台湾。

另一个是海峡高速客滚码头。码头投入营运后，将争取开辟对台高速客滚航线。届时从平潭到基隆只要 3 小时 30 分钟，到新竹仅 1 小时 30 分钟。

作为海西战略的重要突破口，平潭开放开发牵动着方方面面。福建省把推进平潭开放开发作为加快建设海峡西岸经济区的重要抓手，提出要积极探索"共同规划、共同开发、共同管理、共同经营、共同受益"的两岸合作新模式，努力打造两岸人民共同家园。

美好家园需要两岸携手共筑。一年多来，平潭基础设施建设全面推进，开放开发环境不断优化。今年 5 月，福建经贸代表团赴台发布了推动平潭开放开发十项政策，岛内外各界积极响应。台湾一批重要工商企业、行业团体、高等院校纷纷组团前来考察。台湾远雄集团和世贸集团的"海峡如意城"、台湾协力集团的微电子产业园等项目先后落地开建。平潭还与新竹市政府，新竹观光旅游协会、物流协会等达成了合作意向。台湾四大工程顾问公司共同组成平潭开发投资筹备小组，将在打造平潭智慧岛、信息岛、低碳经济岛等方面进行合作。此外，新加坡金鹰集团等海内外企业也纷至沓来。

昨日，由台湾协力集团等投资 57 亿元的协力科技产业园同时开工；台湾世新大学、台湾东森集团与福建师范大学等合作的福建海峡学院正式签约。

在开工现场，来自台湾投资方的福建海峡高速客滚航运公司总经理叶华陶表示："未来平潭—台湾航线的开通，对福建乃至两岸航运来说是一次革命，它将推动两岸交流合作向更高层次迈进。"

"平潭是一片创业热土,等基础设施完善后,这里将成为两岸交流的重要纽带。"协力科技产业园光导体项目总经理陈孟邦说,近来不少台湾朋友打电话向他了解平潭发展情况,并表示了考察投资的浓厚意愿。

就在22日落幕的第六次"陈江会"上,又一批两岸合作协议签署,跨越台湾海峡的交流合作更加热络。平潭这块大陆距离台湾最近的热土,将更加引人注目。人们期待,平潭真正成为两岸人民共同构筑的美好家园。

(荣获第二十一届中国新闻奖报纸消息类一等奖)

评点

重大题材巧用新颖角度

同一个新闻事件,不同的视角观察介入,会提炼出不同的主题。新闻工作者有好"眼力",才能发现真正的"重大题材"。这里的"眼力",不仅是着眼全局的"观察力",更是"辨别力",能分清何为当代中国最重要的主题。

主题是导向,是新闻报道的出发点;角度是手段,是构思写作的落脚点。平潭开放开发是落实中央支持海峡西岸经济发展的重大决策,对推进两岸人民交流合作、促进两岸关系和平发展有积极作用。报道紧扣"两岸人民共筑美好家园"主题,阐述平潭大开发的重要意义,体现祖国统一人心所向,大势所趋。记者采访时,平潭共有多个重大项目开工建设,开发工程量大、项目涉及面广,单篇报道不能面面俱到。如何展现"平潭大开发"图景?记者选取对台交流这一角度,聚焦促进两岸往来的基础设施建设项目,从平潭铁路、港口两个具有代表意义的基础设施项目入手,记述参与项目工作者的所见、所闻、所感,突出平潭"五个共同"的开发理念和其背后的历史意涵。

随着改革开放不断深入,表现各地经济建设成果的报道成为讲好中国故事的重要组成部分。怎样用"成果"讲故事?除寻找新颖角度之外,还应树立问题意识:提炼、深化并呈现"成果"背后的重大主题,避免落入铺排成就的窠臼;从具体问题和典型人群切入,把冰冷的数据写出温度与人情,让报道"见人,见事,见思想"。

台湾海峡考古的重大突破

——泉州发现数万年前"海峡人"化石

林少川　李　岚

（《泉州晚报》　1999 年 9 月 3 日）

本报讯（记者　林少川　李岚）　泉州考古工作者刘志成、记者林少川等人发现的一件台湾海峡人类化石，由厦门大学考古专家蔡保全副教授鉴定，并经中国科学院古脊椎动物与古人类研究所张振标研究员和中科院资深院士贾兰坡教授确认，证实是近 3 万年前台湾海峡人类右肱骨化石。

厦门大学历史系考古教研室昨日公布了这一消息。

这件古人类右肱骨化石基本完整，仅缺失肱骨滑车和肱骨小头，保存长度为 311 毫米，三角肌粗隆特别发育，骨干扭转度大，骨干下部横断面呈等腰三角形，显示为一晚期智人的男性个体。化石呈棕褐色，石化程度相当高，上面留有海生无脊椎动物附着的痕迹。

经蔡保全副教授与刘志成等人多次实地调查，查明这件人类化石是石狮市祥芝渔民在台湾海峡捕鱼作业时打捞到的。该村的捕鱼作业区为台湾海峡中线以东，即北纬 23°30′至北纬 25°00′、东经 119°20′至东经 120°30′的范围内。一起打捞出的还有哺乳动物化石熊、鬣狗、狼、古菱齿象、野马、四不像（麋鹿）、野猪、梅花鹿、水牛以及龟类和鸟类等 10 多种，表明其年代为更新世晚期，距今 1.1 万年至 2.6 万年。

这件肱骨化石以及哺乳动物化石组合的出现，刚好与晚更新世最后一次冰期的盛期相吻合，当时由于气温降低和海平面大幅度下降，台湾海峡绝大部分成为陆地，使大陆的人类与哺乳动物可以方便进入台湾岛。

这件化石送往北京测试年代时，贾兰坡教授十分高兴地说："这是人类的肱骨化石，石化程度很高，年代较早。这个发现很有意义。"贾老同时建议："就叫'海峡人'吧，这样顺口。"

台湾岛已发现的最早人类化石台南"左镇人"和最早的文化——台东"长

滨文化"均未超过3万年。而10年前在福建漳州莲花池山找到的距今4万至5万年前的旧石器时代晚期文化,此次在台湾海峡发现的近3万年前的人类化石与文化遗物,充分证明了台湾最早的人类和文化来自祖国大陆。"海峡人"化石和文化遗物的发现,为闽南原始人类行为、体质特征、迁移方式的研究和文化对比提供了重要的材料。

(荣获第十届中国新闻奖报纸消息类二等奖)

评点

有准备的头脑　有力量的笔杆

《泉州晚报》这则消息立意准确、眼力精准、笔力深厚。作品从国家战略的高度,把握住了新闻事件所包含的深层次意义和价值。作品的结构内容安排详略得当,文中提及的考古实物证据经过了严谨鉴定,坚定、有力地支持了"台湾海峡与祖国大陆自古为一体"这一基本事实。该独家消息一经发布,引起了海内外媒体的广泛关注,产生良好的社会影响。新华社、中央电视台、福建东南电视台转载和刊发后续报道,石狮市还专门建立"海峡化石博物馆",作为科研基地与爱国主义教育基地。

更有启发意义的是记者发现这一重大线索的过程。历史专业出身的《泉州晚报》记者,对这一填补台湾海峡考古空白的发现功不可没。他从读者来电提及的"石狮渔民打捞到很多动物骸骨"察觉到背后的价值,即刻联系泉州考古工作者一起赴现场查勘。在动物骸骨化石中,他们发现一块疑似人类骨头的化石,将其送往厦大历史系进行进一步研究,经北京相关机构的权威鉴定后,将这一消息公布于世。

全篇作品涵盖实物描写、专家评价、议论申发、史料印证等诸多相关内容,凸显两岸同根同源的主题。这样的报道叫好又叫座,且对实际工作产生切实的推动作用。

从厦门眺金门　吴伯雄发感慨

董立利

（《厦门商报》　2000 年 11 月 20 日）

本报讯（记者　董立利）　台湾政界知名人士吴伯雄等一行昨日上午在厦门环岛路通过望远镜看金门，颇有一番感慨。

吴伯雄说，38 年前，他当兵就在对面的金门。时代变化很快，如今，至少厦门与金门永远不会像以前那样枪口相对了。"三通"是必然趋势，说不定将来厦门、金门之间还会修桥通船。

吴伯雄祖籍永定下洋思贤村，此次是作为世界客属总会总会长，前往龙岩参加世界客属第十六届恳亲大会，途经厦门的。他说，他的哥哥生前就希望他回乡祭祖，这次能回来，他真的很高兴。思贤村 480 多户 1800 多人都姓吴。他这次回来，要为村里的乡亲发奖学金、助老金等。

吴伯雄一行昨天还饱览了厦门美丽的风光。他说，没想到，在厦门的街头还会碰到熟人。在轮渡码头、鼓浪屿等地，都有来厦台湾同胞，向吴伯雄问候。厦台两地人员往来之频繁超出了他的预料。当记者问是否有一种回家的感觉时，吴伯雄高兴地说，那当然，他在这里有很多朋友呢。

据悉，吴伯雄是第一次来厦门，也是台湾第一位来祖国大陆的国民党副主席。

（荣获第十一届中国新闻奖报纸消息类二等奖）

> ## 评 点

慧眼识势　巧思谋篇

2008 年 12 月 15 日，海峡两岸海运直航、空运直航、直接通邮正式启动，宣告两岸"三通"梦终于实现。在此之前，60 年的"三通"路走得格外波折，"打破隔绝、开放交流"始终是两岸人民内心深处的期盼和梦想。这则消息便是写于"三通"前两岸相隔的阶段:2000年,主张"台独"的民进党人陈水扁刚刚上台,台海局势复杂而又敏感,吴伯雄当时来访大陆是以参加世界客属第十六届恳亲大会为由的。他也是两岸隔绝后国民党访问大陆的最高级别人士。

吴伯雄在厦门的第二天行程是参观市容,但记者并没有对此详细描述,而是以一个戏剧性的场景特写吸引读者的注意。曾在金门服过兵役的吴伯雄,第一次站在过去炮火相向的对岸,回望昔日的驻地,这一"眼"化为一"叹",深刻表明两岸关系和平发展局面的来之不易,以及两岸隔不断的兄弟之情。昨日"枪口相对",今天"三通"渐成,通过吴伯雄的感慨之言,肯定两岸交流取得的积极性成果,表达对未来台海局势的深切期望,有力地回击了当时"唱衰"两岸关系的声音。

整篇消息以吴伯雄祭祖返乡、走亲访友、旅游观光为主,尽力淡化政治因素,于民间的频繁交流中,重温两岸人民的血缘之情、宗亲之情,重申两岸血脉相连、同宗同源的亲密关系,是言近旨远,以情"促统"的涉台新闻佳作。

金门学生直航厦门考厦大

佘　峥

（《厦门日报》 2001 年 6 月 21 日）

本报讯（记者　余峥）　18 岁的金门学生林佳承一直认为，他很向往的厦大就在"家的对面"。他说，从他位于小金门的家就可以看见厦门，"其中有一片肯定是厦大"。

昨天，他和另外 13 名金门高中毕业生乘船，用了 2 个多小时，从金门到达厦门，准备参加 22 日的祖国大陆高校联合招收华侨、港澳和台湾省学生的考试。学生们第一志愿全部报考厦大。林佳承承认，父母有点不放心，但他指着厦门，告诉他们：不就在那儿吗？我还想在那儿工作呢！

金门学生是第一次直航厦门参加此类考试，此前，他们要么必须绕道台北到香港或澳门，要么再通过这两个地方到祖国大陆参加考试。厦门是设在祖国大陆的四大考点之一。

有 2 名家长陪同孩子来厦，其中一位说，金门只有高中，孩子们要坐飞机到台湾岛内上大学。相比之下，到厦大读书更方便，而且"至少可以省一半的费用"。昨日同船的 147 名乘客中，有三十几名来替自己尚未毕业的孩子"看看地形"，以便决定明年是否也报考厦大。

钱显然不是人们考虑的唯一因素。几位金门学生带着神往之情说，厦大在金门名气"很大"，他们都认为，它够得上是祖国大陆十大名校！

此类考试 80 年代中期就有了。目前至少有 5 位金门学生在厦大读书。"但是，我们不必像他们那样得走那么长的路，"18 岁的许婷婷轻松地说，"如果以后航班正常，那么我每个星期至少可以回一次家。"考试 24 日结束，学生们计划 26 日搭船返回金门。

一旁的一位 50 开外的金门老伯十分感慨："年轻人只知道，用 2 个多小时就可以从金门到厦门了，他们一点都不懂，这段路用了整整 50 年的时间，是多么的辛苦。"负责带领学生到厦门的金门一旅行社职员抱怨，今年学生报考厦大,遇到了一些人为的障碍。但是,他说,估计明年这些障碍会被扫清。那时"有更多人会来报考厦大,至少有上百人"。

（荣获第十二届中国新闻奖报纸消息类二等奖）

评 点

采访落到细处　文章直抵人心

作品以金门考生林佳承的讲述展开报道,打破消息写作的倒金字塔结构的常规,透露出台湾学生首次直航厦门考厦大的激动心情。细致的人物刻画与细节描写,令读者印象深刻。50开外的金门老者的感慨之言,不仅道出了半个世纪以来两岸关系发展的曲折,同时也反映出台湾人民对祖国大陆的深厚感情及对两岸交流的殷切期盼。

该消息的语言特色鲜明,直接引语,真实记录,简洁的短句式与通俗的口语,使得全文通晓流畅,读起来轻松愉悦。此外,别致的叙述视角,既丰富了采访内容,又增强了报道的真实性,使读者在字里行间感受到两岸人民的情感联结。

道德荣誉，贷来"真金白银"

陈 亮 林 丹 张知松

（《福建日报》 2014 年 1 月 29 日）

本报讯 昨日，大田县城区宝山路爱尔兰休闲吧，店主陈幼香忙着招呼客人入座、点菜。这家店能顺利开张，源于我省为省级及以上道德模范提供的第一笔专属贷款。

陈幼香的爱人曾垂育，是大田县桃源广电站站长。他不仅勤恳工作，还因一副热心肠广受好评。2010 年 6 月，桃源镇遭遇特大洪水，曾垂育冲锋在前，冒着生命危险抢救孩子、转移群众、抢修河堤。洪水退去，他又离开临产的爱妻，全力修复受损广电线路。2013 年 9 月，曾垂育荣获"第三届福建省道德模范"称号，被评为见义勇为模范。

当年 11 月 26 日，曾垂育上网得知，省委宣传部、省委文明办、中国银行福建省分行等联合下发《福建省道德模范金融服务实施细则》（以下简称《实施细则》），为道德模范提供以纯信用为主的金融授信产品。

根据《实施细则》，金融授信产品的对象为：我省全国道德模范及其提名奖获得者；福建省道德模范，道德模范属于烈士的，可由省委宣传部、省委文明办指定其一名直系亲属，享受专属服务；法定代表人为道德模范的企业或道德模范参与创业、经营的微型企业。

在个人信用贷款方面，道德模范无须抵押，便可获得由指定银行提供的100 万元授信额度，可用于一切合法的个人消费支出。一次授信、循环使用、使用自主，并享受政策许可的最低利率优惠。

对此，曾垂育兴奋不已："爱人在餐馆打工多年，早就想独立创业，却苦于资金短缺。如果真能用省级道德模范荣誉获得贷款，爱人的创业梦就能实现了。"

第二天，他立即向中国银行大田支行提交贷款申请；上月 15 日，成功领到50 万元的授信贷款；今年元旦，爱尔兰休闲吧开业。

据悉,三明市也积极推进对道德模范金融服务的具体方案。中国银行三明分行对三明市 12 名省级及以上道德模范回访,详细介绍银行对道德模范推出的授信支持、结算优惠等产品特点,以及网点 VIP 专属绿色通道、一对一服务、上门服务等特色专属服务,并建立道德模范服务档案,定期跟踪并指定专属客户经理负责对接。

这不,曾垂育最近又接到中国银行大田支行的电话:"您的长城环球通白金信用卡已得到省行批复,可获得 10 万元以上授信额度,免首期(5 年)年费,全球通用。"

(荣获第二十五届中国新闻奖文字消息类二等奖)

评 点

紧扣时代脉搏　小故事里有"大文章"

2013 年 11 月,福建省推出金融创新举措,为道德模范提供以纯信用为主的金融授信产品。《福建日报》记者新闻嗅觉敏锐,从一则不起眼的小故事着手,挖掘此举措在建立和完善社会诚信体系方面的重要作用。作品一改此类报道平淡的语言风格,而文约意丰、充满生气,标题也凝练传神、抓人眼球,可以称得上是一篇"小而精"的佳作。

作品讲述了三明市大田县省级道德模范曾垂育,成功申请 50 万元授信贷款,帮助妻子自主创业的故事。谋篇布局上,匠心独运,对不同材料的搭配运用自然合理。首先,以场景描写开篇,先声夺人。其次,介绍曾垂育的个人经历,讲述他申请贷款帮助妻子开店的全过程。记者的直接观察与当事人自己的讲述相结合,于"不经意间"插入相关政策文件的条文,有效增强了报道的感染力和可读性。最后,记者采访调研本领过硬,文笔自然流畅,细节描写精练到位,寥寥数笔便勾勒出鲜活的人物形象。

报道的成功也反映出记者对当前国情社情的深刻认识,以及从中提炼选题的能力。随着我国社会主义市场经济不断发展,诚信体系建设愈发重要。道德模范享受免息贷款,正是助人收益、守信收益奖励机制的生动体现,对推进全社会的道德建设有着积极意义。"一滴水见太阳"。故事虽小,却彰显了新闻工作者的"脚力"、"眼力"、"脑力"和"笔力"。

眼瞎耳聪心里明　孜孜不倦播真理

——记厦大离休干部郑道传教授

吴奕纯

（《厦门日报》 1990 年 12 月 1 日）

"我的眼睛瞎了，看不到光明，但是我的耳朵不聋，能听到共产主义声音。我的头脑有哲学，我的心脏有工人阶级，我的腿无残疾，相信有一天，可以走到共产主义⋯⋯"在今年 8 月份省残疾人先进个人表彰会上，厦大哲学系教授郑道传以铿锵有力的话语，说出了深蕴于心间的信念。他那富有哲理的发言和对人生价值的论析，引起人们共鸣。

50 年前，郑道传毕业于厦大经济系，为追求真理和光明，他和《共产党宣言》《资本论》结下了不解之缘。解放初期，他应已故著名经济学家、他的老师王亚南教授之聘，担任厦大经济系副主任兼马列主义教研室副主任。正当他以满腔热情传播马列主义时，厄运降临了，自 1957 年后，他两次被无辜批斗、赶下讲坛。由于身心交困，眼疾未治，最终导致双目失明。他历经劫难，但对马克思主义的信仰始终没有动摇，马克思的《资本论》常常清晰地印在脑海里。他时时记住马克思的教导："我的头脑有哲学，我的心脏有工人阶级。"

1978 年，党的十一届三中全会春风吹遍大地，郑道传先生获得新生。他忘了自己是个双目失明的老人，自告奋勇地向系里报请开设国内高校从未开设的课程——"《资本论》逻辑"课。

这是一门难度很大的新课程。列宁曾经说过，不懂得黑格尔逻辑学，就不懂得《资本论》。一般人要融会贯通地研究马克思的《资本论》和黑格尔的《逻辑学》都十分困难，何况一个失明者。但是，郑道传教授以惊人的毅力克服了许多令人难以想象的困难，获得了成功。他以耳代目，让家里人或研究生帮忙读书、念资料、灌制成录音带；然后一次又一次地播放收听，潜心地思考、分析。长年累月地听音和独特的思维方式，使他的听觉超乎常人。凡是听过的内容，便能直接反映到脑中形成一种特殊记忆，经过消化、吸收、深思熟虑，融化为自己的观点,并且往往能出口成章,言简意赅。

为了克服写作上的困难,郑道传教授像当年保尔·柯察金那样,把一张稿纸折成10折,逐行逐字摸索着书写。几年来,他用这样的办法书写的讲义、稿件堆起来有几尺高。功夫不负有心人,1988年,郑教授失明后的第一部专著《〈资本论〉方法论研究》终于出版了,这是他矢志不移地研究《资本论》的心血结晶。近年来,他还以顽强的毅力,撰写了10多篇论文和回忆录,并参加50多万字资料的编译工作。

"抓住现在就是抓住永恒",郑道传教授最喜欢黑格尔这句格言。他争分夺秒地著书立说,授业解惑。重登讲台后,他已带了三批研究生,指导了15名本科生撰写论文。他还常常应邀外出讲学,参加学术活动,与同行们切磋交流,探讨如何运用《资本论》原理解决改革开放的实际问题。教学之余,他积极参加一些社会活动,曾为民盟成员、大中专师生做"人生价值"的报告,阐述《资本论》的基本原理。他还以自己亲身经历和体会,为残疾人、为失足者做报告,鼓励残疾人做生活的强者,劝导失足者悔过自新,去年,他当选为厦门市盲人协会副主席。

曾有人问他:"你不是共产党员,为什么这样铁心跟党走?"他坦然地说:"《资本论》告诉我们这样的真理——社会主义一定要代替资本主义,社会主义、共产主义事业一定要由共产党领导,每一个革命者一定要成为马克思式的共产主义战士。我跟着共产党走了40多年,抗日战争时期参加'民族解放先锋队',解放战争时期参加'中国民主同盟',我始终感到共产党的形象是光荣、伟大和正确的。尽管她有过失误,但是,她有魄力改正错误。古往今来,哪一个政党能有如此决心和魄力?像我这样一些人的问题能得到彻底平反,说明中国共产党进步了,是个有希望的政党。"

他坚定不移地信仰马列主义,宣传马列主义,党和人民也尊重他,肯定他的功绩。去年,他荣获了全国"老有所为精英奖",并被列入《中国残疾名人词典》。最近,他又被评为省残疾人先进个人,他虽然年过七旬,离休在家,但他仍在撰写、修改两部专著。他说:"只要我的心脏还在跳动,头脑还能思维,就一定要为《资本论》所描绘的理想奋斗到底!"

(荣获第一届中国新闻奖报纸通讯类三等奖)

评 点

既要"见木"也要"见林"

这篇通讯讲述一位老教授失明后,依然坚守信念,以钢铁般意志跨越重重难关,潜心研究《资本论》,积极回报社会的故事。40多年来,他始终坚定不移跟党走,即便在无辜蒙冤的时期,仍矢志不渝,展示了永不退缩、砥砺奋进的榜样力量。

采访需要记者敏锐的"眼力",既要"看得见",也要"看得准",更要"看得深"。采访郑道传的过程中,记者善于从细微处发掘人物的性格特点,截取局部的细节片段,使人物形象在点滴记录中变得真实可感。为坚持研究,郑道传以耳代目,"让家里人或研究生帮忙读书、念资料、灌制成录音带",克服阅读困难;为了继续写作,他学习保尔·柯察金的书写方式,"把一张稿纸折成10折,逐行逐字摸索着书写",克服写作障碍;他争分夺秒地著书立说,授业解惑,完全没有因为眼疾耽误任何工作,还经常帮助其他残疾人建立信心和勇气……这些小事,使读者得以从细节上把握人物内在特质,从言行举止中感受其宝贵精神。另外,文章在开头和结尾处直接引用郑老的肺腑之言,用真情实感的话语,彰显郑老不计个人得失、深明信仰大义的高尚品格。

记者通过一个典型人物的"形"把握到一个时代的"神",做到了"既见树木,又见森林"。一方面,使人物"活"起来、"动"起来,具有较强的可视性,让读者如闻其声、得见其人;另一方面,将"铁心跟党走"的精神传递给读者,弘扬了主旋律,传播了正能量。

前事不忘　后事之师

——访林则徐第五代孙、福建省政协常务副主席凌青

朱开平

（《港台信息报》 1992 年 11 月 21 日）

凌青（原名林墨卿）——是近代民族英雄林则徐的第五代孙、中国驻联合国前首席代表。他从 1988 年春天起回到林则徐故乡福州，担任福建省政协常务副主席。

1840 年，林则徐在广东虎门销毁英国鸦片，惊天地而泣鬼神。腐败无能的清朝却屈服于英帝国主义的炮舰政策，不仅将林则徐革职流放，而且于 1842 年 8 月签订了丧权辱国的《中英南京条约》，将香港割让给英国。这是中国人民无论如何想不到的。

然而，在经历约一个半世纪之后的 1984 年 12 月，中英两国政府在北京正式签订了关于香港问题的联合声明，以法律的形式明文规定了英国必须在 1997 年 7 月 1 日向中国交回香港主权。紧接着，在 1985 年，中国驻联合国首席代表，代表中华人民共和国，庄严地将《中英联合声明》送交联合国总部完成了法律登记手续。这位首席代表不是别人，恰恰是林则徐的第五代孙凌青。这大概更是英国人万万想不到的吧？

1992 年 11 月 14 日下午，凌青在他下榻的福州一家宾馆里，愉快地接受了本报记者的专访。

"国耻家仇洗雪于一旦"

被外交人士誉为"学者大使"的凌青，今年 69 岁，个子瘦小，头发黑白相间，穿着一套笔挺的灰西装，戴着 800 度的金框眼镜，操着浓重的北京口音，温文尔雅，一派资深学者的风度，令人肃然起敬。

我们的话题自然从林则徐谈起。他以深沉凝重的语调说："从鸦片战争开始，中国就从封建社会逐渐沦为半殖民地社会，受尽了帝国主义国家的侵略和压迫。100 多年来，中国人民前仆后继，英勇斗争，就是为了求得民族的独立

和解放,一直到 1949 年中华人民共和国成立,毛主席宣告'中国人民从此站起来了!'在建国后,又经过 40 多年的社会主义建设,我们已经建成一个初步繁荣昌盛的社会主义国家。从 70 年代初到 80 年代中期,我多次参加联合国会议,亲身感受到中国的国际地位和形象如此崇高,不仅第三世界把中国看成是他们真正的朋友,就连西方发达国家也不敢小看我们。"当谈到 1984 年 12 月签订的《中英联合声明》时,他说:"这就结束了外国人占有中国一块地方的历史。这首先是由于中国人民在共产党的领导下经过长期英勇斗争才取得的!"

记者问:"那么,您作为大时代变迁的亲历者和见证人,亲手把《中英联合声明》送交联合国总部进行法律登记,当时您心中有何感慨?"凌青说:"真可谓 100 多年来的国耻家仇,洗雪于一旦矣!"身为老共产党人和蜚声中外的职业外交家,一种"天翻地覆慨而慷"的豪迈之情溢于言表。

"历史的经验值得注意"

凌青在 18 岁时考入燕京大学经济系读书,1942 年即奔赴晋察冀解放区,2 年后转赴革命圣地延安。先后担任毛泽东、刘少奇和朱德的英文翻译,并在杨尚昆的直接领导下工作。收入《毛泽东选集》第四卷的《美国"调解"真相和中国内战前途——和美国记者斯蒂尔的谈话》,就是凌青为毛泽东翻译的。新中国成立后,他又参加过中国人民志愿军朝鲜停战谈判团,乃至于从 1980 年至 1985 年就任中国驻联合国首席代表。亲身经历 50 年波澜壮阔的伟大斗争和建设,他谈起建党 71 年、建国 43 年和改革开放 14 年的经验,不乏真知灼见。

凌青意犹未尽地说:"一些年轻的同志没有经历帝国主义的侵略和压迫,还有的把外国的'人权''民主'看得比什么都好,甚至很容易把某些外国干涉我国内政的一些行动,看成是对中国人民的关心和友好的表示。我们年轻时就曾听到过许多帝国主义欺骗中国人民的说教,如什么'建立大东亚共荣圈'啦,什么'要用西方文明帮助中国'啦,等等。但是我们亲眼看到的却都是帝国主义军队的杀人放火、'华人与犬不得入内'等事实。"他谆谆告诫一些年轻的同志:"历史的经验值得注意。"

"港督彭定康往何处去?!"

当我们的话题自然转到当前港督彭定康在香港的倒行逆施时,凌青对此评论说:"彭定康的施政报告,单方面把香港政治体制改革强加给我们,强加给香港人民,还美其名曰'要加快民主的步伐和进程',这完全违背了《中英联合声明》。因为《中英联合声明》规定香港现行的政治体制不变,而彭定康却要大变。他这样做也跟中国颁布的《基本法》不相衔接。因为《基本法》也讲到,在1997年7月1日前的香港,中英双方应当合作,来保持香港的平稳过渡。彭定康的政体改革方案在未跟中方商量、未征得中方同意的情况下,单方面提出来,也违背了中英双方的协议。"

他指出:"民主是一个逐渐发展的过程。民主的实施要有利于政治局面的稳定和经济的繁荣发展。反之,将违背人民的利益。人们都注意到,英国统治香港100多年,没有搞什么'民主',大权就掌握在港督手里。"

凌青最后强调并正告说:"彭定康的这一套做法,必然会影响到香港的稳定和繁荣,这对香港人民也是不利的。所以,这是我们坚决不能接受的。这个问题的实质是对抗还是合作,选择什么道路。中国政府的有关方面已发表多次声明。当然我们仍然愿意与彭定康协商下一步怎么走,等待英方的明智选择。如果他们要选择对抗,那么我们就要像国务院港澳办负责人声明的那样——'奉陪到底'!"

(荣获第三届中国新闻奖报纸通讯类三等奖)

评 点

巧选采访对象　增强引导效果

香港回归前,时任港督彭定康单方面宣布推动"政治体制改革"。此行为倒行逆施,严重违背《中英联合声明》和《中华人民共和国香港特别行政区基本法》,给香港的未来发展埋下隐患。

这一行径引发广泛关注,不少新闻媒体均对此事件进行了报道。本篇通讯不止于简单的事实陈述和评论,而是另辟蹊径,把事实与观点巧妙融于一次采访之中。采访对象凌青,既是林则徐的第五代孙,也是《中英联合声明》的亲历者和见证人,极富历史意义。凌青的特殊身份和历史经历,使其宛如一部"活史书",不仅让历史更为具体可感,也实现了历史与当下的连结。整篇报道简要回溯香港问题的由来与发展,借凌青的个人经历道出历史经验,引导读者认清帝国主义及西方假借"人权""民主"侵害我方的事实,有力地维护中华民族长期英勇斗争的伟大成果。凌青对彭定康的"政治改革"方案做出的批驳,重申我方立场,既有权威性,又传递了广大民众的心声。此外,有关凌青外貌及语言的描写也为读者刻画了一个具有傲人风骨的伟大爱国者形象,使读者如见其人,如闻其声。

整部作品,采访对象典型,历史故事生动,叙事口吻平实,爱国情怀真挚,舆论引导有力。

十里温陵光彩路

——记泉州民营企业家在精神领域的跋涉历程

本报采访组（潘绣文执笔）

（《福建日报》 1996 年 10 月 12 日）

"富了口袋富脑袋，富了脑袋富社会。"

——题记

六中全会前夕，记者来到泉州，穿行于十里八乡，强烈地感受到闽南大大小小生意人热切率真的性格穿透力。创造着经济奇迹的民营企业家，同时也在创造着精神文明的奇迹。

1995 年，泉州市财政收入近 27 亿元，其中绝大部分来源于民营企业。短短 3 年间，为发展泉州地区的文教卫生、修路造桥等公益事业和慈善事业，民营企业家捐款达 1.7 亿多元；仅一家名流实业股份有限公司，成立 2 年多来，大小股东捐资就达 2000 万元以上，而 3 年来泉州的民营企业家为灾区、贫困山区、老少边区捐赠的资金总额，更是数以亿计。

泉州商会 7000 多名会员中，任县以上人大代表的有 141 人，县以上政协委员 367 人，被聘为公检法、工商、商检、税务等行政执法部门监察员的有 110 人。

物质财富在累积，精神内涵在转变，在经济大潮中经受过一次次洗礼之后，闽南生意人的的确确非同往昔了。

10 多年前，当这片海滨之地得风气之先，转眼间由渔村、旧城变为繁华都市时，刚刚从贫困中爆发起来的农民怎么也掩饰不了身上的小农气息，他们穿西装趿拖鞋，蹲在沙发上喝咖啡；他们只想更快地远离贫穷，尽快地体验富足，于是有人走私贩黄，有人把未成年的孩子赶到街头摆摊做买卖，更有人一掷千金点歌送花篮比富斗阔，以至于泉州地区至今还流传着这样一个传说：一歌女给家中姐妹发电报，称"这里人傻、钱多，快快来"。

不论当初多么真切地存在过，这一切如今都已成茶余饭后的笑谈。

口袋富了，脑袋也要富

大到国家，小到企业，在物质文明发展的同时，必然产生对精神文明的需要，泉州越来越多的民营企业家在浮沉起伏的商旅生涯中终于渐渐明白，要想更上一层楼，就需掌握现代化的管理模式，需要以法制规范商业行为。他们不得不承认：一个只会写自己名字的人永远成不了大商人；一个只想走旁门左道的人永远成不了好商人；一个把自身发展孤立于社会之外的人更是永远成不了优秀的商人。

当务之急，是汲取知识，是转变观念，是提高自己的素质。

于是，有了石狮群英路 38 号商品海洋中的第一片文化绿洲。这个 4 年前由个体户蔡友谋创办的绿洲读书社，如今已在石狮沿海乡镇、企业、学校中拥有 12 个分社，社员从 80 多人壮大到 3000 多人，读书社开展各种读书活动，举办各种读书讲座，在"绿洲"里充分浸染过的人们，又将一股股文明之风带向工厂、企业乃至小摊小店，染绿了"洲"外越来越多人的视野；于是便有厦大经济系教授邓子基到石狮讲课时的动人场景。桌上成排的各式手提，门外成片的高级轿车，专程赶来的民营企业家一个个听得专心致志，如痴如醉。

现在泉州已经很难看到当街叫卖的孩子。不论家境如何，泉州人都尽量把孩子送进最好的学校，接受最好的教育，许多民营企业家不惜重金请"家教"，上"私立"，甚至把孩子送到海外深造。他们深有感触地说："我们绝不能富了口袋，空了脑袋。"

泉州曾有一老板家财万贯，却不识字只会签名。他签订合同总要对方发誓三遍，以此判定合同的可靠性。而如今，泉州的不少民营企业家不仅能写会算，还上大学，拿文凭，考职称，成了真正的"儒商"。

晋江安海无线电厂的当家人吴景良就是这样一个儒商。这位从小木匠一直奋斗到厂长的全省优秀民营企业家，事业有成之后又报读了厦门大学经济函授班，获得了文凭，考得了高级经济师职称，他的论文还被海外报刊转载。

脑袋富了，口袋才更富

从 10 年前的强买强卖到如今的依法经商，财富的不断积累孕育出精神嬗变的转机。曾经以性格魅力创建事业的泉州民营企业家，如今正以精神内涵影响事业，从而使物质文明和精神文明并行不悖，互动发展。

过去泉州企业家法律意识淡漠，家族式管理作风严重，为了管住职工，往往强行扣身份证、押金或工资，甚至大打出手。如今，他们与职工签订劳动用工合同;在工厂里办歌舞厅、电影院、体育场、阅读室,千方百计改善工人工作、生活环境以增强企业凝聚力。1991 年,石狮林边玩具厂被一场大火吞没,职工们冒着烈焰浓烟冲进火海。工人们抢救的不是自己的东西而是工厂的设备。企业被烧得濒临破产,可工人一个也没走,翌日就在临时租借的狭窄厂房里开工生产,如数完成了工厂当年的订单。正是靠着和谐的劳资关系,林边玩具厂从火灾当年的几百万元产值迅速增长到如今的上亿元,小小的公司发展成为跨国集团。

富了个人,还要富社会

在改革开放的特殊背景下,历史要求民营企业家不但要有眼光、有胆识、有组织能力,而且要有强烈的社会责任感。因为在今天的中国,民营企业家连同造就他们的时代都是全新的,从无到有走上历史舞台的民营企业家是那样令人瞩目,当他们在一定区域内占据了经济主导地位时,他们的社会责任感便成了特殊的历史时期里培育精神文明之花的土壤。

泉州市的民营企业家正是借着他们富裕之后素质的提高和社会责任感的增强,成为当地转变风气、关怀社会的"新军"。

闽南大操大办之风一向很盛。每年仅泉州市区过一次"普度",就能吃掉一座造价 1800 万元的泉州大桥。一度,手里有了钱的人们在各种劳民伤财的奢华之举上争相攀比。如今,这里风气渐转,民营企业家开始比纳税、比投资、比捐赠公益事业。去年石狮祥芝一名运输专业户将 20 万元准备过生日的钱捐给了村里的学校。当地政府对此举予以高度赞扬,其后许多企业家纷纷效仿。民营企业家对自己回报社会的目的说得率直:我们如今缺的不是钱,而是社会的认同。

在泉州,个体老板的社会责任感还有一个生动的体现,那就是拥军。晋江深沪镇运伙村修车个体户许解放的店门口有块醒目的招牌:"修理军车,一律免费。"这些年,许解放免费为当地驻军修军车 700 余次,直接为部队节省开支 7 万多元。他所看重的,是与驻军官兵间的一份情谊。

全方位地回报社会,客观上推动了泉州社会精神文明的进步,而对民营企业家个人而言,每一次的馈赠都是他们自己精神世界的一次净化与升华。以净化精神内涵再次辐射事业,影响社会,物质文明建设与精神文明建设由此携手,步入了良性循环。

纵观古今中外,精神文明的诞生与发展始终离不开物质的积累与富足。有人说,中国文化"地下看西安,地上看泉州"。泉州是一个有着人类精神文明优秀成果深厚积淀的历史文化名城,而泉州融会中外文明成果的名胜古迹、文化艺术,大都伴随"涨海声中万国商"的经济繁荣的时代而生,文化的积淀反过来又吸引更多商贾前来投资兴业。如今,历史正在闽南这块热土上重演。这里富庶、繁华,这里又诞生了一批"爱国、敬业、守信"的民营企业家。他们在经济腾飞中编织了一道闪耀着中国特色社会主义光芒的文化新景观。

当然,这道景观绝不可能一蹴而就。泉州还有不法商贩,泉州也还需要扫黄打非。可是,当我们倾听藏书上万的企业家发出"争当儒商"的宏愿,当我们眼见腰缠万贯的个体户迎着歹徒匕首凛然而上时,我们似乎已看到这道文化景观正喷薄而出,向世人展现着她的魅力。

（荣获第七届中国新闻奖报纸通讯类三等奖）

评 点

接"地气" 聚"人气"

这篇通讯写于 1996 年,当时我国改革开放已经历经了 18 个年头,人们的物质生活得到极大的满足,开始追寻精神世界的富足。物质文明与精神文明两手抓、两手都要硬的社会呼声越来越高。《福建日报》的记者敏锐地感知到了这一时代脉搏,写下了这一获奖作品。

在路上,才能紧跟时代;在基层,才能心系群众;在现场,才能常有感动。该篇通讯的记者深入基层、深入群众,穿行于十里八乡,掌握全面、真实、丰富、生动的第一手材料;凭借自身练就的非凡眼力,从大量的材料中选取一个个鲜活生动的案例,通过一个个典型人物,反映了闽南地区创造着经济奇迹的民营企业家群体,同时也在创造着精神文明的奇迹。

此外,该通讯说家常话、讲贴心话,用简洁活泼、群众喜闻乐见的语言讲地方故事。尤其是"口袋富了,脑袋也要富""脑袋富了,口袋才更富""富了个人,还要富社会"几组小标题,更是以简洁凝练、接地气的语言说明了脑袋、钱袋、个人、社会的深刻辩证关系,讲述了有想法、有厚度的新时代好故事。

如今,改革开放已经进入新时代。面对新景观、新气象、新思潮,媒体工作者应敏锐把握时代脉搏,辩证看待这个时代的各种新现象,传递属于这个时代的正能量。

夜探"虎"穴

顾 伟

（《福州晚报》 1997 年 11 月 20 日）

本报讯 连日来，不少读者向本报反映，我市已明令禁止的有奖电子游戏机最近在一些娱乐场所竞相上马。11 月 18 日晚，记者暗访了部分电子游戏机娱乐场所。

18 日 21:10，记者首先来到五四路成龙大酒店，二楼游戏厅铁门紧闭，经过询问，记者穿过三楼红苹果自酿啤酒城，拐了好几个弯，才找到游戏厅另一个门，厅内"魔术帽机""跑马机""数字机""滚球机"等生意兴隆，聚集了不少"赌"客，除了少数人外，多数人的"赌"资都在 500 元以上。记者问服务员："假使游戏赢了能不能换现金？"服务员道："可以换钱，不换钱傻瓜才到这儿来。"

21:40，记者来到永德信游戏厅，厅内玩的人不是很多，记者穿过用衣柜围成的挡板，发现厅内烟雾缭绕，人满为患。记者向一位中年人询问："'魔术帽机'怎么玩？"这位中年人一脸愁容，他从衣袋里掏出几张代用券说："你千万别再介入，我在这儿已输了六七万元，我现在是为了还钱翻本才到这儿来，每次下注我手都会抖。"

22:00，记者来到海山宾馆地下层游戏机厅，看到一些有奖机上贴着"本机纯属娱乐，每台机每小时收费 15 元"的字条。记者假装天真，拿出 15 元请服务小姐开机，小姐直言道："15 元想玩一小时？想得美！我们这儿对客人免费送茶水和快餐，假使每小时 15 元，我们吃啥？这字条是为了应付那些不懂行情的人的检查。"

22:25，记者登上东街口百货大厦 6 楼，这儿没电梯，走台阶走了 5 分钟。这儿的有奖游戏机是记者当晚见到数量最多、机种最全的，包括"不倒翁""快乐小丑""仙桃乐园""猫女郎香烟坊"等。一服务员介绍，这儿大厅小赌，小厅大赌。记者走进小厅，看到一年轻人正碰上"炸机"，一下子赢了 16000 分（8000 元人民币）。记者上前"道喜"，他说："我是输了十几万元才遇上一次好运,喜从何来？"

22:50,记者来到双福楼娱乐厅,服务员对记者说:"这几天我们被有关部门点名了,赌机全收起来了,要避避风头。"

23:10,记者来到长冠娱乐厅,这儿有十几台电脑在赌数字,每次下注至少20元,最高3000元,几十秒间定胜负。

查访中,有的游戏厅正遇上有关部门检查或点名,昔日生意红火的赌博机为避风头已经关机或暂时收起来了。

2个多小时的暗访,记者虽不能走完榕城所有有赌博行为的电子游戏机场所,但可以看出,福州的"赌"风已露,到坚决查禁的时候了!

（荣获第八届中国新闻奖报纸消息类三等奖）

评点

深入现场探究竟　暗访调查真相明

该篇报道以国家明令禁止的"赌机"活动为题材,深入暗访了福州地区部分打着"游戏""娱乐"等幌子,行赌博之实的电子游戏机厅。《福州晚报》记者用白描的手法,按时间顺序报道了福州6家电子游戏厅中的赌博行为。其中,暗访报道的一些赌博陷阱与赌客状态,真实地反映出榕城"赌风"给当地社会带来的危害。

暗访是一项重要的新闻采访技巧,也是掌握真实情况的特殊手段。这种隐性采访方式可以有效减少采访障碍和干扰因素,但往往伴随着一定的安全风险,工作难度较大。记者为了获取更有价值的新闻事实,巧用调查研究,以暗访的方式深入"虎穴",直击新闻现场,为地方媒体新闻工作者树立了增强"脚力"的典范。

此外,标题短小精悍、富有新意,很好地激发了读者的好奇心;行文连贯紧凑,篇幅短,内容精,以时间为线索,层层推进,引人入胜;笔触敏而有力,文字简洁凝练,暗访描写颇具镜头感,牢牢抓住了读者视线,吸引读者深入阅读。这篇文章连同《福州晚报》前期发表的相关报道,形成了一记针对福州游戏赌博业的"组合拳",有力地发挥了新闻媒体的舆论监督功能。

蓄势待发看闽西

陈逸清　吴毓健　陈　岳　林思槐　张　杰

（《福建日报》　2004 年 4 月 10 日）

　　闽西又将新添一双腾飞的翅膀！本月 25 日，连城冠豸山机场将正式启用，当天机场将开通深圳航空公司的定期航线，预计年内每周航班数将达到 7 个。

　　一个接一个交通基础设施建设的"大手笔"，不断地写在光荣的红土地上：漳龙高速公路龙岩段 2001 年底建成通车，实现我省山区高速公路零的突破，漳州段年底也将实现通车；福建出省的第三条通道、连接闽粤两省的梅坎铁路顺利投入运营，连接京九线的赣龙铁路即将于年底开通；龙（岩）长（汀）高速公路进展顺利，建成后将打开又一条出省通道。

　　便捷的交通，让闽西站到了开放的前沿。登高望远，闽西人开始从一个全新的视角重新审视自身的定位：随着交通枢纽地位的逐步升级，闽西和闽东南、珠江三角洲、长江三角洲三个经济区的联系将越来越紧密，接受特区和沿海发达地区辐射也将越来越强烈，从而有可能成为闽东南、珠江三角洲经济区辐射带上重要的新经济成长区。

　　距离正在缩短！然而，在龙岩人看来，要缩短的不仅仅是与沿海地区空间上的距离，更重要的还是思想观念上的距离。市委书记张燮飞认为，闽西发展的最大阻碍在于观念的不适应。而这种观念的转变，需要从一件件具体的工作做起。2003 年，龙岩市委、市政府结合实际提出以"三个一百"项目为抓手，大力实施项目带动战略，推动闽西经济大发展。"三个一百"，即 100 个当年新的经济增长点、100 个当年投资拉动项目和 100 个后三年重大储备项目。通过实施"三个一百"项目，政府有效地把近期增长与持续增长结合起来，把掌握在政府手中的资源、生产要素优先向有发展前景、能增加税收、可扩大就业、能够可持续发展的项目倾斜，确保这些项目顺利实施。

　　识明则胆张。闽西人长期以来形成的故步自封、畏首畏尾的性格弱点，逐渐被敢拼敢闯的鲜明个性所取代。龙岩在全省率先实施告知承诺制,对损害经济发展软环境的行为进行效能告诫;市里专门成立了项目开发中心和实施工作小组,制订出严格的年度工作任务和目标管理考评办法,并在放宽市场准入范围、降低准入门槛等方面作出了具体规定;进一步简化项目审批手续,对投资规模 500 万元以上的生产性项目审批实行全程代办服务,对"三个一百"项目中的房地产、基础设施项目以及重大第三产业项目实行跟踪服务等,有效改善了闽西的投资软环境。

"天翻地覆慨而慷"。春日再访闽西,横亘高山深谷的高速公路上货运车辆往来不息,工业区内崭新的厂房比邻接踵,这一幕幕生机盎然的画面让记者真切地感受到闽西加快融入海峡西岸经济区建设大潮的热情。

在与漳龙高速公路出口相距不到 3 公里的龙岩开发区内,记者看到,已经投产的企业纷纷寻求扩大规模,正在建设的厂区工地上也是一派热气腾腾的景象。开发区管委会的同志告诉我们,漳龙高速公路即将全线贯通已开始产生积极效应,不少沿海企业都相当看好龙岩这块投资宝地。锦裕昌冷暖设备有限公司原本在厦门投资生产,如今主动在开发区投资建设新厂。开发区管委会副书记郑志强告诉我们,为迎接招商引资高潮的到来,龙岩市不久前专门拨出 1.1 亿元,加大开发区基础设施的建设力度。

在对接沿海产业转移的同时,闽西作为闽粤赣三省物资集散地的功能也日益发挥出来。2001 年 9 月建成的中国闽西交易城,去年交易额达 10 多亿元。短短几年间以其闽粤赣边区规模最大、辐射最强等综合优势,吸引了大批浙江、江西、广东的客商入驻。

大通道带来大发展。打开山门,一股雄风呼啸而出,向东汇入蔚蓝的大海。龙岩从此唱响了融入海峡西岸经济区建设大合唱的最强音!

(荣获第十五届中国新闻奖报纸通讯类二等奖)

评 点

好"脚力"跑出好新闻

受地理条件和自然资源限制等因素,不少革命老区面临着基础设施落后、经济发展滞后、人民生活水平不高的现实困境。如何让革命老区摆脱困境?

记者带着问题走进闽西龙岩,杜绝纸上谈兵,躬下身子,深入现场,探讨分析革命老区的发展之路。

实践出真知,只有凭借扎实勤奋的好"脚力",才能有以小见大、透过现象发现本质的好"眼力"。记者来到龙岩开发区建设第一线,走访当地群众、企业负责人和管委会干部,在深入观察体验中,获得生动翔实的第一手资料。新机场建设的背后是改善交通基础设施的系统工程,闽西发展的背后是思想观念所发生的时代转变,这些都为龙岩的发展奠定了坚实的物质和精神基础。好"脚力"是新闻报道的力量之源,跟随记者的脚步,读者仿佛置身如火如荼的建设现场之中,川流不息的货运车辆、比邻接踵的新建厂房、生机盎然的建设画面,给人留下深刻印象,令读者内心为之澎湃。

互联网时代,网络的便捷性为记者采访提供了便利条件,足不出户便可知天下事。但是,网络搜索和远程通信不能替代脚踏实地的现场采访。脚下没泥土,报道无力量。只有通过勤快、深入的"脚力"跑出来的新闻作品,才是真正有生命力的好作品。

山倒了，人要站起来

——将乐县光明乡渠许村在灾害中的遭遇

李　闽　薛希惠　戴艳梅　李宣华

（《福建日报》 2005 年 6 月 26 日）

6 月 24 日，细雨霏霏。将乐县光明乡政府大院里，50 顶蔚蓝色的救灾帐篷整齐排列，安置着全乡 200 多位灾民。

下午一点半，一位面容亲切的中年人弯腰走进中间的一个帐篷。

光明乡党委书记傅东明介绍说：这是党中央、国务院派来视察和慰问的领导。

渠许村 68 岁的张义章老汉一听，双膝跪到地上，眼泪唰地流了下来。

中年人赶紧上前扶起，连声说："老人家，不敢，不敢。"

张义章站起来："我们村里 80 多户人家，400 多人，房子倒塌了，田也被淹了……"

中年人眼眶红了，动情地说："人要生存下去。全国人民会帮助你们解决问题的。"

当了解到许多村民没有抢救出一件财物时，中年人说："人出来没事就好。家园失去了，可以重建，财产没有了，可以创造。面对这场灾难，你们要有信心。"

这位中年人，便是民政部副部长贾治邦。这天，他率领国务院救灾工作组，来到灾区视察灾情，慰问灾民。看到灾情的严重、听着灾民的讲述，工作组不少同志悄悄流下了泪水。

"山要倒了"

暴雨连续下了 6 天。那是 6 月 21 日中午，57 岁的渠许村村民熊奕甫正扒着午饭，突然发现：墙基有块大石头拱了起来，到门口一看，不得了，满山的草和树木沾满了泥巴，山在颤动！他赶紧跑出门，大叫："快点跑啊，山要倒下来了！"

眨眼间,大山仿佛被巨斧劈开,泥土夹裹着大树与石头,乱箭一般射了下来,推倒山脚下的房屋,堆起两人多高的废墟。短短几秒钟,公路被铺上黄黄一层泥浆,电线杆不知怎么就倒了。

一些村民刚跑出家门,身后的房屋就消失了。地面在晃动,全村哭成一片。

96岁的村民杨水财老人说:"从来没有见过这么大的洪水。"

为了全村人的安全

光明乡位于群山之中,全县8座海拔千米以上高峰,它占了5座。全乡12个行政村,分散在大山里。渠许村四面环山,两溪交汇,过去从未被列入地灾"黑名单"。

5月、6月两月,雨水不断,将乐县委、县政府连发5道防汛抗灾紧急通知,6月17日,光明乡政府感到形势紧急,派遣驻村干部分赴各村。

21日,驻村女干部曾秋萍已在渠许村里待了4天。山体滑坡时,她和村主任廖火玉正在溪对岸检查烤烟房安全,听到"轰"的一声,扭头一看,吓呆了,大叫:"赶紧去救村民!"两人一前一后往村里跑,桥面已经被水淹了,对岸群众直摆手示意他们不要过桥。

曾秋萍说:"救村民要紧。"她拉住廖火玉的手,冲上桥往村里跑,一路叫着:"快出来,快出来!"随后,组织村民抢救掩埋在土里的群众,把村民疏散到安全地方。

下午1点多,山体还在不断滑坡,受伤的村民无法救治。电断了,电话也不通了,受灾的渠许村与外界完全失去了联系。曾秋萍与廖火玉商量,决定派人到乡里报信!

村民张小辉自告奋勇,跨上找朋友借的摩托车,和村民傅海长一起,火急火燎地往乡里赶,雨点劈头盖脸砸来,脸上分不清雨水、汗水和泪水。

在河边一拐弯处,张小辉突然觉得身子一沉,摩托车倏地不见了!原来,路面塌方下陷,洪水淹了上来。还好在那一瞬间,傅海长一手抓住路边的树枝,一手拉住了张小辉。两人爬上高一点的小山坡,回头一看,路面已被滔滔泥水淹没。他们只好爬山坡,趟泥浆,把灾情讯息带到乡里,鞋子什么时候丢了也不知道。

下午4点多,乡长吴长和带着医疗队一行十几人,浑身泥泞地出现在渠许村。吴长和叮嘱曾秋萍,务必做好村民疏散工作,确保安全。他们用自制的担架,立即将重伤员邓金莲抬到乡里救治。

集体大转移

入夜,180 多名村民挤在田埂上,大山不时传来泥浆下滑的声音。村里的青壮年自觉轮流值班,拿着手电筒巡查。

家没了、谷子没了、烟叶也没了……人群里哭声此起彼伏。曾秋萍噙着泪水一边安抚大家,一边帮忙照顾老人小孩。54 岁的村民游跃生说:"这是天灾,谁也没办法,只要人在,就有一切。"

逃生的村民多为老人和小孩,已两餐未进食。廖火玉觉得困在村里等救援也不是办法,和大家一商量,不少村民也认为必须尽快转移到安全地带。他们分头劝说村民。

清晨 5 点多,天刚蒙蒙亮,集体转移行动开始了。十几名男子在前劈残枝、刨积土开路,一路观察地势,躲避随时倾泻的泥石流,有些地方实在无法铺路,他们就分头背着老人孩子在泥泞中爬行。

张小辉的父母都已年逾古稀,他告诉老父亲:"我得在前面开路,不能照顾你们,你要扶好母亲。"

一位 86 岁的老太太患有心脏病、白内障,不愿离开村子,她的儿子 60 多岁了,背不动她,两个孙子前一天送伤员到乡里,不在家。张小辉咬着牙,硬把她背出来。

傅海长的老婆瘦弱,一人带两个小孩很吃力,抱怨他自家孩子都不管了。傅海长说:"我身体壮,要在前面开路,才能把全村都救出去。"

54 岁的游跃生,也毅然加入开路行列。

余胜绍的母亲残疾,行动不方便,他就开一段路,回头背母亲,再开一段路,再回头……

3 公里多的山路,180 多号人,摸爬滚打,走了 5 个多小时,终于到了离乡政府近 2 公里远的各布村,与乡政府派来的救援车相遇。所有村民都一身泥巴,面目全非,泪水在他们脸上刷出一道道痕迹。

"我们一定要回来"

乡政府马上安排他们住进大院里的救灾帐篷,煮上热腾腾的饭菜。附近的乡亲们纷纷从家里送来换洗衣物。劫后重生,百感交集,村民们又抱作一团哭起来。

这场灾害,造成渠许村 6 人死亡,1 人重伤,3 人轻伤。渠许村是三明受灾最重的村之一。

村民张先火和母亲住进乡政府临时搭起的帐篷。24 日这天,他回家想取几件值钱的东西出来。"能带走多少,就带走多少。"他的肩上挑着两只化肥塑料袋,里面装着一个燃气灶,一个电饭煲和几个锅。

站在桥头,张先火望着自家 3 亩田上的单季晚稻秧苗,叹一声:"那么好的地。"这块地每年种一季稻、一季烟,全家的收入,就靠它了。然而,今年这块地靠不上了。张先火觉得无论去哪里,都不如家里好。他忘不了每年夏天,烟叶成熟时,一家收割,家家相助,干完活后,主人提着木桶,把擂茶送到田间……

要出发了,张先火眼泪夺眶而出,他说:"政府帮我们一把,我们一定要回来,自力更生,把失去的家园重新建起来。"

山倒了,人要站起来。这是渠许村村民们的共识。

（荣获第十六届中国新闻奖报纸通讯类二等奖）

评 点

用脚步丈量土地　用笔尖书写责任

2005 年 6 月 21 日,福建省将乐县遭遇百年一遇的大洪灾。《福建日报》记者与通讯员一起,冒雨在泥水中跋涉十几公里,到灾情最严重的光明乡渠许村实地采访,不知疲倦地撰写稿件直至深夜,最终写成这篇通讯佳作《山倒了,人要站起来》。

作品饱含新闻记者的责任心和荣誉感,行文感人至深,既体现出灾区群众众志成城的勇气,又起着鼓舞人心的作用。作者事后谈到当时的采写心得:一是运用白描手法,对救灾现场进行客观、真实、不加渲染的反映,再现独特的细节、生动的画面。例如讲到村民去乡政府报信时,主要写"险",但没有出现一个"险"字。张小辉"身子一沉,摩托车倏地不见了",傅海长"一手抓住路边的树枝,一手拉住了张小辉",两人"回头一看,路面已被滔滔泥水淹没",化抽象为具体,描绘出那一刻的惊险万状。此外,文中的动作与对话描写,也是原汁原味的真实记录,生动感人。

二是构思和行文方面紧扣主题,在诸多素材中,找出典型事例进行串联。从灾害发生、汇报灾情,到集体转移,情节紧凑,环环相扣,令读者犹如亲临现场,直面灾情。三是全篇没有刻意的情感渲染,没有华丽词语的堆砌,而是寓情于事,寓情于景。最后部分"我们一定要回来",则异峰突起,将前文平铺的感情宣泄而出,言语朴实却掷地有声,重灾之下充满了爱与希望。尤其是村民张先火回家取东西那一段描写,以第一人称进行心理刻画,极易引起读者共鸣。最后,标题气势磅礴,分量厚重,表现出积极乐观、勇敢无畏的时代精神。

新闻界有句老话:脚底的泥土有多少,笔下的故事就有多少,心中沉淀的情感就有多深。《福建日报》新闻工作者不畏艰险坚持走到抗灾第一线,"脚力""笔力"结合,使报道产生良好的社会效益与影响,真正起到表达百姓心声、传递社会大爱的实际作用。

咱农民也可以创新

黄如飞　周宪坤

（《福建日报》 2006 年 4 月 6 日）

青枝绿叶撑起"凉伞"，遮住横斜逸出、鲜红圆润的累累小豆豆，这就是走俏市场的观果花卉新宠——"富贵籽"。"富贵籽"果叶层次分明，观赏周期长达半年至 1 年，对水分、光照和肥料等没有特别要求，非常适合想养花又不想操心的人。

其实，"富贵籽"原本只不过是长在野山坡上的野生花卉。可在如今的武平县，这种野生花卉已实现了工厂化栽培、产业化经营，在海峡两岸（福建·漳州）花博会上曾连续 4 届获金奖。

然而，把这种野生花卉驯化成观赏花卉的，却不是什么花卉专家，而是一位普通农民——武平县东留乡的罗盛金。

早在上世纪 90 年代初，罗盛金就开始种植杜鹃等花卉，但因为缺乏特色，效益不好。有一次，他偶然间看到生长在野山坡上的一种当地人称之为"凉伞子"的野生花卉，长得煞是好看。他突发奇想：能不能将这种野生花卉培植成盆花来卖呢？

于是，罗盛金就将这种野生花卉挖回来栽培。不过他很快发现，野生的"凉伞子"植株过于高大，要作为盆花进行规模化栽培，还得进行"矮化"才行。毕竟有了几年种花的经验，罗盛金说干就干，租下了 30 多亩地，开始了艰难的摸索。头一年，试验成功率很低，但性格坚毅的罗盛金没有轻言放弃，而是四处拜师求教。终于，在 2000 年初，罗盛金的野花驯化获得成功，他把这种新的观果花卉，取名"富贵籽"。

罗盛金选送"富贵籽"参加海峡两岸（福建·漳州）花卉博览会，连获金奖，从而提升了这种野生花卉的知名度，很快在市场上卖出了好价钱，产品供不应求。

"一人好不算好,大家好才是真的好!我赚到钱了,也应该把这样好的成果传授给乡亲们。"罗盛金牵头成立了花卉协会,给想种花的村民送去花苗和种植技术,帮助种植户联系销路等。目前他已帮扶14户贫困户种植花卉,并把村里一批年轻人培养成了种花致富能手。

武平县委、县政府因势利导,把发展野生花卉产业作为壮大乡村经济、增加农民收入的一项新兴产业,县里专门制定出台了一系列有利于花卉生产、基地建设和销售流通的优惠政策。如今,该县从事花卉培育的专业户发展到70多户,从业人员400多人,种植面积达2000多亩,其中以"富贵籽"、虎舌红为主的野生花卉达650亩。

罗盛金兴奋地告诉记者:"有了县里的扶持,野生花卉产业初步上了规模,外地客商就愿意到武平集中采购了。所以,今年初'富贵籽'就十分畅销,大部分销往北京、山东、江苏、浙江、广东等花卉市场,贵的一盆卖到130多元,最差的也有15元。咱农民也可以创新,自主创新可让咱尝到甜头啦!"

(荣获第十七届中国新闻奖报纸通讯类三等奖)

评 点

创新改变生活 "四力"铸就佳作

破解"三农"发展的瓶颈,跨越农村发展的陷阱,避免农业发展的弯路,唯有创新。2005年,中央多次作出关于加强农村工作、提高农业综合生产能力的重要指示,要求加快农业科技创新,提高农业科技含量。作者紧跟时代步伐,深刻领会中央精神,捕捉到"农民也能创新"这一跳动着时代脉搏的新鲜事。

报道开篇点题,言简意赅介绍新闻事实,帮助读者明晰"咱农民也能创新"的具体含义。通过"金奖奇迹"和"普通农民"二者的反差,吸引读者深入阅读。随后,以对"富贵籽"的详细介绍铺垫新闻背景,增强经济新闻的趣味性;采用故事化的叙述方式讲述"普通农民"创新驯化野生花卉并将其产业化经营的过程,兼具知识性和可读性。报道中有关罗盛金语言和心理活动的描写,既使人物形象更为丰满、鲜活,拉近了人物与读者间的距离,又使新闻故事更为真实、生动。最后,报道以罗盛金的话"咱农民也可以创新,自主创新可让咱尝到甜头啦"结尾,首尾呼应,再次点题,突出了"创新改变生活"的主旨。

整篇通讯细节丰富,行文流畅,由浅入深,一气呵成,为农村农业新闻报道提供了借鉴。

搀着朋友的绝症妻儿　他走过了39年

郑建彬

(《海峡都市报》 2006 年 11 月 29 日)

朱邦月 68 岁,邵武市邵武煤矿的一个普通退休职工。

这是个因一个眼神、一句遗言组成的家! 39 年前,撒手人寰的朋友,留下怀着遗腹子的妻子,以及一个 2 岁的病儿,朱邦月义无反顾地走进这个支离破碎的家,当起继父和丈夫,开始了旁人认为绝无可能的"爱"的马拉松。

"为什么要当 3 个绝症母子的丈夫和继父? 我说不出,但朋友既然将他的家托付给我,我就得这么做,39 年也就这么熬过来了。"68 岁的邵武老人朱邦月说,现在他唯一能做的,就是尽可能省钱,为那母子 3 人将来的生活准备费用。

"瘫子"和"机器人"

邵武煤矿宿舍楼 33 幢,一楼一间 50 多平方米的简陋的房子,这是朱邦月的家。

妻子朱玲妹今年已 63 岁,她静静地坐在一张特制的竹椅上,两条腿用一根皮带绑着,医生解释说,这么做才能防止她的两腿不由自主地张开,否则疼痛无比不说,还会把她连人带椅掀翻在地。

大儿子顾中华,直愣愣地坐在椅子上,他只能用眼睛问候客人。

小儿子朱邵华今年 39 岁,他的双手双腿已经萎缩得比"芦柴棒"还要细。

他们 3 人还有个共性,说话时眼帘都要艰难地向上一翻,以至于邻家小孩将他们称为"机器人",但只要有电源,机器人还能走动,而他们 3 人的生活,几乎都已被定格在床和椅子这两点之间。

他们 3 人都是"进行性肌营养不良症患者"。这种病的症状是逐渐失去力气,然后是无法控制手脚,最后瘫倒在床上,直至死亡,目前仍无药可医。

我们对 3 人的素描还没结束,屋外传来一阵爽朗的笑声,紧接着,朱邦月一瘸一拐走了进来,老人发须均已花白,可能因为笑得特别开怀,他额头上的皱纹分外明显。

这位 68 岁的老人,坐下,将牛仔裤一捋,给记者看了左边脚装着的假肢。他原先一条腿有病,几个月前,靠省红十字会等募集的爱心款,将病腿切除,并装上假肢。

有邻居说,朱邦月活着,其实就是为了照顾他的妻子和 2 个儿子。从入主这个家后,朱邦月基本再也没有去和别人赌那种几毛钱的小牌,甚至在别人家串门,时间也以分钟计。

朱邦月的一天

这几天,邵武的天气冷了,他想先帮大儿子顾中华加一件衣裳,顾中华的个头比他大,脊椎又严重变形,身子极其疲软,稍不留意就东倒西歪地摔了下去。朱邦月的一只手要帮儿子维持身体的平衡,只能用一只手来穿衣,穿一件衣服,他用了将近 10 分钟,中间还要站起来喘口气,捶捶腰。

从 1991 年起,母子 3 人的病情开始加重,吃喝拉撒基本只能靠朱邦月一个人来护理,我们记录下了朱邦月以前的一天生活,其实这只是他 10 多年来,近 5000 个日夜的一个缩影,即便他现在左脚装上了假肢,家里请了个帮忙的阿姨,很多照顾妻儿的事情,他还是亲自去做,"习惯了",他说。

5:30,起床,以前是给病腿上药,如今按摩脚,然后装假肢。

6:00,他开始打扫卫生、拖地板、洗米做粥。

半个小时后,帮母子 3 人穿衣,他的双臂要穿过妻儿的腋下,腰间发力,才能把他们抱起来。妻子和大儿子已没有活动能力,加上他自己腿脚不利索,给妻儿 3 人穿好衣服后,即便是寒冷的冬日,朱邦月也常常折腾出一身汗。

接着,端水、挤牙膏,帮助妻、儿洗脸刷牙,并在床上给妻子和大儿子喂早餐。

8:00,朱邦月搬来一张特制的中间镂空的木椅,将便桶放置其中,一个又一个,妻子和儿子坐在架子上方便,并擦洗干净。

9:00,服侍完妻儿后,他上街买菜。时间最长不会超过 1 小时。

11:30,朱邦月用自制的轮椅将妻子和大儿子拖到厨房去吃午餐,帮他们装饭、夹菜,妻儿的病情重,经常无法自己吃,他就一口一口喂。饭后,逐个将妻儿抱去解决排泄问题……

12:30,午睡 2 个小时。

17:30,服侍妻儿吃晚饭。

18:00,将妻儿逐个拖进拖出弄到杂物间去洗澡(几天一次)。

20:00,帮母子3人脱衣服,抱起他们放到床上,用皮带将妻子和大儿子双脚捆住,盖好被子掖好被角……夜间朱邦月还要起床帮他们逐一翻身,一个晚上3次……

日子就这样一天一天地过……

昔日朋友的遗言

朱邦月说,他是妻子的第二任丈夫,2个儿子也都不是他亲生的。

孩子的生父名叫顾伟祖,一名佝偻症患者,厦门大学经济系的毕业生,分到邵武煤矿工作,是煤矿财务科的干部。

朱邦月说,在工作上,顾伟祖是领导,但和朱邦月这个小工人在一起时,一点领导的架子都没有,所以两人成为好朋友。

身患佝偻症的顾伟祖,婚事一直没有着落,直到1964年,他和同村姑娘朱玲妹相识后结婚。朱玲妹比顾伟祖小10多岁,之所以嫁给他,除了仰慕顾伟祖的学识和谈吐,还因为有着同病相怜的遭遇——朱玲妹是一位进行性肌营养不良症患者,即便当时症状并不明显,但医生已明说,她的一辈子都将受到绝症的困扰。

"1967年的夏天,顾伟祖因猝发心脏病撒手人寰。他紧紧地抓着我的手,满眼恳求,我似乎听到他用含糊的声音对我说,以后这个家就托付给我了。"朱邦月说,看得出来,顾放心不下才2岁的儿子以及怀着5个月身孕的妻子。

顾伟祖恳求的眼神,让朱邦月做了一个至今未悔的决定:迎娶朱玲妹,并将朋友的2个儿子养大。他的决定,让很多工友、邻居觉得他傻:朱邦月是工人,有铁饭碗,找老婆不难;朱玲妹将会发作的绝症,以后无疑会成一个"活死人"。

可更傻的事还有,为了照顾娘儿3人,朱邦月放弃了生育自己的孩子的念头,但为了给家里老人一个交代,他将顾家的第二个儿子改跟自己姓。

可上天并没有眷顾他们这一家。

几个月后,这个家迎来又一个噩耗——朱玲妹把绝症遗传给了2个孩子。

医生很肯定地说,这种病无法治。但朱邦月不停地四处求医,明知是徒劳无功,他依然还在找医生、买药。

1983年、1985年,2个孩子先后高中毕业,但因为身体的缘故找工作都屡屡碰壁。一年后,一直为儿子、妻子担忧的朱邦月,在运货途中,被一辆卡车撞倒,左腿骨折,"20年来,我的脚只好过半年。"

朱邦月说，一瘸一拐的腿经常钻心地疼，疼得我全身发抖，直冒冷汗。

朱邦月的打算

"实事求是地告诉你，我有 3 万元左右的存款。"朱邦月说，他家的困境被媒体报道后，连"当代保尔"张海迪也多次打电话慰问他们一家，各地也有不少爱心人士寄来一些汇款单，加上他入选山东电视台举办的"感天动地父母情"十大真情人物获得了 1 万元奖金，以及童年基金会捐给他家的 2 万元等。

"这些爱心款，我一分都没花，全部存在银行。"他说，这些钱要留给妻子、儿子用。

朱邦月家的收入，主要来自：他和妻子的退休金，加在一起有 1100 多元，大儿子享受低保，一个月 148 元左右，煤矿照顾小儿子，一个月给 300 元。

他说，以前他腿溃烂，加上妻子、两个儿子的病，一家人都要买药，即便都是买廉价的，也要花不少钱，加上一家人的生活，每个月几乎都入不敷出，只能节省再节省。在他到福州截肢期间，请了两个阿姨帮忙照顾母子 3 人，一个月要花 1000 元，日子过得更加艰难。

朱邦月说："谁能保证自己没个头热肚子疼的，这些都是要花钱的，我连借钱都借不到，因为别人想借钱给我，都要掂量一下，这家人连个劳力都没有，以后谁来还呢？"

"今年 4 月份，你来我们家，那时的我，除了腿痛外，自我感觉身体很不错，"他说，"但如今一紧张，就感觉自己好像喘不过气来，走几步路，也是气喘吁吁的。"

"过了年我就 69 岁了，中国人的平均寿命也才 72 岁……我把钱存下来，即便有一天我先走了，母子 3 人还可继续生活，我不知道这些存款，能让他们撑多久，但能多过一天就是一天。"朱邦月说这些话时，很坦然。

（荣获第十七届中国新闻奖报纸通讯类三等奖）

评 点

写出小人物背后的大情感、大境界

人物通讯，是新闻报道中的常见体裁。随着时代的发展变迁，人物通讯的报道对象、报道方式也发生明显的变化，小人物、小故事愈加受到读者青睐。

这篇通讯聚焦一位普通的煤矿退休老人,讲述其义无反顾、几十年如一日照顾患病妻子和 2 个继子的动人故事。

"这是个因一个眼神、一句遗言组成的家!"开篇即点出描写对象的特殊性,引发读者的强烈兴趣。记者对母子 3 人的描写更是让人不禁为之担忧,一个普通的煤矿工人和 3 个患有绝症的妻儿,这样的家庭该如何面对生活的磨难?然而,我们听到的是爽朗的笑声,看到的是朱邦月在自身已经截肢的情况下,依旧细心照料患病家人的一天。从早上 5 点 30 分到晚上 8 点,从拖地做饭、帮妻儿穿衣洗漱,到帮他们盖被、翻身,每个具体而微小的动作,都配合近乎严格的时间表,让人读出了这位老人的不易和坚持。这样的日子,朱邦月老人已经过了 39 年。"昔日朋友的遗言"和"朱邦月的打算"更是彰显这位老人的无私与伟大。

作者用热切而又冷静、克制的笔调,经由一点一滴的细节和人物的谈话,刻画出一位可亲又可敬的普通人。他过着平凡甚至卑微的生活,却有着不平凡的精神,人物虽小,境界却大,使读者受到强烈震撼。正是记者的"笔力",让这些普通个体,甚至是来自社会底层的小人物在读者心中筑起一片精神高地。这提醒我们的新闻工作者,眼睛向下、脚踏实地,多关注平凡人、普通人,以小见大,写出"小"背后的大情感、大境界。

为了共同的母亲河

—— 闽粤汀江流域水资源保护见闻

张　红　谢宗贵　赖文忠　张　杰

（《福建日报》 2007 年 12 月 27 日）

　　长汀县庵杰乡涵前村，一座神奇的山峰冲天而立，势如腾龙。茂林修竹中，清泉潺湲，穿过岩下石门，流向远方。这里，就是汀江源头龙门。

　　源起龙门的汀江，穿越长汀、上杭、武平、永定，南下广东，在大埔县三河坝与梅江、梅潭河汇合，更名韩江，经梅州、潮州、汕头，奔向南海。

　　这条纵贯两省的大江，自古以来就是闽西、粤东经济文化联系的大动脉，是闽粤人民共同的母亲河。同在海峡西岸经济区这片热土上，如今的汀江水，哺育着约占闽西人口 70％ 的 200 万儿女；其下游的韩江水，则是沿岸 1400 多万粤东百姓的生命之源。

　　隆冬时节，记者从汀江源头出发，沿江了解水资源保护状况。一路上，青山逶迤，碧水滔滔，见证了沿江人民坚持科学发展的历程，以及为保护母亲河所作的努力与奉献。

省政府连续 8 年，每年拨款 1000 万元治理长汀水土流失

　　"这里流的都是山上的树根水、竹根水。"龙门前，一位老农指着源头清泉，形象地说明了森林与水源的关系。

　　汀水流三江。长汀，是闽粤赣诸多水系的发源地。为有源头活水来，"山清水秀"被当作长汀县首要的战略目标。

　　"为封山育林，我们县自上世纪 50 年代初剿匪后，第一次下了'县长令'。"长汀人告诉记者。上个世纪 90 年代，林业是长汀县的财政支柱。过度采伐导致山林稀疏，水源得不到涵养，平日里江浅水少，遇暴雨山洪肆虐，冲荡下游。痛定思痛，长汀县狠下决心封山育林，取缔上游所有的小造纸厂，禁止利用阔叶林生产香菇，并推广烧煤、烧沼气，积极帮助农民转产，以利山林休养生息。

　　如今，长汀 390 万亩林地中，天然林占了百分之八九十。今年 12 万立方米的经济林采伐指标,只用了 3 万立方米。同时大力实施水资源涵养工程,在植被稀疏地带种植阔叶林,仅今年就种了 1002 亩。

值得一提的是长汀的水土流失治理。

长汀曾是我国南方红壤区水土流失最严重的县份,1985 年全县水土流失面积近 150 万亩,占国土面积的 31.5%,以河田为中心的水土流失区"山光、水浊、田瘦、人穷",被称为"南方荒漠"。2000 年,省委、省政府把"以长汀为重点的水土流失综合治理"列入为民办实事项目。此后,省长换了 3 任,而省里每年拨出 1000 万元专项资金支持这个项目的力度不减。如今,长汀水土流失面积比例已减至 14.03%,"南方荒漠"将"绿梦成真"!

岂止长汀。海峡西岸经济区战略提出后,汀江沿岸各县都把森林资源保护放在首位。不论干流支流,沿江的第一重山,全部列为生态公益林。闽粤交界的棉花滩水库"龙湖"周边,生态公益林面积达 24.75 万亩,占永定县生态公益林总面积的 1/3。

2006 年 1 月,龙岩市人大常委会出台《关于加强汀江流域水资源保护的决定》,严禁汀江沿岸生态公益林的一切砍伐和打枝割草。目前,龙岩市生态公益林面积为 656.7 万亩,确保了汀江流域的水源涵养和水土保持。

龙岩市 5 年拆除沿江猪舍 13 万多平方米,关闭"小造纸"企业近 70 家

棉花滩大坝边,有座横跨闽粤的"红楼河鱼山庄"。老板娘范秋英告诉记者,店里经营十几种特色河鱼,汀江水好,河鱼肥美,来自两省的顾客络绎不绝。记者站在小楼临江的窗边,看到附近有一口沼气池。店老板潘科坛说,这是他花 3000 多元建的,为了处理餐厅垃圾,避免污染汀江。

"我们为同处海峡西岸感到荣幸!"潮州市环保局负责人接受记者采访时,对上游的感激之情溢于言表。他说,目前韩江水质达到国家优良标准,是广东水质最好的河流之一。

沿江而下,记者看到一幅幅柳荫垂钓、轻舟竞渡、舒臂畅游的图景。

为了碧水长流,汀江沿岸干部群众不懈地努力——

2002 年以来,龙岩市拆除沿江猪舍 13 万多平方米,关闭"小造纸"企业近 70 家。

汀江中段的上杭县全面整顿矿产资源开发秩序,取缔未经审批的 21 家无证稀土矿点。

与广东山水相连的矿区永定县,2006 年严令毗邻汀江的 24 家矿山企业停产整治,2007年又决定每年投入500万元,用3年时间治理271个矿产项目。

紫金矿业集团的排污治理,可谓保护汀江水质的一个大手笔。

这个企业目前矿山环保人员达108人,占企业员工的10%;1992年至今,累计投入1.2亿元建设环保设施,每年还支付环保运行费用1000多万元。为了防止冶炼金矿产生的废液废渣排出,他们采用工业水闭路循环工艺,修建层层拦截设施,同时在排污口严格监测。去年7月,上杭连降大雨,环保人员包卫东、吴胜隆、江金科8天持续值守在排污口简陋的工棚内,24小时不间断监控排污口水质。

这两年,先后有6家国内具备甲级资质的环境监测机构专家共108人次来到上杭,对汀江水质进行检测,所有指标全部符合Ⅱ类水标准。

在广东,韩江被列为重点保护的江河,沿江县市建立水质保护联席会议制度,严格水源保护地的开发活动,整治排污企业以及畜禽养殖业,有序开发矿产资源。

汀江治理成为闽西、粤东的共同行动。2003年8月,闽粤赣十三地市党政领导第八次联席会议修订通过的协作章程中有一条规定:"加强区域内江河流域等水系的环境保护,维护生态平衡,促进区域经济的可持续发展。"2004年8月初,根据广东蕉岭县群众反映,武平县立即处理本县象洞乡养殖业污水排入蕉岭多宝水库的问题,迁走养殖场,圆满解决了这起跨省界水污染事件。

"闽西、粤东同属海峡西岸经济区,两省共饮一江水。我们有责任为下游送去达标水源,共同把母亲河保护好。"龙岩市环保局一位负责人说。

涵前村村民说:"上、下游好比邻居,我们多做贡献,大家的关系就更和谐。"

俗话说,靠山吃山。然而,这句话对汀江沿岸的群众来说,并不适用。为了涵养水源、保护水质,他们做出了巨大的牺牲。

长汀县委负责人说,长汀积极转移农村剩余劳动力,目前已经建成一定规模的纺织产业集群,只是怕污染汀江不敢办漂染厂,产业链无法形成,影响了经济效益。

永定县林业局负责人说,"龙湖"周边近25万亩森林划为生态公益林而不能采伐,仅此一项,每年为保护汀江做出的贡献就是2000万元。

"小造纸"曾经是长汀庵杰乡涵前村的传统产业,产品在东南亚颇受欢迎。

但"小造纸"以新竹为原料,先用石灰水浸泡,然后在江边洗净涤清,泛着白沫的污水顺流而下。长汀县 2001 年起禁砍新竹,涵前村就此告别祖祖辈辈传下来的造纸工艺。村民江仰光当年是造纸好手,他说,过去村里造纸,每年要砍掉大量的新竹,产值 100 多万元,现在造纸的收入没有了。

禁砍新竹后,涵前村家家户户搭起菇棚种香菇,鼎盛时种植规模达 200 多万袋。村主任江仰荣也曾是种菇大户,他家的 2 层小楼就是种菇攒下的钱盖的。但是,种菇耗费木材。2005 年,长汀县禁止利用阔叶林生产香菇,涵前村菇棚很快拆得一个不剩。

如今,涵前村引导村民种植烟叶和茶叶。

"小造纸"取缔后种菇,菇棚拆了后种烟种茶,在一轮又一轮的护江行动中,江仰光完成了一次又一次的角色转换,这背后,是个人的经济损失。

"我是共产党员,应该带头执行党的政策。"江仰光说,"下游受污染,群众过不好,我们心里也不好受。"江仰荣的想法是:"上、下游好比邻居,上游污染下游,就像把垃圾扔到邻居家门口,要吵架的。我们多做贡献,吵架少了,大家的关系就更和谐。"

"再说咧,山绿了,水清了,来龙门旅游的人越来越多,现在,村里光饭店就开了三四家。我们保护环境,环境会回报我们的。"江仰光眼里满是对未来的憧憬。

(荣获第十八届中国新闻奖报纸通讯类二等奖)

评 点

脚沾泥土护绿水青山

生态环境保护与建设一直是党和国家高度重视的重要工作之一。这篇通讯以汀江为载体,展现了闽粤两省人民为保护共同的母亲河所做出的奉献、努力及产生的显著成效,对当下的生态文明建设仍有积极的借鉴意义。

记者于隆冬时节从汀江源头出发,用脚步"丈量"纵贯两省的汀江。开篇从汀江及其源头的景致写起,进而顺势介绍沿江闽西人民为汀江流域绿水青山做出的努力和牺牲。记者择取水土流失治理、严格实施封山育林、多方节能减排等一系列保山护水的生动事件,以小见大、以点带面叙述环境变化、产业兴替、观念改变。文中大量使用直接引语,以"见闻"的形式进行故事化叙述,行文流畅、表述生动,避免了概念化的僵硬说教,强化了可读性。

曾经的"南方沙漠",如今已"绿梦成真"。随着记者的笔触,沿江而下,读者看到的是一幅幅柳荫垂钓、轻舟竞渡、舒臂畅游的图景,听到的是沿江人民一句句朴实而真挚的话语。景致的白描,翔实的数据以及受访人群的个性化表达,给作品增添了可信度。此外,作者还巧妙地进行了今昔对比,可见"为了共同的母亲河",闽粤人民在行动,且成效斐然。

"海峡光缆 1 号"开启两岸通信"直航"新时代

李向娟　林连金

(《福建日报》 2013 年 1 月 19 日)

本报福州专电(记者　李向娟) 大陆与台湾岛之间的通信业务经由第三方的历史宣告结束了。18 日,首条横跨台湾海峡、大陆直达台湾本岛的海底光缆——"海峡光缆 1 号"开通。从此,两岸通信业务无须"绕路",实现"直航"。

当天下午,"海峡光缆 1 号"竣工典礼在福州、台北同时举行。通过这条光缆所服务的视讯连线,两地嘉宾共同见证了这一历史性时刻。

此前,台湾与大陆的通信业务要从"亚欧光缆"、"中美光缆"与"亚太二号"等绕道而行。

"海峡光缆 1 号"从福州长乐直连台湾淡水,由中国联通、中国移动、中国电信和台湾远传电信、台湾大哥大、台湾国际缆网、台湾中华电信等两岸业者合建,总投资 2500 万美元,总长度约 270 公里,为台湾和大陆间最短路径,且因避开地震带而大幅降低了天灾损害及隐患。

中国联通福建分公司副总经理胡行正说:"海峡光缆 1 号"共计 16 芯光纤,采用目前世界最先进的波分复用技术,一期设计容量达 6.4 T,相当于 160 万路高清电视信号同时传输。这条光缆将与厦金海缆互为主备份,预计三四月间正式运营。

国台办负责人表示:"海峡光缆 1 号"的建成,是两岸"三通"的又一重要成果。参与建设的两岸电信业者和台湾交通主管部门官员一致认为,这也是两岸和平发展迈出的重要一步。

100 多年前,清朝台湾首任巡抚刘铭传在台湾与福建间铺设了海底电缆,但其早已退出历史舞台。去年 8 月 21 日,厦金光缆建成。这是两岸第一条直通光缆,但未达台湾本岛。"海峡光缆 1 号"建成,重启了 100 多年前两岸通信直达业务。

本报台北专电(驻台记者　林连金) "今天是在办喜事!"18 日下午,在台北出席"海峡光缆1号"竣工典礼的台湾海基会董事长林中森高兴地说。此时,在海峡西岸的福州,同一主题的典礼也在热烈进行。

透过视频连线,两地嘉宾举杯共庆,笑声、掌声零距离。远传电信董事长徐旭东说:"仿佛在同一个房间开会。"

台"交通部"政务次长叶匡时致辞时表示,"海峡光缆1号"完工不仅是两岸电信发展的进程,也将成就台湾跃升亚太电信枢纽的地位。

徐旭东等业界代表认为,"海峡光缆1号"开通,在两岸大交流时代,具有重要意义。

据悉,2000年,两岸有识之士就酝酿建设横跨海峡的海底光缆。2009年,中国联通、台湾远传电信、台湾大哥大和台湾国际缆网发起,并签署了"海峡光缆1号"项目合作谅解备忘录。之后,台湾中华电信、中国移动和中国电信相继加入。去年11月6日,工程正式开工。

（现场报道部分未收录）

（荣获第二十四届中国新闻奖报纸消息类二等奖）

评点

两岸连线助力两岸连心

"海峡光缆1号"由大陆移动、联通、电信三大运营商和台湾远传电信、台湾大哥大、台湾国际缆网、台湾中华电信等业者合建。两岸多家通信业者通力合作,反映出两岸交流人心所向。两岸通信"直航",不仅是技术"直通",更是两岸情感和心灵的相通。

《福建日报》记者抢得先机,在福州、台北两地进行连线,呈现两岸相关人士的观点看法,使得报道更为充实丰满,有利于读者对此事件的了解和认识。作品不拘泥于当下时事,力求在经济和文化层面寻求两岸共识。两岸通信渊源已久,早在100年以前,福建和台湾之间就已铺设海底电缆。记者从这一角度出发,有力地诠释两岸一家亲,掷地有声。报道既凸显"海峡光缆1号"开通的重大意义,也展现两岸民众渴望实现互联互通的殷切期盼。

记者跨越海峡记录这一历史性时刻,让两岸民众同时同享"喜事"。"海峡光缆1号"是两岸融合发展的见证,也将助力两岸关系继续行稳致远。

我们等着买习近平的书

——《摆脱贫困》《习近平谈治国理政》在台湾热销

林　娟　刘深魁

（《福建日报》 2014 年 12 月 17 日）

"我预感《摆脱贫困》和《习近平谈治国理政》在台湾会'火',但'火'到这种程度还是有点意外。"到台湾参加第九届金门书展（台、澎、金、马巡回展）后刚回榕的海峡出版发行集团副总经理吴志明告诉记者,"与我们合作的台湾天龙图书股份有限公司总经理沈荣裕也有同感。"

14 日,中共中央总书记习近平的这两本书在台北举行首发式,并在岛内主要书店上架销售。首发式当天,书就几乎卖断;15 日上午,福建新华发行集团紧急空运《摆脱贫困》和《习近平谈治国理政》各 500 本前往台湾;16 日,台北各图书门市纷纷告急,沈荣裕告诉记者:"跑过来又扑空的读者说,'我们等着买习近平的书'。"

习近平这两本书在台热销其实早有端倪。11 月初,天龙图书股份有限公司率先引进《摆脱贫困》和《习近平谈治国理政》各 20 本,安排在位于台北重庆南路的门市部试销,结果一天内售罄。"由于第一轮销售市场反映极佳,大家一传十传百,形成良好的口碑。上周,公司各追加 100 本,很快又销售一空,与福建方面签约合作后,我们会抓紧在全台铺货,尽最大努力满足每一位读者的需求。"沈荣裕说。

读者的强烈需求,第九届金门书展福建代表团的同仁们在台湾期间有深切感受。此次书展共为台湾民众带去 300 多万码洋、6000 多个品种的图书,《摆脱贫困》和《习近平谈治国理政》是其中的亮点。书展第一站到金门,一会儿工夫就卖掉几十本,此后几站越卖越火,书供不应求。

在巡展途中,已有多家台湾图书出版发行机构提出,希望与福建方面合作,成为《摆脱贫困》和《习近平谈治国理政》在台湾的销售总代理。金门书展两岸主办方顺势而为,于 14 日书展台北站开幕当天,举办两本书的全台销售首发式。同日,福建新华发行集团与岛内著名的简体字书商天龙图书股份有限公司、五南出版机构签约,由他们全面代理两本书的入岛发行,每家第一批各分别引进 1500 本。

首发式吸引了岛内外众多媒体,相关报道被大量转载,而台湾《中国时报》、《经济日报》、《旺报》、《台湾导报》、东森电视等主流媒体着力聚焦,更是在岛内造成轰动效应,使台湾民众对《摆脱贫困》和《习近平谈治国理政》高度关注。

16 日下午,本报驻台记者专门来到天龙图书股份有限公司在台北的门市部,发现《摆脱贫困》和《习近平谈治国理政》除了架上的样书外,台面上已无货。

台湾《中华文化报》社长许树祥幸运地抢到最后两本。他告诉记者,大陆近年来经济快速发展,在国际舞台上影响力越来越大,两岸紧密相连,台湾民众渴望了解大陆。"刚好有这么'赞'的书送到家门口,当然很想买来看看。"

台北松山高中的蒋家豪老师正认真翻看样书内文,他表示,自己对书中反腐败、治国理政的内容比较感兴趣。

同样在看样书的施姓夫妇也读得津津有味,两人一边看一边轻声交流。施先生说:"真有些爱不释手,我们还没有去过大陆,正好可以通过这两本书来了解大陆。"

五南出版机构董事长杨荣川早就将书先睹为快。他认为,台湾民众特别敬仰清廉、务实、亲民、节俭的领袖人物。习近平有过下基层工作劳动、吃苦受难的经历,深谙民生民情与基层心声,作风接地气,又果断推动改革……"他的政绩台湾民众早有耳闻,他写的书台湾读者如此感兴趣,不意外。相信习近平著作的热销,会在台湾带动购买大陆版图书的热潮。"

此次金门书展,《摆脱贫困》和《习近平谈治国理政》备受关注,令福建出版界十分振奋。据悉,他们已制订一系列计划,以期让这两本书在台湾进一步扩大影响力。如在岛内简体书店设置别具一格的广告看板、向购书者赠送《简繁体字对照手册》以辅助阅读、与台湾著名的诚品书店联合举办记者会、邀请台湾出版发行机构及书评家一同打造"习近平著作高雄首发式"、根据台湾读者需求适时推出由福建人民出版社出版的《摆脱贫困》繁体版等。

杨荣川告诉记者,《摆脱贫困》和《习近平谈治国理政》热销,无疑给台湾低迷的图书出版市场注入一股活力。受托代理这两本书全台销售的台湾联合发行股份有限公司总经理林建仲表示,等天龙图书股份有限公司和五南出版机构向福建订购的各1500本书抵台后,他们会在一周内将书悉数调配到全台各地的连锁书店,预计最迟本月底,台湾民众就可顺利买到《摆脱贫困》和《习近平谈治国理政》。

（荣获第二十五届中国新闻奖报纸通讯类二等奖）

评 点

做好涉台新闻报道的时、度、效

这篇通讯以报社本地记者与驻台记者联合采访、两岸联动的方式,全面及时报道习近平总书记著作《摆脱贫困》和《习近平谈治国理政》在台首发并热销该事件。作品既有两岸视野,又有全局观念,较好地把握"时、度、效",取得了良好的传播效果。

"时",是指把握报道的时机,以便快速挖掘并全面呈现新闻事实。记者将时间节点与线索巧妙安排,点线结合、详略得当。14日,台北首发,"几乎卖断";15日,福建新华发行集团"紧急空运";16日,读者众多,岛内书店"纷纷告急"。短短三日,寥寥数笔,精准描绘著作受欢迎场景,反映了台湾读者对习近平总书记亲民务实作风的崇敬之意。

"度",是把握报道的方式方法,兼具"高度"、"广度"和"温度"。第一,着眼大局,立意有"高度"。记者将大陆图书热销、岛内反响热烈、两岸交流通畅皆浓缩在一件通讯里,既能就细微处察台湾民情,又能从全局高度观两岸大势。第二,挖掘素材,视野有"广度"。记者进一步借由金门书展和对岛内知名出版人的采访,显现闽台书业交流合作的热络,阐述大陆图书对台湾出版市场的积极作用。第三,感知情绪,笔触有"温度"。记者采访两岸书企负责人、知名出版业者、媒体人与普通读者,灵活穿插各当事人的言语,使作品更具亲和力。

"效",是把握舆论引导的有效性和影响力,将《福建日报》的声音从此岸传到彼岸,从福建传到全国。该文刊发后,迅即被人民网、中青网、凤凰网、光明网、中广网等主流媒体转载,在台湾引起更多民众对习近平总书记著作的关注。这也说明,涉台新闻,正是要把笔尖、镜头、话筒对准台湾同胞尤其是普通民众,要讲求同声相应,同气相求,才能达到心灵沟通,心悦诚服。

一个智能马桶就有 35 项国家专利

郭培明　　邱和军

（《泉州晚报》 2016 年 3 月 10 日）

引发疯狂的智能马桶

智能产品正成为卫浴行业的新风口。

用"疯狂"来形容智能马桶盖，一点都不为过。

时针回拨到去年 1 月，财经传媒名人吴晓波一篇《去日本买只马桶盖》，引爆国内智能马桶盖行业。短短 3 个月时间，九牧的智能马桶盖销量增长 300％。"双十一"当天，九牧的智能卫浴产品增长 430％。中宇、辉煌等其他品牌企业，同样也收获大幅度攀升的业绩。

业内人士把这种疯狂归结为：泉州产智能马桶更懂中国，更适应中国的卫生间。

疯狂的表象背后，一场消费革命正在发生。

早在 6 年前，就有泉州卫浴龙头企业联合权威机构做过一次深度调研，并得出结论：国人正从生存消费向品质消费过渡。据测算，每年大概有 3 万亿元高端消费品进口，其中智能产品消费占据主导地位。

特别是随着"90 后"、"00 后"日益成为消费主力军，个性化定制需求等新的消费方式喷薄而出。

一场席卷全国的消费升级，倒逼产业转型升级。

竞争信心源自持续创新

那么，出路在哪？

推崇"科技改变生活"理念的九牧厨卫董事长林孝发认为，关键还在于生产出打动消费者的产品。

昨日，在九牧的展厅，目睹技术人员现场演示 G5 智能马桶的来宾，纷纷感慨：G5 浑身是宝。它已经不是传统意义上的马桶。

除了在外观上延续乔治亚罗大师的流线型跑车设计精髓,使用与保时捷同级的油漆工艺,加入最新的电解除菌技术,G5还实现与九牧魔盒睿鸥的无缝接轨,实现从"智能卫浴"向"智慧卫浴"升级。据介绍,从实用型功能设计,到材料技术,再到移动软硬件的运用,G5融合35项国家发明专利于一身。

"未来完全可以做到将'厕所'变为'诊所'。"在演示现场,九牧常务副总裁刘艳一口气将一杯冲马桶的水喝下,她对一脸错愕的客人解释,科技创新让冲马桶的水变为可饮用水,通过九牧智慧卫浴,可以实现对体重、皮肤、尿液等跟踪,从而对智能马桶使用者做出科学的健康诊断。

这一切,源于科技创新的力量。

已经拥有1600项专利,有工业设计界"奥斯卡"美誉的IF奖多达9个,每年的科研经费从占销售额的3%,今年计划上升到5%,如今的九牧在科技创新的道路上迈开大步。

不只是九牧,走进其他几家代表性企业,同样可以强烈地感受到一种对品质的执着。有观察人士分析认为,这也是泉州卫浴行业能在短短20年时间,迅速成为全国实力最强的产区之一的关键所在。

"虽然遭遇资金困境,但是产品研发我们依旧在坚持、坚持、再坚持。"昨日,辉煌水暖集团董事长王建业面对记者采访时直言,纵使员工锐减,公司自有的100人研发团队是"一个都不能少"。

从研发、加工,到检测、试验,在各个环节都能感受到这股较真劲。早在2013年,国家级检测试验中心落户辉煌水暖公司。九牧公司则先后将国家级工业设计中心和国家级技术中心收入囊中。在开放的九牧检测实验室,每项破坏性测试工作台上,都可以看到九牧产品与国际大品牌进行"一对一"的PK场景,展现的是一种对品质的自信。

整合资源造就创新生态

其实,行业内PK式的厮杀战火早已熊熊燃烧。

家电巨头美的进军卫浴行业,并在南安仑苍高调打出广告牌。作为福建省水暖卫浴阀门行业协会会长,王建业的心情极为复杂。

"坦白地说,因为前几年盲目扩张,导致资金链紧张,现在面临经营难题。"王建业说,这是创业30年来最严重的考验,但是中国厨卫行业市场蛋糕依然极具吸引力,整个行业还没有出现市场占有率达到1%的行业巨头,千亿级企业巨头跨界进入厨卫行业,对这三家有二三十年品质和品牌积累的企业来说,或许也是一种跨界整合的机会。

中宇建材集团总裁蔡吉利也认为,消费者定制化和一体化采购需求,对整个行业来说是希望大于挑战,这也是供给侧改革给厨卫行业带来的希望所在。

在今年的中央政府工作报告中,首次出现"工匠精神"。多位企业主认为,对处于供给侧改革浪潮中的卫浴行业而言,就是改善产品和服务供给,促进产业升级。

"供给侧改革,具体到企业就是个性化定制、柔性化生产。"九牧董事长林孝发说,无论是提升品质还是降低成本,出路在于智能制造。

在九牧总部,有一座一般不对外开放的智能研究院大楼。昨日,记者在这里看到九牧正在与德国一家顶级设备企业合作,自主研发出两套陶瓷智能生产设备。展现在眼前的试验过程,可以用颠覆性变革来形容:没有了传统的窑烧环节,生产一个马桶从原来需要 24 小时缩减到只需要 20 分钟,产品合格率从 70% 提升到 96%,等量的原料产出率翻 4 倍。"单单设备就申请了 100 多项专利,接下来就是进行工厂智能化改造升级。"据透露,为了专攻智能化,九牧在海内外布局了 11 个研究院。其中,就有去年年底九牧宣布为寻求攻克传感器这一世界性难题,选择在硅谷建立的智慧卫浴研究院。

"谁能整合好资源,打造创新生态,谁就能赢得未来。"林孝发信心十足地说,九牧正在尝试集团合伙制度,包括首开行业先河在硅谷设立研究院,目的就是整合全球资源锻造九牧品牌,找到一条与国际大品牌一争高低的路径。

(荣获第二十七届中国新闻奖报纸通讯类三等奖)

评点

阐释经济议题　讲好中国故事

2016 年前后,国内部分媒体争相"炒作"中国游客在日本买马桶盖的事件。这类报道一定程度上反映出当时人们对国产马桶质量的不信任。2016 年全国两会期间,福建省委书记特意为福建制造的智能马桶点赞,引发各界热议。《泉州晚报》记者捕捉到了这一经济议题背后的时代价值,进而深入跟进,完成了这篇作品。

选题时效性强,及时回应社会关切。记者深入基层,深入行业内部,俯下身、沉下心，实地走访多家企业、行业协会和相关部门，结合行业的转型升级趋势，凸显了民营企业在供给侧结构性改革大背景下所表现出的"工匠精神"。在表达上，整篇通讯的语言兼具新闻写作技巧性和经济议题的专业性，尤其是几组小标题，写出了对卫浴行业的观察和对福建民营经济发展的设想。由"引发疯狂的智能马桶"激起读者兴趣，继而提出"竞争信心源自持续创新"和"整合资源造就创新生态"的观点，诉诸读者的理性思考，潜移默化，说理自然。

　　经济转型时期，对特定地区、特定领域作深度报道，是对记者"脑力"的考验。记者是时代的同行者，只有不断深化对社会和时代发展规律的认识，在某一领域或某一行业内深耕细作，才能真正增强"四力"本领，写出好的作品。

从福建走出的菌草传奇

吴毓健　谢　婷　张　辉

（《福建日报》　2018年11月17日）

2018年11月13日，为庆祝习近平主席对巴布亚新几内亚进行国事访问，东高地省百余名民众与我省专家组一起举行了"福建—东高地　菌草一家亲"活动。

11月14日，习近平主席在巴布亚新几内亚媒体发表的署名文章，回顾了一段源于18年前的菌草奇缘："我担任中国福建省省长期间，曾推动实施福建省援助巴新东高地省菌草、旱稻种植技术示范项目。我高兴地得知，这一项目持续运作至今，发挥了很好的经济社会效益，成为中国同巴新关系发展的一段佳话。"

一株菌草，几多佳话。在塞外宁夏，苦寒之地的农民称之为"闽宁草""幸福草"；在南太平洋岛国，海外友人唤其为"中国草""一带一路信使"。它打破了木、草、菌间的学科界限，开辟了一个全新的技术门类。在食药用菌生产、畜牧养殖、生物能源、水土治理等领域，它都扮演着"奇兵"的角色。

小小的菌草，在习近平的关心和支持下，走出八闽大地，走向全国，走向世界，演绎传奇。

支持与关怀，让他把创新的论文"写在大地上"

2000年7月5日，福建省人民政府会议室内，举行了一场特殊的颁奖会。时任福建省省长习近平，为福建农林大学研究员林占熺颁奖。这是福建第一次对科技工作人员做出的贡献记一等功。

林占熺，正是菌草技术的发明人。

1970年，27岁的林占熺被分配到三明真菌研究所工作。他在工作中发现，用树木栽培食用菌，消耗了大量森林资源。能否以草代木，化解日益凸显的"菌林矛盾"呢？林占熺开始了漫长的试验之路。1986年，已调回福建农学院（福建农林大学前身）工作的林占熺，成功地用芒萁、五节芒等野草栽培出香菇、木耳等食药用菌,此后,又从野草和人工栽培的草本植物中筛选、培育出菌草45种,适宜用菌草栽培的食药用菌种类51种,发明了菌草技术。

技术实现突破后,林占熺带着新发明,四处奔波致力推广,决心把创新的论文"写在大地上""写在农民的钱袋里"。

菌草技术创新也引起国际发明界和联合国开发计划署的关注,该发明于1992年获第二十届日内瓦国际发明展金奖和日内瓦州政府奖,1994年联合国开发计划署把它列入"中国与发展中国家优先合作项目"。同年,菌草技术被中国外经贸部列为发展中国家实用技术培训与援外项目。

1995年,福建农林大学开办国际菌草技术培训班。参加首期培训班的巴布亚新几内亚学员,回国后向东高地省省长汇报了学习成果。第二年,东高地省省长飞赴福建,邀请福建农林大学的专家团队到巴新传授推广菌草技术。

通过菌草认识到中国是值得深交的朋友。2000年5月16日,应时任福建省长习近平邀请,巴新东高地省政府代表团访问福建。双方签署了《中华人民共和国福建省与巴布亚新几内亚东高地省建立友好省关系协议书》和《福建省援助东高地省发展菌草、旱稻生产技术项目协议书》,决定由福建出资实施为期5年的援助巴新项目。

通过项目支持、技术输出、开办培训班等方式,菌草技术走出福建,走向世界。

这时候,林占熺有了新的思考:"如果不抓紧改善我省菌草技术科学实验条件、加强菌草科学研究,作为菌草技术发源地的福建,在国际、国内的领先地位将难以保持。"

林占熺的主张得到了支持。2002年3月,省教育厅经认真调研后,向省政府提交了报告,主张在福建农林大学创建菌草科学实验室。这份报告落到实处。福建,终于有了全国第一个菌草科学实验室。

多年后,菌草科学实验室发展成为福建农林大学国家菌草工程技术研究中心。借助这个平台,福建还为世界各国源源不断地输送菌草技术人才。"十多年来,我们先后承担了中国政府援助卢旺达农业技术示范中心项目、斐济菌草技术示范中心项目等建设任务,在巴布亚新几内亚、莱索托、厄立特里亚等国建立菌草技术示范培训基地。"福建农林大学党委书记严金静说,菌草技术已被翻译成英、日、法、葡萄牙、阿拉伯等15种文字,推广至100多个国家。"下一步,我们将继续做好菌草技术、旱稻技术援助巴布亚新几内亚、斐济等

'一带一路'沿线国家农业技术示范区建设。"

可以预见,未来,在生态治理、发展菌草饲料和菌草菌物、生物质能源等领域,将实现更多的菌草应用。

"以草代木",小小菌草诠释生态经济学

"菌草技术就是为扶贫和保护生态而生的。"1983年,林占熺随同省科技扶贫考察团来到革命老区闽西。在汀江上游的长汀县河田镇,看到的情景让他触目惊心——这里的"悬河"高出两岸耕地一两米,四周山丘荒秃、满目疮痍。

当时,闽西长汀、连城、上杭、武平仍是全国贫困县,有贫困户9.1万户49万多人,人均年收入不到200元。曾被誉为"红色小上海"的长汀成为全国有名的水土流失的重灾区。

"生态恶化与贫穷落后是一对孪生兄弟。保护森林资源、'以草代木'栽培食用菌的强烈愿望,促使我开始了菌草技术研究。"忆及当年,林占熺说。

因陋就简、白手起家。经过三年夙夜攻关,1986年秋,菌草技术实现突破。而菌草的涵养水土功能也带来了"意外之喜",在长汀严重水土流失区,巨菌草种植才一年,土壤侵蚀量就减轻78%。

这意味着,一个国内外前所未有的草与菌的交叉研究领域,破土而出。也意味着,以后发展菌业,不仅不用砍树,菌草还能成为生态卫士,收获经济与生态的双重红利。

在长汀的实验取得成功后,菌草技术的扶贫足迹从闽西到全省,又推广到全国。1991年,菌草技术被国家科委列为国家星火计划重中之重项目;1995年,菌草技术被中国扶贫基金会列为科技扶贫首选项目;1997年起先后被福建省政府列为对口帮扶宁夏、智力援新疆、对口帮扶重庆三峡库区、科技援西藏项目。

目前,菌草技术已在全国31个省(市、自治区)的487个县(市、区)推广应用,在生态建设、扶贫减困、产业发展等方面发挥积极作用。

1999年,林占熺带着团队来到宁夏,在彭阳、盐池等9个县区建立食用菌示范点,开展技术培训,发展菇农1.7万户,带动户年均增收8000元。菌草扶贫技术在宁夏迅速推广开来,被誉为"东西协作扶贫的希望"。

林占熺算了一笔账:我国592个贫困县多数生态脆弱,如果能在每个贫困县利用非耕地种植万亩菌草,全国可形成数以千亿元计的产业,实现扶贫开发和生态建设共赢。

"近年来我们在黄河两岸 44 个国家级贫困县，全力推进把菌草生态治理和脱贫攻坚紧密结合起来。"林占熺说。

如今，在全国，菌草扶贫梦想逐渐照进现实。在陕北的黄土高原，菌草养羊项目让每只羊日饲料成本降低 0.18 元，牧民纯收入实现至少翻倍，仅延安市 13 个县区就实现种植超万亩；在贵州黔西南，通过建立喀斯特石漠化区域菌草生态治理与产业发展示范基地，一批企业和农民合作社得到帮扶，精准扶贫工作成效显著；在青海、四川、河南、宁夏、山东等地，菌草技术扶贫已经落实到千家万户……

黄土高原的脸，也悄悄在改变。2013 年，在内蒙古阿拉善的乌兰布和沙漠，林占熺带领团队奋战治沙第一线，从 10 多种草种中筛选出适合的草种，发明了一整套菌草治理生态的关键技术和配套技术，仅用 100 天左右的时间就把流沙固住，让无边的沙漠"长"出了绿洲。

目前，黄河中下游沿岸 7 个省已建立起 14 个菌草生态治理与产业发展示范基地，治理水土流失、防沙固沙和治理盐碱地的菌草实践都取得了不俗的成绩，为生物治理荒漠化、修复黄河生态闯出了一条新路。

漂洋过海，菌草技术在发展中国家"点草成金"

小小一株草，情牵万里长。从 1992 年开始，菌草先后在日内瓦、巴黎获得国际发明奖项，菌草技术走向世界由此起步。

1997 年，应巴新东高地省政府的邀请，林占熺带领团队来到东高地省鲁法区，建立菌草技术示范点。

"东高地的百姓实在是太贫困了。"到了当地后，他们发现，那是一个还停留在刀耕火种阶段的地方，缺乏致富能力和途径。

深受触动的林占熺一行改变了原来传授完技术就回国的主意，专家组在当地深入调研，决定用当地的草来种菇，帮助他们脱贫致富。这一帮，就是 8 年。

含辛茹苦没有白费。当地不仅栽培出菌草菇，结束了没有稻谷生产的历史，还连续创造了三个世界第一：一是巨菌草的产量最高到 853 吨/公顷，是世界上已知的最高生物量的草本植物；二是在 2003 年农户大面积种植旱稻平均产量达到 8.5 吨/公顷，为当时已知的世界旱稻最高产量；三是旱稻宿根法栽培获得成功，创造了一次播种连续收割 13 次的纪录。

巴新样本只是"中国草"对外援助扶贫的缩影,在更多国家,野草变"金草"的故事不断传颂。在斐济,1公顷菌草可以养30头牛或300只羊,牛羊出栏量大幅增加,农民致富步伐大幅加快,菌草技术也因此被斐方誉为"岛国农业的新希望";在莱索托,因为投资少、见效快,7至10天即可收回菌袋成本,当地农民将菌草称为"Quickmoney"(快钱)。

与此同时,如火如荼的培训在全球各地展开,各国学员通过学习菌草技术不仅改善了自己和周围人的生活质量,他们更像一颗颗火种,在当地铺展开呈燎原之势。

1995年,菌草技术国际培训班在福建首开,林占熺及其团队开始向发展中国家学员进行实用技术培训,菌草也被列为中国对外援助项目。

来自尼日利亚的拉瓦迪·达蒂正在攻读菌草技术博士学位。2010年,他参加菌草技术国际培训班,回国后把所学传授给身边人,并取得良好成效。备受鼓舞的他再赴中国深造硕士、博士,还把妻子带来一起求学。如今,他在尼日利亚牵头建立菌草技术示范基地。"为了把这项技术知识带回国,我已经走了这么远了,"他说,"我希望提高农民和妇女的生活水平,提升环境质量,减贫并增加生产力高的就业机会。"

截至今年9月,174期培训班,105个国家,6979名学员,菌草技术交出了一份沉甸甸的援外成绩单。英、韩、俄、日、西班牙、阿拉伯、泰、皮金、法、祖鲁等15种文字在传播菌草技术;巴新、卢旺达、斐济、莱索托、南非、厄立特里亚等13国建起了菌草技术培训示范中心和基地……

2017年,"中国—联合国和平与发展基金菌草技术项目"在美国纽约启动,菌草技术成为落实联合国2030年可持续发展目标的一份"中国方案"。

在演绎菌草传奇的路上,75岁高龄的林占熺,壮心不已,奋力奔跑!

(荣获第二十九届中国新闻奖文字通讯类三等奖)

评 点

用"老故事"传递"新主题"

2018年11月14日,国家主席习近平对巴布亚新几内亚进行国事访问前夕,在当地媒体发表署名文章,回顾了一段源于18年前的菌草奇缘。《福建日报》记者迅速跟进,报道在习近平的关心和支持下,一株小小菌草如何走出八闽大地,走向全国,走向世界的传奇故事。

讲好18年前的老故事,表达老故事背后的新主题,有赖于独特的选材视角。记者选取自1970年至2017年的一系列相关新闻素材,并按照"递进式"和"蒙太奇式"相结合的方法进行安排。一方面,素材从浅层到深层,从现象到本质,层次之间呈现逐步深入的态势;另一方面,按照菌草研发与传播的过程,把发生在不同时期、不同地点的新闻素材合乎逻辑地、有节奏地连接起来,让读者对这株小小菌草有了更明确的印象。尽管作品中的部分素材早已为读者熟知,但记者巧取角度,旧曲翻新声,给读者以新鲜感,有力地传递出"一株福建草,万里中巴情,命运共同体"的新主题。

作品充分体现出通讯写作生动性、完整性、评论性的特点。首先,作品在语言和表达上颇具文学色彩,通过比喻、象征等修辞手法,形象地再现了菌草技术的研发与应用情景。其次,所选素材丰富、全面、具体,其中不少细节和场面描写也很到位,完全符合通讯内容既要具体化,又有完整性的要求。最后,作者夹叙夹议做出评论,理在情中,紧扣人物和事件,很有说服力。

作品以林占熺的视角展开叙事,再现菌草技术的研发历程,以及在生态建设、扶贫减困、产业发展、国际帮扶合作等方面的应用。福建的菌草传奇故事,是中国与世界各国一道,开展互利合作,实现共同繁荣,构建人类命运共同体的真实写照。

察潮流　顺民心　天下定

——为庆祝党的 76 周年诞辰与1997 年香港回归而作

清　明

（《福建日报》　1997 年 7 月 1 日）

7 月 1 日,是一个彪炳史册的日子。

76 年前的今天,是中国共产党在神州大地光荣诞生的伟大时刻;76 年后的今天,是中华民族洗雪百年耻辱迎来香港回归,长民族志气振国家声威的喜庆时刻。这绝不是偶然的巧合,而是历史发展的必然结果。海内外炎黄子孙在抒发百年期盼愿望一朝实现的喜悦之情时,不能不由衷地歌颂我们的党洞察潮流,顺应民心,圆满解决香港问题所立下的丰功伟绩。

庄严的历史时刻,必然引起人们对这一重大历史现象的深刻思考。

为什么清朝政府会在《南京条约》这一"卖身契"上签字画押,使香港变成一个深深触痛每一位爱国者自尊心的地名?

为什么英帝国主义霸占香港地区一个半世纪以来,从清朝到民国为收复失地所作的努力都遭到失败?

为什么无数志士仁人为了拭去"东方明珠"蒙受的尘垢而抛头颅、洒热血,只有在今天——我们党 76 周年诞生纪念日,才能看到香港回归祖国的怀抱而含笑于九泉?

历史揭示了一个朴素的真理:合乎潮流者昌,顺应民意者胜,民心归向而天下定。

人们不会忘记,当年广州三元里和附近 100 多个乡的数千群众面对英帝的坚船利炮,无所畏惧,奋起抗争,以大刀、长矛为武器,杀得侵略者丢盔弃甲,丧魂失魄。然而,腐败无能的清廷大员"靖逆将军"奕山,竟派广州知府为之解围,使英军得以狼狈逃窜。而主战派林则徐、邓廷桢等则遭到贬斥流放。昏庸腐朽的清王朝居然在答复英方的照会中指责林则徐"未能仰体大皇帝大公至正之意"。统治者违背民心,拂逆民意,以其意志为转移,必然造成香港的沦陷,导致一系列割地赔款、丧权辱国的可悲结局。在收复香港的问题上,民国时期的北洋政府几经对外交涉严重受挫,以蒋介石为首的国民政府一再妥协退让,坐失良机,甚至声言"对香港没有领土野心"。这说明他们所谓的"收回香港"只不过是欺世盗名的外交辞令。他们奉行违背民心的政策,自然也得不到人民群众这一强大的实力作后盾。

中国共产党以全心全意为人民服务为唯一宗旨,以人民高兴不高兴,人民满意不满意,人民赞成不赞成为考虑一切问题的出发点和归宿,解决香港回归问题也是抱定这样坚定的立场和宗旨的。1982年9月2日,邓小平同志在与撒切尔夫人会谈时明确指出,1997年中国将收回香港。他说:"如果中国1997年,也就是中华人民共和国成立48年后还不把香港收回,任何一个中国领导人和政府都不能向中国人民交代,甚至也不能向世界人民交代。如果不收回,就意味着中国政府是晚清政府,中国领导人是李鸿章!我们等待了33年,再加上15年,就是48年,我们是在人民充分信赖的基础上才能如此长期等待的。如果15年后还不能收回,人民就没有理由信赖我们,任何中国政府都应该下野,自动退出政治舞台,没有别的选择。"这一段气壮山河的话语,反映了中国人民收回香港的迫切愿望和坚强决心,体现了党和国家领导人知民心、察民情、洞悉世界大势的政治智慧。

我们的党从诞生之日起,始终站在历史的潮头,把握人心的向背,成为领导中国人民求翻身、求解放、求发展、求在世界人民面前得到平等地位的中流砥柱。当今之世,国家要统一,民族要振兴,世界要和平、要发展,是不可抗拒的历史潮流;民心思归,民心思定,民心思富,民心思廉,是香港同胞和海内外全体中国人民的共同心愿。这些天,我们从报纸、广播、电视上看到内地人民、香港人民、台湾人民、澳门人民,乃至全球各个角落的炎黄子孙脸上流露的扬眉吐气的胜利喜悦和普天同庆的热烈盛况,禁不住热泪盈眶,激动之情久久难以平静。这就是民意!这就是人们常说的香港回归祖国是大势所趋,人心所向。邓小平同志正是站在这样的历史高度、从这样的大趋势出发,实事求是地提出"一国两制"的伟大构想。"一国两制"既是解决香港问题的最好办法,也为以和平方式妥善解决历史遗留问题树立了典范,将在现在和未来,对中国和世界产生深远的影响。

得民心者得天下,顺民心者安天下。以江泽民总书记为核心的党中央高举邓小平建设有中国特色社会主义理论的伟大旗帜,成功地、创造性地实践了这一伟大理论。从新中国的诞生到社会主义事业的日新月异,从"一国两制"伟大构想的提出,《香港特别行政区基本法》的诞生,解决收回香港的一系列方针、政策的制定,到构想、方针、政策、法规的顺利实施,150多年夙愿的最终实现,历史和现实充分证明并将继续证明:我们的党是中国各民族利益的忠实代表,是一个洞察潮流、顺应民心的成熟的政党。由这样的执政党领导的中国人民,不仅有能力收回香港,而且有能力使香港更加繁荣与稳定,使我们的国家跻身于世界先进行列,使我们的民族屹立于世界民族之林!

察潮流,顺民心,天下定。这就是今年7月1日的历史现象给予人们的启迪。

7月1日,将放射出永不熄灭的光芒!

（荣获第八届中国新闻奖报纸评论类一等奖）

评点

言当其时　理通民意　顺达民心

评论是党报的旗帜和灵魂,代表主流媒体的观点和声音。巩固壮大主流思想舆论,宣传阐释好党的方针、政策、路线,是党报评论员不容推卸的职责和使命。《察潮流　顺民心　天下定》是《福建日报》为庆祝建党76周年和喜迎香港回归而作,是一篇言当时、道天意、定民心的时评佳作。

第一,从立意来看,作者经过了周密思考与精心策划。记者没有就"回归"论"回归",而是重新梳理、整合事件之间的关系,抓住党的诞辰与香港回归同一日的"巧合",寻找偶然中掩藏的历史必然,指出"合乎潮流者昌,顺应民意者胜,民心归向而天下定",观点鲜明,角度巧妙,立意新颖。第二,从论证过程来看,作者的论述建立在大量的事实基础上。广州三元里抗英,林则徐、邓廷桢被贬,清王朝割地赔款,国民政府妥协退让等历史事实,无一不昭示旧政府旧势力的昏庸腐朽、软弱无能及其拂逆民意、违背民心。在追溯历史因由后,作者着眼当下,结合党的宗旨、政策,特别是"一国两制"的伟大构想,在新旧对比中重申人民立场是我党的根本立场,凸显我党在解决香港问题中的功绩。第三,从写作手法上看,作者采用问答式说理,在提问与抒情中遣词达意,言之有物、言之有情、言之有理。开头连续提问,引发读者思考,之后追溯历史,解答问题，回顾邓小平与撒切尔夫人交涉时的决心与魄力，与读者形成对话互动，加深情感共鸣，赞扬了党和国家领导人知民心、察民情、洞悉世界大势的政治智慧。

整篇评论节奏明快、激情奔放，且富有思辨性与哲理性，展现出作者驾驭重大题材的深厚"笔力"。

推动农民创造奇迹的两个轮子

清 明

（《福建日报》 1998 年 11 月 23 日）

　　一个物质利益，一个民主权利，是推动亿万农民创造奇迹的两个轮子。

　　建设社会主义新农村，实现农业和农村的现代化，必须坚定不移地依靠广大农民群众，充分调动农民的积极性、主动性、创造性。而调动农民的积极性，核心是保障农民的物质利益，尊重农民的民主权利。这是农村改革 20 年的一条基本经验，是我们在任何时候、任何事情上都必须遵循的一条基本准则。

　　物质利益和民主权利，也是历代农民的基本要求。在封建社会，农民起义军很早就提出"均贫富""等贵贱"的口号。在 2000 多年的封建社会里，农民起义时起时伏，无不与此有关。每一次农民起义的打击，总要迫使统治阶级在生产关系上作出某些调整，实行某些让农民休养生息的政策，使经济得以复苏，社会暂时实现稳定。但是，封建统治者不可能真正改变其对农民在经济上敲骨吸髓、在政治上残酷压迫的本性。刘姥姥进大观园，惊叹豪门一席螃蟹宴胜过庄户人家一年粮，杜甫"朱门酒肉臭，路有冻死骨"的诗句，正是封建社会的真实写照。统治者实行"民可使由之，不可使知之"的愚民政策，对农民更无丝毫"民主"可言。经济上的压榨和政治上的压迫，像两根铁索捆住了农民的手脚，压制了农民的积极性和创造性，这也许正是中国封建社会特别漫长的原因。而农民为追求自己的理想，维护自身的利益，也从未停止过英勇的斗争。它迫使封建社会不断改朝换代，直至退出历史舞台。

　　中国共产党以全心全意为人民服务为宗旨，以动员人民群众为自身利益而奋斗为号召，带领全国人民求翻身、求解放，终于夺取了政权，打下了江山。但是，建国以来，我们也经历了曲折的道路。近半个世纪的历程表明，凡是保障农民的物质利益，尊重农民的民主权利，经济就繁荣兴旺，社会就歌舞升平。反之，则经济凋敝，社会动荡。有的同志说，中国农民老实，这话当然没有错。

但是,如果以为这就意味着中国农民缺乏觉悟,在经济和政治上缺乏追求,那就大错特错了。人们不会忘记,当年安徽小岗村的农民为了求生存、求发展,立下契约为甘冒杀头坐牢风险的干部抚育子女至 18 岁,这份契约现在被郑重地收入中国革命历史博物馆,成为警世的珍贵文物。再看福州郊区有前后两个村子,他们地界相邻,条件相近,但由于村务公开、民主理财工作的情况不同,反差很大。前村干群团结,生产蒸蒸日上;后村告状不断,经济走下坡,社会事业发展也受影响。这些事实不正生动地说明,维护还是背离农民的物质利益和民主权利,是与人心向背、事业兴衰息息相关的吗?

农村改革 20 年来,广大农村干部对这一问题有着越来越真切的体会,并在工作中认真实践,从而极大地调动了农民的积极性,促使农村面貌发生历史性的变化。他们功不可没。然而,也有少数干部特别是某些乡镇干部,对此不甚理解或者不愿理解。他们对党的富民政策不是不折不扣地贯彻落实,而是随意变动或曲解,以便从中牟取私利;对农民多取少予甚至只取不予,巧立名目,把各种不合理负担强加到农民头上,为了出"政绩"而不顾需要与可能,乱摊派、乱收费;设置重重关卡,致使农副产品流通不畅、价格偏低,直接损害了农民的物质利益。有的则法制观念淡薄,作风简单粗暴,动辄对农民保持"高压态势";或是软弱涣散,对歪风邪气、违法犯罪行为熟视无睹,听之任之;或是与地方帮派、房族的恶势力吃吃喝喝,互相勾结,欺压农民,致使社会丑恶现象沉渣泛起,治安状况不好,农村社会稳定受到影响。毫无疑问,必须下决心着力解决好这些问题,才能使农民中蕴藏的极大的社会主义积极性充分地发挥出来。

党的十五届三中全会通过的《中共中央关于农业和农村工作若干重大问题的决定》(以下简称《决定》),围绕保障农民物质利益、尊重农民民主权利这一事关调动农民积极性的核心问题,制定了一系列重大政策、措施,明确指出要长期稳定以家庭承包为基础、统分结合的双层经营体制,富民政策更开放、更完善;要加大对农业的投入,切实减轻农民负担,扶持落后地区的农民摆脱贫困,走向小康。要发展农村基层民主,实行村民自治,包括推进村级民主选举、民主决策、民主管理、民主监督。在党的领导下,通过制度和法制建设,让农民当家作主制度化、法制化。这一切,正是驱动农民的物质利益和民主权利这两个"轮子"的原动力。因此,人们说《决定》是建设社会主义新农村的行动纲领,吹响了继续向农业现代化进军的号角。只要把《决定》的内容逐条落实到农村的每个角落,我们就必将进一步调动起广大农民群众的积极性和创造性,不断地开创农业和农村工作的新局面。

(荣获第九届中国新闻奖报纸评论类三等奖)

评 点

回溯农村改革历史　观照"三农"发展现实

1998 年 10 月,党的十五届三中全会审议通过《中共中央关于农业和农村工作若干重大问题的决定》。《福建日报》刊发评论《推动农民创造奇迹的两个轮子》,回溯历史、观照现实,详尽阐述了党的"三农"政策。

文章没有泛泛而论,始终牵住"物质利益"与"民主权利"这两个"牛鼻子",立意高远、结构紧凑、论证严密、文笔流畅,有力地回答"如何调动起广大农民群众的积极性和创造性"这一事关我国农村发展的重要问题。一方面,作者探讨中国农民问题的根本之所在:调动农民的积极性,核心是保障农民的物质利益,尊重农民的民主权利。另一方面,作者用一系列历史事实,有力证明封建社会之所以退出历史舞台,是因为无法满足农民的"物质利益"和"民主权利"。改革开放以来,我国农村改革取得成功,正是满足了这两大诉求。作者总结农村改革 20 年来的成就,也毫不讳言当时阻碍农村发展的种种现象,认为必须下大力气解决这些问题,才能充分发挥出广大农民的社会主义积极性。最后,全篇落脚在党的十五届三中全会,指出必须认真落实党中央的决策部署,开创农业和农村工作的新局面;以此牢牢把握住正确的舆论导向。

这篇写于 20 多年前的评论,今天仍掷地有声,有历史纵深感,也有理论与现实意义。作者理论功底扎实,历史知识渊博,作品有调查、有研究。这正说明,好的评论,同样是"脚力"、"眼力"、"脑力"和"笔力"相结合的产物。

魏则西事件下的污名化狂欢要不得

张　杰

（《福建日报》　2016 年 5 月 8 日）

最近几天，一些网站、社交媒体、朋友圈等，被铺天盖地而来的魏则西事件所占据。以此事件为导火索，众多有关或者无关、有错抑或无辜的对象纷纷"躺枪"，无可奈何地被裹挟进几乎一边倒的舆论漩涡：先是涉事医院，继而莆田系，进而整个民营医院产业，时至今日矛头甚至已然指向了莆田人乃至福建人，乃至整个民营经济……

好一副"洪洞县里无好人"的架势。在此情势下，虽然明知可能会招来骂声一片，但笔者还是不得不说：即使是由一个年轻生命的伤逝所引出的悲情话题，这种逮谁骂谁过度情绪化的舆论宣泄，缺乏必要的理性和冷静，于事无补。魏则西事件下的污名化狂欢要不得。

生命诚可贵，何况陨落在人生花样年华的鲜活生命。21 岁大学生魏则西之死的确令人扼腕，向他致以深切的哀悼，对他的家人表示深切的同情，再多也不为过，这是对生命最起码的尊重。

然而，当舆论场开始过度"消费"这个已逝的生命之时，风向就开始转了，且与尊重生命毫无瓜葛：对一家医院的责任人痛骂或鞭挞也就罢了，毕竟事情发端于此，即使骂得有些激烈、偏颇，也基本都属于人之常情可以理解。

但由骂一家医院而起底医院的合作方，乃至整个莆田系、整个民营医院产业，甚至骂到和骂人者并无不同的莆田人甚至福建人，就不是一种可以理解的正常情绪宣泄了，而是一种以偏概全、一棍子打死、生拉硬扯找联系的污名化举动。在这种"奋臂一呼人尽墨"的非理性舆论狂欢背后，模糊的是事件本身，损害的只能是中国民营经济的形象和发展基础，最终毒化的是整个社会氛围，包括正在努力修复的医患关系——而这，同样关系到包括义愤填膺痛骂者自己的切身利益。

可能有人会问，你是不是在为民营医院辩护，你怎么证明民营医院不是骗子？实话实说,作为非医学专业人士,自然无法证明什么。不过,有权威部门提供了这样一组数字:截至2014年年底,我国拥有民营医院1.22万家,数量占全国医院总数的47%,每年医疗产值保守估计在数千亿元乃至上万亿元。所以我就纳闷了:如果民营医院真的都是有些人口中所谓的骗子,那恕我孤陋寡闻,还真没见过折腾出这么大动静、"骗"术如此高明的"骗子"。至于把矛头指向莆田人、福建人,面对如此低智商的伪命题我只能一笑了之:哪个省份的人没有被"黑"过？这些年,类似的事情还少见吗？

当然,话说回来,魏则西事件也以一个年轻生命为代价给我们提了个醒:民营医院行业乃至整个医院行业确实存在着害群之马。对于这样的害群之马,最好的解决办法就是交由相关部门依规依法处理(实际上,魏则西事件发生后,相关部门已经介入调查)。而对于时下正处在风口浪尖的民营医院来说,更应该抱着"有则改之,无则加勉"的态度,以魏则西事件为契机,为自己认真地号号脉,对照、检视自己可能存在的问题,找出病灶,去除沉疴顽疾。切实把患者的生命健康和切身利益放在第一位,这才是今后发展壮大的根本之道。

逝者已去,生活还将继续。不让悲剧重演,同胞间多些理解、多些关爱,将是对逝者最好的告慰。我们这个社会,经不起撕裂,经不起折腾,污名下的狂欢和舆论暴力,摧毁的正是你我不可或缺的爱的阳光与空气,是和谐与梦想。

（荣获第二十七届中国新闻奖报纸评论类二等奖）

评 点

新闻媒体要敢于斗争善于引导

21岁大学生魏则西因病医治无效不幸去世。魏则西离世后,其生前求医问药的历程经由网络和社交媒体迅速传播,逐步发酵成为热点舆论事件。在网络空间中,除惋惜生命逝去、要求涉事医院担责的声音外,也出现不少攻击"莆田系"医院,甚至攻击莆田人的声音。这种噪声极易煽动大众情绪,误导大众思想。如何在类似的网络舆论事件中引导大众回归理性,成为一个难题。

《福建日报》觉察到这种舆论变化,第一时间发声,积极与错误言论做斗争。评论没有纠结于涉事医院与"莆田系",而是着重阐述网络污名化对民营经济、福建民众带来的危害,逐步引导社会舆论回归理性。网络谣言、污名化等现象出现时,"冷"处理或许可以让舆论热度自然消减,但终究无法去除大众的刻板甚至错误印象,而且非理性的声音对事件解决无益,甚至可能导致情绪对立。《福建日报》敢于发声,善于发声,体现出党报在社会热点事件中的责任和担当。

本篇评论巧用论据,事理结合,说理充实有力。论述过程破立得当,既有对错误观念的批判,又有正确观念的阐发,取得了良好的传播效果和舆论引导作用。

追寻八闽救国魂（节选）

侯希辰　李　坚　阮友直　肖春道

（《海峡都市报》 2005年6月9日）

1938年，厦门被撕开血口

1938年5月10日，五通村，日军在这里把厦门撕开一个血口，标志着日军开始全面入侵福建，福建抗战就此全面展开。

时至今日，当年日军的登陆点，只留下4株郁郁葱葱的榕树；当年的万人坑，只留下一片平静的海滩……我们从五通村洪文深老人的童谣里，从厦大博士生导师孔永松的分析中，从抗日义士江发土的断语中，探寻3天保卫战的惨烈，7年沦陷期的坚持。

铁血厦门——目击：排长死了，老婆捡起机关枪

"滚滚滚，大家起来拍（打）日本！阿兄做先锋，小弟做后盾，拍甲（打得）日本鬼仔变作番薯粉。"

五通村，位于厦门岛东北部，隔海和同安、金门相望，由泥金、凤头、浦口等自然村组成。5月18日下午，年近九旬的洪文深老人，用闽南话给我们唱着儿时的童谣，"67年前，日本鬼仔就是从这里打进厦门的，仗打得太激烈了，海水都被染红了"。

67年前，洪文深只有10多岁。1938年5月9日晚，出海的大人回来说，又在海上看到几艘抛锚的日本大军舰。谁都没把这事放在心上，自打金门沦陷，日本的军舰就经常出没五通海域，侦察机也频频光顾村子上空。

5月10日凌晨3时许，一片漆黑，一片寂静，突然传来猛烈的炮声，接着是"日本鬼仔打进来了"的惊呼声，还有密集的枪声……房屋燃起大火，大人拖起孩子就往外面冲……

大批日军乘着汽艇上岸，驻扎凤头的是国民党七十五师的一个排，只有几十人,守在岸边拼命反击,"100 多个日本兵刚冲上岸,一下子就被打死好几个"。

最终敌众我寡,这个排全部战死,"排长大喊着,举起机关枪朝着日本兵扫射,被打死了。他老婆冲了过来,拾起机关枪接着扫射,也被打死了……"

日军的飞机开始低空攻击,看到人就疯狂扫射,路边的沟渠里都是血水。

每年农历四月十一,是凤头村的祭日,家家户户都摆出水果香烛,祭奠 1938 年 5 月 10 日遇难的族人,"那天家毁了,人死了,后人要永远记得这种痛。"

铁血厦门——探访:扒开沙子,底下就是万人坑

五通是厦门沦陷期间遭受蹂躏最惨重的地方之一,偏僻的凤头沙滩留下了"万人坑"。

表面看起来,凤头沙滩再平常不过。五通村民周天福说,这里到处都是大大小小埋人的坑,前几年还能找到人骨,走在上面会突然陷进坑里。

海滩边还有座小庙,附近村民把捡起来的骨头都搁置在里面。每逢清明、冬至,都会来这里烧些纸钱,祭慰亡魂。庙的旁边立着一块石碑:

1938 年 5 月至 1945 年 8 月,厦门沦陷时期,侵厦日军为巩固血腥统治,秘密或公开将我人民群众、抗日志士以及盟国人士数百人屠杀于五通海滩,至今白骨累累……

一次捡螃蟹时,洪文深曾目睹日军在凤头沙滩的暴行:日本兵运来一卡车的人,在海滩上挖出一个大坑,让卡车上的人在坑边一字排开,然后举起军刀,一个一个砍头,推进坑里,如果碰上小孩就直接扔进坑里,海滩上一片惨叫声……

农历八月廿一,是附近泥金村的祭日。1942 年的这一天,厦门的抗日志士在中山公园,向伪厦特别市政府成立 3 周年纪念会的主席台投掷手榴弹。日军怀疑是泥金村的人干的,一下子抓走 30 多个村民,在那年农历八月廿一,把其中 16 个村民杀害了,就埋在凤头沙滩的"万人坑"里。

"只要把沙稍稍挖开,就能看见几具白骨,骨头上都带着伤痕,不少头骨还保持着张嘴呼叫的模样",厦门大学人文学院博士生导师孔永松,曾在 1969 年参与"万人坑"的挖掘。

铁血厦门——大事记:18 万人剩 1.3 万人

5 月 10 日凌晨 3 时在舰炮和飞机的掩护下,日军海军陆战队约 700 人,从泥金、五通一带强行登陆。守军四四六团二营当即迎战,营副和第五连连长阵亡,阵地被突破。随后,四四五团三营奋勇抗战,将登陆之敌一部包围于江头一带。午后,日军组织力量不断向守军发起攻击,四四五团三营伤亡过半,被迫撤到云顶山、金鸡岩一带。

5月11日,日军一部突入市区,守军退路被截,大部重返前线死战,一部进入市区。义勇壮丁、保安队与敌展开巷战。

5月12日,日军后续部队1500多人相继登陆、占领全市。当晚厦门守军撤往大陆。

5月13日,厦门全岛陷落。

在厦门保卫战3天中,守军打死、打伤日军500人左右,而守军四四五团1500人中,阵亡800余人,三营副营长和四个连长全部阵亡,全营仅生存6人。厦门保安队、各炮台守军全部殉难,民众在战火中死伤达三四千人。

厦门原有约18万人口,战争中大量市民逃难,至沦陷时已骤降到1.3万人。

7年沦陷,漫长如7个世纪

铁血厦门——亲历:失踪两年,抬回来个血人

"沦陷那7年,比7个世纪还要漫长",5月19日,厦门鼓浪屿的一个小店铺里,93岁的江发土和86岁的妻子柯秀云享受着午后的阳光。他们上世纪初从厦门迁居台湾,日本占据台湾时期,江发土就参加了抗日活动。

"他常常偷偷半夜溜出去,和别人一起贴抗日标语",江发土已经无法说话,只能由妻子来讲述,在台湾搞抗日活动被发现后,1937年3月,江发土只好举家迁回厦门。

柯秀云说,厦门被占领后,每顿只能吃火柴盒大小的饭,每个月限购十几斤大米,还经常断米,几乎每天都有人饿死。日本人每天都要来查户口,拿不出证件就被带走,向岗亭的日军鞠躬成了必修课,"我们才不会鞠躬,每次都混在人群里,靠个矮混过去"。

1941年年底的一天,江发土失踪了,下午柯秀云和母亲就被带到警察局。柯秀云说,一进去日本人就让她们跪下,她们不肯,立马就是一顿毒打。随后日本人开始盘问江发土平时都和谁来往,她这才知道丈夫失踪的原因,但咬定

什么都不知道,直到深夜才被放回家,"不知道丈夫在哪里,不知道是死是活,常常半夜被同一个噩梦惊醒:丈夫被日本人砍头了"。

两年后,江家的亲戚把一个血肉模糊的人抬进门。"一看到这样,想哭又不敢哭,怕母亲伤心",柯秀云的眼角又湿了。

原来,江发土被日军押到台北监狱去严刑拷打,想盘问出其他抗日义士的消息,他一直没说,日本人认为他没有价值,加上朋友营救,才死里逃生。

对于这段经历,江发土艰难地吐出两句不完整的话,一句是"打,灌辣椒水,不说",另一句是"爱国,才是好汉"。

(荣获第十六届中国新闻奖报纸系列类三等奖)

评 点

把历史题材做出地方特色

2005年,中国人民迎来抗日战争胜利60周年,全国不少媒体都在策划有关抗战题材的报道。如何在众多选题中推陈出新,展现地方特色,《海峡都市报》采编团队经过多次讨论,改变常规手法,变宏观叙事为细描故事,为读者展现出一段真实、可触、可感的历史。

担负着发掘尘封历史、保存残留记忆的使命,记者队伍兵分四路,循着八闽抗战轨迹分赴厦门、平潭、永安及闽南三县等10个地点,展开大海捞针式的搜寻之旅。最终,凭借不懈"脚力"找到了战争的亲历者和见证人,通过扎实深入的采访,挖掘出大量珍贵的口述文献资料,揭开了许多不为人知的英雄故事。此次专题从策划到完成,历时3个月,系列作品多达36个版面。《1938年,厦门被撕开血口》借战争亲历者之口,用激昂、愤慨的笔调再现了当年厦门军民奋起抗日的惨烈历史。每一个具体的日期,每一段记忆犹新的细节,每一处至今仍依稀可辨的旧址,共同交织出一幅全民皆兵、不畏艰险、英勇抗日的图景。报道直接引用当时流传的闽南童谣,通过采访者的现场口述,让读者置身于彼时彼境中。曾经填满同胞尸骨的"万人坑"如今已了无痕迹,作者在今昔对比中讲述战乱给人们带来的深重苦难,深化了铭记历史、珍视和平、振兴民族的时代主题。该系列报道刊登后受到社会广泛关注,并引发了全国寻找抗战老兵的热潮。

对新闻工作者而言,做好重大历史题材的新闻报道,既是责任,也是挑战。《追寻八闽救国魂》是一次成功的历史类新闻报道策划,一定程度上填补了相关史料空白,更凝聚了士气、鼓舞了人心。

爱如潮水,闽京接力救泉州小阳鑫(节选)

刘 波 颜雅婷 赵 伟

(《东南早报》 2010 年 11—12 月)

小孩怪病缠身 父母辛酸求助
颜雅婷 刘 波
(2010 年 11 月 30 日)

"他只要一醒过来就哭,双手不停地抓,也不知道他是痒,还是疼……"阳鑫的妈妈把头埋了下去,脸贴着小阳鑫的脸颊,一行泪从她的眼角滑落。小阳鑫醒了,开始不停地哭泣,一双小手无助地四处伸着、抓着,本已布满红色肿块、糜烂的脸涨得更红。

已经 10 个月了,安溪 1 岁多的小阳鑫高烧不断,还伴随着咳嗽,两个月前,他全身上下开始长出紫色的块状物,一个月前,他的脸颊开始糜烂……

"孩子到底得了什么病?"父母抱着孩子四处求医,可是没有人能告诉他们,小阳鑫到底得了什么病。

病发 正月 高烧不断求医无果

小阳鑫才 14 个月大,却和病痛抗争了 10 个月。

今年正月,小阳鑫才 4 个月大时,忽然发烧、感冒,爸爸妈妈带他到乡镇卫生院打针吃药,几天了仍不见好转。焦急的阳鑫爸妈带着小阳鑫来到安溪铭选医院,"当时诊断是肺炎,后来又送到泉州的医院,住院治疗了 17 天"。

辗转了两个医院后,小阳鑫的高烧是控制住了,但咳嗽依旧不止。"医生让拿些药回家吃,我们就出院回家了。"哪知,小阳鑫回家不到半个月,又开始发烧,且高烧不退,每回都在 38℃ 以上,阳鑫爸妈又带着他到泉州市第一医院。

"那回,又住了半个多月,体温得到控制后,才出院。"

求医　7月　病情反复二上省城

这回出院后,小阳鑫的病情算是暂时得到了控制,但具体病因仍不清楚。

"上省城,上大医院去。"7月份,阳鑫爸妈带着小阳鑫来到福建省妇幼保健院,小阳鑫被确诊为:过敏性肺炎,重症间质性肺炎,巨细胞病毒感染。

"他仍旧发烧,烧几天,好几天,又烧几天。"阳鑫爸记得第一次上省妇幼保健院,大约住了20天,小阳鑫的体温有所降低,"医生建议拿药回家,我们就回家了。"但回家后约12天,小阳鑫又开始发烧了,而且一发烧就伴随着轻微的哮喘。于是,为了治病,小阳鑫一家三口二上省城。

病变　10月　全身出现紫色块状物

从省城回来,见西医治疗效果并不佳。阳鑫爸妈又转投中医,看医生,摘草药,煎药……"吃了很多药都不见效,有时候他难受得吃不下东西。"可不吃东西不行,阳鑫妈只能用针筒抽取搅拌好的奶粉,再灌进小阳鑫嘴里……

今年10月,小阳鑫周岁生日,但他却没能像别的孩子一样欢欢喜喜地庆生。"听人家说,换个地方住,能改改运。"阳鑫爸妈就带着他来到外公外婆家,住了一个多月。

但这次"改运"并没有奏效。

10月初,小阳鑫的脸上和脚上开始出现紫色的块状物,"摸起来有块状感",慢慢地,块状物从脸上、脚上向身上发展,直至全身都是。

恶化　11月　脸部出现糜烂症状

11月初,小阳鑫脸上的块状物开始出现糜烂的症状,先是块状物,然后脸上出现一个个溃疡面,最大的直径已超过1厘米。

"想带他去求医,可是家中再拿不出一分钱了。"阳鑫爸妈此前一直在晋江鞋厂打工,今年,因小阳鑫生病,夫妻俩忙着带他四处求医,压根没能再挤出更多的时间去上班赚钱,短短的几个月,他们已花光了过去几年的积蓄。

"还好有陈榕。"陈榕是阳鑫爸妈在省妇幼保健院认识的病友,他在了解到小阳鑫的病情恶化和家里情况后,及时向省妇幼保健院儿科主任反映,并与省妇幼保健院儿科的医务人员自发筹集5000元爱心款,送到安溪给阳鑫爸妈。

11月19日,小阳鑫在安溪铭选医院住院治疗,省妇幼保健院儿科医生也到医院了解情况并进行会诊。

医院　劝转院以免误了治疗

因为长期服用激素,小阳鑫的脸看上去比同龄的孩子还要大一点,身上却极瘦弱。"他4个月大时还有18斤,现在连14斤都不到……"小阳鑫正在输液,他每天早上8时开始输液,一天要输6瓶,有时候要输到晚上10时。由于长期打点滴,他的额头、手臂上已看不到静脉,输液扎针也只能扎在他的小脚丫上。

"他脸上的糜烂处越来越多,面积也越来越大……"左脸颊最大的糜烂处已接近眼角,而右脸颊的糜烂处也即将到达唇边。阳鑫妈说,现在小阳鑫嘴巴里也出现严重的溃疡,没办法进食,为了维持营养,只能靠输液,实在饿的时候,就泡牛奶给他吃。

阳鑫爸告诉记者,铭选医院已将孩子脸部糜烂的脓性分泌物提取进行化验,但因医院条件有限,无法对链球菌属分型,据院方初步诊断:颜面部皮肤溃疡原因待查:深脓疱疮? 全身皮肤多发肿物原因待查;轻度贫血。

"医生也很担心,再不转院到大医院去治疗,身上万一也开始糜烂……"阳鑫的爸妈不敢再往下想。

求助网络　希望能找到病因

"呜……"小阳鑫不知何时醒了过来,哇哇大哭。阳鑫妈说,这几个月来,小阳鑫有6个月是在医院度过,只要在医院就要打针输液,他没有一天是不吃药的,所以现在小阳鑫看到生人、医生就特别害怕,哭个不停,"可是他很乖、很懂事,我们跟他说什么他好像都听得懂,叫他拍拍手,说'再见',他都会……"

阳鑫爸告诉记者,他们多方求医未果,只好求助于网络。昨日,记者在天涯社区公益中华板块,看到了阳鑫爸发的求助帖《可怜小孩怪病缠身8个月,天天发烧,希望找到病因》,各地网友纷纷爱心顶帖,已盖到了100楼,不少网友纷纷献策,希望能对小阳鑫的病有所帮助。

据悉,在得知小阳鑫的病情和家庭情况之后,安溪县民政局曾到医院看望小阳鑫并送上慰问金,铭选医院也仅收取小阳鑫部分药费,减免了住院及各项检查费用。

最新消息

省内相关专家将会诊

前日,记者电话联系了福建省妇幼保健院儿科主任刘光华,他告诉记者,由于小阳鑫的病情比较复杂,他们已邀请省内儿科、皮肤科专家对小阳鑫的病情进行会诊。

据悉,小阳鑫的病理报告已于前日送到省妇幼保健院,刘主任表示,他将尽快将报告传送给各位专家,并尽快安排会诊。

小孩患怪病父母辛酸求助：读者网友解囊相助

颜雅婷　刘　波　罗　昊

（2010 年 12 月 1 日）

昨日，早报报道安溪 14 个月大的男童小阳鑫的怪病缠身，无从医治（详见《东南早报》11 月 30 日 A07 版）。报道见报后，引起广泛关注，社会各界给力支援，小阳鑫父母泣泪感激。

社会关注　报纸网站微博齐聚焦

"大家一起来救救这个可怜的孩子吧。"

"告诉我，我们能做什么？"

……

爱心如潮暖人心。昨日，数十个电话打爆早报热线，上千读者、网友或留言，或与早报联系，表达了他们对小阳鑫病情的关切，并希望能够通过一定途径献爱心。

早报今起与《福州晚报》联动，泉州、福州两地一起来关注，泉州网、腾讯等网站纷纷转载报道，众多网友还通过微博形式转发小阳鑫的有关情况。

对此，小阳鑫的父母表达了谢意，说社会各界的关注和帮助，给了他们这个家庭更多的信心。

众人拾柴　热心读者解囊相助

昨日下午，热心人士随早报记者一起到安溪铭选医院，看望慰问了小阳鑫及其父母。

"谢谢，谢谢你们。"在安溪铭选医院皮肤科病房内，小阳鑫的父亲肖先生接过泉州市爱心公益协会常务会长苏少隆送来的 1500 元慰问金，不住地感谢。

"小孩刚刚睡着，晚上睡不好，闹，白天就睡。"阳鑫妈心疼地看着病床上睡得一喘一喘的孩子，眼泪又止不住地流，"这两天烧一直退不下来，吃了退烧药打了针效果也不好，最高烧到了 40℃。"小阳鑫的爷爷也从老家赶来医院，一家三代都心系着饱受病痛的小阳鑫。

苏少隆表示将继续关注小孩的病情，随时提供帮助。此外，福州的陈先生捐助了 3100 元，德化一位不愿具名的网友也送来了 200 元。更多的读者、网友则表示,希望一起出力想办法,共同帮助小阳鑫。

十万火急　病理报告立传省外专家

"已经会诊了,但目前仅两家医院认可会诊结果,刘主任说还要再和其他医院的专家探讨一下。"小阳鑫醒了,虽然在医院住了这么长时间,但他还是无法适应医院,也因为病痛难受,他醒了以后,不停地挪动着身子,声嘶力竭的哭声听得人心碎。阳鑫妈看着心疼,一把抱起孩子。

阳鑫爸肖先生告诉记者,省妇幼保健院儿科已邀请省内专家进行会诊,会诊结果还需进一步探讨。此外,小阳鑫在安溪铭选医院的主治医生谢启旋已将病理报告通过网络传给广州和上海的医学专家。

《福州晚报》记者了解到,福建省妇幼保健院儿科主任已于昨日下午与省里儿科等方面专家进行会诊,得出初步的会诊结论,但该结论仍待与省肿瘤医院专家再会诊,尽快于近期得出结论并制定诊疗方案。届时,若泉州地区的医院医疗条件达不到诊疗要求,那么可以到省里接受治疗。

父母致谢　愿能治好病也做最坏准备

"谢谢大家对我家小孩的关心!小阳鑫从刚开始生病到现在,最开始的发病源还未找到,这也是我们最着急的地方,希望各医生专家能够关注到小阳鑫的病情,帮忙治好小阳鑫的病。我们也做好了最坏的心理准备,如果最后,这些爱心款都没能帮上小阳鑫的话,我希望这些爱心款最后能用在刀刃上,我们会把爱心款捐助给真正需要的人们。"说到这里,小阳鑫父亲肖先生眼中泪花闪烁。

爱如潮水　京泉两地接力救小阳鑫

颜雅婷　刘　波　胡彦明

(2010 年 12 月 20 日)

小阳鑫离开医院

大爱无疆,爱如潮涌——这是一个关于数万市民、网友爱心接力的故事。

一人小文明,众爱大文明——这是一个关于整座泉州城爱心文明的故事。

故事从 11 月开始……

当月下旬,安溪男童小阳鑫患怪病 10 个月,辗转多处治疗不愈,父母在绝望之际求助媒体。此事经《东南早报》、泉州网等媒体持续 20 多天的报道后,引来社会各界关注和捐助,累计捐款 9 万多元。此事经互联网微博发酵和广泛传播,在上周末引发一场全国网友关注的爱心传递运动。昨日,15 个月大的小阳鑫在各方帮助下已在北京儿童医院顺利入院治疗,而爱心活动正如火如荼地在千年古城泉州和北京,乃至全国各地传递中。

昨日,《人民日报》以"微博传递爱心,网友援助病童"为题,大篇幅报道了此事。全国数十家媒体也跟进报道,有的还倡议为小阳鑫献爱心。

泉州,这座爱心之城唱响了一曲新时代的文明赞歌。

一封求助的感谢信　一群爱他的热心人

一张糜烂的小脸,两行清澈的泪。

这就是饱受病魔折磨的小阳鑫的真实写照。11 月 30 日,小阳鑫患病的照片首次出现在《东南早报》上,它深深地打动了众多读者和市民,让人们为之牵肠挂肚。此后 20 多天来,《东南早报》对小阳鑫的病情进展持续关注。其间,相关部门、读者、网友热切关注小阳鑫病情治疗进展,掀起了一阵阵的爱心行动。

那么,这一切是从什么时候开始的呢?

11 月下旬,早报记者收到一封署名为肖高峰的求助信也是感谢信。信中说:"小阳鑫从 2010 年 4 月开始反复发烧,其间在安溪县铭选医院、泉州市第一医院、福建省妇幼保健院一直治疗到现在,花费 10 多万元,一直无法找到病因。前几天小孩开始全身溃烂,现住在安溪铭选医院,11 月 21 日福建省妇幼保健院的主任医生又来铭选医院看望小孩,同时也带来了福建省妇幼保健院党支部的 5000 元慰问金!我的文笔不好也不知道怎么描述,但我特理解我堂弟作为父亲的心情。希望能登报感谢各位好心人,同时介绍小孩的病情,希望社会上对此病情有所了解的朋友能给予指引治疗的方案!"

当记者打开附件中的照片时,看到小阳鑫那张多处化脓的小脸蛋,除了震撼,就是痛心!采访的记者和早报全体同仁抱定:救救孩子,帮他一把。

一群爱他的热心人

11 月 26 日,记者赶到安溪铭选医院看望了病榻上的小阳鑫。11 月 30 日,第一篇报道《小孩怪病缠身,父母辛酸求助》见报了。见报后,在泉州本地和互联网上引起巨大反响,上千读者和网友慷慨解囊。当天,爱心公益协会常务会长苏少隆赶到安溪铭选医院,探望慰问了小阳鑫和他的父母。

12 月 1 日,好消息继续传来。小阳鑫的病情确诊了,患的是结节性脂膜炎,但致病的原因仍不清楚。据义务会诊的省级医院专家称,小阳鑫的病系疑难杂症,省内婴幼儿并无先例。

早报持续数天的追踪报道,引起众多市民、网友关注,阳鑫爸肖泰平告诉记者,很多不知名的好心人亲自前往安溪铭选医院看望小阳鑫,还留下了爱心款。截至 12 月 15 日,已有上百名本地爱心人士和网友踊跃捐款 7 万多元。

多部门:关怀慰问小阳鑫

11 月 26 日,肖泰平打来电话称,安溪县民政局听说了小阳鑫的病情后,就来医院看他并给了 2000 元慰问金。11 月 30 日,早报首篇报道见报后,爱心公益协会常务会长苏少隆即给记者打来电话,并与记者一同前往医院看望小阳鑫。同时送上 1500 元慰问金。

铭选医院:减免费用联系专家

每一个帮助过小阳鑫的人或者单位部门机构,肖泰平和妻子总是牢牢地记在心上。小阳鑫病情恶化入住安溪铭选医院后,他的遭遇触动了铭选医院领导,院方不仅减免了住院费用,还免费帮小阳鑫做检查。小阳鑫的主治医生、铭选医院的副院长谢启旋一直在积极联系国内的医学专家,请各大医院专家帮忙分析、寻找病因。

社会机构:医药美容机构捐赠

在自发前往病房看望小阳鑫的爱心人士中,安溪当地一家美容发型机构的几位不留名员工来看望小阳鑫,还送上了他们自发筹集的 500 多元的爱心款。在得知小阳鑫常需注射一种价格不菲的针剂后,安溪医药公司决定将此款针剂以进价零利润卖给阳鑫爸。

市民读者:涌现众多爱心帮助

12 月 6 日下午 4 点多,一名开着宝马车的青年送上了 2 万元,随即离开病房。阳鑫爸从病房追到停车场,想感谢并询问对方姓名,但对方只说"不用谢,不用谢",就离开了。当早报记者与对方取得联系时,他只是说他是谁并不重要,重要的是小阳鑫能够早日康复。

早报报道引发泉州本地市民网友热心捐助,小阳鑫所在病房迎来了一个又一个不留名、不留姓的好心人,阳鑫爸随身携带的那本记账小册子已记了满满几页。到小阳鑫北上求医前,有近百名爱心人士匿名捐赠帮助小阳鑫,爱心款达 7 万多元。

一场全国关注的爱心传递

为尽快治愈孩子,小阳鑫的父母决定带上剩余的 5 万多元善款到北京求医。12月15日,早报派出专车,将小阳鑫一家三口送至福厦高铁泉州站,车站开出绿色通道,送小阳鑫乘坐动车一路北上。

此后,记者连线了解到,16日到北京后,小阳鑫一家就赶到数家大医院求诊,结果说要等到下周二才能出来。由于北京儿童医院没有床位,他们一家暂住医院旁边的招待所里,住宿费每天60元。

无法顺利住院,这让长期关注小阳鑫的记者、读者、网友焦急不已。12月17日深夜,一名叫"看清风"的网友在自己的微博上发出信息:"姚晨、赵薇等的粉丝,能否进来关注一下? 我的粉丝很少,所以看到的人能转就转吧,看着实在太揪心了。小阳鑫的父母正在北京,初步诊断为:结节性脂膜炎。哪个医院救治过类似病例啊,早点让他住上院吧。"

18日中午,歌坛天后王菲的微博转发了这条信息,此事迅速引起众多"脖友"关注。记者密切关注着网上进展,众多网友,有的转发微博信息,有的留言指点名医,也有担心有诈,有的积极相助,也有的表示不知如何做起。早报记者立即给王菲和"看清风"的微博发信息留言,提供了阳鑫爸肖泰平的联系电话,并链接了早报有关报道,证实小阳鑫病情存在的真实性。并同肖泰平进行了电话连线沟通。

10万网友的微博关注小阳鑫

记者注意到,此时的微博,有关小阳鑫的信息遍地开花,到当晚11时许,"脖友"的转发量高达3万多人次。截至昨日,已有10万网友的微博对小阳鑫进行了关注。

"脖友"们不再是单纯的转发信息,大家积极行动起来,动用一切力量为小阳鑫寻找可以入住的医院。大家相互打听,相互提供信息,目标就一个,那就是让小阳鑫尽早能够落实医院治疗。

18日晚8时20分,中央电视台少儿频道主持人周洲的微博上发出信息:"马上联系(北京)儿童医院。"半个小时后,周洲的微博有了重大进展:"已联系好了,周一(北京)儿童医院皮肤科主任给孩子全面会诊并安排入院! 大家放心!"

当晚11时许,肖泰平告诉记者,他考虑后决定留在儿童医院继续治疗,毕竟,包括央视主持人周洲在内的网友牵线搭桥,医院的专家也愿意放弃休息时间帮助。

20日8时许,周洲和热心"脖友"董崇飞就赶到北京儿童医院,与小阳鑫一家三口找到皮肤科主任马琳。马主任热情地进行了接诊,并在医院安排下,到北京的第五天,小阳鑫终于住进了医院。截至昨日,小阳鑫已收到捐款约9.5万元。

"真感动! 世上还是好心人多啊,并且再一次体会到网络无限的力量。"一位网友说。

"了不起,让我们看见了世界的美好!"另一位网友说。

"让我们将这份爱一直一直地传递下去,宝贝,灾难中没有孤岛……"网友子樱在微博上发出了这样一条信息。

引起众多媒体关注

昨日,《人民日报》第23版社会新闻版,以"微博传递爱心,网友援助病童"为题,用大幅图片进行报道。这篇报道还出现在"人民日报·社会版"的微博上,立即引来多位网友关注。

"让爱创造生命奇迹!""脖友""眉儿"留言。"希望这份爱可以延续,奇迹不断发生,小朋友早日康复! 比起那些吵吵闹闹的围脖,这个真的让人欣慰!""脖友""四叶酢浆草"留言。"祝孩子早日康复!""脖友""寻路者2060"留言。"让爱随围脖传播。""脖友""洋葱的栗子妈妈"留言。

此外,全国众多媒体,包括中国之声、《央广新闻》、北京卫视、东方卫视等电台电视台,《法制晚报》、《京华时报》等媒体也纷纷予以关注报道,有媒体还倡议为小阳鑫献爱心。此外,《深圳特区报》也以《微"博"之力》对小阳鑫引发的微博热潮进行了评论。网络媒体也纷纷整合相关资料进行大篇幅报道。新浪网、东南网也分别转载了《东南早报》和泉州网昨日有关小阳鑫的报道,新浪福建置于首页,东南网则放于"今日热词"板块,并将早报此前的报道篇目整理链接出来,方便读者阅读。

(荣获第二十一届中国新闻奖报纸系列类三等奖)

`评点`

"四力"佳作暖人心

这是一次影响广泛、意义深远的系列报道。《东南早报》记者凭借从业多年所练就的"新闻鼻",从一封普通的求助信中嗅出事件背后蕴含的新闻价值及社会意义,随即成立采编策划小组,进行专门报道。

在结构安排上,报道围绕小阳鑫病情的发展与救治的时间顺序展开,巧妙设置悬念,紧扣读者心弦,大大增强了报道的故事性和可读性。写作特点上,作品文风活泼,语言直白通俗,洋溢着浓厚的人情味和亲切感。报道中不少内容直接出自当事人之口,拉近了读者和当事人的距离,引发读者对当事人状况的理解和同情。例如,第一篇报道中,开篇就引用小阳鑫父母原话,真实再现小阳鑫被病痛折磨的场景,令读者感同身受。

在跟踪报道的最高峰,《东南早报》曾以一天5版的力度对此事件进行集中报道。如此密集的报道,是对记者体力和"脚力"的考验,对"脑力""笔力"也提出更高要求。"小阳鑫事件"传播速度快、引发关注多、社会影响大,因此既要"写得出",更要"写得快"和"写得好"。《东南早报》记者凭借着热忱和勤勉完成对该事件的报道,掀起一场声势浩大的救援行动,使各界人士借由该报道完成一次齐心聚力的爱心传递,切实帮助到小阳鑫及其家人。

优秀的新闻工作者总是能敏锐捕捉群众和社会的真实关切,有效回应民之所忧,民之所需,传递社会大爱和正能量。

在南海，在天涯……

黄 燕 陈文波

（《福建日报》 2012 年 12 月 27 日）

蓝天，碧海，广袤，富庶。

云飞浪卷，海天一色，风光旖旎。

这里是南海，烟波浩渺的神秘海，中国最丰饶的渔场，海底资源丰富，石油和天然气储量巨大……

这里是南海，中国渔民的祖宗海，"千里长沙，万里石塘"，我们的先人早已用形象生动的词汇描述过这片海域……

这里，是中国人最早发现、最早命名、最早开发、最早行使管辖权的地方。

这里，有一群来自福建的耕海人，或深海捕捞，或渔业养殖。他们，用每一天的生产生活，默默地宣示着中国在南海的主权，彰显着深厚的家国情怀。

驾自己的大船，去南海捕鱼——魏立凤梦想成真

2012 年热浪翻滚的夏天，中华人民共和国国务院批准设立地级市三沙市的消息，令全世界所有炎黄子孙振奋！

那个被我们叫了千百年"天涯"的地方，那个元代天文学家郭守敬进行四海测量的地方，那个当年郑和下西洋船队巡视过的地方，那个滚烫的南中国海，一时间成了全世界最瞩目的地方。

在三亚码头一栋不起眼的三层建筑的办公楼里，三亚福港水产实业有限公司的董事长魏立凤，心情异常激动，一向淡定的他，一会儿拨打电话，一会儿翻找文件，一会儿把空调温度调到最低档，一会儿又踱步到窗前远眺大海……这个来自福建平潭的渔民，心中一直揣着一个梦想——在三沙注册一个渔业公司，建一个综合性码头，再建一座 2 万吨的海产物流库，能负责后勤补给，让

渔船避风,收购渔获。现在,当这个筑梦的地方成为热土时,他当然压抑不住从心底奔涌出来的兴奋!

"海上的事,我们是行家。"

和大多数海边人一样,今年55岁的魏立凤看上去很普通,黝黑健壮,纯朴踏实。和他握手时,我们能明显感觉到他手掌传递过来的力量——这是一个吃苦耐劳的人!

魏立凤的办公室有点简陋,这个名片上有一堆头衔的董事长,办公"地盘"却是不过10平方米的小房间,墙上密密麻麻挂着几十块牌匾,有荣誉证,有聘书,这是他20年一步一个脚印打拼的痕迹——

魏立凤出生于福建平潭一个普通家庭,家中有7个兄弟姐妹。在他成长的年代,平潭还是一个贫瘠的海岛,岛民们靠海吃海,世代以捕鱼为生。魏立凤和他的父辈一样,从小就在海里讨生活。从厦门水产学校毕业后,1986年魏立凤在家乡芬尾创办了自己的水产冷冻厂,加工各种海产品。

29岁那年,他就成了万元户。

上个世纪80年代的万元户,那可了不得!但魏立凤没有满足,一个偶然的机会,他来到了海南三亚。

"当时的三亚,旅游还没有搞起来,很荒凉,街上冷冷清清,一部'的士'都没有,全是破破烂烂的三轮车。"但是,在三亚转了一圈后,魏立凤却敏锐地觉察出了其中的商机,"这里海产品很多,水产冷冻行业却是一片空白。这里的渔民,出海渔获了,要回来卖掉,再出海。中间要折腾好几次,很不方便。我们在这里办冷冻厂,一定能挣钱!"打定主意的魏立凤做出了人生中的一个重要决定——转战三亚。

这一干,就是20年。

从一家小小的冷冻厂起步,发展到2012年,魏立凤的三亚福港水产实业有限公司,已经拥有16艘装备精良的捕捞作业船和2艘大型综合补给船。公司下属还有一个制冰厂和一个冷冻厂,年加工的水产品达3000多吨,网点遍布国内各大城市乃至韩国、日本等地。

在魏立凤的带领下,平潭芬尾村的老乡也纷纷来到三亚,或者跟着他干,或者自己搞起养殖,一圈子福建老乡都喊他"老大"。当然,魏立凤这个"老大"当得也是名副其实:这个兄弟白手起家,"老大"资助设备;那个老乡想自己搞水产品冷冻加工,"老大"欣然赞同:"好啊!我支持!"

　　魏立凤说:"我不怕竞争,有竞争才会有进步,这个行业需要更多人来开发。"三亚码头上,十几家带"福"字的冷冻厂、制冰厂、补网厂,都是福建人开的,而帮助他们立足的,正是"老大"魏立凤。

　　魏立凤骄傲地说:"在这里,我们福建人吃苦耐劳,敢想敢干,关键是,还能抱团发展。如今,全海南省的水产冷冻加工业主要掌握在福建人手里。当地人很佩服我们,说福建人勤劳,会赚钱。他们向我们学,跟我们干。海上的事,我们是行家。"

　　就在整个水产冷冻行业蒸蒸日上的时候,魏立凤又有了新的想法,他要发展远海捕捞——"我要做海南最大的远海捕捞公司!"

　　"远海捕捞,大家必须抱团,才能发展!"

　　远海捕捞? 这可不是轻松的事儿。

　　变幻莫测的天气,随时到来的台风,还有一些邻国的纷扰,让浩瀚的大海充满暗流。

　　可是,近海因捕捞过度,资源在慢慢枯竭,鱼类越来越少,在近海作业的渔船都打不到多少鱼。"海南捕捞船有 2 万多艘,但大多数是小型近海渔船。这里的远海捕捞产业很弱,不像我们福建,这方面早就走在了全国前列。渔业要发展,迟早要闯出去,往深海走。"魏立凤的眼光总是比别人远一些。

　　2001 年,魏立凤着手转型。这一年,他组建了一支由 16 艘渔船组成的捕捞船队,在南海寻找渔场。"我们的船队哪里都去过,哪里有鱼,我们就去哪里。"

　　"之前,我的企业就是简单地收购加工,现在,是海洋捕捞、加工、运销一体化操作,产业链建起来了。"

　　2006 年,魏立凤将目光投向了南中国海。"这是我们中国的领海,为什么不去那里捕鱼?"

　　想到就做。魏立凤向海南省海洋与渔业厅申请开发中沙渔场。得到批复同意后,他和三亚渔港居委会协调,派出 11 艘船,加上公司的补给船,迈出了中沙捕捞第一步。

　　作为海南三亚赴中沙捕捞的带头人,之后几年,魏立凤一直让补给船跟着渔民的渔船出海,提供远海捕捞必需的淡水、冰块等重要物资的保障。"如果没有补给船,渔民去中沙捕鱼,中途往返,成本就高,就算鱼打得多,也赚不了多少。这样,我的补给船就很重要了。"

在魏立凤的组织和推动下,中沙渔场开发起来了! 工资保底,利润分配公平,大家吃了定心丸。魏立凤赢得了海南渔民们的信任。

"远海捕捞,大家必须抱团,利益共享,风险同担,才能发展!"中沙渔场开发起来之后,魏立凤的船队又开始驶向南沙海域。

"在南沙,风险就加大了。别的不说,光对付外扰,就够麻烦的了。有一次,我的2艘船被越南人扣了,我的船长和轮机长都被抓去关了起来。一星期后,他们放一条船回来拿'赎金',我心里憋屈啊! 在我们自己的领海里,他们凭什么? 可我得先赎回我的人和船啊,他们开多少价就给多少钱吧。要不然,按正常渠道,手续繁多,不知道要拖到什么时候才能解决呢。"

这事一直让魏立凤咬得牙根痒痒。我们问他怕不怕,"怕?"他摇摇头,"不怕!"魏立凤跟我们讲起了之前的另一次海上较量。

那天,魏立凤的2艘拖网渔船出三亚港没多久,大约是在距离海南岛120公里的位置,就遇上了美国的测量船"无暇号"。"无暇号"是一艘隶属美国海军的海洋研究船,常常打着研究的旗号进入中国领海。我们的船长通过无线电向"无暇号"喊话,声明这是中国海域,要求他们马上离开。可是,"无暇号"不理会。于是,船长就驾驶渔船靠近"无暇号",并挥舞着中国国旗,要他们离开。此时,"无暇号"动用高压水枪向我们的渔船喷射,还有船员拿出了枪。为了维护主权不受侵犯,2艘渔船毫不畏惧地横在"无暇号"的船头,他们和赶来的渔政船一起,与"无暇号"对峙了10个小时,对方只好灰溜溜地掉头跑了。

"虽然他们船大,但我们不怕! 这是在南海,我们中国自己的领海!"魏立凤说。

"在自己的领海上,有身影,有声音,意义就不一样了!"

2012年7月29日这一天,是魏立凤最开心的日子。

这天上午,随着补给船"琼三亚F8168"在码头深水区长长的"呜——"声响起,30艘140吨以上、可以抗九级风浪的渔船,缓缓驶进三亚水产码头,魏立凤的双眼噙着热泪。

这次由当地渔业企业、合作社、渔民三方抱团组建的捕捞船队赴南沙渔场生产作业,是海南历年来最大规模的一次合力闯深海的民间行动,它让魏立凤风头十足——

在30艘渔船中,那艘长83米、宽13.8米的"琼三亚F8168"的领头船最为显眼。这艘排水量3000吨、载货量近2000吨、每天可加工水产品100多吨的综合补给船,就是由魏立凤的"三亚福港水产实业有限公司"派出!在出海捕捞的十几天里,船上备有 200 吨淡水、200 吨油料、300 吨冰以及一大批果蔬,不仅保障了船员们的生活,还兼指挥船的职能——它配备了卫星电话、GPS 全球定位系统等先进通信设备,海面上有任何的风起云涌,都可以及时和后方取得联系。

魏立凤骄傲地告诉我们:"这是我们福建造的船!今年 1 月才下水试航,是目前海南渔业生产中吨位最大的补给船。"

毫无疑问,这次联合行动,领头船"琼三亚 F8168"立了大功!

魏立凤说,18 天的远征,船队先后抵达南沙永暑礁、渚碧礁、美济礁等岛礁区域进行试捕作业和探测,历尽艰辛。途中不仅受到 8 号台风"韦森特"的袭击,还在北纬 12 度以北海域遭遇一支大约 40 艘渔船组成的越南船队的骚扰。他说:"在前往永暑礁时,一架疑似菲律宾的飞机出现在船队上空,不断地盘旋挑衅,加上水流和风向影响,船队的灯光围捕作业收获不多,如果要算经济账,公司是亏了,但是,我们在自己的领海上,有身影,有声音,意义就不一样了!"

是啊!30 艘渔船上的五星红旗迎风飘扬,宣告着他们从目的地——北纬 9 度、南沙群岛永暑礁附近海域,胜利返航;宣告着一个全新的开始——中国人的渔船,第一次有组织、有保障、成规模地开赴中国的南海传统渔场作业,取得成功!

魏立凤能不激动吗?

美济礁养殖,前景敞亮——林载亮信心满满

这里是南沙最美丽的地方!到过美济礁的人,都会由衷地赞叹。

与永暑礁同在北纬 9 度位置上的美济礁,像一颗闪着翠绿色光芒的翡翠,镶嵌在南海——它是一个椭圆环礁,东西长约 9 公里,南北宽约 5.2 公里,总面积约 46 平方公里,中间有面积约 36 平方公里的潟湖。礁盘是一个天然的分界线,无论礁盘外的风浪多么惊心动魄,礁盘内的潟湖也还是风平浪静的。礁盘南部和西南部有 3 个礁门,大型船只可以在涨潮时通过礁门进入潟湖。潟湖水深不过几十米,常年水温 29 摄氏度,盐度稳定,是一个得天独厚的"养鱼池"。

"真不明白他们为什么铁了心要来这里养鱼!"

"养鱼池"里,有 200 个网箱,养着东星斑、老虎斑、军曹鱼等名贵鱼种。林圣平和林圣雄兄弟俩,还有 4 位平潭老乡和几位琼海渔民,就在这几乎看不到陆地的大海中艰辛地劳作着,屯守着。

在兄弟俩"琼京太渔 01 号"渔船的甲板上,林圣平和林圣雄跟我们聊起了他们的南海养殖生活——

每天清晨,早早吃过饭,开着小艇去给鱼喂饵料,然后逐个网箱检查一遍,看看鱼儿吃食的情况,看看网有没有破,固定绳索有没有断,还要打捞掉海上的漂浮物,转一圈下来,要几个小时。下午 2 点钟,再去喂一次饵料。闲下来,就去打鱼。圣雄说,南海的鱼可多了,色彩斑斓,好看极了,很多鱼连我们都没见过。打上来的鱼,好的就养着,其他像红鱿鱼、巴浪鱼、鲭鱼之类的杂鱼,就用来做饵料。

"真奢侈!"那可都是南海的野生鱼呢!

见我们眼睛瞪得老大,圣平笑笑:"鱼太多了,我们养的鱼,都是用这些新鲜的杂鱼来喂。在岛礁,淡水和蔬菜才值钱呢。"兄弟俩告诉我们,补给船带去的淡水得省着用。一到下雨天,所有人都把容器拿出来接雨水。蔬菜呢,开头还能吃上些,渐渐地,下饭的菜就单调了,除了带来的干货就是鱼。好在还有南海区渔政局的守礁点,关键时刻,他们会接济些。美济礁离三亚补给点 600多海里,行船要四天四夜呢。

"辛苦!"

圣雄接过我们的话茬:"辛苦倒可以扛过去,白天干活,晚上看看影碟,一天就打发过去了。可整天除了看大海就是看蓝天,再好看的风景也就那样了。幸好现在美济礁有手机信号了,随时可以和家人打电话聊天。"

"真不明白他们为什么铁了心要来这里养鱼!现在我们平潭搞大开发,到处红红火火的,哪里不好赚钱啊!非要到这个地方来!又辛苦又危险,还差点丢了命!"在船舱里准备午饭的圣平媳妇探出头来嚷嚷道。她和圣雄媳妇趁暑假带着孩子从福建赶来探亲,看着又黑又瘦的亲人,妯娌俩心疼极了。

"我好像重新活了一回。"

我们问圣平,他媳妇说的"危险",是什么?是环境还是外来的骚扰?

圣平说,应该都有吧。美济礁常有越南和菲律宾的船靠礁骚扰,但我们的渔政船会把他们赶走,谁怕他们啊!倒是变幻莫测的天气,让人担惊受怕,防不胜防。圣平跟我们说起了五年前那个让他九死一生的台风"海贝思"。

2007年11月21日，林圣平和往常一样，与其他11名同伴在浮排上忙碌着。傍晚的云有点浓，天有点黑，风有点大。气象预报说，有个热带低压，最大风力7～8级。这点风，其实对于有礁盘屏障的美济礁潟湖来说，根本算不了什么。谁都没想到，一场灭顶之灾正悄悄逼近。

凌晨4点多，风力加大，暴雨伴着雷电倾泻而下，台风"海贝思"来了！美济礁暴雨横飞、狂风怒啸、巨浪滔天，风暴疯狂地冲击着礁内停着的渔船和渔排。几个小时后，老天爷似乎歇了一口气，慢慢地，风弱雨小。但是，更大的危机再次逼近——风力强大的"海贝思"向东离去后，台风中心与另外一个刚刚形成的台风汇合，又掉过头来，再次扑向了美济礁，海上的巨浪瞬间超过了15米高……

风暴平息之后，美济礁碧蓝的海面上，已经找不到渔排了！所有的渔排都被吹出礁盘，被风浪卷走了；渔排和房子之间的绳子被冲断了；拴在屋子下的20多根锚绳被刮断了；停在旁边的渔船被打翻了，船上的5名渔民再也没有起来……

林圣平和另外6名渔民被"海贝思"刮到大海里，他们凭着一块两三平方米大的木板，漂泊在茫茫大海上，与死神顽强搏斗了7天7夜！没有淡水，没有食物，靠着坚强的信念，互相鼓励，互相帮助。他们坚信，渔政船、远洋救援轮和直升机一定在寻找他们！路过的船只一定会救起他们！终于，他们被一艘英国货轮发现了，那些蓝眼睛白皮肤的外国友人，向他们抛下缆绳和救生圈……

圣平告诉我们，在狂风巨浪中漂泊的日日夜夜里，他们最想最想的就是能喝上一口水。下雨天，他们张大嘴巴接雨水，天晴时，实在渴得顶不住了，就含一口海水润润嘴再吐掉——渔民都知道，喝海水会中毒，会死亡。还有，最想最想闭上眼睛睡上一觉，哪怕只是一小会儿，但是不能，一睡着，就无法抓住木板，就会落水，被风浪卷走。大家互相照顾着，谁撑不住了，抱着他；谁出现幻觉了，拉住他。但是，7个人中，还是有4个人没能撑到最后，包括圣平的亲叔叔……

3个幸存者被海水泡得体无完肤，许多地方皮肤已经爆裂、溃烂，虚弱得无法站立……他们辗转万里，途经多国，在中国使领馆的帮助下，终于回到祖国的怀抱。

"所有的路费、生活费、医疗费都是国家为我们出的！我好像重新活了一回。我很幸运，也很遗憾，大家说好了要一起活着回来的，可……"事隔5年，说起当年这段经历，林圣平还是打了一个寒战。

长眠在深海里的中国渔民，国家没有忘记他们。2009年2月，一块"中国南沙美济礁养殖遇难者纪念碑"立在了美济礁上，他们的名字，向着祖国……

"中国再也找不到这么好的地方养鱼！"

是什么力量让林圣平休养了半年之后，又义无反顾地再赴南海养鱼？

信心和力量来自林圣平兄弟俩的叔公林载亮。他的请求和他描绘的美好前景，让兄弟俩无法拒绝。

在海南，林载亮是个有分量的人，上世纪90年代初就享受国务院特殊津贴的渔业专家，退休前是海南省水产局副局长，最先进入南海搞养殖的人。如今，渔民们都喊他"教授"，这是对一个77岁老人发自内心的尊重。

在海口，我们找到了林载亮的家。这是一套单位房改房，三室一厅，上世纪80年代的建筑。老人独居，老伴去世十几年了，孩子不在身边，所以，他的"海南富华渔业公司"的办公室也就设在家里。进屋后，老人忘了招呼我们坐，而是兴奋地在屋子里走来走去："啊，我福建家乡的记者来了！我看看能不能找到一点零食给你们吃啰，中午就在我这里吃稀饭啰，我拿出鱼虾来解冻哦，是南海的哟，野生的哟，好东西呢！到外面吃浪费时间，我们可以边吃边聊。美济礁可真是个好地方啊……"林载亮带着家乡口音的普通话让我们听起来分外亲切。

零食没找着，老人进进出出抱出了一堆的书、证件和照片，全都与美济礁有关。

1992年，林载亮参加编写南海渔场图时，惊喜地发现了美济礁的神奇之处。"南沙最大的潟湖在美济礁，美济礁就像一个盆地，这是很难得的，外面的大海几百米、上千米的深度，无风三尺浪，而在潟湖里面，最深的地方只有27米，最浅的地方才7米，风平浪静，很适合搞养殖。"林载亮说。

这个发现在林载亮心中埋下了饱满的种子。经过反复考察论证，2001年，他对外公布了《南沙美济礁潟湖养殖可行性报告》，没想到，却引起外界一片哗然。

"有人认为我疯了。说海南岛近海那么多可以养殖的地方不找，非要找一个天遥地远的地方去搞养殖，是不是精神出问题了。可是，我只看上了美济礁,中国再找不到第二个这么好的地方养鱼了!现在,他们服了。"老人得意地说。

2002年,林载亮申请在美济礁潟湖搞渔业养殖的报告,引起了农业部南海区渔政局的重视。林载亮的项目,正好符合党中央提出"开发南沙,渔业先行"的战略决策精神。很快,项目就要启动,但就在林载亮雄心勃勃准备大干一场时,他的身体出了状况。

"结肠癌。"林载亮毫不避讳,还一脸轻松地撩起衣服,给我们看当年做手术留下的刀口。"手术结束后,医生端出一小盆的东西给我看。我心想,没事了,割掉了这些坏东西,我又可以活几十年。"休养了几年,林载亮又开始谋划他的美济礁养殖了。

2007年,已经72岁的林载亮终于等来了合作伙伴张东海,两人在南海区渔政局的支持下,带着150万元的启动资金和6万尾东星斑和老虎斑鱼苗,首次勇闯美济礁,满怀憧憬地开始实现他的梦想。然而,这年11月的台风,摧毁了他们的一切。

就此罢手?不!

2008年,他与变卖了房子和汽车的张东海一道,再探南沙。在林载亮的力邀下,林圣平兄弟也下定决心再跟着叔公干。"叔公年纪这么大了,还这么有干劲,我们年轻人怕什么。"记得在渔船上,林圣雄说过这样一句话。

2010年,曙光终于出现了,在国家的支持下,渔业养殖给他们带来了数百万元的利润。"美济礁是个聚宝盆,等着吧,我们会有更大的收获。"林载亮告诉我们,如今,他在美济礁的潟湖里养殖了5万多尾鱼,今年的营业额,能有上千万元呢。老人还有一个心愿:"明年春节,我要把在美济礁养的鱼,运到福州去,让乡亲们尝尝南海海鲜的味道。"

"我的公司是我国目前唯一一家进驻美济礁养殖的民营企业。"老人自豪地说。

12月初,我们接到了林载亮从美济礁打来的电话,老人兴奋地说:"美济村委会就要挂牌了,牌子就挂在我的船上。到时候,我们就是这里的第一批村民啦!"

林载亮心里明白,在我国南沙维权体系中,渔业,特别是岛礁渔业养殖,扮演着重要的角色,发挥着特殊的、不可替代的作用。"我是一个有几十年党龄的老共产党员,愿意永远守在这里,耕海牧渔,为维护南沙的渔业权益和南海主权尽一份力。希望有更多的人来这里，一起开发我们的南海。

（荣获第二十三届中国新闻奖报纸副刊类二等奖）

评 点

扑下身子沉一线　深挖细节塑典型

中国对南海诸岛及其附近海域拥有无可争辩的主权。中国南海维权之所以得到越来越多国家的理解支持，是因为中方的立场完全符合国际法，是真正在维护国际法治。《在南海，在天涯……》正是成功报道南海维权这一重大题材的优秀作品。

好素材，靠"走出来"。要寻找最能够表现"南海维权"主题的事实材料，记者必须"走到"，才能"看到、想到、挖掘到"。魏立凤三亚码头的办公楼、美济礁里的"养鱼池"、"琼京太渔01号"上的养殖生活，作品中这些详细且真实的场景再现，来源于记者亲赴现场、实地观察。此外，文中对魏立凤、林载亮的访问要言不烦，正反并举，见微知著。这既要记者与人物有长时间、近距离的接触，还要倚赖作者扎实的采访技能。

好素材客观真实，细节丰富，能够起到"以点带面""以一当十"的作用。从"转战三亚"，到"远海捕捞"，再到"海上较量"，中间有事态起因、有过程变动、有最终结果，情节完整，记录翔实，读来令人信服、备受感染。文中关于"海贝思"风暴和林载亮事迹的叙述极为细腻、动人，同时也更好地揭示出人物性格。

这篇报道题材重大，文辞简约，情感充沛。福建媒体讲述福建渔民守护祖国海疆的真实故事，在地方媒体与全国议题之间搭建起桥梁，传递出"爱国爱乡、敢拼会赢"的福建精神。

广播类

福建优秀新闻作品选评

两岸同胞共推"妈祖信俗"申报世遗获得成功

集　体

（福建省广播影视集团　2009年10月1日）

昨天（9月30日）下午3点，阿拉伯联合酋长国首都阿布扎比传来喜讯，正在召开的联合国教科文组织政府间保护非物质文化遗产委员会会议经审议表决，决定将中国政府提名的妈祖信俗列入世界人类非物质文化遗产代表名录。这是中国第一个信俗类世界级文化遗产。

福建莆田湄洲岛管委会主任、妈祖信俗申报"世遗"工作小组组长唐炳椿最先得到喜讯：

（出录音）唐炳椿：我很激动。正好我在福州开会，又不敢把手机关掉，一会儿就拿出来看一下，就看看有没有谁给我发短信。一看，有，我就很激动，就告诉我们湄洲妈祖祖庙董事长林金榜，我说你赶快到妈祖庙面前去放鞭炮，给妈祖报告说妈祖申遗成功了！

"妈祖信俗"申遗成功的消息传到台湾，信众们欢呼雀跃，他们立刻在各妈祖宫庙打出横幅、放起鞭炮，热烈庆祝。台湾妈祖联谊会会长郑铭坤认为：这是两岸广大妈祖信众共同的大喜事。

（出录音）郑铭坤：成功申报世界非物质文化遗产，这份荣耀是属于全世界信仰妈祖的这些信众，是属于大家的。

从2008年5月12日福建莆田湄洲岛成立了"妈祖信俗"申遗工作小组以来，台湾妈祖宫庙通过举行大型民俗活动、海上直航湄洲岛谒祖进香、现场签名等声势浩大的活动，声援祖庙申报世遗。

莆田湄洲妈祖祖庙董事长林金榜：

（出录音）林金榜：虽然申报是以祖庙的名义申报，但是台湾的宫庙，他们也非常支持，需要他们提供照片啊、资料啊，他们也按照我们的要求都提供给我们，为申报世遗做出努力。

台湾妈祖联谊会会长郑铭坤说，两岸妈祖信众有着共同的文化纽带，共同

的根。妈祖信俗申遗成功是一个新的起点,两岸要共同把妈祖文化继续发扬光大:

　　(出录音)郑铭坤:妈祖文化能够申请世界非物质文化遗产非常不简单,我们要把这种文化、这种历史永远留给我们的子孙。

(荣获第二十届中国新闻奖广播消息类三等奖)

　评　点　

好素材也需好角度

　　这篇广播消息的报道角度选得很准确。"妈祖信俗"申遗成功本身就是一个值得报道的新闻事件,难点在于如何进一步挖掘新闻素材的丰富内涵和价值,并用最好的方式表现出来。喜讯传来,记者第一时间采访了参与申报工作的相关人士,并对两岸信众的热烈反应做了简洁描述,及时制作播出了这一重大消息,完成了信息传播的使命。从主题表达的角度看,记者先是使用"蒙太奇"手法,将事件空间背景,拓展到海峡另一边的台湾,接着又用"长镜头"手法,延展了事件的时间维度,回顾两岸协力申遗的过程。至此,两岸血缘相亲,文缘相承的主题已呼之欲出。最后借台湾宗教人士之口,进行点题,也履行了讲导向的责任。

　　妈祖文化是中华优秀文化的组成部分,是两岸共同的精神财富,对两岸交流交往起到了极大的推动作用。此次"妈祖信俗"申遗也是首个由两岸相关团体、人士共同推动的申"非遗"项目,对未来两岸共同参与申报其他世遗项目具有重要借鉴意义。同时,"妈祖信俗"申遗成功也有利于进一步增进两岸民间文化交流,增强两岸同胞的民族认同与精神联结,深化两岸妈祖文化的传承与推广合作,共同将中华优秀文化推向世界。

珍贵"国礼"眼角膜让中国患者重见光明

俞林榕　　柯惠萍　　郑　珑　　陈忠坤

（厦门广播电视集团　2014 年 11 月 20 日）

今天中午(11 月 20 日)，由斯里兰卡捐赠的 10 枚珍贵"国礼"眼角膜经空运抵达厦门。下午，第一位接受捐赠的角膜盲患者在厦门大学附属厦门眼科中心进行了角膜移植手术。来听新闻广播记者俞林榕发来的录音报道：

（出录音）俞林榕：据了解，这批眼角膜是斯里兰卡赠送给我国的特殊"礼物"。9 月中旬，国家主席习近平及夫人彭丽媛首次访问斯里兰卡。作为习近平主席访问斯里兰卡的重要内容之一，厦门眼科中心医疗专家组代表中国，免费为当地居民实施 1000 多例白内障手术。为回馈中方，斯里兰卡总统夫人施兰蒂在了解到我国目前眼角膜来源紧张后，赠送给彭丽媛女士 10 枚眼角膜，彭丽媛将其转赠给厦门大学附属厦门眼科中心。

厦门眼科中心院长助理张广斌是当时赴斯里兰卡为当地患者做手术的医疗专家组成员之一，他说：

（出录音）张广斌：两国的第一夫人她们就觉得民间的这种交流，就是这种以光明的形式来交换光明的话，她们觉得很有意义。那么这样子的话，他们国家老百姓能够免费地接受我们给他的一些这种很好的服务，让他们摆脱黑暗能够获得光明，同样的，我们中国很多角膜疾病的患者也有机会接受他们的角膜来延续光明。

20 日下午 4 点左右，一位来自漳州的角膜盲患者苏桂华幸运地成为这批来自斯里兰卡珍贵"国礼"的受益者，她的左眼在厦门眼科中心进行了角膜移植手术，已经失明 20 多年的眼睛终于要重见光明了，苏桂华女士很激动：

（出录音）苏桂华：(闽南语)心情很高兴，很好！20 多年了。(记者：真想看到大家对么?)是啊！就想说能换很高兴，能换这个眼角膜很高兴！

在接下来的两周时间里，厦门眼科中心将陆续实施角膜移植手术，这10枚眼角膜将让十五六个角膜盲患者受益。

据了解，斯里兰卡国际眼库是全球最著名和最大的眼库之一，迄今为止已经向包括我国在内的30多个国家提供超过80000枚角膜。厦门眼科中心负责人表示，我国角膜捐献者非常少，角膜供体极度匮乏，眼组织库角膜供体材料短缺和需求之间的巨大差距，严重限制了复明性角膜移植手术的开展。今后随着与斯里兰卡共建眼库等国际合作项目的陆续推进，厦门眼科中心将陆续争取从国外获取更多的角膜资源，以帮助更多国内患者重获光明。

（荣获第二十五届中国新闻奖广播消息类三等奖）

评 点

贴近生活　突出关联

好新闻必须贴近实际、贴近生活、贴近群众、贴近时代脉搏。因此，在重大新闻报道中，地方媒体必须寻找与本地读者的核心契合点，拉近重大新闻和本地读者的距离，增强新闻的时效性、针对性和生动性。

习近平主席和夫人访问斯里兰卡是重要的外交活动。《珍贵"国礼"眼角膜让中国患者重见光明》一改重大外事活动新闻惯常的国家视角，以民生问题为切口，讲述两国民间友好往来、互助"光明"的故事，表现了两国人民之间的深厚情谊。作品突出了新闻的贴近性，将外交互惠与国内眼角膜稀缺问题联系在一起，使老百姓实实在在感受到国事外交对日常生活的影响。同时，作品突出了新闻的关联性，不满足于"复制"中央级媒体的新闻通稿，主动出击进行独家现场报道，挖掘、凸显"厦门"元素，更进一步拉近本地读者与时事新闻之间的距离，实现了时事新闻的本地化，增强了新闻本身的吸引力和传播力。

总之，这则广播消息较好地做到了"贴近生活、突出关联"，是地方媒体报道重要外事活动的一个成功范例。

福建向金门供水工程今天开工
两岸共饮一江水指日可待

陈东培　陈　琪　赵　星

（福建省广播影视集团　2015 年 10 月 12 日）

各位听众，我省向金门地区供水工程今天（12 日）上午在晋江市龙湖湖畔开工。经过长达 20 年的努力，"引晋入金"项目终于落地生根。请听报道：

上午 10 时 50 分，龙湖取水泵站正式动工，标志着金门供水工程拉开大幕。

（出录音）金门县副县长林德恭：今天看到陆方在短短 2 个月里面，就能够来举办这样的一个陆上管线的一个施工，对陆方这样的一个高效率（的）作为，我们真的是感到既敬佩又感动。

（出录音）金门县工务处处长张忠民：在历史意义上，还有在金门一千七百六十三年的发展，这个在水资源供应是非常的重要，这样的话它可以定下整个的一个发展基础，非常谢谢。

金门人对于水的渴望，由来已久。金门目前户籍人口 11.4 万人，但人均水资源占有量只有 1000 立方米，是国际标准的 1/3，属严重缺水地区。有关方面预计，到 2016 年，金门每天的用水缺口将达 2 万吨。

（出录音）金门县自来水厂厂长蔡其朝：因为我们金门在开放观光，观光人潮越来越多，两岸走访密切，用水量我们每年平均在往上递增，要不从大陆引水的话，这越来越严重。因为我们地下水常年超抽，就造成地层下陷，大陆引水以后，我们就把地下水减量来抽取。

这样的情况将在明年 10 月得以改善。按照供水方案，输水线路总长约 27.62 公里，工程总投资 3.88 亿元。福建负责投资建设晋江龙湖取水泵站及龙湖至入海口陆地部分，金门供水海底管线将由金门投资建设及营运管理。工程设计流量每天 3.4 万立方米，远期预留可扩大至每天 5.5 万立方米。

（出录音）林德恭：我们会加紧金门方的相关一些工程的配合，两方面的一个共同推进,能够把龙湖水库的水引到金门,让两岸共饮一江水,让两岸真正的一家亲。

未来,金门乡亲不仅可以缓解缺水之苦,还将喝上更优质、便宜的自来水。为了保证供水工程的水源安全,福建省有关部门委托专业机构开展入库排污口调查工作,并在龙湖水库周边修建6000米隔离网,设置监控设施。此外,晋江还计划投入5.8亿元专项资金,通过投入静默控藻设备、生物净化技术、物理隔离网、监控设备等方式进一步提升包括龙湖在内的水体水质标准。

(出录音)福建省供水有限公司董事长朱金良:常年水质保持在地表水环境质量标准的二类标准,晋江的第二水源就是这条蓝色的(线路),正在施工,明年就可以通水了,这是晋江引水第二通道。如果这个做完以后,从金鸡山的引水到龙湖水库,全部实现封闭式的供水,水质的安全性、稳定性、可靠性将得到进一步提高。

20年来,大陆十分关心金门缺水问题,为实现供水做出持续不懈的努力。如今,金门供水工程正式进入建设阶段,两岸同胞"共饮一江水"的美好愿景即将成为现实。

(出录音)水利部副部长刘宁:两岸一家亲,随着工程进入建设阶段,两岸同胞"共饮一江水"的美好愿景即将成为现实。必将为金门百姓带来新的福祉,必将为金门繁荣发展注入新的动力,必将为两岸关系和平发展提供新的范例。

(荣获第二十六届中国新闻奖广播消息类三等奖)

评点

聚焦重大主题　挖掘新闻价值

"缺水",一直是摆在金门人民生产生活面前的一道难题。20年来,祖国大陆为协助解决金门缺水问题做出了不懈努力。早在1995年,福建省水利部门就已组织开展了金门供水工程的相关工作,为推动向金门供水做了大量前期准备。即将建成的供水工程,不仅可以解决金门由来已久的缺水难题,更能拓展闽台合作的广度和深度,进一步促进两岸关系良性发展。

这篇广播消息以"水"为媒透视两岸关系,通过福建、金门双方人士的共同讲述,介绍金门供水工程的历史背景与现实意义,报道工程具体规划与质量把控过程,凸显大陆对金门民生问题的关切与支持。记者采访全面到位,语言表述专业细致,各段音响串联清晰流畅,较为准确地向听众传达了新闻事件的全貌及其背后的意义价值。另外,报道及时公布官方信息,澄清谣言,消除民众疑虑,也为金门供水工程的顺利进行,赢得了舆论支持。

作品充分体现了"大主题,小切口"的报道理念,以金门供水工程开工事件为基点,描绘"两岸一家亲,共饮一江水"的美丽图画,表达两岸人民心手相牵、期盼祖国统一的美好愿望,重申两岸同胞血浓于水的骨肉亲情,反映两岸关系和平稳步发展乃民心所向、大势所趋的大主题。

福州市民为钓鱼岛自古就属于中国又添铁证

刘　学　阮　怡　赵　林　阮　娜

（福建省广播影视集团　2017 年 12 月 14 日）

日方觊觎我钓鱼岛主权，耍起"更名"把戏。11 日，日本石垣市市长中山义隆声称，将我钓鱼岛行政区划由"石垣市登野城"更名为"石垣市登野城尖阁"的改名计划推迟到明年，会尽快推动此事。福州市民齐上志今天（14 日）上午联系本台记者，表示日本的这一伎俩改变不了钓鱼岛属于中国的事实，他有族谱等史料为证。请听报道：

（出录音）齐上志：我们及早把它制止住，用历史的史实驳倒它。

齐上志是清朝嘉庆十三年（1808 年）前往琉球册封尚灏王的册封正使齐鲲的后人。齐上志说，钓鱼岛是册封使前往琉球的必经之地，如今在福州的琉球馆一楼，可以看到当年册封使出使琉球的海上航线，现在冲绳还留有齐鲲出使的遗迹《诏馆碑记》。齐家族谱中提到齐鲲出使琉球前后著有《东瀛百咏》《续琉球国志略》两书。在《东瀛百咏》中，《姑米山》一诗详细记载了中琉两国边界线，这是历史的铁证。

（出录音）齐上志：黑水沟是中琉的海上分界。（记者：怎么写的，怎么说的？）姑米山此山入琉球界。他就说："忽睹琉虬状，西来第一山。"那边来的我们碰到第一座山。"球人欣指点，到此即乡关。"他来接我们，而且把我们引到琉球去。说明钓鱼岛、赤尾屿、黄尾屿都是我们中国界内，入姑米山才达到琉球的国界。齐鲲在姑米山之前之后都写得很详细，诗也可以证史，具有很重要的史料价值，这个是历史上非常确凿的证据。

厦门大学南海研究院院长傅崐成表示，齐上志说的这一史料非常珍贵，齐鲲诗中的姑米山又被称作久米岛，诗中描写的场景与明朝册封使陈侃 1534 年撰写的《使琉球录》中提到的"过钓鱼屿，过黄毛屿，过赤屿，见古米山，乃属琉球者；夷人歌舞于舟，喜达于家"的内容互为印证。

（出录音）傅崐成：《使琉球录》这本书里边也记了当时中国的使节，带着船员，包括琉球的船员，从中国东南沿海启程出使琉球的过程中，过了钓鱼岛，又过了黑水沟，看到久米岛以后，船上的琉球的船员都欢呼说到家了，到家了。也就是说自古以来，琉球人自己也知道，他在钓鱼岛，以及赤尾屿吧，这几个岛从来就不是琉球的领土，这些历史证据都非常清楚。

针对这次日本地方政府计划给钓鱼岛改名的闹剧，外交部发言人耿爽在例行记者会上表示，钓鱼岛及其附属岛屿自古以来就是中国固有领土，中方维护领土主权的决心坚定不移。无论日方玩弄什么把戏，都改变不了钓鱼岛属于中国的事实。

（荣获第二十八届中国新闻奖广播消息类一等奖）

评 点

传播中国声音　贡献地方力量

所谓"铁肩担道义"方能"妙笔著文章"，国家统一、民族复兴一直是大势所趋、大义所在、民心所向。地方媒体作为舆论引导的重要力量，也应当有国家大局意识，"上接天线，下接地气"，把政治正确摆在首位，自觉在思想上、政治上、行动上同党中央保持高度一致，打好舆论主动仗，唱响中国好声音。

在第二十八届中国新闻奖的评选中，由福建新闻广播制作的《福州市民为钓鱼岛自古就属于中国又添铁证》荣获广播消息类一等奖。此次获奖离不开主创团队敏锐的新闻洞察力、巧妙精心的前期策划以及不辞辛劳的工作筹备。单是在资料搜集阶段就耗费了近 5 个月的时间，数万字的文献资料，只言片语的文字记载，在经过反复的查考与多方的采访下，才凝练成了这篇短小精悍、分量实足的作品。整篇消息不仅具有重要的新闻价值，也具有重大的历史价值。记者深度挖掘清朝时期曾赴琉球的册封正使齐鲲的家族族谱，考察历史上中琉两国的边界线，并查阅了历史诗作《姑米山》、福州琉球馆的航线记载、冲绳遗迹《诏馆碑记》、明朝《使琉球录》等文献，为"钓鱼岛是属于中国的"这一基本事实提供了大量的一手铁证。另外，消息的发布也因选择了恰当的时机而取得了良好的传播效果，借日本石垣市市长宣称钓鱼岛改名事件所引起的舆论关注,以铁证如山的历史事实辨明是非曲直,回应了时局争议与国际关切,简洁、清晰、有力地为国家主权发声,承担起了报道事实真相、捍卫历史正义、维护人民利益的媒体责任。

"只要功夫深,铁杵磨成针",福建新闻广播的主创团队用近10个月的时间为听众打磨出了一篇好新闻。作品在本地晚间新闻节目《新闻那个范儿》播出的同时,也在面向港澳台及东南亚地区定向广播的东南广播公司播出,获得了国内外的广泛关注,发挥了较大的社会影响力。

数典忘祖吕秀莲

翁崇闽　郭福佑　罗　华　蓝松祥　张立新

（福建人民广播电台　2000 年 4 月 15 日）

听众朋友,您好! 我是师杰,欢迎收听今天的《东南漫谈》节目。在今天的节目时间里,请听本台记者采制的录音述评:《数典忘祖吕秀莲》。

听众朋友,4 月 2 日,"台独"分子吕秀莲在接受香港某媒体采访时大放厥词,说什么"台湾是一个主权独立的国家",并用"远亲近邻"来说明她一贯主张的两岸是"两个华人国家"的谬论。吕秀莲如此一番"台独"言论,遭到了海峡两岸中国人和海外华人、华侨的同声谴责。

近日,记者来到福建省南靖县书洋乡吕厝村,村里有一座名为"龙潭楼"的方形四层土楼,这就是吕秀莲的祖籍地。据当地吕氏族人介绍,200 多年前,吕氏第十一代孙吕廷玉告别家乡,渡海前往祖国宝岛台湾,定居台湾桃园。吕秀莲是龙潭楼吕氏第十七代裔孙。

据主持修编南靖吕厝吕氏族谱的吕氏宗亲吕赞春先生介绍,10 年前,也就是 1990 年 8 月 29 日,当时担任台湾"民主人同盟会"理事长的吕秀莲只身一人回到祖地吕厝寻根祭祖。

主持修编南靖吕厝吕氏族谱的吕氏宗亲吕赞春:

（出录音）吕赞春:她回来以后,我们大家都泡乌龙茶来请她（喝）,在聊天的时候,她就这样说:我们吕氏宗亲的大大小小有没有念过大学中专的? 我说有,但是很少。她说:不行啊! 一定要好好念书,学好本领,为我们吕氏家族争光,为我们吕氏先祖争气! 在聊天之后,她说:我的任务就是要祭祖,（提出）要到芳园祠祭祖。当时,（她）是涉水过去的,我们有好几个宗亲说你不要（涉水）,我们拐弯从上面下来,她说不要啊,我那么远回来祭祖,脱一下鞋子过河,家乡的溪水感受一下也很不错,很惬意。祭祖时,她很虔诚,对先祖非常崇敬。祭祖以后,她说我们到龙潭楼去看一看,我跟其他宗亲带她到龙潭楼里面去看一看。我们龙潭楼里面有一口水井,是 8 米深,是我们吕氏家族大大小小的日常用水。她打起来以后,喝了一口,(她说)这就是饮水思源嘛! 很有感情。

可是,当吕秀莲回到台湾后,却把这份感情抛到脑后,继续搞"台独"、闹分裂,最近竟然抛出了所谓两岸是"远亲近邻"关系的分裂言论。对于吕秀莲如此出尔反尔、数典忘祖的行为,南靖吕氏宗亲极为不满。吕赞春先生用富有亲情的朴素语言说:我们不希望吕秀莲成为国家和民族的罪人,成为我们吕氏家族的不肖子孙。

(出录音)吕赞春:今年(吕秀莲)当了台湾新领导人的助手后,她讲了有些话,我们在报刊上,在电视台上都看到了。我希望她今后讲话要慎重一点,对祖国统一这方面的话多讲,如果不利于祖国统一的我看是不要讲。我如果有机会到台湾去探亲,我要劝她这两句话。

当时专程陪同吕秀莲回乡寻根祭祖的南靖县台湾事务办公室原主任冯家明先生对吕秀莲抛出"远亲近邻"谬论也深感气愤。他说:

(出录音)冯家明:这样"远亲近邻"的说法,我认为她是背叛了祖宗、背叛了祖籍地,也可以说背叛了故乡。作为我们祖地(乡亲),希望她在这个问题上要悬崖勒马,赶快回头,回到祖国统一这个立场上来,不能再这样越走越远,越陷越深,最后她成为祖籍地亲人的罪人,也成为历史的罪人。搞分裂最后是没有好下场的。

听众朋友,对于一个人来说,失去了民族和国家的认同,是多么令人悲哀的事! 但是,从吕秀莲近 10 年来的种种分裂祖国的言行,我们感觉到,吕秀莲甚至连这点悲哀都不在乎,相反的,却引以为荣。

吕秀莲"远亲近邻"的荒唐逻辑是:因为"我们的祖先是来自大陆",现在台湾和大陆又近在咫尺,所以,海峡两岸就成了在"血缘方面、在历史上是远亲"、"在地理上是近邻"的关系,根本没有必要提两岸是否要统一的问题。

吕秀莲的这种荒唐逻辑漠视了自己民族和国家的史地常识,罔顾情理法理。我们知道,台湾有文字记载的历史,发端于公元 230 年的三国时代,当时的吴王孙权派 1 万官兵到达"夷洲",也就是今天的"台湾";自宋代以来,中国历代政府都在台湾建立了行政机构,行使管辖权;1945 年,第二次世界大战后,根据国际法,当时代表中国的国民政府从日本手中收回了台湾。也就是说,台湾与祖国大陆本来就是一家,而不是所谓的"远亲"。其次,在地理上,台湾岛与祖国大陆是连在一起的,后来因为地壳运动,与大陆连在一起的部分沉入海底,形成台湾海峡,才出现了台湾岛。也就是说,台湾岛本来就是祖国大陆的一个组成部分,而不是所谓的"近邻"。作为一名法学硕士,吕秀莲竟然如此睁眼说瞎话,不但是无知,而且是有辱斯文,贻笑大方。

听众朋友,吕秀莲这种荒唐逻辑的要害之一便是妄图要分裂祖国,搞"台湾独立"。吕秀莲在所谓"远亲近邻"的谬论中否定台湾人就是中国人,否定台湾和大陆同属于一个中国,实际上是李登辉"两国论"的翻版。厦门大学台湾研究所陈孔立教授指出:

(出录音)陈孔立:她讲"远亲近邻",目的是讲大陆和台湾的关系很远了,历史上有关系,以后就没有什么(关系)了,要害是否认两岸之间法律的关系、政治的关系,要"分裂",这才是要害。她是坚持分裂主义的立场,要把两边分开来,所以一贯主张"台湾、中国,一边一国"。

吕秀莲这种荒唐逻辑的要害之二是:不顾国际社会坚持一个中国原则的现实,企图让国际社会认同她所谓两岸是"两个华人国家"的错误主张,并迎合国际反华势力分裂中国的图谋,把台湾问题国际化。福建社会科学院现代台湾研究所所长吴能远教授指出:

(出录音)吴能远:实际上,在吕秀莲的思想里面,她是极度"崇洋媚外",所以,她把赌注押在美国和日本的反华、右翼势力的支持上,认为有他们的支持就能够实现"台独"。这个实际上就是中国人所最憎恨的"挟洋自重"的行为,就是一种"汉奸"的行为。

听众朋友,正如当年陪同吕秀莲回乡寻根祭祖的冯家明先生所说的,数典忘祖,背叛民族与国家的人历来都没有好下场。吕秀莲如果仍然一意孤行,分裂祖国,必将成为民族罪人,徒留千古骂名。

好,听众朋友,今天的《东南漫谈》节目就到这里,感谢收听。

(荣获第十一届中国新闻奖广播评论类二等奖)

评 点

两岸新闻评论:正确导向、民族情怀、理性认识

新闻评论,作为媒体引导社会舆论的工具,能够迅速、及时、直接地对新闻

事实、社会问题、舆论现象进行逻辑梳理、理性分析和价值判断。因此,做好两岸新闻评论,坚持正确导向,维护国家统一,建立理性对话,是两岸新闻媒体共同的责任。

本篇广播评论写于2000年,评论的对象是"台独"分子吕秀莲及其"远亲近邻"的分裂言论。该言论将"台湾人"与"中国人"人为地对立起来,全然置历史、事实、民意、法理于不顾。面对这样的时局背景,记者深入吕秀莲祖籍地采访吕氏宗亲,还原她早年寻根祭祖、"饮水思源"之事,与其"远亲近邻"的言论形成对比,抓住吕秀莲言行不一的矛盾漏洞,澄清事实。在陈明事实的基础上,记者通过吕氏宗亲的批评、两岸历史的梳理、地理事实的陈述、学者观点的表达,从历史、民族、情理、法理等多个层面驳斥吕秀莲言论的荒唐逻辑,重申国际社会普遍公认的一个中国原则,以及"台湾与祖国大陆本来就是一家"的客观事实。

作品语言简洁犀利,论证分析环环相扣,在破除对方立论时选择开门见山、追本溯源的策略。借父老乡亲之口批驳吕秀莲"数典忘祖"、分裂祖国,则既突出了闽台渊源,又充分展示了论据,情理兼备,令人信服。广播虽然结束了,但掷地有声的观点给听众留下了深刻的印象,评论播出后产生了较大的舆论传播效果,在台湾岛内引起了不小反响。

112

和平的赛场需要更宽广的民族胸怀

唐征宇　刘凌燕　李晓晖

（福建省广播影视集团　2007 年 9 月 23 日）

（出录音）赛场嘘声一片。

听众朋友，您刚刚听到的是 9 月 17 日晚，在杭州黄龙体育中心观众看台上传来的嘘声。这是一场 2007 中国女足世界杯德国队和日本队争夺 4 强的比赛，赛场几乎成了德国队的主场。每当德国队拿球和进攻的时候，场下的中国球迷就会给他们震耳欲聋的掌声和欢呼声。然而，一旦日本队拿球，场下就会响起您刚刚听到的嘘声。戏剧性的一幕出现在比赛结束的一刻，日本队以 0：2 输了球。日本女足姑娘们挥洒着泪水准备告别赛场时，她们扯开了一条事先准备好的条幅，上面用中文、英文、日文 3 种文字写着"ARIGATO 谢谢 CHINA"，即"谢谢中国"，并且深深地向中国观众鞠躬致意。面对这样的举动，场上出现短暂的沉默，随后爆发出了当晚送给日本女足唯一的一次掌声。针对这一事件，不少专家学者提出，面对即将到来的 2008 北京奥运，我们需要更宽广的民族胸怀。

中国观众为什么要给德国队掌声而给日本队嘘声？不言而喻，比赛的时间恰巧是"9·18"的前夕，日本军国主义 70 年前给国人的伤害是无法让中国人忘记的，况且在二战后，德国与日本对战争的态度也截然不同。对于赛场上中国观众给日本队的嘘声，福建社科院历史所研究员麻健敏教授认为：

（出录音）麻健敏：中国人对日本的侵华历史记忆是刻骨铭心的。我们中国不会忘记这段历史，但是不忘记不等于说我们在不适合的场合发表我们的看法，表露我们的感情，尤其是在体育这个和平的赛场上，这种世界性赛场。我们研究历史、了解历史的目的是什么呢？就是总结我们人类历史发展的经验和教训，就是为了现在更好的发展，让人类有更美好的明天。

牢记历史、总结历史是为了人类更好的发展。然而，当我们把牢记历史的民族情感转化成了球场上的嘘声，这显然是与发展相违背的。其实，在国际赛场上停止我们的嘘声并不代表我们忘记历史，反而是为民族自身的发展和民族与民族间的发展尽了自己的一份力量。

著名体育评论员文国刚从体育的实质以及奥运的历史阐述了同样的观点：

（出录音）文国刚：为什么奥运会会出来呢？就是欧洲人考虑到国家与国家之间老是打仗，所以他们要找一种方式让大家不打仗，寻求一种和平的环境。奥运休战就是在奥运会的时候所有交战国都不打了，都来共同参加奥运会。体育本身就代表一种和平，运动员他本身代表一种和平大使的形象。赛事本身我觉得尽可能不要政治化，而且这一点非常重要。

"神圣休战"延续了1000多年，使古代奥运会摆脱了战争的困扰，成为和平与友谊的盛会，这对现代奥运会产生了深远的影响。1956年，澳大利亚墨尔本第十六届奥运会，当时处于分裂状态的东、西德国被组织到一支队伍里，共用一面有着奥林匹克五环的黑红黄三色旗。1964年第十八届东京奥运会，组委会选中了广岛原子弹爆炸日出生的一个年轻人做圣火的运送者，以向受害者表示敬意和呼唤世界和平。2000年，在澳大利亚悉尼奥运会上，朝鲜和韩国运动员也在统一的旗帜下联合入场……人类对和平的祈愿贯穿了整个奥运历史。

2008年奥运会即将在北京举办，全世界的目光都将聚焦在崛起的中国，中国也将向世界展示"同一个世界 同一个梦想"的和平期盼。福建师范大学传播学院院长颜纯钧教授表示：

（出录音）颜纯钧：一次成功的奥运会对一个国家来讲它是很好的形象传播的过程。举办一次成功的奥运会对于我们中国在世界范围内去塑造自己的形象、改变自己的形象是非常重要的一个机遇。让奥运会变成全球、全世界人民的节日，这个期许实际上是中国政府和中国人民在获得2008奥运会举办权的时候，当时在争取的时候，就是我们的基本观念，争取到之后也是我们实现的一个目标。

对中国人来说，作为一个正视历史、不忘却历史但是更有宽阔民族胸怀的大国国民，更应该树立正确的爱国主义观，更应该在2008奥运举办的过程中去配合奥运组委会、配合中国政府倡导的和平理念。福建2008年奥运火炬手李姗姗将在明年参与圣火的传递,同时她也在传播着人类和平的种子。

(出录音)李姗姗:我想体育竞技它有两个目的:一是追求更高、更快、更强,另一个其实就是促进世界和平,让所有的人参与到体育当中来。如果真的比如说在球场上对特定国家喝倒彩的话,那么可能达不到相应的目的,反而会影响我们国人的形象,所以我觉得既然我们是在一个开放的中国,就应该用这种开放的心态去面对不同的民族,不同的国家,去接纳和包容。

听众朋友,爱国主义的旗帜要高举,民族精神要发扬,但是面对赛场上的国外和平使者,用喝倒彩的方式去表达自己的情感,我们认为这是狭隘的民族情绪的宣泄,绝不是爱国主义情怀的表达。我们真诚地希望,今后在国内外赛场上,在明年的奥运会上,我们的观众会用掌声为国内外的所有运动员鼓励、喝彩! 和平的赛场需要更宽广的民族胸怀,每位到中国比赛参加奥运会的选手都是我们的朋友,我们要让全世界记住北京奥运的掌声,记住中国的掌声!

(荣获第十八届中国新闻奖广播评论类一等奖)

评点

眼"锐"发现好选题　思"深"写出好评论

新闻评论是提升媒体核心竞争力的重要阵地。一篇优秀的新闻评论一定要有好的选题,选题直接体现了评论员对时代变化、社会发展、受众需求的判断力,最终决定了作品的高度与深度。

这篇广播评论的选题就很好地体现了作者敏锐深入的眼力。在 2008 年北京奥运会即将来临之际,作者透过一场国际体育赛事中我国观众的表现,准确捕捉到了"赛场嘘声"所反映出的部分观众的民族情绪。"中国观众为什么要给德国队掌声而给日本队嘘声",记者注意到了这一孤立事件背后的问题,指出赛场上的"嘘声"其实是披着"爱国主义"外衣,肆意宣泄民族情绪的行为,不仅违背了体育赛事的竞赛精神与和平内涵,也对北京奥运会所要展现的国家形象产生了负面影响。论述过程事理结合,张弛有度,充分阐述了奥林匹克运动的精神价值和举办北京奥运会的时代意义,最终提出"和平赛场需要更宽广的民族胸怀"的倡导。

此外,评论充分发挥了广播媒体的优势,使用现场录音和嘉宾对话的形式,邀请专业学者、体育评论员和奥运会火炬手参与其中,展现不同主体的不同观点,情理交融,从不同角度引导社会大众以开放、尊重、包容、积极的心态参与国际体育赛事,为中国举办奥运会、建立文明大国形象提前做好舆论宣传工作。

大陆核电安全完全值得信赖

——从台湾《自由时报》炒作大陆核电威胁说起

卢文兴　韦冀宁　张　妍　蔡亿锋

（海峡之声广播电台　2009 年 10 月 28 日）

（《时事透视镜》栏目曲）

听众朋友,您好,欢迎收听今天的《时事透视镜》节目,我是张妍。

台湾绿营媒体《自由时报》10 月 28 日刊文《中国大陆核电厂威胁更甚飞弹》,用"茆起来盖"形容大陆核电厂的建设速度,并提到离台湾最近的福建省两座在建核电厂,说一旦发生重大事故,辐射尘可能在短短一天内袭击台湾。

情况真的像《自由时报》说的这样吗?带着这些疑问,海峡之声记者专程走访正在建设中的福建宁德核电厂。

（出录音）记者:听众朋友,我是海峡之声记者冀宁,我现在就在宁德核电厂的厂区。这里背靠大山,面向大海,整个厂区正在紧张有序地建设之中,几座大楼正在拔地而起。而在建设过程中,工程人员始终把核电安全放在首位。在我前面就是一个巨大的钢铁结构的穹顶。宁德核电公司总经办的崔波先生介绍说,这座穹顶就是防止核泄漏的"安全壳"的重要装置:"从设计上来讲,有三道安全屏障。首先是装量,它是 17×17 的核燃料元件,是锆金属的,耐高温高压。裂变的时候,这道屏障首先阻止了它的外泄;第二道就是压力容器,器壁也是一个耐高温高压的金属;还有刚刚提到的安全壳,即使里面核辐射也不会向外泄漏。"

通过我们记者在宁德核电厂的现场采访,可以得知,核电厂在建设过程中构筑了三道安全屏障,而且厂区的选址充分考虑到地质、水文、气象以及航线、人口密度、地质烈度等因素,可以应对任何突发事件。

听众朋友,从上个世纪 50 年代苏联诞生第一座核电厂以来,曾经发生两起核电事故,一次在美国,另一次在苏联。1979 年美国宾夕法尼亚州三里岛核电厂发生的事故,属于厂外事故,没有造成人员伤亡,更没有发生核泄漏。苏联切尔诺贝利核电事故发生的原因是核反应堆没有完善的安全防护技术,而且管理体制出现严重漏洞,现在这种传统的核反应堆技术已经被淘汰。

美国加州大学伯克利核能研究中心副主任、厦门大学能源研究院院长李宁博士在接受海峡之声记者采访时指出,包括福建两座在建的核电厂在内,大陆已经建好和正在建设的核电厂走的是世界上成熟的商业化路线。大陆核电技术处在世界先进行列,事故发生率在十万分之一以下。

(出录音)李宁:中国的核电站走的是世界成熟的商业化路线,所有的技术在国际上都属于成熟的技术,在核电发展上始终坚持安全第一,对核电安全的要求非常高。特别是在新(核反应)堆的建设上采取更强有力的安全保护措施,也就是所谓的非能动措施,不需要机械手段就可以使核电站安全停堆。特别是这个安全壳的保护,如果堆芯发生严重事故,堆芯熔化的话,它可以把所有辐射物质全部封存在里面。按照现在设计,出现堆芯严重事故概率在十万分之一以下,已经是很低的概率了,再有安全壳的保护。

台湾《自由时报》还指责大陆核电资讯完全封闭,不让外界自由取得资讯,说一旦发生重大事故时,民众无法在安全时间内疏散避难。对此,李宁博士指出,这种批评是缺乏常识的无端指责。大陆每一家核电厂都要接受国际原子能机构和国家核能部门评审,评审资料向国际社会公开,核电运行是非常透明的体系。

(出录音)李宁:(大陆)核电站所有操作人员都是经过几千小时安全培训,每一组操作人员都有监控人员。国家核电安全机构人员会定期检查运行机制。中国(大陆)核电站运行管理和安全水平处于世界先进(水平)。这些数据都可以在公开的信息上查到,每年都要在国际上评审,国际原子能机构、行业机构每年都要定期进行分析,这些资料都是公开化的。

另外,为了打消民众的安全顾虑,宁德核电厂还定期邀请周边民众赴核电厂区参观,对民众的疑问一一答复,而且只要新闻媒体提出采访要求,核电厂都会满足。

各位听友,核电厂因为带了一个"核"字,使其变得敏感和神秘。不过揭开神秘面纱,核电却是世界上安全、清洁、高效的能源。发展核电是解决国际能源危机、减少温室气体排放的有效途径。就拿福建宁德核电项目来说，一期工程4台机组发电后，年发电量约300亿度，与同等规模的燃煤电站相比，每年少消耗原煤约1200万吨，减少向环境排放二氧化碳约2700万吨。

从全球范围来看，支持核电发展的民众越来越多。据《核电之窗》杂志报道，美国公众对核电抱正面态度的超过2/3，在核电厂周围10英里范围之内，对核电持支持态度的人达到80%。欧洲核能普及率最高，法国80%的电力资源依靠核电，瑞士40%的电力资源依靠核电。亚洲的日本、韩国核能依赖率达到30%。

台湾地区自上个世纪70年代发展核电以来，已经建成4座核电厂，还有2台机组正在建设之中。未来几年台湾核电比例将达到20%。李宁博士指出，台湾现有核电厂技术水平比大陆在建的核电厂技术要落后近20年，也没有听说台湾的核电厂运行出现事故。

看来，面对核电这种像飞机、火车一样推动人类发展的技术成果，有责任的媒体应该抱着科学的态度，帮助民众了解核电知识，打消不必要的顾虑，而不是哗众取宠、误导民众甚至是恶意炒作，谋取自己的经济与政治利益。

好的，听众朋友，今天的《时事透视镜》节目到这里就结束了，感谢您的收听，再会！

（荣获第二十届中国新闻奖广播评论类三等奖）

| 评 点 |

担道义　正视听

加强两岸信息交流，扩大两岸共识，维护和推进两岸关系和平发展，是主流媒体不容推卸的社会责任和历史使命。

面对台湾绿营媒体《自由时报》有关"大陆核电厂威胁台湾"的中伤报道，海峡之声电台记者深入核电站施工现场，采访核能专家，从核电相关常识、专业知识、国际标准、国外实践等多个方面，对其不实言论及恶意揣测做一一回击。该评论不仅及时、有效地普及了核能使用知识，校正民众认识误区，也有力地消解了歪曲大陆的声音，捍卫了两岸互信的基础与两岸同胞朴实深厚的情谊。整篇评论作品以现场一手的采访录音为基础，通过多方数据、案例、事实的相互印证,有条不紊地指出相关虚假报道的错漏,展现了专业媒体应有的业务素养。

新闻真实是媒体报道的第一生命力。虚假新闻不仅严重损害媒体的公信力,也对社会政治、经济、文化造成恶劣影响。海峡之声电台记者在谣言传播的第一时间奔赴第一现场,公开核电站建设的详细信息,及时澄清事实真相,引导两岸舆论在理性、开放、健康、平和的环境中进行有意义的探讨,充分响应了两岸民众对媒体担道义、正视听的社会角色的期待。

呜呜祖拉吹响"中国制造"警音

唐征宇　王　琳　李晓晖

（福建省广播影视集团　2010 年 7 月 5 日）

（"呜呜祖拉"的声音）

（出录音）邬奕君：利润太低了，我们只有 2 块钱卖出去一只呜呜祖拉，在南非可以卖到 54 块人民币一个。

听众朋友，录音刚开始时的声音您一定不会陌生，那就是南非世界杯的赛场上，数万观众吹响"呜呜祖拉"时发出的震耳欲聋的响声。

据统计，南非赛场上的"呜呜祖拉"90％是由中国出口的，产值在 2000 万美元左右，但中国加工厂的利润不足 5％。而刚刚在录音中抱怨利润太低的人，叫邬奕君。他是浙江一家塑料玩具厂的老板，他在 2001 年根据非洲土著用于驱赶狒狒的乐器仿制出了这种塑料喇叭。对于有着 100 万个"呜呜祖拉"订单的邬老板来说，利润仅仅不到 10 万元！

中国老板抱怨钱赚得少，那么中国工人能得多少铜板呢？听一听福建社科院麻建敏研究员的分析吧。

（出录音）麻建敏：中国现在已经步入制造业大国的行列，中国这种物美价廉的产品行销世界，那么价廉，在这个背后，这种微薄的利润实际上没办法抵消我们能源的损耗、环境的污染，也不能弥补我们农民工情感的损失。我们举个例子来说吧，比如说南非世界杯出名的"呜呜祖拉"，我们知道，生产一个呜呜祖拉，我们农民工兄弟只能赚到 1 个美分的工钱，所有这些微薄利润不足以弥补我们环境污染、我们能源的损耗以及我们农民工兄弟付出的劳动，我们现在这些微薄利润实在是很不划算，所以这种低附加值企业的存在，中国做的都是赔本生意。

这不是人家吃肉我啃骨，人家吃米我咽糠吗？尽管万里之外的南非赛场上的"呜呜祖拉"绝大部分是"中国制造"，尽管有人戏称中国的"呜呜祖拉"上演了一出世界杯的商业神话,但中国的制造商和产业工人分得的利润少得可怜,都是不争的事实。难怪经济学家马光远在他7月1日的博客中感慨地说,中国企业在这次"呜呜祖拉"的商业神话中得到的只是一个屈辱性的利润。为什么中国企业不能分得更多的利润?据我们了解,"呜呜祖拉"根本就是中国玩具商自主开发的产品。这东西很简单,三个塑料管串在一起,有各种各样的颜色,没什么科技含量,生产它本应得到更高的利润回报才对,那么这其中的问题又出在哪里呢?还是浙江老板邬奕君道出了其中的一个原因:

(出录音)邬奕君:当时我们也没有申请品牌,也没有自己的知识
产权去保护,假如有一项的话我们就不是今天这个利润了,假如出厂
价提高1块人民币的话,那我们今天就赚了100万元这样子了。

邬老板一语道出了品牌问题。看来,问题之一就出在知识产权方面。经济学家郎咸平的"6+1"理论很好地解释了这样一种经济现象:缺乏专利,又没什么技术门槛的产品只能处于产业链的最低端,只能拿到"1",而产业链高端的"6",如批发经营、终端销售则牢牢被国外资本占据。而"呜呜祖拉"恰好就是属于那种低门槛的产品。

我省的万利达集团有限公司,早期也只是一个简单的代工工厂,而现在却已经成了一家国家重点高新技术企业。他们的海外事业部美洲区副总林毓倩女士讲到知识产权就很有体会:

(出录音)林毓倩:没有知识产权的产品,老外是不会让你发言
的。因为很多产品都是他们拿样品过来,让我们按照样品给他生产,
然后贴他们的牌子,那么这个价格定位,他说多少就是多少。如果说
这个知识产权是我们自己的,那么研发费的多少、加工成本费的多
少,还有对外销售的价格就是由我们来定。所以我觉得转型的另外
一个核心是,一定要从最简单的作坊式生产企业,转变成具有销售能
力的生产企业。

这只能说明,"呜呜祖拉"在世界杯上的表现其实是中国制造历来积弊的一个缩影。它那127分贝的噪声,对于传统的中国制造而言,是一种警音。近年来,受人民币升值、劳动力成本大幅上升、原材料价格上涨、环保运营成本增大、外贸摩擦日益增多等因素的影响,中国的企业家已经深切地感受到以"呜呜祖拉"产品为特征,中国制造低端产业已经走到尽头,中国制造向着中国创造的转型已经成为中国企业、中国政府的光荣使命。

作为政府部门在这场转型中理应扮演重要的角色。福建省经贸委张金铸主任是这样考虑的：

（出录音）张金铸：我想就这个问题，在政府层面，可能主要还是从两个方面来考虑帮助企业解决这个问题。第一个，企业自主创新能力的培育和建设的问题对我们来说可能还是当务之急。把企业的需求与高校和科研机构的成果结合起来，这是一个很重要的步骤。把科研、研究开发中心设立到企业，那么这样就可以把科技和市场结合在一起，你开发什么东西就是市场需要的东西。第二个方面，绝大部分还是中小企业比较多，我们要建立些平台。那么，这几年呢，我们福建省成立了行业性的技术开发基地，相当于一个研究开发的洼地，然后为中小企业服务。这两方面如果都做好了，才能（实现）从"中国制造"到"中国创造"的转变。

"呜呜祖拉"被视为世界杯赛场上的最强音，但是对于中国低端制造业来说，不啻振聋发聩的警音。它再次警告，低成本、低价格曾经是中国低端制造业在国际市场竞争中的杀手锏优势已经逐渐丧失。处在中国制造最原始阶段的代工工厂，只有重视知识产权的保护、完善自己的销售渠道、掌握定价并且合理定价，同时在大环境上得到政府的扶持，才能够真正地向"中国创造"实现经济转型。到那一天，中国必将从"制造业大国"向"制造业强国"蜕变，"中国制造"必将成为"中国创造"。

好的，感谢您收听广播评论《呜呜祖拉吹响"中国制造"警音》，再见。

（荣获第二十一届中国新闻奖广播评论类二等奖）

评 点

大题材善用小切口

重大题材、宏观新闻常常容易说空、说泛，缺乏力度。这篇广播评论却有血有肉，力道强劲。面对中国制造这个宏大主题，新闻可报的面很广，每一个行业、每一个领域都有写不完、说不尽的故事。要做到既见树木，又见森林，就需记者去粗取精，巧妙构思，总揽全局。

2010年，中国制造的塑料玩具"呜呜祖拉"吹响了南非世界杯赛场的最强音,上演了一出中国制造的"商业神话"。当不少人欣喜于中国制造取得的巨大成功之时,作品理性思考,掀开表层的热闹往里看,以"呜呜祖拉"为支点,论述了中国制造多年来的积弊与问题。2000万美元的产值、不足5%的利润、农民工兄弟1美分的工钱等细节,构成强烈对比,道尽了中国制造产值高、利润低,赢了市场却输了利润的尴尬处境。"呜呜祖拉"带给中国制造的更多是教训,而非信心,它那127分贝的噪声,对传统的中国制造而言,实则是一种警音。报道继续深入,通过相关人士的采访,揭示了中国制造在全球产业链中处于利润最低端的深层根源,指出了中国制造向中国创造转型的基本路径,发出了中国从"制造业大国"向"制造业强国"转变的有力呼声。

整篇评论观点鲜明,论证有力,始终围绕中国制造的现实、问题与出路述说事实,使听众既可以从微观角度洞察行业现状,又能够透过宏观审视了解中国制造的整体发展状况,逻辑严密,层次分明,发人深省。

合编教材利两岸，欲加之罪背民心

翁崇闽　黄守明　林兴华　刘　季

（福建省广播影视集团　2017 年 11 月 23 日）

两岸专家学者从 2014 年就开始合编的一套高中语文教材，今年在台湾正式出版，并且在台湾多所高中投入使用，受到台湾师生的欢迎。前不久，两岸语文教师就这套两岸合编高中语文教材进行了同台教学，共同交流心得。

对此，台湾的"台独"势力却大为不满，对采用这套教材的台湾高中施加压力，并且声称这是"统战"行为。下面我们来听本台评论员闻达撰写的评论《合编教材利两岸，欲加之罪背民心》。

这套高中语文教材是由福建师范大学和台湾中华文化教育学会等两岸机构合作编写的，两岸专家学者花费了很大心力与智慧，结合两岸高中语文教育的优势，查阅研究了大量资料，历时 3 年才完成。

这套 13 册 500 万字的高质量两岸合编高中语文教材，包括《高中语文》《中华文化基本教材》《高中古诗文选读》等，今年开始在台湾高中课堂使用，受到台湾师生的欢迎。而近期在福建漳州举行的两岸教师同台教学与探讨，更让两岸师生称道。台北万芳高中学生：

（出录音）施国威：因为它上面有比较多的图例解释什么之类的，我比较能看得下去。

台籍学生沈幸妍：

（出录音）沈幸妍：我是觉得它更专题化，在古诗文这块，今天上课觉得老师讲得很好，其实我比较喜欢阅读，朗诵出来，然后我是觉得朗诵对于理解诗歌其实有很大的帮助，带有感情的朗诵。

两岸合编教材台湾方面主编、台湾戏曲学院教授孙剑秋：

（出录音）孙剑秋：大陆老师使用的就是比较接近文本中心论，台湾老师以前上课都比较接近作者中心论，可是我们今天尽量把作者跟文本两个融在一起来进行教学。这个就是我们从以前跟大陆老师在教学交流过程中我们学习到的，所以我们在今天也做了这样的呈现，让学生的吸收更快，学习更好，更加能够深入地体会到文化的内涵。我觉得，这是一个非常好的两岸互动的契机。因为我们用的是共同的文本，老师用同样的文章进行教学，学生学习也是共同的文章和内容。

很明显，两岸合编教材本身，就体现了一种多元化的理念，也体现了两岸互补融合、共创双赢的价值。更可贵的是，两岸合编教材共同传承了优秀的中华文化，让两岸学生在同一文本上共同学习成长。这对于两岸学生来说是一件好事，也进一步深化了两岸教育交流与合作。

两岸合编教材大陆方面主编、福建师大文学院教授孙绍振：

(出录音)孙绍振：在传统文化的传承上，课本上的古典文化和传统文化的分量都是相近的，风格来说是不一样的。所以我们两岸在合编语文课本的时候，一拍即合，两种教学模式正在融合，两种教学风格也互相学习，是很有意义的。

可就是这样一件很正常的、有利于两岸的好事，却遭到了"台独"势力的强力施压和反对。"台独"分子大呼小叫称这是"乱来、夸张"，要求台湾当局要严格审查，"否则对台湾的民主体制带来很大的伤害"。台北市民进党议员要求采用这套教材的台湾高中校长到议会说明用书情况，恐吓味道十足。民进党民意代表说什么"教科书不能成为两岸交流合作的一部分"，要不然就会"成为大陆'统战'工具"等。

对此，这套两岸合编高中语文教材的台湾方面主编孙剑秋担心，面对政治力强力介入，台湾高中校长将不堪其扰。他说，事实上，这套教材早已通过了台湾当局教材审查部门的审核，是符合相关规定的，可以在台湾使用。

既然是符合相关规定的，又是有利于两岸的，那为什么民进党和"台独"分子要如此强力施压呢？

这与民进党当局大肆推行"文化台独"密切相关。

对于"台独"分子来说，要实现"台独"图谋，就要割断海峡两岸人民的文化、历史、精神甚至血缘上的联系，建立所谓的"台湾独立性"的价值取向，将"台湾意识"扭曲为所谓的"台独意识"。

于是，民进党在2016年一上台，做的第一件事，就是取消马英九当局课纲微调的决定，重新启动台湾中小学课纲的"台独化"调整。一年多来，种种以

"去中国化"为特征的"文化台独"行为层出不穷,虽然遭到社会批评,他们也无所悔改,妄意而为。

　　具有讽刺意味的是,民进党和"台独"分子常常声称所谓"民主""多元""合法",但面对两岸合编的这套高中教材,他们就忘记了"民主""多元",不但恐吓,还强力压制。原来,一旦与他们的理念不同,他们就可以不尊重你的"民主"权利和"多元"选择,这难道不是典型的"双重标准"吗?

　　民进党和"台独"分子对两岸合编教材"欲加之罪",是因为这套教材对他们疯狂推行"去中国化""文化台独"行径产生了严重阻遏。这从另一面也证明了,在两岸人民心中,中华文化始终是一条伟大而坚韧的感情纽带,无法撼动。"去中国化""文化台独"没有出路,根本不能改变"台湾文化的主体是中华文化"的事实,更不可能改变"两岸同属于一个中国"的事实。

　　两岸合编高中教材大陆主编、福建师大文学院教授孙绍振:

　　　　(出录音)孙绍振:我想这是不可能的。虽然它做了很多事情,它是"去中国化",他讲的是闽南话嘛!一个普通的闽南人和普通的台湾人讲的话,比我们的普通话更接近于我们唐朝的杜甫的语言。你怎么去得了呢?

　　国台办新闻发言人马晓光指出,所谓"统战"一说是毫无根据的。两岸文化同根同源,博大精深的中华文化不仅在海峡两岸根深叶茂,而且在全世界也得到越来越广泛的认同。在这样一个背景下,近年来两岸教育领域的交流合作在不断加强,不断取得一些可喜的成果。凡是有利于共同继承和弘扬中华优秀文化的事情,我们都给予肯定和支持。

　　类似对两岸合编教材无理而蛮横的指责与压制这样的"台独"伎俩,用台湾资深媒体人唐慧琳的话说,这本来就是一种"愚蠢"的行为,因为它背弃民心,当然会遭到广大民众的坚决反对。

　　　　　　　　　　　　(荣获第二十八届中国新闻奖广播评论类三等奖)

[评　点]

事理相结合　驳"台独"谬论

　　两岸合编高中语文教材,本是促进两岸教育交流合作、共同传承中华优秀

127

文化的好事。然而,这样一件好事却被部分民进党籍民意代表与"台独"分子指控为"统战"行为,横加阻挠。2017年11月,两岸语文教师齐聚福建漳州,就合编教材进行同台教学与探讨,教育交流成效显著。广播评论《合编教材利两岸,欲加之罪背民心》以该事件为切入点,用事实说话,从教材受到台湾师生欢迎、教材本身的教学文化价值、两岸文化同根同源等方面展开论述,有理有据地驳斥了"台独"分子的谬论。

作者对不同材料的组织驾驭能力较强,同期声的穿插运用恰到好处:既有台籍学生现身说法,证明合编教材的确受到广泛欢迎;又有两岸专家学者的原声解读,肯定教材具有推动两岸教学理念互补融合以及弘扬传统文化的重要价值。尤其是评论后半部分"以子之矛,攻子之盾",揭露了民进党当局"民主""多元"论调的虚伪,用雄辩的语言和清晰的逻辑,一针见血地指出"好事"之所以被"加罪",是因为合编教材既阻遏了民进党当局与"台独"势力的"文化台独"图谋,也证明了分裂行径不得人心,改变不了"台湾文化的主体是中华文化""两岸同属一个中国"的事实。

作品充分体现了广播的优势与特色,音响现场感强,采访精准到位,播音主持生动可亲,具有感染力。节目播出后,取得了较好的舆论引导效果,许多台湾听众致电或短信留言表示支持使用两岸合编教材。

在最后的日子里

——一对中国夫妇的情与爱

廖　翊　吴其海

（海峡之声广播电台　1992年5月12日）

（《青年之友》开始曲）

台湾青年朋友,您好,我是廖翊。今天是5月12日,国际护士节。在这次节目里,我想为朋友们介绍大陆一个普通的助产士和她的家庭。

今年年初,在北国冰城哈尔滨,我走访了一个普通而又不寻常的家庭。这是令我终生难忘的采访,因为我要采访的主人已经离开人世;这种对于一个人灵魂的采访。对于我来说,还是第一次。

不寻常的家庭往往有不寻常的经历。1986年,这个小家庭才建立3年。家庭的主妇、身为哈尔滨第七人民医院助产士的曹丽华就被诊断为乳腺癌晚期。医生结论:顶多能活一年。小家庭第一次失去了平静。几个辗转难眠之夜后,曹丽华的丈夫石勇平静地问:"我们怎样度过这最后的日子呢?"曹丽华平静地回答:"我们的生活才刚刚开始,我必须开刀,我要活下去!"

与绝症抗争是需要坚强的信念和超人的勇气的。从1987年6月到1989年3月这不到两年的时间里,曹丽华先后动了三次大手术,前两次手术只相隔11个月。但是,第二次手术后才4个月,曹丽华的腹部又出现肿块,癌细胞转移到了腰椎和卵巢。从医学上看,不允许她再施手术了,因为她本身患妇科病,血色素和白细胞严重低于标准,加上手术时间间隔太短,再施手术无异于拿生命做试验! 医院工会主席焦大姐回顾了当时的情景:

（出录音）焦大姐:当大夫担心她难以承受第三次手术时,她恳求大夫说:"哪怕有一线生的希望也要为我做手术! 我还有那么多工作要做,我还有孩子,我不能挺着死!"大夫也感动了,破例为她做手术。手术前他们一家在门口抱头痛哭,她握着她爱人的手说:"我多么希望能和你一起走完人生的路啊……"

是的,曹丽华爱病人,爱孩子,爱丈夫。正是这种爱,坚定了她活下去的信念和意志,使她一次次勇敢地迈向手术台,一次次与死神拼争,创造了医学和生命的奇迹,把仅存一年的生命延长到了5年!

用最大努力延长了的生命要最大限度地利用。妇产科的王主任、李主任,工会主席焦大姐向我叙述着曹丽华所创造的另一个奇迹:

(出录音)王主任:第一次做手术,手术完后摘除11个淋巴结。

李主任:大家都想着她不能上班了,没想到3个月以后又上班了。上班后又积极参加手术。别人劝她别做手术了,她说,我的生命不太长了,你们就让我做手术吧。有一次和我配合,做一个卵巢囊肿,她脸上大汗珠子往下掉,脸蛋蜡黄。周围人都告诉她说:曹大夫,你赶紧下去休息吧,病人已经脱离危险了。她当众说,我不能在这个时候离开病人,我能够坚持到最后。

王主任:她很少躺下,就是在病特别重的时候也很少躺下,从外表你看不出她有病,她不愿意我们对一些患者说她有病,她害怕说了后对病人是个刺激。

焦大姐:有次下班时来了个患者,她抢上前去处理,一直把手术坚持到完。这时患者家属得知抢救他爱人的曹大夫是一个身患癌症晚期的大夫时,惊呆了,他不顾一切地跑到楼下追曹大夫,想叫出租车把曹大夫送回家。这时,曹大夫像往常一律,默默地、悄悄地消失在人群中了……

三次手术,一次比一次严重和危险。第三次手术,曹丽华整个盆腔都被掏空,靠一根脊柱支撑着她1.68米的高大身躯。人们想,这一下她再也不可能上班了。然而,手术才一个月,曹丽华冒着漫天的雪花,又掀开了医院那厚重的门帘。

(出录音)李主任:下第一场雪时,她到对面商店给她爱人买了一双大皮鞋,她拿着沉甸甸的皮鞋说,这可能是我给我爱人最后一次买皮鞋了。到下班时,她拿着这双皮鞋在手里掂量掂量,又放下了。我们问她,白天你那么着急买,晚上你干吗不拿回去呢。她说,我实在拿不回去了,现在就冒大汗了。就是这样一个连皮鞋也拿不走的人,白天还架着胳膊给人做那么多人工流产……

妇产科王主任领着我来到曹丽华工作过的分娩室,这是曹丽华生命的寄托之处。在这间小小的分娩室里,她工作了 11 年,其中一半的时间,是在与癌魔做斗争中度过的。在生命的最后 4 年里,她在这里亲手接生了 700 多个婴儿;在去世前的最后一年,在这儿为病人做了 100 多例外科手术,创造了令人叹服的人间奇迹!

曹丽华生命的最后 5 年,是她人生中最壮烈的 5 年,同时也是她丈夫最痛苦、最艰难的 5 年。石勇一方面以极大的沉静维持正常的家庭气氛,培育小孩成才,做好所有家务,另一方面全力支持曹丽华的选择。

曹丽华的家住在城市的西南,所在的医院在城市的东北,横穿整个哈尔滨,相距 10 多公里。为了避开乘车高峰期,每天早晨 6 点钟,石勇就用自行车载着曹丽华从家里出发,将她送上 102 路电车,然后骑车尾随到 104 路车站,把曹丽华接下来,再送上 104 路电车。然后返回家中,把孩子送到少年宫学琴,自己再去上班。晚上,石勇和孩子在 104 路车站迎接她的回来。助产士下班的时间是没准数的,不管回来多晚,石勇都在老地方等着她,四五年来,无论寒暑、无论晴雨,日复一日,年复一年。曹丽华在创造着生命的奇迹,她的丈夫则在书写着爱情的神话。

(背景声:曹丽华唱《红梅赞》)

这种遥遥守望、早出晚归的日子终于结束了,去年 6 月,曹丽华做完最后一次化疗,再也未能返回她的手术室,一家人开始终日相守,共度最后时光。大家听到的这首歌,是曹丽华躺在病床上唱的,儿子伴奏,丈夫录音,一家三口合作录制了这首绝唱。8 月 18 日上午,36 岁的曹丽华告别了她难以割舍的病人和手术台,告别了她挚诚相爱、苦难相依的丈夫和孩子,走完了短暂而又壮美的人生。(歌扬,渐止)

在离开哈尔滨的前夜,我顶着雪花,找到了曹丽华的家。如今,这个家只剩下石勇和孩子了。石勇瘦高个,很清秀;儿子长得非常漂亮。房间里的一切摆设,都是曹丽华生前的模样;墙壁上,醒目地挂着石勇和曹丽华的大幅结婚照。我第一次看到了曹丽华那美丽端庄的形象。石勇向我说起了曹丽华:

(出录音)从认识她不久,我就知道这个人事业心特别强。在北京协和医院有一个妇产科大夫叫林巧稚,她特别崇拜她。她说,人家林大夫是搞妇产科的,一辈子也没结婚,把自己全部的一生放到她的事业上了。她说,你看,我这个手又细又长,就是做手术的手,别人用钩啊什么的我都不用,我五个手指头就行。她说,一个是我天生的条件比较好,但是最主要的是我爱我这个工作。

廖翊:"听说她每次手术后都是你送她上班,你常年这样做,这是常人做不到的。你是怎么想的呢?"

石勇:"因为她这个人,我理解她,你如果不送她,她自己走也要上班,还不如我为她创造条件,让她少吃一点苦。尤其是冬天,穿得比较多,还得带饭,背着兜子,挤不上去。上车的时候我使劲给她推,当时推上去以后还是比较难受的,每天把她接回来心情比较好。"

廖翊:"这些年她为病人做出了不少牺牲,而你为这个家,为了她也做出了很大牺牲。"

石勇:"这是两个人的事业,也说不上谁为谁做出牺牲,只要双方心情都高兴……(哽咽)"

廖翊:"从1986年诊断有病到她去世这5年间,据说你们的家庭一直保持着很正常的家庭气氛,你们是怎么做到的?"

石勇:"我是这样想,我们这个家庭还应该和原先一样,她如果在这个家待一天,我们就要好好地生活一天,使这种不谐和的气氛不要在我们家出现。在生活方面,我们就跟正常人一样,也不大手大脚,就像这个家有今天没明天似的。好像我们的生活刚刚开始。但是另一方面还要从她的身体来考虑,只要回到家里就不让她动弹了,让她享受家庭气氛。"

廖翊:"你从认识她到她去世,才10年多时间,这段感情是既短暂又特殊的,你自己有些什么感慨呢?"

石勇:"认识她虽然是不幸,但我觉得我是非常荣幸的。在一起的时间虽然不太多,确实感到真正夫妻生活在一起的乐趣。虽然时间不长,但是这一段时间一辈子也忘不了。她虽然走了,给我们留下的不仅仅是回忆,她有好多东西值得以后我们学着去做……(哽咽)"
我和石勇先生交谈时,他的儿子一直依偎在他身边,一双大眼睛闪动着纯真和聪慧。

(出录音)

廖翊:"你叫什么名字?"

答:"我叫石腾飞。"

廖翊:"今年几岁了?"

答:"七岁。"

廖翊:"读几年级了?"

答:"一年级。"

廖翊:"期终考试考了多少分?"

答:"双百。"

廖翊:"想不想妈妈?"

答:"想。"

廖翊:"听说你电子琴弹得不错,曾经给妈妈伴奏过,现在弹一曲给叔叔听好吗?"

答:"好。"

(背景声:腾飞弹奏的《鸽子》)

我一边听着小腾飞演奏《鸽子》的旋律,一边环顾着这个小小的家。鸽子是白色的,窗外的雪花是白色的,曹丽华的衣帽也是白色的,这是一个多么纯洁、温馨的世界啊!无法与丈夫、孩子继续美好的生活,这是曹丽华永远的遗憾;能伴曹丽华成功地挑战生命的极限,走完最后的日子,无怨无悔地告别人生,这是石勇最大的宽慰,他的手头珍藏着曹丽华去世前的最后一段录音。

(出录音)曹丽华:这半年多自己还是觉得很快乐的,每做完一个手术回家都很晚了,在回家的路上,自己觉得很充实,觉得没有白活在这个世上。在这生命即将结束的时候,自己的心情也是很难叙述的,但是我觉得作为一个人来讲,在这个世上要多为别人创造点什么。虽然生命对我来说是短暂的,但是我觉得做出一点有意义的事情它就不会那么短暂了。每当我把一个个新生儿捧在手里,这种心情也是难以叙述的。虽然我站在死亡线上迎接新生,我觉得是很有意义的。

台湾青年朋友,我是廖翊,刚才您听到的是我在哈尔滨对一位女助产士之家的采访,谢谢您的收听。

(荣获第三届中国新闻奖广播专题类二等奖)

133

以情动人，讲好人的故事

　　如何讲好先进人物的故事，这篇广播专题给出了范例。作品以助产士曹丽华及其爱人为对象，讲述了社会普通个体对生命的渴望、对社会的奉献、对爱人子女的挚爱，颂扬了生命的意义，也彰显了一个时代的奋斗精神。

　　社会不乏好故事，但好故事还要有好的讲述方法。为何一个普通家庭的情与爱能让每一位听众为之动容？首先是角度选得巧妙。作者没有放大曹丽华及其家人抗击病魔的苦难，反而把苦写成了甜，凸显了曹丽华夫妇昂扬向上、相濡以沫的精神和情感世界，使人敬佩不已。其次是突出了情。通篇以情作线，报道的中心在情感，特色也在情感，打破了以往只讲个人成就，不讲家庭生活；只讲爱岗奉献，不讲儿女情长的人物报道方式。这里的情不仅源自采访对象所述事实本身的情感因素，还有记者本人对人物的深切感受以及对周围环境的情感体会。正因为记者带着情感深入曹丽华的工作和家庭，其所感才更为真挚，所知才更为深刻，笔端才更为有力。最后是选取事例典型，细节生动。曹丽华术后坚持工作，却也惦记着给丈夫"最后的礼物"；石勇四五年来，日复一日，年复一年护送她乘坐公交等细节使人物形象更为丰满鲜活，更加可亲、可近、可敬。作品以平民化的视角，细腻的笔触，为已逝的曹丽华及其爱人和家庭谱写了一曲动人的生命之歌。

　　这期节目是国际护士节当天对台湾广播的，在报道对象上契合节日主题；在内容上，海峡两岸同根同源，血脉相连，曹丽华夫妇的故事凝聚着中华民族传统美德的结晶，这亦是两岸同胞的文化纽带和心理联结。

　　如何讲好对台传播的故事，这篇广播专题也给出了范例。

朱总理和我们心连心

——福州下岗再就业职工代表心中的话

高春芳　谢予川

（福建经济电台　1999年1月22日）

听众朋友,1月15日至20日期间,中共中央政治局常委、国务院总理朱镕基到福建考察。1月19日,朱镕基总理在福州会见了9位下岗再就业职工代表,听取了他们再就业的专题汇报。

1月22日,记者约请了其中3位代表,请他们谈谈向朱总理汇报的情景,这3位再就业职工代表是:

齐孝建,高级工程师,60岁,1993年福州市无线电三厂下岗后,经过几年的拼搏,创办了福州市仓山鸿远机械厂,自己当了厂长,工厂现已产生了较好的经济效益。

陈晓萍,36岁,原先在福州西湖大酒店贸易部任职,1995年下岗后,白手起家创办了"真味"包点公司,制作的"真味"品牌面点、包点已被许多榕城人熟悉。

刘沈明,39岁,原是福建省海洋公司渔品加工厂车间主任,1992年下岗后,先后找了好几个工作,最后应聘在福州市台江区瀛洲街道建新居委会,当起了婆婆妈妈的综合治理主任。

在记者的话筒前,3位再就业职工代表谈起向朱总理汇报的情景依旧激动不已。

（出录音）齐孝建:前几天市里领导通知我们说有领导要接见我们,但是我们没有想到朱总理会接见我们。一直到接见（当天）上午,我们去会场的路上,车上领导才正式告诉我们说今天是朱镕基总理接见我们。当时我们一听,呀,我们心里"咯噔"一下,不知道说什么好,心里非常紧张,大家都没有话。就在想今天总理来了,一是非常高兴,这说明总理非常关心我们这些下岗职工;另一方面也想我们今天怎么能把这个话讲好。

确实,他们怎么也没有想到日理万机的总理会专门辟出时间听取他们这些普通的下岗职工的心声。一着急说话就咬字的刘沈明说他特别紧张。

(出录音)刘沈明:朱总理非常平易近人。他可能也怕我们有紧张的情绪,所以他进来之后就很朴实地给我们讲,不要紧张,你们有什么就讲什么。这无形中也是给我们增加了一种信心。

陈晓萍也补充道:

(出录音)陈晓萍:确实我也感觉到,平时我见到市长啊这些领导我就觉得挺紧张的了,何况说现在是国家总理,而且面对面!朱总理非常平易近人,而且他把我们的位置也摆得很那个(平等),我们就和他面对面坐在那里,距离非常近。但是他后来一讲话,轻松、幽默而且非常亲切,所以一下子我们这种紧张感就释然了,慢慢、慢慢地我们就敞开了自己的心扉,慢慢地把自己想讲的话跟他讲出来,而且他也很关切我们,问的问题也非常细。

朱总理的幽默让代表们紧张的情绪放松了。当他们开始细细打量这位共和国总理时,他们发现朱总理在电视上看上去挺威严的,但其实是一个很慈祥的老人,衣着朴素,谈吐风趣幽默。很快地,这些曾经彷徨,曾经哭过、苦过、笑过的下岗再就业职工向他们敬爱的总理敞开了心扉。

(出录音)齐孝建:所以这个时候我们心里有千言万语,像是有好多话一下子都把它凝固了。后来就是,我非常简单地跟总理做了汇报。我首先跟总理讲我当时是一个高级工程师下岗的,当时总理就很严肃地问我:"高级工程师(企业领导)怎么能让你下岗?"我当时回答总理,我说:"我们企业不景气,关门了,职工都出去了。在这一点上不管是高级工程师(还是普通职工),应该都是平等的,我们应该和职工一样,都出去闯。"但是我很快又把话转回来了,我说:"但是,我出来以后各级领导还非常关心我。我们自己局的领导还经常询问我说,要是不行了就赶快回去。"总理当时点点头很高兴。然后我就跟他讲,我自己经历过两三年很困苦的拼搏,搞了一个工厂(的事情)。总理说:"不简单!那你也是一个小老板了。"我跟总理说:"小老板还谈不上,我们只是自己有一个加工、生产的地方,自己要参加劳动,要干活的。"总理说:"很好!"总理讲:"像你这种知识分子,能够这样放下面子,能够改变观念进行再就业。这一点你就非常不容易啊!"

齐孝建在开办机械厂之前,为谋生曾经试过用摩托车载客,他靠第一次载客赚来的两元钱至今仍平平整整地压在他的玻璃板下。当他将此事告诉总理后,总理连声说:你真不容易,真不容易!

创办"真味"包点公司的再就业职工代表陈晓萍,也回想起了向总理汇报时的那一幕情景。

(出录音)陈晓萍:那天我跟总理简单地汇报一下我的创业过程之后,总理问得非常详细,甚至问到说,你当时资金怎么来的? 你当时是租在哪里开店啊(就是地址选在哪里)、是什么形式呀,对我们下岗工人当初的一些事情,他真的是一丝一毫都放在心上去关心的。那我就回答了。因为我们这个"真味"包点公司下岗职工比较多一点,我跟这些下岗职工接触多了以后,我就对下岗,特别是年龄大的女职工再就业的一些问题平时有所思考。我就跟总理讲,我认为:年龄大的下岗女职工经过培训之后,转入从事服务业是一条比较现实的出路。我讲到这里的时候,总理就说:你说得完全正确。我当时也讲了,现在社会生活节奏、工作节奏都加快了,实际上快餐呀,还有我们一些传统的东西就是一种我们中式的快餐,应该可以大行其道的。我谈了这些我自己的个人看法之后,他当时就说:正确! 然后他就很详细地问我们,你做什么样的包子,有哪些品种?

朱总理对再就业职工的体贴入微的关心程度,甚至超出了所有代表的意料,当朱总理听到陈晓萍的"真味"包子已创出了品牌时,突然对陈晓萍说要尝尝她的"真味"包子,所有在场的人都愣住了,总理紧接着幽默地说:你不要怕我白吃,我会付你包子钱的。

说到这儿,齐孝建比陈晓萍还着急,他抢先说:

(出录音)齐孝建:总理这个人考虑问题是很深的。回来以后,这虽是小事,但我心里一直在解总理说要吃包子这个谜。我想总理真正的意思不是吃包子,总理不怕没有包子吃。他那天的话是这样讲的,他先问陈明义书记:"你去过她那里没有?"他(陈明义书记)说:"我去过。"他(总理)说:"你吃过她的包子没有?"书记说:"没有吃。"他(总理)说:"吃了不要紧,给钱就可以嘛!"当时大家就大笑,之后他就说:"这样,你不吃我吃!"。

朱总理自己吃包子并付包子钱,表达了他对下岗职工再创业的支持。"真味"包点公司的众姐妹们一得知消息后,马上放弃了休息,全部赶到公司。

(出录音)陈晓萍:我们那边原来生产的工作时间是晚上,夜晚生产,白天都在睡觉。知道这个消息以后大家都来了。所以非常快做出来了,而且保温煲在那里。这些包子大大小小总共合计是400个,其中270个是小的,我们就把福州传统的这一系列都呈现上去了。(高原:"当时总理在会场上说了,他说会给你钱的,那么后来你送到了总理的住地以后,情况又是怎么样的?")就是给钱了,真的给钱。(高原:"400个包子给了多少钱?")我就是如实地收钱,我就是按照我现在卖的价钱如实跟他收了。因为他(指总理)指示过一定要按如实的(价格)来收取钱,那么一共是172块钱。

172元不算什么大钱,但是就是这笔小小的包子钱却承载着共和国的总理对再就业职工的体贴与关怀,鼓励与期望。谈到这儿,一旁静默已久的再就业职工代表刘沈明忍不住了,他抢过话头。

(出录音)刘沈明:我开始发言的时候,我主要讲为什么男子汉会进入到居委会当居委会主任,讲讲我怎样转变(就业)观念、就业心态,(以及)我从以前在私人企业一个月1000多干到居委会(主任)一个月300多,朱总理马上就接下去说:"你一个月才300多,那你爱人多少?"我说:"我爱人也300多。"他说:"你应该还有一个孩子。"我说:"是啊!"他说:"600多能不能维持你们的生活?"我说:"可以。"当讲到这个时候,总理就说开了。他说:可见我们国有企业的工人素质是比较高的,从私资企业1000多块不赚,赚那300多块。如果这种改变观念的思想运用到再就业的思想中去,发动更多的再就业职工有这种思想的话,我们的企业是有希望的。

朱总理听得那么仔细、那么认真,而再就业职工代表们也用心记录下了会见中的每个细节。齐孝建谈了其中的一个情景。

(出录音)齐孝建:我讲到下岗这个事情,他突然间问我:"齐孝建,你现在办工厂,你的资金是怎么来的?"我说:"我的资金最早靠我几千块起家,我现在已有几十万的资产。"他就问:"你为什么不向银行贷款?"我说:"银行不会给我贷款的。"他当时就很严肃,他问:"为什么不给你贷款?"当时我没有回答上来。总理本来是这样坐,趴在桌子上的,(这时)一下子人就坐直了。他看向我们后面问:"银行行长来了没有?"好像陈明义书记说了一句:"没有来。"然后他很严肃(地)跟书记说:"请你把我今天说的话转告他们,像齐孝建这样的工程师下岗自己去办厂,自己又有技术又有开发能力的,我们一定要支持他们搞起来、发展起来。"讲了我(的情况),转过来又说陈晓萍,他说:"陈晓萍也要支持她贷款,要把钱借给她。我希望她是300个摊子而不是30个。如果有300个就可以解决四五千个职工的再就业。"朱总理在讲到支持我工作时,当时我们在场的一个领导讲:我们要支持高新企业。总理说:"不!我今天讲的不是高新企业,高新企业毕竟是少数,我就是讲有技术的工程师、技术员和其他人,像这样有能力去开发市场的,我们都要支持他们去发展。"

原定一个小时零五分的再就业职工代表汇报会,在朱总理与代表们亲密和谐的交谈中不知不觉超过了,席间有人提醒总理剩下的是不是就不听了,而朱总理却坚决表示要全部听完,结果座谈会进行了两个半小时。

刘沈明说这辈子他也不会忘掉那一幕。

(出录音)刘沈明:我那时根本想不到总理还会记得名字,还叫我过来首先第一个跟他合影,我感到非常地荣幸。我是跟总理并排的,手握着照。(高原:手握着手,这么照的)。

(出录音)齐孝建:结束的时候,当时总理跟刘沈明照完相回过头来说:"来,我们也照相。"当时我一下子头脑……当时照相我自己眼镜丢在哪都不知道了。最后总理站在我左边,拉着我的手,还叫吴仪部长过来:"你过来,你过来,一起照。"结果吴部长站在我右边,我们三个人照一个相。啊呀!我这个心啊,当时真是……现在没办法用语言来形容这样的事情。

刘沈明、齐孝建他们说,他们会用一生来珍爱这一瞬间留下的照片,因为那是共和国总理与下岗职工心连心的印证,是党和政府与再就业职工心贴心的见证。

(荣获第十届中国新闻奖广播专题类一等奖)

以声音还原现场　以细节留住感动

20世纪90年代末期,再就业问题是中国社会亟待解决的热点和难点问题。1999年1月,朱镕基总理到福建考察,在福州走访期间,专程会见并慰问了下岗再就业的职工代表,了解他们的基本生活状况与再就业工作情况。鉴于当时的有关规定,福建经济电台的记者无法身临现场。会见结束后,记者及时把握事件余热,重温话题,采访当事代表,从而留下了第一手宝贵的录音资料。

该广播作品以现场录音为内容主干,以职工口述和记者解说交替呈现的形式,生动还原了朱总理与职工代表的会面现场、互动过程以及人物的心理变化,传达了"党和政府与再就业职工心贴心"这一重大主题。其中,3位下岗再就业职工代表的口述,语言朴实,充满激情,特别是对与朱总理相处细节的回顾,细腻而生动地描绘出一位平易近人、忧民之忧、乐民之乐的共和国总理形象。另外,人物积极的发言与激动的情绪通过音响的还原,增强了作品本身的感染力和说服力,既表达了普通老百姓对朱总理的敬重之情,更展现了中国职工自尊、自立、自强的时代风貌。

节目以真挚与真情打动了听众,也收获诸多肯定。2000年获得第十届中国新闻奖一等奖,这是当时福建人民广播电台获得的最高奖项。然而更重要的是,该新闻以其时效性和真实性,参与记录下共和国一段难以忘怀的历史。

聆听"山鹰"

谢 磊

（海峡之声广播电台 2002 年 8 月 23 日）

8 月 12 日,北京大学登山队在攀登希夏邦马西峰时遭遇雪崩,5 名担负冲顶任务的队员全部遇难。

这 5 名队员是:林礼清、雷宇、卢臻、杨磊、张兴柏。5 个年轻的生命长眠在雪山怀抱。5 位年轻大学生的名字永远留在了希夏邦马雪山的纪念碑上。

（出录音）遇难者:这儿海拔 5854,C2 的位置是在大约 6180。哦,6260,纠正一下。C3 估计 6700。我们的目标是后天到 C3,把 C3 建起来。然后,大后天就是修路,加上突击冲顶。……兄弟们,我就快回来了! 我胡汉三会回来的!（笑声……）

这是一段珍贵的录音。录音时间是 8 月 4 日,地点是北大登山队此次攀登希夏邦马西峰的一号营地。担负着冲顶任务的登山队 A 组队员,也就是遇难的 5 名队员,和将要下撤回北京参加军训的队友告别。他们给留在学校的山鹰社社友捎去了这些录音,录下了在山上的感受。没想到,录音里说"我就快回来了!"的他们,却再也回不来了。这一段充满欢笑的录音竟成了他们留在世间的绝响。

（背景声:哭声渐止）

听见这青春、快乐的声音,谁也不愿相信,5 位年轻的北大学子,5 个充满青春朝气的生命,真的永远留在了遥远的雪山怀抱中,成为冰封的记忆。

北大物理系学生、山鹰社社员牛强:

（出录音）牛强:我感觉,他们就是去登山了,再过几天该回来了。回来以后该上研究生的上研究生,该上下一年的就上下一年了。回来以后我们就可以去他们宿舍玩,闲的时候可以去吃瓜子,可以去聊天。周末,我们又可以一起去爬山。当时的感觉就是这样。我总是觉得好像在梦里似的,睡觉之前也想着或许明天一觉醒来,应该不是这个样子。

昨天下午,记者在北京高校学生军训基地,见到了正在参加暑期军训的北大山鹰社社员王志旬。刚才我们听到的来自雪山的珍贵录音就是他用自己的MP3录下的。

录音交给记者时,王志旬神情庄重而严肃,略显清瘦的他显得很沉默。从他的眼神里看得出来,虽然没有亲身经历,但10多天前发生在希夏邦马西峰的那场风暴让他至今无法平静。5位队友的离去,5个生命的消逝,留下的是一道难以平复的伤痕。

为了分辨出5位遇难队员留在雪山上这最后的声音,记者找到了此次攀登希夏邦马西峰的登山队队长刘炎林。刘炎林和队员们两天前刚刚从西藏回到北京。虽然不忍心再打扰他,记者还是抱着试试看的想法找到了刘炎林。他答应了记者的要求,但并不愿意更多地表达自己和幸存队员的感受。的确,山难在他们心里留下的应该不仅仅是失去队友的悲伤。

现在,就让我们一起随着他们的讲述,聆听来自雪山的珍贵录音,走进这个用生命讲述的故事。

【片花】

来自雪山怀抱,完全真实的记录。北大山鹰社遇难队员留在世间最后的声音,带领你进入"山鹰"的世界。新闻纵横和你一起聆听勇敢的"山鹰",感悟生命的价值。

(出录音):

登山队队员:(笑声)现在是8月4号。(插话:"8月3号。")中午12点多。(笑声)不好意思,不好意思,纠正一下。A组和C组运输物资到C1,现在正在吃午饭,大家都想讲一些话给大家(带回去)。下面是大刘。

刘炎林:啊,这是一号营地。天气好,好得不得了,冰塔林也亮得不得了,老天太给面子了。整天面对着一座伟大的山峰,但是攀登的是它旁边的一座山峰。(笑声)好,我们的计划是……现在正在录音。(笑)用6天的一次行军,把三个组都搞上去。天气非常非常得好,现在希峰顶上一片云雾,估计雪也很硬,非常好走。

从刘炎林的录音中听得出来,天气出奇的好,登山计划进展顺利,大家都心情舒畅。事隔 10 多天,已经回到北京的刘炎林回忆起与 5 位队员最后分手时的情景,当时的快乐仍然历历在目。

(出录音)刘炎林:当时天气非常好,我们在一号营地,还在雪线以下岩石坡上。阳光非常好,冰川就在我们营地的附近。他们每个人笑容都那么灿烂。那个队员还带了一个录音的东西,我们就给每个队员录音,当时就想让他带回来给在北京的同学,向大家报告我们的情况,让他们听听我们的声音。然后我们就给每个队员都录了音。当时大家的情绪都很乐观,开了很多玩笑,把我们这几天的进展、后面的计划都说了一下。录完音以后,休息了一下,我们就往下撤,这是我跟 A 组队员的最后一次见面。后来就再没有跟他们联系上。

记者:你记得跟他们 5 个告别的时候,说了什么吗?

刘炎林:他们跟我们说,要注意安全。我们也跟他们说,要一切小心。送别的时候,我们都会说这句话。

告别的时候,谁也没有想到,这竟是永别。谁也不知道,命运转瞬间就将露出它残酷的一面。当时,这群快乐的登山者只是尽情地挥洒着他们的快乐。

(出录音)雷宇:等我想想,(笑声)怎么开始?一直就没停啊……同志们,冲啊……

(背景声:衬乐渐止)

雷宇,北大电子系1998级学生,贵州人。国家二级登山运动员,登山队技术指导兼摄像。

雷宇是山鹰社的老队员了,刘炎林去年就和他一起上过雪山。给他留下印象最深的是雷宇的牺牲精神和责任感。

(出录音)刘炎林:他是我们去年登山队的队长。去年我们最后一次行军的时候,从一号营地到三号营地的路,登山时开路是最累的,而且最辛苦,消耗体力最大。当时我们 5 个人一个小组,往上行军的时候他就走第一个。从一号营地到三号营地,最后把他累得不行了。

记者采访山鹰社成员牛强时,他正在未名湖边的攀岩训练基地布置祭奠 5 位遇难队员的现场。谈到雷宇,牛强被回忆勾起的一丝笑容凝固在随后到来的静默中。

（出录音）牛强：雷宇是大四的，已经保送研究生了，是电子系的。我的包里还有一本书是他的，他的一本《一到六级英语词汇》。那时候我吃饭突然看见他了，就跟他打招呼。他说，来，来，替我处理几本书，拿走，拿走，不要给钱。我就去拿了几本，其中就有那本。谁知道那本书就将要成为我的珍藏了。

MP3 录音里，跟在雷宇后面出场的是杨磊。

（出录音）杨磊：刚运输一趟上来，感觉非常累。下午还要从 C1 到 C2，然后扛一些东西上去。（笑声）明天是从 C2 到 C3。然后，后天是从 C3 往顶峰道路上修路。（大口喘气，笑声）现在感觉还可以吧，就是最近一段咳嗽。（咳嗽声，笑声，插话："咽炎，咽炎。"）对，咽炎，比较严重。

（背景声：衬乐渐止）

杨磊，北大数学系 1999 级学生，山东人，登山队摄影兼前站。

山鹰社成员牛强：

（出录音）牛强：杨磊最喜欢唱……杨磊最喜欢唱的是韩红那首《天亮了》，也是最好听的，也是别人最喜欢听的。

杨磊的咽炎还没有好，雪山就把他永远留在了自己的怀抱。一起留下的还有他那曾经带给许多人快乐、充满了温暖和关怀的歌声。

（出录音）杨磊：（安红，我想你，我想你想得……）不要说这种话嘛。（笑声）刚走了一趟上来，身体有些反应头还非常疼，总的来讲反应头疼头疼……希望早点登顶早点回家吧，（是想早点回去看她吧？）对，想回北大。

（背景声：衬乐渐止）

张兴柏，北大政管系 2000 级学生，黑龙江人。

刘炎林说，张兴柏虽然是东北人，感情却细腻如水。

张兴柏的家在东北农村。牛强说，临去雪山前，他还给大家看过家人的照片。看得出来，他很恋家。

（出录音）刘炎林：走之前不久，他从家里拿来一些照片，其中有一张是他和他母亲的。那时候他穿得特别严实，东北比较冷。我们当时还说，太土了，太土了。还有他几个弟弟的照片，也让我们看。

在北大的采访中,记者曾见到3个背着书包的年轻人,默默地凝视着山鹰社的攀岩训练壁。站在中间的女孩儿任由泪水在脸上淌过,却始终没有哭出声。不知道这个无声哭泣的女孩儿是不是就是张兴柏的那个"她"。

(出录音)林礼清:我们现在准备第二阶段冲击,就是从8月4号开始,大概一个周期到8月9号、10号左右,一个周期争取吧,花一天时间,把C3建起来。然后,花两天时间从C3开始修路。然后,接着冲顶,争取在这个周之内完成。今天8月4号,天气还很不错,希望天气能保持到8月9号。

(背景声:衬乐渐止)

林礼清,北大数学系1998级学生,福建人。国家二级登山运动员,登山队攀登队长。

听得出来,他是一个沉稳的兄长式的人。动手能力很强的林礼清是登山队里不可缺少的一员。队长刘炎林谈到他时,语气中透着敬重。

(出录音)刘炎林:林礼清是我们这次登山的攀登队长,很多事情他操劳了很多,包括队员的培训、技术,他都是手把手地教新队员。我们去年登山的时候,他是我们登山队的后勤队长,我们叫他DIY大师。很多想法非常巧妙,而且是非常周到的队员,心灵手巧,心比较细的队员。

(出录音)

遇难者:该卢臻了。卢臻!(哎。)来来来,说两句。

(背景声:衬乐渐止)

卢臻,北大力学系2000级学生,山西人。国家二级登山运动员。

5位遇难队员中,我们听到了4位队员的声音。遗憾的是,我们在录音中反复找了几遍,始终没有找到卢臻的声音。

(出录音)刘炎林:没有,没有听到卢臻说话。他回答了一声,当时他在那边烧水煮饭。

在山鹰社,牛强和卢臻同在装备部。对于卢臻,牛强有一种特别的感情。

(出录音)牛强:我记忆最深刻的是上个学期,每天晚上我们9:30训练。训练第一个项目就是长跑。假定是15圈,我跑了14圈,他已经跑完15圈了,但他还要跑。他就在我后面,每跑几步就大喊一声加油。那时候我已经没劲了,但是听见后面有人要超我一圈,我就又拼命跑。也就是说最后一圈是我最卖力气的。虽说跑完后累得不行了,但是那段训练是最让我难忘的。

相聚的时光总是快乐而短暂。MP3里,最后的离别时刻就要到来了。

（出录音）登山队队员:8月4号,1点18分,C1,大太阳,冰塔林,（三条冰川汇在一起。）好,唱队歌一首。一、二,开始!

（齐声）我来自喜马拉雅,拥抱着布达拉。我来自雪山脚下,生长在美丽的拉萨。跋山涉水离开了家,为了梦里那朵盛开的花……

"跋山涉水离开了家,为了理想去走遍天涯",刘炎林说这歌词与他们的登山队很贴切。亲近自然、挑战自我、寻找友谊、感受团队,山鹰社给了它的成员一种共同的气质。

8月19日,登山队队长刘炎林和另外5名队员从西藏回到北京。他们到北大的第一件事,就是到未名湖边的攀岩壁前,为长眠雪山的5位队友挂上5条洁白的哈达。刘炎林说:

（出录音）刘炎林:如果这次登山,我们15位队员都能够一块回来,都能够坐着卡车默默无闻地回来,很辛苦地回来,我想我们在校园里碰到,在校园里提到,我想每个人都会无比地骄傲。但是这次我们就有深深的遗憾。

同样的遗憾也留在了关注"山鹰"的人们心中。5个充满了激情、充满了对生命和对这个世界热爱的年轻生命就这样悄然离去,人生的精彩刚刚拉开帷幕就要落幕。聆听这来自雪山怀抱里满是阳光色彩的声音,人们多么希望,这光彩会变得更加灿烂,而不是被狂风和阴霾夺去光彩。生命需要激情,但是生命的价值更需要我们去珍惜。

为了让更多的年轻生命更灿烂地绽放,让我们永远记住他们的名字:雷宇、杨磊、张兴柏、林礼清、卢臻。

（出录音）登山队队员:（齐声）我来自喜马拉雅,拥抱着布达拉;我来自雪山脚下,生长在美丽的拉萨。酥油糌粑把我养大,雅砻江水洗净我的长发……

（荣获第十三届中国新闻奖广播专题类二等奖）

146

一缕穿透迷雾的阳光

新闻关注事件的真相,更需要关心事件所展现出的价值和意义。北京大学"山鹰"社登山队山难事件发生后,一时间众说纷纭,莫衷一是。面对舆论的指责,北大校方迫于压力严格限制媒体采访,幸存队员也被严密地"保护"起来。《聆听"山鹰"》制作团队在一片嘈杂声中另辟蹊径,以"不纠缠于细节争论,讲述生命故事,彰显生命价值"为采编宗旨,赢得了幸存队员的认可,也由此获得了该事件后续专访的首发权。

在采访中,记者偶然获得了一段遇难队员生前留存的录音,这是他们在攀登前留给社员的纪念。这段录音如今成了这5位阳光青年在世间的绝响,无疑最能代表逝者"讲述"他们的故事。作品以"遗音"为主线,在播放遇难队员的原始录音中,穿插登山队其他成员的受访内容,解释"遗音"背景,还原逝者的人物性格肖像,再现山难事件前后经过,使故事的讲述更具画面感和冲击力。另外,主持人的角色几乎隐去,逝者阳光率真的"遗音"与生者低沉克制的受访录音交相出现,仿若隔空对话,在平缓的叙述中加深了对生命逝去的悲痛与惋惜之情,节目编排节奏得当,足见功力。

最后,从作者意图看,作品将舆论的注意力从究责转向了对生命本身的尊重,为山鹰社成员提供了倾诉心声的机会,使社会公众通过聆听"山鹰",真正了解他们、认识登山运动、理解他们失去挚友的痛苦与沉重。《聆听"山鹰"》用平实真切的"声音"传递了对精神追求的推崇,对生命价值的思考,在当时纷纷杂杂的舆论场中投射了一缕穿透迷雾的阳光。

回眸"松绑"放权

方 平 金 欣 王洪亮 陈其真

（福建人民广播电台 2008年5月29日）

2008年5月，一年一度的中国"全国企业家活动日"在南昌举办。在改革开放30周年之际举办的这次大会，对中国企业改革30年进程中有突出贡献的个人和集体进行了表彰。唯一的集体奖章——"中国企业改革纪念章"颁发给了30年前福建省提出"松绑"放权的55位厂长、经理。

那么，这55位厂长、经理为什么能获得这样的荣誉，"松绑"放权又是怎么回事，它到底对中国改革进程具有什么影响呢？

1984年3月23日下午，福建日报社办公室响起急促的电话铃声。电话是打给报社副总编徐明新的。徐明新回忆：

（出录音）徐明新：3月23日下午可能是靠近下班的时间，项南同志的秘书打电话给我，叫我们过去拿个稿子。拿来以后一看，就是55位厂长、经理写的一封信，信是原件。项南同志为这封信加了一个标题，还写了一段导语，注明要放在一版头条刊发。

到底是什么稿子，非要由省委书记项南亲自撰写标题和导语，还特别要求头版头条刊发呢？这还得从那55位厂长、经理说起。

1984年，中国改革开放已走过6个年头。邓小平在深圳、珠海、厦门等地的视察，直接推动了我国东南沿海地区加快改革步伐，人们的改革热情空前高涨。3月22日，在福建省经委和企业管理协会的组织下，来自全省的55位厂长、经理汇聚福州第二化工厂，召开了"福建省厂长（经理）研究会"成立大会和第一次会议。

围绕如何搞好企业经营，厂长、经理们展开了热烈讨论。时任福建省经委副主任的黄文麟参加了这次讨论。他回忆说：

（出录音）黄文麟：厂长、经理们来交流经验，特别是讨论如何完成福建省委、省政府提出的当年工业生产要实现"两位数""三同步"

的目标。所谓"两位数",就是十以上两位数的增长;"三同步"就是要产值、税收、利润同步增长。但是,在讨论怎样才能完成这个任务的时候,他们感到难度很大,就是说,我们现在的国有企业真是步履艰难。

20世纪80年代初,中国国企统得过死的弊端已暴露无遗,计划经济体制的束缚紧紧捆住了企业的手脚。党的十一届三中全会以后,农村开始实行联产承包责任制,拥有土地经营自主权的农民,种田积极性大大增强。而相对如火如荼的农村改革,城市改革尤其是企业改革依然是死水一潭。企业利润全部上交,需要花钱,要向国家申请,甚至建个厕所,都要主管部门审批。中国社会科学院经济研究所微观经济研究室主任韩朝华介绍说,计划经济体制让国企没了活力。当时有一个日本著名的经济学家叫小龚龙太郎,他80年代初来中国考察企业,考察一圈下来说,"你们中国没有企业"。他说中国的国有企业不是企业,也就是政府附属的下级行政单位。为什么说你不是企业呢? 就是没有自主权,没有自己的责任、利益、风险,根本跟企业是两回事。

1984年3月在福州二化召开的那场会议,邀请了福州福日公司的老总介绍经验。这是中国电子行业第一家中外合资企业。那位老总介绍了因为具有这样那样的权利,因此企业搞得很活,这让55位厂长、经理非常羡慕。他们说,要是给我这样的权利,企业会搞得更好、搞得更活。渐渐地,大伙形成了呼吁"松绑"放权的共鸣。

不过,按照常规方式逐级反映厂长、经理"松绑"放权的诉求,这显然不行。那么,能不能借助55位厂长、经理的集体力量,直接上书反映呼声呢? 黄文麟立刻找来一些厂长、经理征求意见,当即得到热烈响应。22日晚上,一封"松绑"放权呼吁信由黄文麟等人连夜起草,并在第二天的会议上获得一致通过。

当天下午,这份由55位厂长、经理联合署名的呼吁信,被送到了时任福建省委书记项南的桌上。让黄文麟没想到的是,仅仅半小时就有了回音。黄文麟回忆说:

(出录音)黄文麟:我们回去以后只有半个多小时,项南的秘书就打电话来了。他说黄主任你们那个55位厂长、经理的呼吁信,项南同志已经看了,而且已经做出了批示,送到《福建日报》明天就发表。我把这个信息给大家一传达,大家非常高兴。

项南的回应速度让人出乎意料,而在他女儿项小米看来却再正常不过。

在项小米的记忆中,父亲一直就是一个敢作敢为、雷厉风行的人。

（出录音）项小米:有什么问题报到他那儿,他处理得特别快,非常高效。我经常听到别人讲,有的是秘书讲,有的是当事人讲,一些事情报上去他经常当天就批了,几个小时就给你答复,不会压着。而且他特别敢作敢为,就是我拍板了,用不着再找一帮人商量,你画圈、我画圈的,一转转上几个星期。

那天,项南在这封“松绑”放权呼吁信上写下了这样的批示:此信情词恳切,使人读后有一种再不改革、再不放权,就真的不能前进了的感觉。本人认为有必要将这封来信公之于众。

3月24日,《福建日报》头版头条全文刊登了《请给我们“松绑”》的呼吁信,“编者按”就是项南的那个批示。《福建日报》“松绑”放权系列报道全面展开。

呼吁信发表的当天,福建省委组织部迅速做出决定:在企业人事任免、干部制度改革、厂长权力等三方面,给企业“松绑”放权;其他主管部门也纷纷表态不当“婆婆”,支持“松绑”放权。

一周后的3月30日,《人民日报》在显著位置报道了福建55位厂长、经理呼吁“松绑”放权的消息,同时配发“编者按”,对福建省重视呼吁信的做法大加赞赏。《光明日报》《红旗》等全国性媒体也纷纷全文转发并配发评论。

一时间,“松绑”放权迅速成为全国上下的热门话题。其他省市企业家也纷纷提出“松绑”放权的要求,还组织了企业家来福建“取经”。在时任国家体改委副主任童大林的要求下,黄文麟带领5位福建的厂长、经理赶赴北京汇报。此外,黄文麟等人还到《红旗》杂志社、轻工业部等地参加了座谈会、报告会。就这样,福建呼吁“松绑”放权的做法在全国上下引起巨大反响。

1984年4月起,福建省政府连续下发7个文件落实企业自主权。5月10日,国务院发文“进一步扩大国营工业企业自主权”,不久后又做出《关于城市经济体制改革的若干决定》。而《福建日报》“松绑”放权的系列报道,则被评为1984年度中国新闻奖特等奖。那是当年中国新闻作品的最高荣誉。

尽管当年“松绑”放权一事带有很强的政府操作色彩,但“松绑”放权确实对全国的企业改革起到强力催化的效应。在“松绑”放权后,国有企业的经营大为改善。福建上游造船厂等一批国企率先打破干部铁交椅、对工人实行计件工资、职工多劳多得,企业经济效益大大提高。时任福建上游造船厂厂长林长平回忆说：

> （出录音）林长平：我上任以后，发现技术部门工作比较好，我就从厂长基金里面拿出一笔钱，奖励班组长以上的几十个人，一个人奖励三五十块钱。以后的几个月，生产马上好起来了，因为这部分人得到利益了，就拼命带领大家干。我上台以后，经济效益连续3年大幅度增加。

在随后的几年里，大量的国有企业采取各种形式扩大自主权，都取得了初步成效。到1986年，国务院发文全面推行《厂长经理责任制》，明确规定全民所有制工业企业的厂长（经理）对企业负有全面责任，处于中心地位。对于20世纪80年代国企改革的进展，时任国务院发展研究中心副主任陈清泰评价说：

> （出录音）陈清泰：企业有了自主权，增强了活力，也增强了企业发展的动力。但是，这时候的改革还有很大的局限，比如所有权、经营权不分，政企不分等制度性问题没有解决，将来还会暴露各种各样的矛盾。尽管这样，80年代的国有企业改革为今后的改革做了大量探索，积累了宝贵的经验。

曾任福建省社科院院长的经济学家严正说，尽管"松绑"放权没有解决国企改革的全部问题，但呼吁信毕竟触及了当时计划经济体制的要害。"松绑"放权对当时的国有企业改革是一个非常大的推动。不仅是福建的省委、省政府采取了一系列政策来支持"松绑"放权，我们国家也接受了这种改革的观念，出台了一系列的政策。所以55位厂长、经理的"松绑"放权，被称作我们国家国有企业改革的一个很重要的里程碑。

福建经济学界学者陈明森，对当年的"松绑"放权是这么说的：

> （出录音）陈明森：我们的国有企业，正是从"松绑"放权开始走向后来的利改税、承包制、股份制、现代企业制度试点。在这条路上它是一个起点，这是一个意义。第二个意义，就是为全国的企业树立了一个榜样，也就是我们企业要发展，就一定要改革、要制度创新。所以我认为，当时55位厂长、经理呼吁"松绑"放权，它的意义无论怎么说都不过分，在历史上应该写下浓重的一笔。

中国企业联合会理事长陈兰通也做出了自己的评价：

> （出录音）陈兰通："松绑"放权呼吁信的重大意义，就在于变革了

原有经济体制对企业统得过多、管得过死,使企业缺乏应有活力的种种弊端,为推动企业改革和整个经济体制改革做出了历史性的贡献。

福建省 55 位厂长、经理在改革开放初期发出的"松绑"放权呼吁信的历史功绩,已载入我们共和国改革发展的辉煌史册。"松绑"放权呼吁信发表的 3 月 24 日,后来被确定为中国"全国企业家活动日"。说起当年"松绑"放权的现实意义,黄文麟表示,作为改革的标志性事件,虽然呼吁"松绑"放权已经过去很多年,但它蕴含的改革精神永不褪色。在当前新福建建设中,"先行先试"尤其离不开"敢为天下先"的创新精神。因此从根本上说,"松绑"放权的现实指导意义,就是进一步解放思想、积极创新。

(出录音)黄文麟:"松绑"放权涉及的要害是体制问题。那么体制改革,我认为当今并没有全部完成,还有相当的任务。第二就是,这件事树立了福建企业家"敢为天下先""敢为人先"的精神,从现在来看就是创新精神。创新问题,那是有深远的意义啊!

(荣获第十九届中国新闻奖广播专题类三等奖)

评点

练就走入历史的好"脚力"

1984 年,以福建呼吁信为序章的经济体制改革先锋号响彻全国,开启了国有企业以放权搞活、自主经营为开端的改革开放之路。这篇作品推出于改革开放 30 年之际,回顾了这一里程碑事件的来龙去脉以及后续影响,由浅入深、由表及里、层层递进,将听众带回改革开放初期,去感受当时企业负责人的勇气和决策者的魄力。"以史为镜,可以知兴替",该广播报道紧扣时代主题,弘扬时代精神,回首历史发展大势,具有重要的现实参考意义。

作品在结构设置上采用倒叙手法,通过插播 55 位厂长、经理获奖、省委书记亲自批示刊发头条的历史片段,设置悬念,吸引听众注意,引发问题思考。史料是接近历史原貌的必经之路,为了更加真实、立体地还原"松绑"放权这一改革创举诞生的全过程,作者在史料的挖掘和收集方面投入了大量工作,用丰富的史料和细节充实作品内容,使听众得以全面地了解"松绑"放权背后的故事。在史料汇集的基础上,记者还对多位参与者和见证人进行了深入细致的访谈,借由人物口述与回忆还原历史经过,评价历史功绩,充分发挥广播声音传播的优势,增强了作品的真实感与表现力。

实践出真知,"脚力"是新闻报道的力量源泉,只有练好"脚力"才能走得快、行得远,才能获得鲜活的一手资料,才能产出充满时代力量的好作品。

大爱无声

——一位记者眼中的特殊馒头店

刘 学 赵 林 陈东培 马美雯

（福建省广播影视集团 2011 年 12 月 18 日）

听众朋友,我是福建新闻广播记者刘学,3 个月前,我在福州已经获得消息,远在 200 多公里之外的石狮有一家非常特殊的馒头店——永恒阳光馒头店,这个店只免费送馒头,拒绝卖馒头。更奇怪的是,这家馒头店的伙计从不接受记者的采访,因此至今,外人都不知道店主是谁,为什么要出资开这样的特殊馒头店。好奇心激起我强烈的采访欲望,我向频道总监提出,这回走基层活动,我要一个人到这家馒头店前,从早到晚先蹲点一天,观察一下送馒头的情况。

【片花】

神秘馒头店只送不卖,专供弱势群体。

（背景声:找不到工作肚子又饿,他们有时候一天三餐都吃馒头。）

三间店面、三个伙计,传递着不停的暖流。

（背景声:啥时候去都有这个馒头。都是热的馒头。对,哈哈……）

请听新闻专题《大爱无声——一位记者眼中的特殊馒头店》。

2011 年 12 月 16 日,我一早来到石狮,用采访机录下我看到、听到的情况。

（出录音）记者:现在是早晨 5 点 30 分,伴随着这个冬天的又一次降温,现在石狮的温度只有 8 度。我现在是在石狮增坑社区"永恒阳光馒头店"门前,现在这个时间馒头店三扇铁门还都紧紧关闭着,透过大门上方的玻璃窗,可以隐约看到馒头店里有一间屋子透出昏黄的灯光,在馒头店的招牌下方,写着"传递绵薄之爱,温煦风雨之人"这句话,给这个冬天增添了几分暖意。

在石狮增坑社区霞角这个地方住着两类人:一种是庭院深深,平日开着奔驰宝马的富人,另一种就是生活贫困的低收入人群。在等候馒头店开门之前,我和馒头店对面的一个卖蔬菜的小商贩闲聊起来。

(出录音)张以银:(记者:平时来领馒头的人多吗?)多,很多。有些人找工作很累了,找不到工作肚子又饿,身上没钱,他坐在那里休息一下,吃几个馒头,恢复体力,那样对他其实是帮助很大的。他们有时候一天三餐都吃馒头,可以帮助一些比较困难的人吧。

他叫张以银,在石狮卖菜已经8年多了。张以银说,活了几十年,还是第一次见到这样的事情,而且还默默地做了这么长时间,但对于这家店更多的信息,他和他的邻居一概不知,每天只见三个伙计忙来忙去,见不到老板。

(出录音)张以银:像我们,我们年轻的时候也出去打过工,第一次找工作的时候也是很艰难的,出去没地方住,没地方吃,可是我们那时候,碰不到这么好心的人,现在多一些这样的人,到处都是这样的人,那不是很好吗,对大家帮助都很大哦。

早上6点43分,在我守候了一个多小时后,馒头店里的黄色灯光熄灭了,亮起了日光灯,这是一个多小时里,馒头店第一次向外界发出的信号和动作。随后,一名年轻的男子利索地打开了三扇大门中间的那扇,并搬出了两套桌椅和一个红色广告牌放在门口。广告牌上写着:"本店所有馒头免费送给各种贫困人群,不对外售卖,请谅解。如果您是生活困难的下岗职工、收入低微的贫寒家庭、正在为找工作奔波的毕业生、无助老人、流浪者、拾荒者,欢迎您来免费食用。"

我没有进店打扰伙计,也知道他们不接受采访,只在一旁默默地观察起来。店里只有两个年轻人,其中一个年纪较小的,打开蒸馒头的机器,开始给已经做好的馒头加热,而另外一个开始动手做馒头,只见他挥舞着双手,从已经和好的面团中抓出一些面来放在桌上,将面团拉成条形,然后双手不停地拍打着,手起刀落的工夫,一排排馒头已经放在了蒸板上,我粗略地数了一下,一共是11板,这一切都井井有条。

7点,永恒阳光馒头店里推出了高高的两行大蒸笼,一股股蒸汽从蒸笼的四面八方透了出来,同时又有一名从外面赶过来的男子进店帮忙。这时候,这个馒头店对面的早餐铺生意已经红火起来,有来买油条的,也有买包子和馒头

155

的,其中不乏身上布满灰尘的建筑工人,他们都是选择到街对面花钱买馒头。

（出录音）市民1:像我们这样的人去了他也不给。市民2:上面
不写着了嘛,对贫困、吃不上饭的、残疾人、没有劳动能力的。

7点18分,一位白发苍苍,走路有点跛脚的老人成为馒头店的第一个客
人,老人径直走到馒头店门口,店员迅速打开蒸笼,递过用袋子装好的两个馒
头,老人接过热气还在空气中打转的馒头,一跛一跛地,渐渐消失在了街角。
整个过程,没有我预先想象的诸如"谢谢"等语言上的交流。

紧接着,馒头店的第二个、第三个客人一同登门,是两名环卫工人,其中一
位阿姨,戴着头巾,满是皱纹的脸庞加上黝黑的皮肤让我猜不透她的年纪,但
举手投足的动作却传递着岁月的沧桑和生活的重负。她从小伙计手里接过装
好的馒头,然后慢慢地坐在门口的椅子上,一个人吃了起来。这时,先后有拉
着板车的拾荒者、挑着行李的流浪者也纷纷坐在店门口吃了起来。他们边吃
边聊,话题大概都是围绕着家庭和工作。有的人吃完后,又来到蒸笼旁,店里
的小伙计三步并作两步地走过来,打开蒸笼,又递两个热气腾腾的馒头。环
卫阿姨也迅速跑过去接馒头,然后从兜里掏出一块布,仔细地把馒头包好,放
进了衣服口袋里,黝黑的手整理了一下头巾,顶着寒风慢慢地离去。我大步地
跑上去,和她攀谈起来。

（出录音）周想云:我四点半就要起来,比如上到9点,8点钟来
拿一点馒头吃,肚子就没那么饿,现在就饿了,饿了来拿一点这个吃
就很好。(记者:您会经常过来是吗?)我也会经常,我就是(馒头店)
开了十几天我就知道了,虽然馒头不贵,吃在身上却很饱,就这样
不饿。

她叫周想云,江西人,和老伴在石狮都从事环卫工作。周想云告诉我,自
从免费馒头店开张后,她不但早饭有了着落,傍晚肚子饿得咕咕叫时,也会去
拿两个馒头。我与周想云聊天的15分钟里,陆续有20多人前来领取馒头,其
中不乏言语有障碍的、走路不便利的,周想云说,每到开饭时间,他们就来了。

刚刚从免费馒头店领到馒头出来的王世友,在石狮靠拾荒收废品为生,来
自安徽,个头不高,黑黑的脸庞透着饱经风霜洗礼后的沧桑。中午时间,我和
他边走边聊,来到了他租住的石头屋子里,屋子没有窗户,一个由许多木板拼
成的一张大床占据了屋子所有的地方,王世友为了给住院的儿子治病,供孙子
上学,已经在那领了三个月的馒头了,有时饿了,就坐在那吃两个,然后再拿两

个回来给孩子和老伴吃。

（出录音）王世友：（记者：每天都会过去吗？）嗯，每天三顿。（记者：您大概一个月能在那里拿多少个馒头？）两三百块钱。（记者：两三百块钱的馒头？）嗯，（记者：可以给小孩子解决上学的问题。）对呀！（记者：每次去都会看到很多人拿？）唉，每天人多，这笼拿完了，那笼又出来了，啥时候去都有馒头，他不给你吃凉的，都是热的馒头，哈哈……

听着王世友说话时爽朗的笑声，我感觉到了他很坦然。

（出录音）王世友：（记者：这个买的馒头和送的馒头有不一样，不同吗？）大一点，买的小一点。你看这我买的，你看一看就知道了。（记者：这个是买的，这个是送的。）对……（记者：大了很多。）对。今天我跑一天了饿了，我在那吃俩，拿回来俩。

据我观察，从早上7:30到9:30，中午11点到下午2点，下午5点到6:30，是这个馒头店送馒头的高峰时期，剩下的时间，三个小伙计做馒头、送馒头、清洗工具，一天下来忙得没有坐下来的时间。晚上7点，小店打烊了，我看到三个伙计坐在电脑前，看起了电影，我想这应该是他们一天当中最轻松的时刻。我粗略地估计了一下，这个小小的馒头店一天至少送出六七百个馒头。我也在馒头店打烊后，结束了我一天的蹲点采访活动。

【片花】

低调慈善频受质疑。

（背景声：做馒头真的做得心很累，笑不出来。）

大爱无言传递温暖。

（背景声：有这样一个店，在我们石狮就是一个特殊的爱心标志。）

请听新闻专题《大爱无声——位记者眼中的特殊馒头店》。

采访的第二天，我来到石狮的大街小巷，打探和这个馒头店有关的信息，说起这个馒头店，可谓是无人不知，无人不晓。

（出录音）市民3：（记者：您去那边拿过馒头吗？）他不拿给我们，他说我们做生意的不给，捡破烂的、扫地的（记者：他就是可以给一些拾荒的这些人）统统给，下岗的。（记者：那样的人他会给，我问一下您怎么看待他这个馒头店？）这个很好啊，反正谁去拿都给，中午，一天三餐都去拿都给。你去买他不卖,他不要钱的,一开始我也不知道,我说要买,他说不卖,给你两个吃差不多,我才知道他是救济的,他说这是救济的,不要钱的,不卖。

对于馒头店,有各种各样的声音,有说是某个大财团背后支撑,也有说是在"作秀"。我和大家一起给这个馒头店算了一笔账,三间店面,每月房租2500元,加上煤气费、原料,每天成本大概1000元,而且随着大家口口相传和媒体的报道,几个月来,免费馒头越送越多。

在返回福州前的三个小时,我走进了这个在外人眼里神秘的馒头店。我以好奇者的身份和伙计交流,我突然发现并不是自己想象的那样,他们在快乐地传递着爱;恰恰相反,4个多月的免费送馒头,让他们在质疑声中和众多不速之客的拜访中苦受煎熬。

(出录音)馒头店伙计:(记者:咱们刚开始到现在接待过多少这样的)记不来。(记者:记不来哈,最多的时候一天?)七八帮(人)吧,天天来问,问得我都烦了,我看到连说话都不想说了。做馒头真的做得心很累,咱们做也就是想单纯地做做这些好事,真的我来这里都很少笑过。(记者:咱们很少笑了现在)笑不出来,我们两个老是他安慰我,我安慰他,我没事就看看那些心理书啊还好一点。

我没问他们的名字,甚至连照片也没拍。他们说,不想被打扰,也不接受任何形式的资助。不过他们乐意被效仿,让这样的慈善爱心店帮助更多的人。其实,我能感受到永恒阳光馒头店4个多月默默奉献的善举,已经潜移默化地感动了很多人。

(出录音)市民4:我家就住在这附近,其实我特别想给这个馒头店资助,资助一点钱或者是面粉啊,不过问了几次,都被他拒绝了。

市民5:石狮是一个外来工很多的城市,有这样一个店呢,在我们石狮来看关键就是一个地标,一个特殊的爱心标志。

我就要离开馒头店了,作为广播记者,我为无法采访到出资的店主感到遗憾,我为无法向听众播放店主心路历程的声音而感到失职,但是,我作为普通百姓的所见所闻,让我不感到遗憾,我毕竟见证了一个低调的慈善举动——"大爱无言"。永恒阳光店送出的每一个热气腾腾的馒头都在温暖着领取人的心,它不为利、不为名,如同它的名字一样,像一缕"永恒阳光",照亮着石狮这座繁华的商业都市。无言的善举已经且还会继续温暖着这个都市中富裕的人、小康的人、温饱的人、贫困的人以及充满爱心的人。

我冒着寒风,离开了馒头店,但我的内心仍然涌动着一股暖流。

(荣获第二十二届中国新闻奖广播专题类三等奖)

评点

动人总在细微处

这是一篇充分体现写实风格特点的广播专题报道,以朴实的语言、生动的细节,客观记录了记者走基层过程中的所见、所闻、所思和所感。

报道主要介绍了一家位于福建石狮市的爱心馒头店,它默默无闻、不辞辛劳、不计成本地为有困难的人提供免费的馒头,拒绝任何销售,也不接受任何采访。记者在得知店里的规定后,仍然不畏严寒,以勤勉的"脚力"深入基层,连续两天从早上5点到晚上8点实地蹲点采访。通过观察周围环境、采访受助群众、了解邻里评价、接近店内伙计等方式,记者在尊重当事人意愿的前提下,搜寻大量有价值的一手素材,捕捉到许多可贵的生活细节,扩充并丰富了情节内容,在保证作品真实性的同时,也增强了报道的说服力、表现力和感染力。全文以"日记体"的形式用记者的声音展开叙事,同时穿插使用大量的同期声还原采访现场,再借由不同人的不同视角和讲述,勾勒出了这个特殊但却"沉默"的爱心馒头店的民间印象。报道方式朴实而新颖,给人以心灵的洗礼。

记者功底扎实、情感丰富,出色的脑力和坚实的笔力相结合,加上生动的音响和后期精良的制作,最终铸就了这篇"走转改"的佳作。报道播出后引发了较好的社会反响,爱心馒头店的小小善举得到了广大听众的敬佩和赞许,也为社会树立了无私奉献、助人为乐的道德典范。

重走台湾义勇队"复疆"路

林兴华　杨陆海　蓝松祥

（福建省广播影视集团　2015 年 10 月 23 日）

【片花】

1939 年 2 月 18 日,台湾抗日名将李友邦在浙江金华组建了台湾义勇队。

（背景声:我父亲就跟队员讲八个字,就是保卫祖国,收复台湾）

随后,这支队伍在浙、赣、闽、皖等地展开了敌后抗日斗争,成为两岸同胞共御外侮的一面旗帜。

（背景声:呼吁台胞团结起来抗战,"复疆"是他抗日精神的一个浓缩）

《重走台湾义勇队"复疆"路》,让我们踏着同胞的脚印,重温那段烽火岁月的家国情怀。

（背景声:童声齐唱《台湾义勇队队歌》）

"我们是抗日的义勇军……"

10 月 20 日,浙江省金华市城酒坊巷 18 号,台湾义勇队纪念馆。伴随着《台湾义勇队队歌》《台湾少年团团歌》的歌声,5 位耄耋老人在亲属的陪护下,来到这里重走抗战路。他们正是当年台湾义勇队队员曾海涛,台湾义勇队少年团指导员黄中一,团员曾东升、郭辅义、刘惠敏。与他们同行的,还有 22 名台湾义勇队成员的后代,其中就有李友邦之子李立群、李建群。

当天,浙江省金华市举办"重走台湾义勇队抗战路"活动,纪念中国人民抗日战争暨反法西斯战争胜利 70 周年、台湾光复 70 周年。

1939 年,在中共浙江省委和国民党浙、闽两省政府的支持下,台湾籍爱国志士、黄埔军校二期学生李友邦动员散居在闽北崇安县的台湾同胞,赴浙江参加抗日斗争。同年 2 月 18 日,李友邦领导的台湾义勇队和少年团在金华成立。

站在台湾义勇队的诞生地,李友邦之子李立群说:

（出录音）李立群：站在我父亲的脚印上，我认为我父亲相当伟大。他为了抗日，离乡背井从台湾只身到大陆参加抗日的行列。当时他在这个地方的时候成立台湾义勇队少年团，就跟队员讲八个字，就是"保卫祖国，收复台湾"。

在纪念馆里，原台湾义勇队少年团指导员黄中一在一张泛黄的老照片前面驻足凝视。这是一张台湾义勇队少年团团员的合照，照片中的一排孩子稚气未消，有的团员的个儿还没有枪杆子高。70多年过去了，老人还能把他们的名字一个不落地喊出来。

（出录音）黄中一：我在台湾少年团里面，就是带领这些小朋友，最初只有10个、11个，带领着他们，教他们唱歌、跳舞，教他们排演打快板、相声《梨膏糖》，还演话剧……

台湾义勇队成立的第一天，李友邦就说："瓦解敌军和教化俘虏，将是义勇队的主要工作。"除对敌政治和巡回宣传外，队员们凭借熟悉日语的优势，在浙江省对侵华日军展开持久的攻心作战。他们有时在后方参与审讯日军的俘虏，有时直接开赴火线，对日军广播喊话。台湾义勇队少年团团员曾东升回忆说：

（出录音）曾东升：有一次我们到一个军部的广播电台对日军喊话，用日语跟日军喊话，就是说你们来侵略中国是错误的，你们家是不是还有小孩？小孩是用感动的、用这种童言童语，好像比较有吸引力啦，有时候听一听他们会想到自己的孩子。

一年多后，台湾义勇队已发展成为直接参加祖国抗战人数最多、影响最大、持续时间最长的台胞团体。1940年10月，国民政府正式委任李友邦担任台湾义勇队队长兼台湾少年团团长，晋阶陆军少将。

10月21日，"重走台湾义勇队抗战路"活动一行数十人，登上了金华前往武夷山的高铁。火车风驰电掣，车窗外的现代化大楼、高速公路、立交桥飞快地闪过。看到这样的情景，台湾义勇队少年团团员、年近90的刘惠敏感慨地说，金华到武夷山，乘高铁2个小时左右就能到达，而在76年前，同样的线路他们徒步行走了4个月。一路走，一路宣传抗战，经历了千辛万苦才到达武夷山。

（出录音）刘惠敏：我们都是徒步的，都是走路的，那么小的时候，我7周岁。一天最多走了80多里路，走得人都打瞌睡，东西都不晓得丢到哪里去了。从早晨走到半夜三更，听得到炮声啦，那时候当然也害怕怎么不害怕呢！为了什么？就是为了躲避日本鬼子。我们前脚离开这个村庄，后面就听说被日本鬼子占领了。

1940年，在浙江杭州、富阳、萧山相继沦陷后，台湾义勇队少年团奉命南撤至福建崇安、龙岩、厦门一带继续开展敌后抗日工作。在武夷山的高山密林、田间地头，少年团每到一处，便迅速展开医疗卫生、文艺表演、贴壁报、写标语等抗日宣传工作，极大地鼓舞了当地民众的斗志。

在武夷山著名景点天游峰的一处岩壁上，"打倒日寇，保我中华"大红字格外醒目。这正是当年台湾义勇队少年团在武夷山留下的笔迹。台湾义勇队少年团指导员黄中一：

（出录音）黄中一：这是在1940年7月3号，在那年我带着台湾少年团到崇安，去向我们的父老去汇报、慰问。7月3号我们到武夷山，经过那个大王峰附近的时候正好下雨了，我们就在那个岩壁下面躲雨。我们带着这个标语桶、刷子，随时都是准备工作的。就在这个时候，由我来设计，由少年团的小朋友他们来写，写了这样一幅标语——打倒日寇，保我中华。

10月22日上午，"重走台湾义勇队抗战路"的台湾义勇队老队员一行来到了福建省龙岩市新罗区东城街道的连氏祠堂。热情的闽西革命老区的乡亲们早已把这里围了个里三层外三层。70多年前，义勇队转战龙岩时，就驻扎在这个地方。

1942年10月，台湾义勇队转入闽西，以龙岩城为基地，展开武装斗争、对敌政工、战地医疗等工作。不少龙岩子弟也毅然加入义勇队，与义勇队的台胞并肩战斗，共御外敌。台湾义勇队在龙岩从63人迅速壮大到381人，少年团也从50多人扩大到100多人。

为了缅怀父辈从台湾赴大陆抗战的功勋，龙岩籍台湾义勇队队员苏禄洲之女苏丽蓉向龙岩市捐赠了载有其父抗战事迹的"微书石雕"。苏丽蓉：

（出录音）苏丽蓉：我父亲他离世是在去年7月7号，93岁。李友邦将军到龙岩来，他也和很多朋友一起加入义勇军（队）一起抗日。今天也是把这个微书奇石的微雕作品送给龙岩历史博物馆永久收藏。那么作为第二代的我们，我觉得我们有义务秉承父亲这些爱国情操，我们希望两岸能够和平地走下去。

在厦门南普陀寺后山的一块巨石上，刻着两个遒劲的大字"复疆"，由李友邦亲笔题写,意为"复兴中华、统一疆土"。10 月 23 日,"重走台湾义勇队抗战路"一行来到这里,纪念台湾义勇队在厦门的抗战历史。

1942 年 6 月 17 日,台湾省被日本占据 47 周年时,台湾义勇队在厦门对日军总部"兴亚院"发动武装突袭。当年 6 月 30 日,台湾义勇队又在厦门的虎头山炸了日军的海军油库。7 月 1 日,在厦门日伪政府成立 3 周年的庆祝会场上,义勇队爆炸了数十枚手榴弹,当场炸死日伪军数十名,给日伪军的心理造成极大的震慑。

1945 年 8 月 15 日,日本宣布无条件投降。李友邦十分振奋,他对台湾青年们说:"我们为了不当日本'顺民'而在大陆度过了一二十年的流浪生活,饱尝了人生的酸甜苦辣而幸存下来。今天我们可以作为一个爱国的台湾同胞,堂堂正正地回家乡去见父老兄弟了!"回台湾前夕,李友邦在厦门南普陀后山的巨石上写下了"复疆"两个字。

厦门大学台湾研究院副教授黄俊凌:

(出录音)黄俊凌:他当年在抗战时期呼吁台胞团结起来抗战的时候,他提出的口号是"保卫祖国、收复台湾",所以"复疆"是他抗日精神的一个浓缩。

李友邦之子李立群说:

(出录音)李立群:我父亲在 1924 到 1945 年在祖国对日抗战,唯一的理念就是要达到"复疆"。我父亲的这种抗日精神值得我们后代所敬仰,都是牺牲小我,完成大我,两岸共同枪口对外。台湾人跟祖国(大陆同胞)都是炎黄子孙,不是日本人的"皇民化的日裔",对日抗战台湾人从来没有缺席过。

台湾义勇队与祖国人民一道共赴国难、同仇敌忾、团结御侮的历史,成为两岸同胞割舍不断的共同记忆。

(荣获第二十六届中国新闻奖广播专题类三等奖)

评 点

从"一段历史"发掘"双重价值"

2015 年是中国人民抗日战争暨世界反法西斯战争胜利 70 周年,也是台

163

湾光复回归祖国 70 周年。彼时,大陆抗战题材的广播新闻作品不胜枚举,但以台胞为主人公的报道并不多见。《重走台湾义勇队"复疆"路》主创团队经过前期精心策划,选择"台胞参与抗战"这段历史,以广播专题的形式,呈现"纪念抗战胜利"和"呼唤祖国统一"两大主题,题材新颖且富有现实意义。

作品由"台湾义勇队"及其后代相聚重走抗战路的场景展开,在历史的追忆中,讲述抗战时期两岸同胞同仇敌忾、共御外敌的动人故事。虽为历史题材作品,但并未罗列堆砌史料,而是采用平行叙事的方式,通过人物同期声和现场音响的组合编排,将相同路线、不同时空的人物故事交织呈现,在历史与现实的互相映射中,完成跨时空叙事,且衔接巧妙自然。新闻作品的力量在于真实,记者全程跟踪报道了整个纪念活动,在查阅大量史料的基础上,将采访观察所得与历史记录"精准对接",充实了报道的历史内涵。

此外,报道注重挖掘珍贵感人的历史故事,以大时代下的人物命运为索引,将亲历者的讲述与当下时空的评论融合,兼具新闻属性和文献价值,发挥了媒体传递信息、凝聚人心的社会功能。在两岸关系和平发展的新时期,这一作品也为"两岸同属一个中国"的原则,提供了鲜活的历史记忆。

中国扶贫第一村脱贫之后

林超艺　张　跃　郭　晶　庞　林　陈婧沂

（福建省广播影视集团　2017 年 12 月 29 日）

【片花】

从深山穷村，到美丽畲寨的幸福蜕变。走出贫困，是起点，而不是终点！

（背景声：贫困扶贫第一村，凑在一起做点油茶）

不同角度寻找发展新渠道，他们都曾遇到困难……

（背景声：那时候穷嘛，没钱嘛）

不被理解……

（背景声：大家都在说啊，包括亲朋好友都不支持，都在劝）

但是他们从未放弃！

（背景声：带动村民看看能不能做点什么事情）

"中国扶贫第一村"脱贫之后，砥砺奋进的 5 年，从赤溪看中国扶贫的缩影，赤溪之后的故事，从此开始。

（歌谣……）

欢迎收听广播专题《中国扶贫第一村脱贫之后》。

党的十九大报告提出，坚决打赢脱贫攻坚战，确保到 2020 年我国现行标准下农村贫困人口实现脱贫，贫困县全部摘帽，解决区域性整体贫困，做到脱真贫、真脱贫。12 月初，记者再次来到被称为全国扶贫第一村的宁德福鼎磻溪镇赤溪村，欣喜地看到，经历 30 多年的扶贫开发，赤溪村实现了由深山穷村到美丽畲寨的幸福蜕变。这里已经基本摘掉贫困帽子，越来越多的年轻人回来了，不仅如此，赤溪脱贫的经验正在传播到全国各地。

（歌谣……）

赤溪村村民李信珠，一边撑着竹排载着游客，一边唱着他从小就会唱的歌谣，沿着碧绿的九鲤溪顺流而下。两边是青山翠竹，偶有燕雀鸣叫。旺季时，他一天能撑上五六趟。

（出录音）李信珠：按我今年 60 岁来讲，我 21 岁就开始撑这个了，以前是没有拉客人的，就是拉货的。以前我们撑一排下去就 5 块多钱，一天到晚。那个时候一年赚不了多少钱，不上千，几百块钱一年，现在 2 万多吧。多撑就多得吧。

赤溪村位于宁德福鼎市磻溪镇，地处闽东深山，南宋状元王十朋曾这样形容赤溪："门拥千峰翠，溪无一点尘。松风清入耳，山月自随人。"现在的赤溪纳入环太姥山生态圈，当年深山里的树林古厝，如今变成了村民们的摇钱树。

（出录音）杜赢：2015 年我就做到 100 多万元，去年是做到 200 万元。（记者：那今年呢？）预计快 300 万元。一整年的销售额，等于今年的利润，大概可能会在差不多 40 万元左右。

这几天，赤溪村茶叶有限公司的老板杜赢正忙着加工今年最后一批茶叶。今年的市场反响不错，营业额已经做到 200 多万元。杜赢是赤溪村第一个返乡创业的大学生，虽然现在的生意越做越红火，但是 2013 年他刚开始准备回家创业时，却遭到了家人的一致反对。

（出录音）杜赢：大家都在说，包括亲朋好友都不支持，都在劝，叫你出去工作，这么好的机会应该出去工作，对不对？应该去当老师。就是一股冲劲，义无反顾，他们越不理解，我越要把这个事情做好，对不对？做成功！

家里多年辛苦，供杜赢读书，就是为了让他走出贫困村，留在大城市找份好工作。可杜赢死活不同意，坚决要回到赤溪走创业致富路，他甚至在已经考取民族学研究生后，直接跟导师说不念了。2013 年 7 月，杜赢从广西玉林师范学院毕业，他一手拿着父亲为他攒下娶媳妇的 20 万元，一手携着广西的大学女友，在村里当起了"农民"。

（出录音）杜赢：对呀！就是最开始的那一两年，就会比较困难一点，一个是没销路嘛，一个就是那个时候还没厂房，那都是简易的厂房，不是你现在看到的这个厂房，设备都很缺。一方面是手工做，一方面跑市场，慢慢把销路打开。这肯定有负债，差不多一个就是像刚才说的想办法把产品销出去，甚至有的时候、最困难的时候就是说为了资金周转，就是说成本价卖出去了，不赚钱了，把这个资金收回来，来进行还债等这些都有。

如何卖茶,对于没有一点营销渠道的杜赢来说,又是一道坎。他和女友每天带着茶样去茶业专业市场,一家家走进去推销、商谈。谈起创业初期的艰辛,当时的女友、现如今已经是杜赢妻子的陈春平告诉记者,她也想过放弃。

(出录音)杜赢妻子:以前会有想过、有一些这样的想法,但是后面两个人在创业过程中相互扶持,然后我们遇到一些资金的困难,还有我们办厂的困难,我们都挺过来了。还有一些客户,客源都要我们去外面推广。以前没有孩子的时候,都是我们自己两个跑出去的。跑业务都是自己做。只是觉得比较充实一点,要做自己喜欢做的事情。

这对坚持做自己喜欢事儿的夫妻俩,茶叶生意越做越顺,到2013年12月初,所有制作的茶叶已销售80%,刨去本钱,净赚十多万元。2016年初,杜赢再次扩大生产,还在村镇支持下,流转了400多平方米的土地,建起了标准化新厂房,产品也顺利通过QS质量认证。公司运营30多亩的生态茶园基地、600多平方米白茶体验园,带动一批乡亲共同致富。村党总支书记杜家柱:

(出录音)杜家柱:茶产业因为我们人均可支配收入里面,确实我们茶的收入占了应该是30%,然后旅游服务业占了40%,我们80%的土地都流转到公司跟我们的专业合作社。因为我们这里茶叶的厂家应该是比较少,我们都是以茶(论)斤直接销售到我们的乡镇。然后目前我们这个大学生返乡创业的杜赢,在他的带动下,他也能直接销售掉我们赤溪村民的一些茶叶,然后给村民也带来一些这种的效益吧。

【片花】

从深山穷村,到美丽畲寨的幸福蜕变。走出贫困,是起点,而不是终点!

(背景声:贫困扶贫第一村,凑在一起做点油茶)

不同角度寻找发展新渠道,他们都曾遇到困难……

(背景声:那时候穷嘛,没钱嘛)

不被理解……

(背景声:大家都在说啊,包括亲朋好友都不支持,都在劝)

但是他们从未放弃！

（背景声：带动村民看看能不能做点什么事情）

"中国扶贫第一村"脱贫之后，砥砺奋进的5年，从赤溪看中国扶贫的缩影，赤溪之后的故事，从此开始。

（歌谣……）

（出录音）黄忠和：我以前本身在上海待了十几年了，我在上海做石材生意，去年刚刚回来的，然后想想赤溪村这几年怎么说呢？也比较好一点，然后两个人就回来了，去年种香菇。

黄忠和1999年外出谋生，在上海做了17年的石材生意，去年刚回到赤溪，从事香菇栽培销售。今年他又开了间茶叶行，十几平方米的茶叶店，落地玻璃门、空调、电视、茶台一应俱全。在他之前，早已有许多外出务工的青壮年回到赤溪，35岁的沈华平就是其中一位。

（出录音）沈华平：我离开赤溪十几年了，我离开就去上海，开女子专业美容院。我都做了七八年了，2012年的时候几个兄弟凑在一起，做了1000多亩的油茶基地，想着回来，因为当时，也看到赤溪也还可以吧，因为有"中国扶贫第一村"，我们也回来，就想带动村民看看能不能做点什么事情。

近年来，赤溪村成为闻名全国的"扶贫第一村"后，看到家乡发展越来越好，越来越多的年轻人不约而同地产生了回村创业的念头。于是，带着浓厚的思乡之情，年轻人又回来了。

（出录音）沈华平：其实我刚好对农业有点兴趣吧。毕竟农民的儿子嘛。去年有主营香菇啊，还有这边也有苗木之类的，还有我们的油茶、山茶籽油。当时我们几个兄弟也喜欢农业，毕竟都是大山里面出来的，想回来做点农业吧，叶落归根嘛，可能老了肯定也要回来。

沈华平创业之初，也有村民因为投资农业周期长、收益慢，心生疑虑。面对村民的质疑，沈华平却从未动摇，相反，他在荒山上看到了致富的希望。

（出录音）沈华平：因为这个油茶最起码种上去要六七年才可以产，现在还没产。（记者：你当初为什么选这个呢？）因为就是一个储备油。以后的人会更注重健康，注重健康的话就是油，像亚麻籽油啊、山茶油啊，还有橄榄油啊，这个山茶油，就叫东方的橄榄油，等于怎么说呢，叫抱子怀胎。刚开始是不认同，现在差不多也认同了。

沈华平说服村民,将半山自然村 1000 多亩低产林承包下来,种植了高效益油茶,每个环节、每道工序,他都亲力亲为,令村民刮目相看。随后,越来越多的人自发加入专业合作社,目前社员达 100 多户。今年以来,仅种香菇一项产值就达 80 多万元,为当地村民脱贫致富开辟了一条新路。

(出录音)沈华平:像我们去年香菇的话,也投资了八九十万元,务工费也花了十几万元,这十几万元,就是他们无形的收入了。我们也选择了低保户,还有这些能吃得消的孤寡老人,因为毕竟青年的活嘛,他们能干的我尽量让他们来干,一天也有百把块钱。说实话,给我们来说百把块钱是很少,对他们来说是很可观的,他们一天的菜钱也就十几块钱,十几天的菜钱说实话也是蛮可观的。很多东西还要自力更生嘛,怎么说,他们也愿意自力更生。

据了解,目前,沈华平创办的合作社已经直接吸纳或带动 100 多户村民创业增收,每年为每户村民增收 8000 多元。全村 2016 年年底,人均可支配收入达到 15600 多元,贫困率从 20 世纪 80 年代的 90%以上,下降到去年的 1.5%,全村仅 2 户还未脱贫。而脱贫之后的赤溪,也正吸引着越来越多的人回乡创业。

【片花】

走进赤溪,"中国扶贫第一村"脱贫之后……

(出录音)王绍据:我本人来说,能够获得奖,这个应该感到说,这个勋章是很沉甸甸的。

2017 年"全国脱贫攻坚奖"在 9 月份公布了结果,在获得奉献奖的 10 人当中,包括福建省宁德市诚信促进会常务副会长、《闽东日报》原总编辑、原福鼎县委报道组组长王绍据。

1984 年 6 月 24 日,《人民日报》头版刊登了一封《穷山村渴望实行特殊政策治穷致富》的来信,反映赤溪村下山溪自然村 22 户畲族百姓贫困的生活状况。而这封信正是来自当时还是基层通讯员的王绍据。据官方统计,1984 年,中国贫困人口接近 1.3 亿,占全国总人口 10%以上。同年 9 月 29 日,党中央、国务院下发《关于帮助贫困地区尽快改变面貌的通知》,由此拉开了全国大规模、有组织扶贫攻坚的帷幕。30 多年过去了,已经退休的王绍据还经常去赤溪村走走看看。

(出录音)王绍据:去年 2016 年的 2 月 19 号,总书记在跟赤溪村干部群众进行对话的时候,同时也和我进行了对话,要求帮助大家能够总结我们宁德的扶贫经验,向全国推广,为我们全国全面奔小康,建成小康社会发挥余热。从去年以来,我就更加注重这方面。按照总书记的嘱托,首先把赤溪村的经验总结出来,(我)去年就花了28天,写了这个将近10万字的《赤溪——"中国扶贫第一村"纪实》这么一本书。

王绍据虽年届古稀,但却顶着严寒及腰椎间盘突出的疼痛,加班加点,苦熬28天。《赤溪——"中国扶贫第一村"纪实》一书,第一次印刷发行3万册,立刻在省内外销售一空。今年8月份,王绍据应贵州毕节市金沙县委邀请,专门到贵州,介绍赤溪"把绿水青山变成金山银山"的扶贫经验。金沙县委组织部副部长李敬东告诉记者,借鉴赤溪村的扶贫经验,金沙深入挖掘自身的自然资源和民俗文化,大力发展特色旅游产业。

(出录音)李敬东:像我们这里,我们有一个岩孔街道,就有那个玉簪花,以前就有几万亩,就是纯野生的,不是那个人工种植的,开起来的时候漫山遍野都是,以前的时候没有得到开发。后来我们就是借鉴赤溪的经验,现在就是我们对这个地方,准备打造我们的玉簪花海,把道路修过去,然后把基础设施建起来,把周围的贫困群众,也让他(们)在周边搞一点农家乐,带动群众脱贫。

除了旅游产业,金沙县还借鉴了赤溪吸引年轻人返乡创业的举措,设立了"人才扶贫"工程,对返乡创业的年轻人给予政策上的支持。

(出录音)李敬东:我们就对那个返乡的、专门有一个返乡创业的,一个是政策上给予支持,然后创业的规模达到一定的程度,我们的政府给奖励。同时我们也把你回乡创业和贫困户的那个脱贫挂钩。那你这个企业在这个村,一方面是得到政府的关注,另一方面就是我们的贫困户要在里面务工,而且他可以以土地等形式来入股,然后通过这种形式他至少要带领10户贫困户脱贫。产业发展了,贫困群众也脱贫了。

这一两年来,王绍据带着赤溪的扶贫经,走遍大江南北,还为江苏宿迁,四川青川,贵州黔南州、遵义、毕节等地区,来宁德举办扶贫研讨班学员及本市培训班讲座达32场次。王绍据感慨道:赤溪的扶贫,只是中国扶贫的一个缩影。

（出录音）王绍据：从我感受最深的，也就是三十几年来才把一个小小的自然村摆脱了贫困，所以说这个是非常艰辛的一件事，更重要的，现在是把它推而广之，让我们全省、全国各地，还没有脱贫的那些村，尤其是深度贫困地区的村更应该来解决这个问题。

过去 5 年，在党中央的全面领导下，中国以每年减贫 1300 万人以上的成就，让世界为之惊叹，不仅使得"脱贫攻坚战取得决定性进展，六千多万贫困人口稳定脱贫，贫困发生率从百分之十点二下降到百分之四以下"，也使得人民群众的生活水平不断改善、幸福指数节节攀升。"到 2020 年，让贫困人口和贫困地区同全国一道进入全面小康社会"，习近平总书记的十九大报告，吹响了脱贫攻坚的集结号，发起了总攻令，也给扶贫一线的干部群众注入了一针强心剂。

（出录音）王绍据：我们也要求它今后不能再挂"中国扶贫第一村"，扶贫村应该画上句号。要建成一个"中国自强第一村""中国文明第一村"，这就是我们所希望的。

（荣获第二十八届中国新闻奖广播专题类二等奖）

评 点

深刨"泥土"才能挖到"金子"

"天下大事必作于细"，新闻采写亦无例外。作为中国扶贫开发事业的发端之地，赤溪村的新闻大多都成了耳熟能详的"旧闻"，剩余的"金子"都埋藏在厚厚的"泥土"之下。2016 年 2 月 19 日，习近平总书记亲自与福建赤溪村的乡亲们视频连线，对大家脱贫致富给予肯定，并叮嘱他们要在现有的基础上再接再厉，继续努力。诚然，"脱贫"是一场攻坚战，但脱贫之后如何巩固脱贫成果、突破固有观念、积蓄发展动力，同样是一道棘手的难题。

记者深入赤溪村五天六夜，通过多方采访、多角度观察、深入思考后，挖到了"金子"，将报道的重点放在了畲族村赤溪脱贫及其之后的发展，放在了"中国扶贫第一村"的发展经验在全国得到推广，为全国脱贫、同步小康树立了榜样、凝聚了力量。贴近人民、贴近生活，新闻才有生命力。这篇广播专题报道充分体现了对媒体工作者"踏破铁鞋"的脚力要求。记者采访十几位干部、村民,通过他们的亲身经历与生活点滴,向听众展现受访对象的精神面貌,使听众亲身感受村民的质朴、热情与坚韧的美好品质,增强了作品的感染力与说服力。在表现形式上,作品充分发挥了广播的优势,以丰富多样的音响元素,特别是使用大量同期声,实况再现赤溪村现场劳作的场景以及村民丰富的业余生活,让听众如临其境,切切实实体会到脱贫政策带来的实惠与成效。报道在电台播出后,又在融媒体平台进行了二次传播,取得了较好的传播效果。

"7·23"动车事故大救援(节选)

刘洪涛　钱志军　郑逸舟

(海峡之声广播电台　2011 年 7 月 23 日至 24 日)

连续报道之一:

温州双屿路段发生动车事故　温州消防第一时间投入救援

逸舟:这里是海峡之声新闻广播正在为您播出的《海峡广角镜》,现在是北京时间 21:00 整。听众朋友,现在插播一条突发新闻。今晚 20:40 左右,由北京发往福州的 D301 次动车发生了严重车祸,本台记者洪涛就在这趟列车上,他刚刚爬出车厢。接下来我们来连线洪涛,了解现场的情况。

洪涛:这趟列车是从北京开往福州的 D301 次。我是今天下午 2:11 分左右从南京上车,现在车行驶到达的是浙江温州的双屿境内。刚刚这趟列车突然发生翻车事故,前几节车厢冲破了高架桥的轨道,掉到了地面上。前三节车厢,基本上已经粉碎,我所在的第四节车厢正好是架在天桥和地面之间,往下看,原来是平行的通道已经(变成)向下的很深的通道了。我当时已经进入梦乡,突然间,车发生很大的摇晃,然后所有的电都停了,我也不知道发生了什么事情,然后用手机打开亮光,找到我的鞋,找到我的旅行包,然后把(包厢)门推开、(用旅行包)架住,看到下面有一些旅客自行把车玻璃敲碎,然后从底下两节车厢连接的折断处爬出来。我也顺着平时(过道)边上的观光扶手爬下来,然后从底下钻出来,看到地面上已经有一些躺着的人,可能会有一些伤亡,因为现在场面特别地混乱,还不太好确切这些(具体情况)。120 急救车马上就赶到,现在消防车已经到达了,现场聚集了很多围观的群众。目前我掌握的情况就是这些,因为现在我的情绪可能还有点波动,我的腿还有点发软。

逸舟:洪涛,你刚才说救护车很快就会到了,那目前还有其他一些救助力量到达现场了吗？现在现场的其他乘客情绪怎么样？

洪涛：后面的车厢都在铁轨上，没有动，所以后面的旅客应该是比较安全的，现在最主要的就是一、二、三节车厢和第四节车厢。前三节车厢，我看粉碎比较大，三、四节车厢的连接处可能有人员困在中间出不来，我出来的时候看见有一位妇女，脚可能受伤，走不动，里面可能有她的亲戚，她在哭喊，孩子也一直跟妈妈说：妈妈，对不起！对不起！我现在身旁就抬过来一个大哥，浑身是血，还有一位女士。现在救援的人员正在陆陆续续（赶来）。救护车还没有到，温州消防的人员正在把里面的伤员一个一个往外抬，目前情况就是这些。

逸舟：洪涛，你在那边一定要注意安全，和我们保持联系，注意安全！

连续报道之四：
医疗救护力量到达　救援人员全力救人

逸舟：现在是北京时间 21：15，这里是海峡之声广播电台新闻广播正在播出的《海峡广角镜》，我们继续来关注温州动车事故的消息。据刚才海峡之声记者洪涛的连线报道，温州消防官兵已经在第一时间展开现场救援，大型破拆设备和周围部分群众也投入了救援。现在再次接通洪涛的电话，了解现场的最新情况。

逸舟：洪涛，我现在听到你身边有救护车呼啸的声音。可以为我们介绍一下现场最新的情况吗？

洪涛：对，现在温州市急救中心的好几辆（救护）车已经赶到了，现在救援工作基本上顺利地展开了，受伤的人员被陆陆续续地往车上运。我现在还在事故的现场，最新了解到的情况是，事故发生的原因是两辆车相撞，一辆从温州开往杭州方向的动车正好停靠，我所乘坐的从北京到福州的 D301 次没有注意到（避让）这辆车，所以撞上，导致我所乘坐的 D301 次前三节车厢从高架桥上摔了下来，第四节车厢横跨在高架桥和地面之间。前三节车厢伤亡的情况可能会比较严重，我刚才在第一现场看到的情况，受伤的人还比较多，有些人可能（已经去世），我现在没法判断他们到底是不是已经没有生命体征，因为他们没有任何动作，包括刚才我旁边的一位大姐，躺在地上，呼吸非常微弱，旁边一些好心人在给她按压胸腔，大喊救护人员，后来是被消防的救护人员抬上了救护车，祝愿这位大姐能够挺过这一关。还有一些小孩也受了重伤。

逸舟:洪涛,你刚才提到,从第四车厢往后,其他乘客目前是安全的,那么,现在这些乘客有没有相关部门来对他们进行一些帮助或者安置?

洪涛:(整列车)一共16节车厢,从第五节车厢往后,后面的旅客还是比较安全的,因为列车还在铁轨上,就是没有电了。他们说,第四节车厢,我所坐的这节,虽然斜跨了下来,是竖的,目前也比较安全,不会发生倾倒或者火灾或者爆炸这类的事故。在后续安排方面,目前还没有进展到这一步,他们都在忙着救人。因为车厢摔下来以后,有的地方封闭比较严密,他们在敲啊,打啊,把人往外拉,确实救援工作也比较艰难。

逸舟:谢谢洪涛给我们带来最新的消息,你在那边还是要注意安全,跟我们保持联系。

连续报道之九:
坚守在现场　守护住希望

(救援现场同期声)

听众朋友,今天下午5点多,温州消防的搜救人员在对高架桥上的损毁车厢进行清理时,发现了一名幸存的小女孩。解放军118医院应急医疗分队队长、五官科主任罗光华:

(出录音)罗光华:当前方的清理队发现了她以后,我们医疗队非常快地跑到高架桥上面,马上就到了现场,帮助工作人员把她抬出来。当时,她被夹在钢板里面,把缝撬开以后,慢慢移出来,发现小女孩生命体征还比较平稳,我们对她进行了简单包扎,立即就转送到了我们医院。

这名被救的小女孩名叫项炜伊,今年只有两岁多。据医生介绍,孩子的伤势比较严重,但暂时没有生命危险。她现在正在解放军118医院的抢救室接受手术治疗。

由于距离事故发生已经过去了将近21个小时,所以,孩子在被发现的时候,现场的医疗救援队只剩下了解放军118医院的应急医疗分队,他们第一时间的医疗救助为孩子的治疗赢得了宝贵的时间。解放军118医院应急医疗分队队长、五官科主任罗光华:

(出录音)罗光华:当时天气也很热,说实在话,我们已经坚守了将近 20 个小时,身体也相当疲劳。

动车事故发生一个多小时之后,距事发现场有 40 分钟车程的解放军 118 医院才得到消息,与此同时,有事故伤员也陆续被送到他们医院。解放军 118 医院立即启动了战时应急预案。

(出录音)罗光华:一个方面,把所有科主任以及医疗骨干全部集中起来,对在院的(伤员)进行抢救,另外一方面,就是组织 20 人的应急医疗分队奔赴现场。

在接到消息 5 分钟之后,解放军 118 医院的应急医疗分队就赶往了事故现场。但到达现场后,事故的紧急救援已经结束,这让他们有些懊恼。

(出录音)罗光华:我们得到消息相对比较晚,我们医院距事故现场也比较远,去了以后,没有能够救助到事故的伤员,但是院长、政委讲:只要在清理现场,可能就有希望,我们就是要坚守。所以,我们坚持了下来,而且等到了希望。

由于目前事故现场的清理工作已经基本结束,项炜伊很可能会成为这次动车事故救援当中获救的最后一名幸存者。解放军 118 医院的官兵用军人的坚守,守护了这最后的一丝希望。祝愿孩子早日康复,希望为她铺就了生命通道的橄榄绿让她的生命更加翠绿。海峡之声记者洪涛温州采访报道。

(荣获第二十二届中国新闻奖广播系列类二等奖)

评 点

脚力不仅要快 更要坚持不懈

这是一则针对"7·23"甬温线特别重大铁路交通事故的连续报道。2011 年 7 月 23 日 20:30,浙江省温州市甬温线境内,由北京南站开往福州站的 D301 次列车与杭州站开往福州南站的 D3115 次列车发生动车组列车追尾事故,造成 40 人死亡、172 人受伤,中断行车 32 小时 35 分,直接经济损失 19371.65 万元。当日 21 时,海峡之声广播电台《海峡广角镜》打破正常节目流程,在第一时间对这起突发事件进行了插播报道。由于事故发生时,记者洪涛恰好身处由北京开往福州的 D301 次列车上,他迅即反应,做连线报道,直接带领听众进入事故现场。

　　重大突发事件报道最为考验一家媒体的综合能力。海峡之声广播电台在"7·23"动车事故的报道中响应快,处理专业,前线记者作为事故的亲历者,不顾自身安危,以第一视角将列车损坏、旅客受伤与自救、消防医护人员全力搜救等最新情况及时传达出来,且观察细致,让听众有身临其境之感。后续报道则通过医护人员之口,讲述了一名幸存小女孩在事故发生20多个小时后得到救治的故事,展示了救援队伍不畏劳苦、奋力搜救的工作状态与精神力量,令人振奋。

　　报道很好发挥了广播全天候、便捷性的优势与特点,主持人与前线记者配合默契,连线过程音响生动、节奏紧凑、富有冲击力,表现出了较高的职业素养;报道张弛有度,既有来自现场的实时信息,又有感人至深的救援故事,充分展示了媒体的传播力水平与社会责任感。

长空奇缘（节选）

——两岸退役飞行员首次同飞蓝天

刘 典 杨 娜 吴 桐 袁 健 徐冰清 郑逸周

（海峡之声广播电台　2014年11月3日至7日）

系列报道《长空奇缘——两岸退役飞行员首次同飞蓝天》第一集
昔日对手，情萦蓝天

（渐出飞机发动声音）

（出录音）

塔台：我们这边准备妥了。

蒋德秋（以下标注为蒋老）：塔台，01准备好。

工作人员：我收到了，我收到了。

听众朋友，2014年10月30日，广东罗江机场天高云淡，阳光明媚，微风习习，气象报告显示适合飞行。今天，这里迎来了两位老牌"精英"飞行员，其中一位是来自台湾的沈宗李，他已经82岁高龄，曾经是台湾国民党空军神秘的"黑猫中队"精英飞行员；另一位是蒋德秋，今年77岁，原为人民空军某部特级飞行员，曾驾驶歼击机巡逻在长空。今天，他们将在这里一同驾驶飞机，进行一次特殊的飞行。

（出录音）记者：听众朋友，沈老（沈宗李）和蒋老（蒋德秋）他们共同驾驶的飞机，从我眼前快速地起飞，现在已经升上了高空中，渐渐离我们远去。

（飞机飞过的声音）

飞机轻盈地起飞，在空中平稳盘旋，慢慢消失在视野外，向远方飞去。二十几分钟后，飞机再一个大回旋回到机场上空，缓缓降落在跑道上，整个飞行顺利、完美。一个航次的飞行，让两位老人意犹未尽。

（出录音）

沈宗李（以下标注为沈老）：很轻松地结束这个愉快的飞行（笑声），老手在场，没问题。

蒋老：现在我们是朋友了，这是我的老兄，（这是）我大哥。

沈老：谢谢，谢谢。

听众朋友，从飞机呼啸飞上蓝天，到两位老人共同飞行，一起俯瞰着祖国大地，这一刻，他们等了太久；这一刻，来得如此不易。这次飞行的源头要追溯到1969年10月16日，时任台湾空军"黑猫中队"飞行员的沈宗李驾驶U-2高空侦察机，悄悄躲过大陆布置在沿海的雷达，侵入大陆领空，执行侦照任务。

（出录音）沈老：当时我从旅顺、大连那边回头的时候，在青岛附近，我就听到有一个炸的声音，我就向外面看，左边看看没事，右边看看——你正好从我旁边冲过去。

时任人民空军某部歼击机飞行员的蒋德秋奉命驾机拦截，他们在空中相遇，双方真枪实弹、生死相向。

（出录音）

蒋老：开始我看到你就往我这个前风挡进，哎，我说有希望。

沈老：有机会了！（笑声）

蒋老：手啊已经上去了。

沈老：随时接近（目标）……

蒋老：扳机已经上去了，准备一进来，（沈老：对，对。）我就打了。

也许是天意，在蒋德秋瞄准攻击U-2飞机的瞬间，沈宗李驾机大动作拐弯，逃过一劫，而蒋德秋驾驶的战机因为超过了升空极限，发动机停车，失速下降，失去了射击条件。

（出录音）

蒋老：你突然……

沈老：改平了。

蒋老：改平了，构不成发射条件，（沈老：对。）就这样冲过去了。没办法，不可能再来一次，这样就下去了。（沈老：对，对。）弄不好咱们俩凑成（攻击）条件了，都有可能今天见不着面了。

（笑声）

沈老：也许提早见面呢！（笑声）我想当初蒋先生等于是手下留情。

两架飞机在空中相隔几十米外擦肩而过,透过驾驶窗,两人甚至可以用肉眼看清对方的头盔。

(出录音)蒋老:在(交叉)过的过程中,我看到你的头盔,很清楚——白颜色的。

这次短暂的空战很快结束了。蒋德秋因为没击落 U-2 飞机而遗憾,而沈宗李则庆幸死里逃生。在后来的岁月里,双方都没有忘记这个场景,希望知道对手是谁。40 多年后,经过多方努力,通过查验当年的出勤记录等办法,终于找到并确认了这对"空中对手"。2011 年 10 月 27 日,蒋德秋和沈宗李在北京进行了正式意义上的"首次"见面。

(出录音)

现场众人:很好,今天见面是天意。

蒋老:天意,天意……是,是……

沈老:隔了 40 年。

蒋老:历史就是这样。

工作人员:事实上,沈老师很早就想要把这件事圆一个梦,就想跟您见一个面。

这次见面,两位老人不约而同地送出了"飞机"模型作为礼物,沈宗李送出的是 U-2 飞机模型,而蒋德秋送出的则是歼-7 战机模型:

(出录音)

沈老:我先送一个小的纪念品给蒋先生,(蒋老:好啊!)从台湾带来的。

工作人员:蒋老也准备了一个……

蒋老:这是当年我飞的这个(战机)。

沈老:哎呀,心有灵犀啊完全一样,你看你这个。

听众朋友,在这次见面上,双方约定要一同驾机飞行,要圆同飞蓝天的梦,这说起来简单,但实施起来却是困难重重。大家担心他们年事已高还能飞吗,用什么样的飞机,在哪儿飞,作为退役飞行员,如何得到两岸有关主管部门的支持,两位老人为此要做哪些准备,在明天的节目中请听第二集:梦在长空,共续情缘。

《长空奇缘——两岸退役飞行员首次同飞蓝天》第三集
梦想成真，同飞长空

（出录音）

蒋老：要有机会我们一块再飞一飞多好啊！

沈老：哦，那是最好的。（笑声）

（录音渐淡，现场压混）

听众朋友，2011 年 10 月 27 日，深秋的北京，居住北京的蒋德秋与来自台湾的沈宗李第一次握手、见面、畅谈。他们约定，一起驾驶飞机，一同飞行。

（出录音）蒋老：多好的机会，很难找到这个机会，这个跑道多好……

三年后的 2014 年 10 月 30 日，在紫金花开的广东罗江，他们梦想成真。

（出录音）机场工作人员：塔台注意一下跑道上面，他们这边准备了。

蒋德秋是航空领域的专家，考虑到安全问题，为这次飞行做足了功课。他提前两天来到罗江机场查看环境，并亲自挑选了一款德国产 CTLS 小型双座飞机，提前试飞：

（出录音）蒋老：我挑来挑去，但最后我还是选这个飞机，这个飞机比较安全。另外呢，我又在这个飞机上做了试飞，保障这次沈老来了以后，我们一块飞（的）安全。

（密封条拉链声）

两人劲头十足地坐进了驾驶舱，蒋老细心地为沈老调整座椅，介绍机上的操纵仪器。

（出录音）工作人员：沈老，把座椅调整下。

蒋老：座椅调好了吗？这样可以了吗？

沈老：可以，可以。

工作人员：安全带、安全带。

沈老：可以了，没有问题。

此时，我们不免得有些紧张，甚至担心起来，毕竟二老年事已高，但两人曾作为职业飞行员，对此次飞行充满了信心，彼此都充满欣赏和信任。

（出录音）蒋老：跟沈老一块飞非常高兴啦，我们两个合作肯定能够很好地来完成这次飞行。

沈老:没问题,蒋老这么(有)经验,轻松愉快,绝对没问题,放心。

各项工作检查完毕,发动机开始试车。

(发动机启动声音)

飞行准备动作标准、专业,他们关好舱门,准备起飞。

(关机门声)

(出录音)蒋老:塔台,01准备好。

(发动机声音渐出后压混)

得到起飞指令后,蒋德秋与沈宗李共同驾驶飞机向跑道滑行,在现场所有人目光下,飞机载着两人轻盈飞上蓝天,完美起飞。

(飞机起飞声后混)

飞机围绕机场盘旋一周后,开始向远处飞去。让人惊讶的是,两位80高龄上下的老人,驾驶技术如此精湛,飞行动作非常精确。通过塔台,我们记录下了他们空中飞行的交谈:

(出录音)沈老:村子,好多村子。

蒋老:好,我们准备转过去,坡度小一点,不要下降。

虽然这是他们首次驾机同飞,但却是驾轻就熟,配合默契,飞行过程非常轻松。

(出录音)蒋老:多少还是有点气流,稍微有点,这个小飞机受气流的影响比较大。好的,这个高度好。好,慢慢地左转,坡度小一点,这个水库的外面转最好。

在我们等待的目光中,二老驾驶的飞机钻出云层,轮廓越来越清晰,开始调整高度,对准跑道缓缓降落。

(飞机降落声,现场音效)

(出录音)记者:好的,现在飞机已经停到停机坪了,感觉怎么样?

沈老:很好,很好。

记者:非常完美。

沈老:谢谢,谢谢。

(下飞机声)

下了飞机后,两人手挽着手向人群走来,脸上洋溢着笑容:

(出录音)

(现场欢呼)

众人:好——好!(掌声)

沈老:谢谢,谢谢!

众人:拥抱一下吧,拥抱一下,成功,成功,成功……

成功降落,完美飞行,这是一次了不起的飞行,他们再次相互拥抱,竖起大拇指互相称赞,给予对方高度评价。

(出录音)蒋老:很好,真是宝刀不老。特别高兴啊一块儿飞了,是一次很有意义的飞行。

沈老:好玩,现在我等于全部是玩。

听众朋友,一次完美的驾机同飞,蒋德秋与沈宗李等待了45年,今天终于实现,他们共同在蓝天创造了两岸退役飞行员首次同飞的历史,也给我们留下了两人半个世纪惺惺相惜的佳话。

(出录音)蒋老:(我们)配合非常默契,飞行非常愉快。我一上飞机就有点抑制不住自己喜悦的心情,希望今后有更多这样的飞行,有更多两岸的朋友们在一起来飞行。

沈老:相互保持联络啊,(飞一次)这很难,(我俩)患难之交啊,这等于是……

飞行结束后,蒋德秋与沈宗李两人站在停机坪,仰望着蓝天久久地默默不语,对于如此高龄的他们来说,也许不知道什么时候能再次同飞。他们留恋蓝天,也许在长空中有着太多的梦想,在明天的节目中请听第四集:梦在蓝天,壮志凌云。

《长空奇缘——两岸退役飞行员首次同飞蓝天》第五集
同心筑梦,携手远航

听众朋友,入夜后的广东罗江机场没有飞机起降,显得很安静。结束了当天的飞行后,沈宗李与蒋德秋依然兴趣浓郁,对于飞行的话题,两人似乎有说不完的话。

蒋德秋老人是行业领域中名副其实的复合型专家,他既会飞,也能修,更敢改,勇于触及问题,善于解决问题。

(出录音)蒋老:我们国家有个(飞机)工厂觉得试飞中存在的问题,希望我帮他们去解决,有很多飞机的改进是我来给他们提建议来改。比如说我们生产一个"农五"的飞机不适航,我去了以后,大概飞了3个小时,下来以后说应该改什么改什么,最后民航的人一飞——这个飞机适航了,可以了就批准,民航可以拿到适航证了。

同样,沈宗李老人也注定要将飞行作为自己毕生的爱好和事业,从学习飞行开始,一生从事的职业都没离开过飞行,一直到现在还能飞。记得在2011年4月,沈老受邀到香港,跟那里的青年航空团见面,主办方特别安排了沈老飞固定翼飞机。沈老兴致很高,上天足足飞了一个钟点,引得在场观众啧啧称奇,直夸沈老宝刀未老。当天下午,沈老又飞了直升机,在香港上空兜了一圈,港岛香江的美景尽收眼底。

(出录音)沈老:后来(我)转到民航了,我在华航做了十几年,我在华航退了以后又到长荣帮他们飞。

身处海峡两岸,两位老人虽已年过古稀,但天之骄子的雄心不改,都在续写与蓝天的情缘和梦想,为振兴民族航空事业而矢志不渝,对我国航空事业充满了信心。

(出录音)沈老:歼-10出来了、什么隐形飞机啊,我那边都有那种新闻嘛。

蒋老:并不是说光是外国人能生产好飞机,我们自己也照样可以生产好飞机。

沈老:就是!大陆现在的进步让我们感觉到很光荣。

历史在传承中发展。蒋德秋和沈宗李两位老人带着共同的梦想,翱翔天空,他们不但自己身体力行,也着力培养两岸年轻的飞行人才,让年轻人能够有更多的交流、更多的接触。

(出录音)蒋老:跟两岸学校的学生来飞,你可以到我这里来学,我也可以到你那里互相交流,我觉得海峡两岸的飞行员交流是非常有好处的。

沈老:我想交流越彻底越好,大家都是中国人,越交流你才能相互了解,才能和平相处。你不了解,大家关了门的话,一辈子老死不相往来,那就没有意义嘛。目前希望两岸能够和平相处,交流得更密切。

沈宗李与蒋德秋两位老人的相遇,除了缘分,更多的是有着相同的情怀,一种对蓝天的向往和心中共同的航空梦,让他们对从事的事业充满了信心。他们心怀宽广,放眼两岸,怀揣着一个又一个航空飞行与两岸一家亲的梦想。

（出录音）蒋老：我呢有一个想法，就想（两岸）用通用航空的飞机能不能直航？台湾通用航空的飞行员和我们的通用航空的（飞行员）一起来飞海峡，飞过去喝喝咖啡，一块儿交流交流，然后我们再飞过来，慢慢地人员多交流、多沟通。

沈老：这边派访问团去台湾访问，那边也派访问团到大陆访问，这样子的话就会把双方面的隔阂可以解除掉了。21世纪是中国人的世纪，这是我们共同的梦想，现在看起来是比较有接近的机会了，所以我们也是内心都很高兴的，希望中国越强大越好。

从空中角力，到40多年后的拥抱相见，再到一起驾驶飞机同飞蓝天，蒋德秋和沈宗李把对方当成好朋友、好兄弟，他们之间似乎有着说不完的故事，聊不完的梦想。相聚是短暂的，而对于即将的分别，两位老人则是显得很豁达：

（出录音）沈老：蒋老，我们现在大家都是七老八十的人了，你的状况都很好，所以你可以继续保持空勤，我真是很羡慕你有这个机会，所以要好好把握，好好地享受。

蒋老：沈老，好好地保重身体，为我们祖国的航空事业再做贡献，也希望我们更多地交流，共同来为我们国家的统一事业做一些具体的事，希望我们在有生之年能看到我们国家统一。

听众朋友，两位老人，近半个世纪的等待，三次奇妙人生的相遇，一段曲折的长空故事，一次可以写进历史的共同飞行，他们跨越时空，同心筑梦，携手远航，在蓝天书写最美华章，追寻祖国统一的最美梦想。他们在海峡两岸翘首期盼，渴望在有生之年能够见证梦想的实现，我们坚信那一天的到来，到那时候，梦想实现的样子一定很美、很美……

（荣获第二十五届中国新闻奖广播系列类一等奖）

评 点

以心交心　讲好两岸故事

两岸退役飞行员蒋德秋和沈宗李的故事颇具传奇色彩。二人曾是战场上直面生死、以命相搏的对手，如今却把手言欢，成了惺惺相惜、并肩齐飞的亲密伙伴。作品以小人物的半生奇缘为切口，在历史与现实的交织中寻找两岸心灵的契合与情感的共鸣，以心交心，为两岸听众呈现了一部感人至深的佳作。

　　作品在故事选材、情节设置、节目编排、题旨立意方面,皆有亮眼之处。首先,选材颇具典型性,人物命运与两岸时局发展息息相关。两位年逾古稀的老人既是历史的参与者,也是时代沧桑的见证人,他们从生死相搏到促膝而谈、从相互追击到同飞蓝天,人物的关系变化映射的是两岸关系发展的"大历史"。其次,故事的情节具有戏剧性,三处相遇,两次飞行,一段友谊,跨越半个世纪,既有你死我活的空中角力,又有温情感人的重逢场景,使故事本身饱含吸引力与感染力。最后,故事的编排十分巧妙,根据不同主题与历史脉络组织六篇报道,使用倒叙、插叙等叙事方式,设置悬念,吸引听众;采用纪实性手法,以人物对话、现场音响为主,配以必要的旁白解释,使故事讲述更具画面感和现场感;起承转合自然流畅,节奏紧凑富有张力,整体基调乐观向上、激励人心,能够使观众产生情感共鸣。此外,故事的结尾并没有停留在人物本身的关系上,而是从两位退役老人引申到两岸未来飞行员的培养及祖国航空事业的发展上,进一步升华了主旨,表达了对两岸关系深入发展的殷切期望,重申两岸和平统一的时代主题。

　　该作品主旨鲜明,立意深远,以跌宕起伏的情节、真挚饱满的情感、干净利落的剪辑,感染听众、影响听众。报道播出后,得到了良好的受众反馈。台湾空军退役将领张国政曾电话表示感谢,认为"这个活动很好",让他很感动。

人间正道是沧桑（节选）

——改革开放 40 年"福建影响力"的时光印记

阮　怡　刘　学　孙世庆　林　露　李　薇　周鸿志　冯媛媛

（福建省广播影视集团　2018 年 12 月 18 日至 22 日）

系列作品之一：
"东方欲晓，莫道君行早"——摆脱贫困的福建实践

　　改革开放 40 年来，福建涌现出一批改革开放重大典型，特别是习近平同志在福建工作的近 18 年间，"闽东脱贫""长汀经验""鼓岭故事""晋江经验""马上就办"……这些在民生工程、生态文明、文化建设、重大改革试验和政府职能转变等领域的探索与实践，刻印着福建改革开放 40 年来一串串前行的足迹和求索创新的精神，也为全国改革开放贡献了福建经验和福建智慧。40 年前的今天，中国吹响了改革开放的号角，在艰辛探索中，找到了"坚持和发展中国特色社会主义"这条实现中华民族伟大复兴中国梦的必由之路，从此书写了一部波澜壮阔的国家和民族发展的壮丽史诗。今天起本台推出系列报道《人间正道是沧桑——改革开放 40 年"福建影响力"的时光印记》，回顾改革开放进程中，一个个具有"福建影响力"的改革故事和创新实践，今天播出《"东方欲晓，莫道君行早"——摆脱贫困的福建实践》。

　　从闽东福鼎市的磻溪镇出发，沿山间公路盘旋 23 公里，有一个青山环抱的畲族村——赤溪，这里被称作"全国扶贫第一村"。时光回溯到 30 年前，1988 年 6 月习近平来到宁德任地委书记，从此就与闽东人民结下了深深的情缘，倾力推动当地脱贫致富。当时的宁德是全国 18 个集中连片贫困地区之一，下辖 9 个县有 6 个属于贫困县，贫困的情形和原因几乎涵盖了全国所有的贫困类型，扶贫开发任务十分艰巨。原赤溪村下山溪自然村大队长李先如：

（出录音）李先如：穿这个木板做的鞋。还有呢，婆媳同穿一条裤，婆婆出门的时候就她穿，媳妇出门的时候就媳妇穿。房子呢，都是那个茅草房。吃就是吃地瓜米配苦菜，困难就是这样困难。

如何摆脱贫困？1988年9月，习近平在到任宁德3个月后写下的第一篇调查报告《弱鸟如何先飞——闽东九县调查随感》中，给出了有力回答。人穷不能志短，更要振奋精神往前奔，滴水穿石，久久为功。

在主政宁德的两年中，习近平的足迹遍及闽东各县，数次深入到没有公路的偏远山村调研。下党乡在寿宁县，当年从宁德到寿宁，坐车要一天才能到，都是盘山路。对于行路之难当地有"车岭车上天，九岭爬九年"的说法，去县城不容易，去乡镇就更难了。下党乡原党委副书记刘明华介绍，1989年7月19日，习近平带着民政、财政、交通、建设、扶贫、水电、教育等18个部门的领导，一路披荆斩棘，跋山涉水，来到下党乡。

（出录音）刘明华：我们就到上屏峰去接他，上屏峰村，是离我们下党最近的一个村庄，到那里头啊就开始走路。因为当时我们下党是叫"五无"乡，没路没电，没办公场所，没有自来水，没有财政收入，只好去走路了。那我们乡里面就准备给他竹杖，然后就挑到上屏峰去给习书记。习书记他说，我不要，让给年纪大一点的同志，然后他一直徒步走过来，当时走了两个小时，走了7.5公里。

当年下党乡落后到什么程度呢？老百姓吵架的豪言壮语就是"我连圩都去过，我还怕你啊！"意思是他赶过集，见过世面。当年习近平去的时候，下党乡党委连办公的地方都没有，也没有休息的地方，乡党委就设在一个改造过的牛圈里。去了那么多人，就在廊桥上开会。开会用的凳子、桌子是从各家各户借来的。下党乡原党委副书记刘明华：

（出录音）刘明华：书记来了，大家心情就非常高兴啊，给我们下党解决实际的问题。下党乡非常落后，没公路，群众的话去外面的话，南来北往都要靠肩挑背驮。当时我们下党有三件宝，三件宝就是火笼当棉袄、蓑衣当皮袄、地瓜当粮草。当时是吃不饱的，生活非常艰辛。书记89年来，91年路就通了，慢慢地我们群众的生活就好起来了。

1992年出版的《摆脱贫困》一书，收录了习近平同志在宁德地区工作期间的重要讲话和文章，提出了"滴水穿石""弱鸟先飞"的脱贫思想，制定了因地制宜的脱贫方针,培育了"把心贴近人民"的干部作风,留下了"四下基层"的工作传统。

30 年来,宁德实践习近平同志的脱贫思想,书写扶贫开发、摆脱贫困事业的新篇章,累计实现脱贫 74 万多人,2017 年年底贫困发生率已降至 0.028%,脱贫攻坚取得决定性进展。

1996 年 5 月,福建、宁夏两省区根据中央"两个大局"的战略思想和开展东西部扶贫协作的决策部署,决定全面开展闽宁对口扶贫协作,习近平同志担任福建对口帮扶宁夏领导小组组长。他多次到宁夏实地考察,有效开展建井窖、坡改梯、发展马铃薯产业等对口帮扶项目,还运用福建扶贫"易地搬迁"的成功经验,进行移民吊庄试点,建设闽宁村。经过多年实践,闽宁对口扶贫逐渐形成"联席推进,结对帮扶,产业带动,互学互助,社会参与"的协作机制,成为消除连片贫困的有力抓手。2018 年 2 月 12 日,在成都召开的打好精准脱贫攻坚战座谈会上,第十批援宁工作队队员、隆德县委常委、副县长樊学双作为东西部扶贫协作挂职干部唯一代表,汇报了援宁工作开展情况,闽宁协作的脱贫帮扶模式受到总书记肯定。

(出录音)樊学双:汇报了整个的在宁夏工作的开展情况,还有工作体会。总书记回忆起他 97 年第一次到宁夏,到西海固的一些故事,闽宁协作啊,16 年他又到宁夏就看到开花结果了,最后就是提出来说要"继续做好,再接再厉,久久为功"。

"东方欲晓,莫道君行早。"2013 年元旦,在全国政协茶话会上,习近平总书记引用了毛主席的这句诗词勉励各族各界人士更加紧密地团结起来,朝着全面建成小康社会、加快实现社会主义现代化的宏伟目标奋勇前进。

福建社科院副院长黎昕介绍,改革开放 40 年,习近平总书记在福建就工作了近 18 年,福建许多率先实施并且卓有成效的扶贫工作机制,如造福工程、山海协作、干部驻村、挂钩帮扶、东西协作等,都是在习近平同志亲自实践和领导下,逐步总结形成的。

(出录音)黎昕:习总书记早年在福建工作期间的这个扶贫探索跟实践,它是中国精准扶贫、精准脱贫方略和思想的重要发源地,是决胜脱贫攻坚的宝贵经验,是习近平新时代中国特色社会主义思想的重要来源。习总书记在福建对于摆脱贫困所作的思考和探索,对于世界的减贫事业也会贡献中国的智慧。

系列作品之二：
"风物长宜放眼量"——敢拼会赢的福建精神

福建省晋江市是全国县域经济发展的领头羊，改革开放40年来，晋江经济持续高速发展，实现了从"高产穷县"到"全国十强"的跨越，至今连续17年位居全国百强县第5至第7位，创造了县域经济发展的一个奇迹。2002年，当时在福建工作的习近平同志总结提炼了以"六个始终坚持"和"正确处理好五大关系"为主要内涵的"晋江经验"，既为创造晋江奇迹提供了"金钥匙"，也为实现转型升级提供了"助推器"，更为引领改革开放提供了"导航仪"。系列报道《人间正道是沧桑——改革开放40年"福建影响力"的时光印记》今天播出《"风物长宜放眼量"——敢拼会赢的福建精神》。

（背景声：歌曲《爱拼才会赢》）

正如这首脍炙人口的闽南语歌曲所唱的"爱拼才会赢"。改革开放春潮初起，晋江以敢为人先的勇气，大胆"吃螃蟹"，放开手脚干。在激烈的市场竞争中摸爬滚打，打拼出一个个白手起家，逆境求生的奋斗传奇。

福建省晋江荣恒鞋服有限公司董事长林策荣是改革开放后晋江的第一批创业者。

（出录音）林策荣：这个工厂是79年就开始了，以前就是在对面这个地方，现在已经变成这个商业区了。当时站在这边看过去，全部都是密密麻麻这个工厂嘛，我们这个村有800多个人，我们总共200多个工厂。

平均4个人就能撑起一家"鞋厂"的陈埭镇，短短几年就成了福建第一个亿元镇。1989年，晋江的工农业总产值达到几十个亿。到了1994年，这个县级市开始领跑福建县域经济，但也遇到了发展瓶颈——企业虽多但都在低端竞争，富而不强。

晋江该如何实现从量变到质变的关键一跃？从1996年到2002年的6年间，习近平先后7次到晋江调研。下企业、进社区、访农村、走基层，在调研中，习近平总结提出"六个始终坚持"和"处理好五大关系"的思路，即：始终坚持以发展社会生产力为改革和发展的根本方向，始终坚持以市场为导向发展经济，始终坚持在顽强拼搏中取胜，始终坚持以诚信促进市场经济的健康发展，始终坚持立足本地优势和选择符合自身条件的最佳方式加快经济发展,始终坚持加强政府对市场经济的引导和服务;处理好有形通道和无形通道的关系,处理好发展中小企业和大企业之间的关系,处理好发展高新技术产业和传统产业的关系,处理好工业化和城市化的关系,处理好发展市场经济与建设新型服务型政府之间的关系。"晋江经验"由此提出。

（背景声:安踏球鞋在美国首卖大排长龙的盛况的同期声……）

今年 3 月,安踏在美国旧金山限量发售最新鞋款,一双单价 159.99 美元的球鞋,上千人排队抢购。但上世纪 90 年代初,安踏还只是一家简陋的制鞋工坊,没有品牌,发展受限。安踏集团董事局主席兼首席执行官丁世忠说,在企业最困顿的时候,他参加第三届晋江"鞋博会",遇到了时任福建省长习近平。

（出录音）丁世忠:说一定要创自己的品牌,我这个印象相当深刻的。第二件事情,说要严把质量关。第三个问题,说一定要有自己的创新能力。

敢走别人没走过的路,才能收获别样的风景。"鞋博会"后,安踏决定,把打造品牌和提升创新能力作为企业的当务之急。从那时起,安踏增强科技研发力量,设立了国内首家运动科学实验室,陆续拥有 626 项发明专利,走出了一条从制造到创造的品牌之路。2017 年,安踏体育实现营收 166.9 亿元,连续 4 年增长率超过 20％。

（出录音）丁世忠:总书记提出"晋江经验"之后,对安踏的影响很大,因为安踏一路走过来,其实我们坚守实体经济,到今天为止我们就做一双运动鞋和一件运动服,其他的产业我们都没做。

"紧紧咬住实体经济发展不放松"已经成为"晋江经验"最为鲜明的特色。晋江始终坚持立足本地优势和选择符合自身条件的最佳方式加快经济发展,同时加强政府对市场经济的引导和服务,让"晋江制造"脱胎换骨,赢得先机。

1998 年,晋江市专门成立"上市办",引导企业改制上市,形成资本市场"晋江板块"。迄今,晋江拥有 46 家上市公司,数量居全国县域前列。盼盼食品集团执行总裁蔡金钗:

（出录音）蔡金钗:咱们的习总书记啊,提炼出来的这个"晋江经验"啊,一直始终坚持顽强拼搏,一直始终以市场为导向,一直始终诚信做企业,一直始终这个创新。

"晋江经验"明确提出正确处理好五个方面的关系,特别是处理好高新技术产业和传统产业的关系,处理好工业化和城市化的关系,彰显了新发展理念所蕴含的创新理念和协调理念。

作为民营经济先发地区,晋江城镇化的难点不是建城,而是守乡。2010年被晋江定位为"城市建设年",晋江市城市建设管理领导小组办公室发出的第一份公函,却是给了晋江市博物馆,请他们对片区内的文物、历史建筑进行普查,其中特别提到传统文化街区五店市。当时在晋江博物馆工作的粘良图:

(出录音)粘良图:留 100 多亩,具体算起来大概有 6 个亿,修它得 4 个亿,先留下来再说,这也是一种智慧。

经过修复保护,这个走过 1300 多年时光的五店市传统街区,100 多处历史建筑在今天依然散发着独特的魅力。一抹闽南红,留住了乡土向心力,延续着文化根脉。

2012 年 2 月 14 日,习近平同美国副总统拜登共同出席中美企业家座谈会时引用毛泽东诗句"风物长宜放眼量"说,"企业家的眼界决定境界、作为决定地位"。如今的晋江,实体经济创造的产值、税收和就业岗位占全市的 95% 以上,两个年产值超千亿元产业集群拔地而起,5 个超百亿元产业集群次第开花,树起了"中国鞋都""中国伞都""中国食品工业强市""中国陶瓷重镇"等响当当的品牌,实体经济塑造着晋江的发展气质,也引领着晋江的城市风采。

一路走来,"晋江经验"不断与时俱进,从最初单一的经济发展,拓展到产业、城市、生态、文化等全面发展。习近平在总结"晋江经验"时,用"敢拼、爱拼、善拼"概括其中的改革精神。正是因为这样的精神,晋江人闯出了一条独具特色的经济发展道路,让一座县城在中国改革开放史上写下耀眼篇章,让一种经验因高瞻远瞩而历久弥新,成为新时代中国特色社会主义道路上引领发展的重要路标。

系列作品之三:
"风景这边独好"——生态建设的福建样本

改革开放 40 年来,生态建设的许多先进理念在福建这片热土上播种、生根、发芽,历经岁月的洗礼和检验,结出了累累硕果,其中有已成为中国水土流失治理典范的"长汀经验",以及拉开全国"集体林权制度改革"序幕的武平林改等一系列成功实践。这些由习近平同志亲自指导和推动的改革,无不显示出高瞻远瞩的战略眼光,成为全国生态文明建设中的一个个样板。2014年福建被中央确定为全国首个省级生态文明先行示范区,2016年又成为全国首个国家生态文明试验区,这是对福建生态建设的最大肯定。系列报道《人间正道是沧桑——改革开放40年"福建影响力"的时光印记》今天播出《"风景这边独好"——生态建设的福建样本》。

(背景声:鸟鸣声)

行走在长汀县河田镇寒坊崇崩岗治理示范点,青山幽静,翠绿欲滴,很难相信,这里曾经是中国南方红壤区水土流失最为严重的地区。1985年的遥感数据表明,长汀县的水土流失面积占全县面积的31.5%,四周山岭尽是一片红色,当地人称之为"火焰山"。河田镇露湖村村民涂金火:

(出录音)涂金火:三天不下雨就会旱灾,一天下了两个钟头就成为水灾,就靠天吃饭。

在福建工作期间,习近平曾五次到长汀调研,在他的亲自倡导下,2000年长汀水土流失治理列入为民办实事项目,并在2001年做出"再干八年,解决长汀水土流失问题"的批示。

由此,长汀人一代接着一代干,弘扬"滴水穿石,人一我十"的精神,与百万亩荒山作战。他们研制了等高草灌溉、"老头松"施肥改造和陡坡地小穴播草等水土流失治理新技术,因地制宜,分类实施,攻克了南方红壤区水土流失区造林、育林等技术难关。在长期持续的治理实践中,探索出以"政府主导、群众主体、社会参与、多策并举、以人为本、持之以恒"为主要内容的"长汀经验"。河田镇水保站站长陈井木:

(出录音)陈井木:我们积极开展绿化植树行动,建立健全护林巡山制度,严禁开荒毁林,杜绝上山打枝割草,形成生态治理人人参与的良好氛围。

河田镇露湖村村民沈金木:

(出录音)沈金木:当时习近平到这边来了,看了以后给老百姓讲,我们上山种树,那个山不(垮)下来了,我们河田镇不垮了。我那个时候18岁,我第一批上山种果种树,慢慢地山上绿起来了,我们河床不垮了。

长汀县河田镇游坊村的青年世纪林果场,原本是一片裸露破碎的崩岗侵

蚀区。如今,这里正打造四季有果的生态旅游观光景区。林果场负责人金国平:

（出录音）金国平:我刚刚过来的时候也是这个崩岗群很厉害,通过政府的治理,现在崩岗的一般都治理好了,这些杨梅、枇杷种下去,变"花果山"了,多漂亮这个!

2017年长汀县同时被命名为首批"国家生态文明建设示范县"和"绿水青山就是金山银山"实践创新基地,2018年长汀县蝉联福建省县域经济发展"十佳"县。

虽然长汀县曾经水土流失,山荒土瘠,然而福建整体上还是山多、林多、树多,森林覆盖率连续多年居全国第一。不过长久以来,因为林权归属不清、分配不合理,广大林农守着"金山银山"过穷日子。

武平县万安镇捷文村原村支书李永兴回忆说,当年,但凡家里急需现金,林农就跑到山上集体林中砍上几棵树。

（出录音）李永兴:村里面就是比较穷,村民那个时候是没有什么收入,就是靠山吃山,乱砍滥伐比较多。

针对这种情况,2002年6月,时任福建省长的习近平赴率先探索集体林权制度改革的武平县进行专题调研。习近平要求,集体林权制度改革要像家庭联产承包责任制那样从山下转向山上。

林改唤醒了沉睡的大山,武平县大力发展林下经济,原先,林农砍树为生,却越砍越穷,如今,绿水青山正在以生态优势回馈当地人民。就在几年前,何汉金还是一位伐木工人,每年经他手采伐的木材达两三百立方米,靠伐木,一年能收入十万元。可是现在,已是冬游镇金清生态石蛙养殖场总经理的他,谁再叫他伐木,他就跟谁发脾气。

（出录音）何汉金:里面全部是我自己的自有山,我说不砍,我这里养了那么多蛙,如果上面的树砍掉了,这个水资源就破坏了,没有水了。（记者:你现在养这个石蛙一年能挣多少钱?）一年几十万元吧。看这个蛙就好像全部是钞票。

武平县冬游镇一座近万亩的阔叶森林里,藏着五福生态野猪专业合作社社长刘福高的"聚宝盆"。现在,算上流转来的山林和加盟他旗下的合作社,刘福高已经在数万亩山林中放养了七八千头野猪,市场售价比普通家猪高出了5倍,每年刘福高能挣到六七十万元。

（出录音）刘福高：这个山呢当初要是没有承包过来，都是荒的，那承包过来我们自己就会去管理了，把这个山上的树啊管理得好好的，树养好了，猪也养好了。

全国第一本新版林权证持有者、武平县万安镇捷文村村民李桂林回顾起走过的林改之路，感触颇深。

（出录音）李桂林：我们拿了这本证以后，心情非常地激动，有了这本证以后，心里面啊像吃了一颗定心丸一样，自己的山，有了经营权了，自主权了。

近年来，他在自家林地上种起花卉、药材，养起蜜蜂、鸡鸭，日子过得十分红火。

（出录音）李桂林：我感觉很高兴。接下来，我的打算就是扩大养鸡场，还有种中草药，再一个就是发展养蜂事业。

历经10多年的持续努力，这场由习近平同志亲手抓起、亲自主导的集体林权制度改革，为保护生态、农民增收带来了巨大活力。

风景这边独好！2014年福建被中央确定为全国首个省级生态文明先行示范区，2016年又成为全国首个国家生态文明试验区，"绿色清新"正成为福建最亮眼的名片。近年来，习总书记对福建省生态环境保护工作多次作出重要指示，强调"生态资源是福建最宝贵的资源，生态优势是福建最具竞争力的优势，生态文明建设应当是福建最花力气的建设"。习近平生态文明思想，是我们建设生态文明新福建的宝贵精神财富，必将激励我们加快生态省建设，把"清新福建"打造成绿色发展的中国样板。

（荣获第二十九届中国新闻奖广播系列类二等奖）

评 点

宏大题材 "四力"为本

这是一个宏大题材的广播系列作品。作品集中围绕庆祝改革开放40周年主题活动，报道习近平总书记在福建工作近18年的创新实践，从民生工程、生态文明、文化建设、重大改革试验和政府职能转变等五个方面，记录福建自改革开放以来的巨大变化，以及为全国改革开放所贡献的福建经验和福建智慧。

福建 40 年的发展，事情千头万绪，面貌日新月异，成绩突飞猛进，哪些是"纲"，哪些是"目"？事实证明，紧扣扶贫、经济与生态，才能纲举目张！也是主创者"眼力""脑力"的集体体现。

该系列报道也可显见作者"笔力"。每一篇皆以习总书记多次重要讲话中引用过的毛泽东诗词为题，既富有诗意的美感，又高度凝练，气度超脱而豪迈。在宏大的主旨下，记者将报道落脚在福建改革开放的参与者与见证人身上，通过多方查考、深入采访，凭借"脚力"，挖掘出一个个生动感人、激励人心的福建改革故事。每一个故事都以历史当事人的自述与现场音响为主，并配以契合主题及情绪的音乐，使作品更具可听性和感染力。

宏大题材，"四力"为本。《人间正道是沧桑》这一广播系列作品，既是改革开放 40 年福建实践和福建精神的群雕，也是福建新闻工作者"四力"水平的写照。

电视类

福建优秀新闻作品选评

迷失的鼓浪屿

高慧峰　高　山　游丁琳

（福建电视台　2007 年 12 月 27 日）

【视频资料】

从 12 月 1 日起,厦门市开始大幅削减岛上车辆,主要用于观光的电瓶车将从 62 部减少到 25 部;用于运输的板车也由 300 多辆减少到 70 辆,还鼓浪屿幽雅、静谧的风貌。鼓浪屿原本是个无车岛,随着旅游业的发展,近年来,鼓浪屿上人力板车、自行车、电瓶车、机动车等各类车辆骤增,对游客和岛内居民的生活产生影响……

8 月 18 日上午,鼓浪屿上一名孕妇突然出现临产先兆,可是鼓浪屿医院没有妇产科。台风"圣帕"将至,此时厦鼓航线正常摆渡的班轮已经停航,危急关头,厦门海警三支队伸出了援手……

【演播室现场】

看了这两条关于厦门鼓浪屿的新闻,我获得的信息至少有两点:一是作为风景区的鼓浪屿正在试图变回"无车岛";二是作为生活区的鼓浪屿,住在岛上的居民生活很不方便。其实这么多年来,"风景区"还是"生活区",到底哪一个才是鼓浪屿的定位,这个问题一直困扰着很多人。2007 年 5 月,时尚杂志《新周刊》推出封面文章《鼓浪屿之死》,耸人听闻的标题一下子把鼓浪屿推向了舆论的风口浪尖,随后,《新闻启示录》展开了历时半年的关于鼓浪屿的调查。

【黑场后同期】

何丙仲:我是鼓浪屿人,我非常热爱鼓浪屿。我们都在美国生活过,但我们最后还是回到鼓浪屿。我现在也 60 岁了,也有人给我让座了,老人了,但我现在对鼓浪屿已经失去了信心。鼓浪屿沦落到现在这种状况,不是当初我所想的,我觉得非常伤心。

【解说】

这位老人名叫何丙仲,他是土生土长的鼓浪屿人,留过洋,担任过厦门博物馆的副馆长,算得上是鼓浪屿问题的专家。今年年初鼓浪屿刚刚获得国家5A级旅游风景区,而老人的这番话却代表了鼓浪屿盛名之下某种潜藏的暗涌。

【解说】

这是鼓浪屿上普通的一天,岛上到处是熙熙攘攘的游客。在结束了他们的行程之后,鼓浪屿能给这些游客留下什么印象呢?

【同期】

东北阿姨:有海,风光好,干净,又清洁,空气好,人的素质各方面都很好。

记者:景色各方面呢?

东北阿姨:可以。

【解说】

叫好的人不少,但也有不少游客对鼓浪屿的印象并不好。

【同期】

游客1:景点没特色嘛,我们看的其他景点不一样,如黄山景点有黄山的特色,鼓浪屿有什么特色,没什么特色,很平常。

游客2:非常乱,你看行人,到处都是商业景点,这种味道,大家来以后不希望是这个样子的。

记者:如果你再来的话,你会不会上鼓浪屿?

游客2:如果不跟团的话,我是不会再来的。

【解说】

鼓浪屿的景点到底有没有特色,仁者见仁,智者见智,但我们从鼓浪屿管委会拿到的数据却从一个侧面显示出鼓浪屿旅游业的尴尬处境。据统计,鼓浪屿每年上岛的游客有300多万,平均每天大约1万人,但能留下来过夜的人却寥寥无几。

【同期】

叶细致:到鼓浪屿来旅游的旅行团,到岛上停留的时间不太长,大部分都是半日游到一日游。关于鼓浪屿留不住人,特别是在鼓浪屿过不了夜已经是摆在政府面前二十几年的老话题了。

【解说】

为什么鼓浪屿总留不住游客,鼓浪屿问题专家何丙仲却认为是旅游管理者的责任。

【同期】

何丙仲：有些事要反思，政策这么做，不对，你要赶快（反思）。

【解说】

在何丙仲看来，鼓浪屿的变化开始于十几年前的规划。

对提到的那次减法，何丙仲回忆说，80年代之前，鼓浪屿是个单纯的生活区，可后来旅游业兴起，政府的规划就是把鼓浪屿定位成一个单纯的风景旅游区，要大力发展旅游，为此还把那些被界定为与旅游不相干的居民从岛上请了出去。当时提出的办法就是人口要做减法，可谁都没想到，这么一减，就破坏了鼓浪屿的人口生态，鼓浪屿上的居民越走越多。在巷子的两边，这些被誉为鼓浪屿特色的西洋建筑早就少有人住，夜晚的鼓浪屿，游客散去，安静得让人有些害怕。那么，鼓浪屿上的人都到哪去了呢？

【解说】

在何丙仲的同学黄孕西家里，我们试图找到答案。黄孕西的家是有80多年历史的美式风貌建筑的船屋。10年前，这里还居住着他和两个姐姐3个家庭，但如今只剩下他们夫妻俩了，最近离开的是他们的孩子。预约采访老黄的儿子黄哲威，我们花了几个月的时间，因为工作忙碌，而且来去不太方便，黄哲威很少回鼓浪屿。

【同期】

黄哲威：（从小到大的玩伴、同学呢？）现在百分之九十以上都搬出去了，都搬到厦门（市区）去了。

【解说】

黄哲威夫妇告诉我们，他们离开鼓浪屿也是不得已的选择，因为岛上生活太不方便了，各种配套设施都在缩减，生活成本日益提高。

【同期】

黄哲威：首先这里没有大型的超市、卖场，必须到市区去买，还要推个小推车。什么东西运回来都要小推车，你说如果超市在岛上就方便一点，（超市）在市区（来回）还要再坐船再折腾。

【解说】

这是我们在渡轮上拍摄到的镜头，这样的场面几乎在每一班渡轮上都能看到。我们在采访中了解到，如今鼓浪屿上的居民面对的不仅是购物难，哪怕是干洗一件外套、过个生日请次客、吃顿像样的饭都得坐轮渡过海到对面的厦门市区。

【同期】

黄哲威:(鼓浪屿)现在什么都没有,因为它现在人没有了,这种商业自然就缩减了。

【解说】

黄哲威夫妇告诉我们,原来鼓浪屿居民多的时候,也有很好的生活配套,医院、学校、商店一应俱全。但只出不进的人口政策执行几年下来,鼓浪屿上的人气越来越淡,生源不足,学校被迫合并或者搬迁;病人不多,医院的配套也越来越简单了。

在乘坐轮渡到鼓浪屿的时候,我们遇见一位腿脚受伤的乘客,显然,他刚刚从厦门市区的医院看病回来。

【同期】

乘客:腿受伤了(去看一次病换一次药也很麻烦),那也没办法啊! 其实像换药这种事应该在鼓浪屿上可以就地解决的,但是拍片什么的都没有。

【解说】

鼓浪屿上原来就有厦门市第二医院,可如今这里已经降格为厦门市第一医院鼓浪屿风景区分院。在医院里,我们了解到很多科室都已经撤离,包括原来最有名的妇产科,医院里的病人也确实不多。

过去整个体系比较完整,各科室都有,现在好多科室都没有了。如今就有一个大门诊,这跟岛上的人口少有关系。

在鼓浪屿派出所,管理户籍的民警告诉我们,原来鼓浪屿的常住人口将近3万,而现在减到1.6万多人。根据政府规划,2004年鼓浪屿区被撤并到厦门市的思明区,岛上新设立了一个专门的管委会,鼓浪屿彻底变成了一个风景区。

【字幕】

2004年10月 《新闻启示录》节目《把鼓浪屿推下海》。

【同期】

叶细致:工作的重点应该转移,你原来主要是搞行政管理,现在该怎么打造这个品牌。

【解说】

这是2004年,厦门市三区合并,鼓浪屿成立单独的管委会时,厦门市体改办工作人员介绍的鼓浪屿新定位。当时管委会主任叶细致对这一方案表示赞同。

【同期】

叶细致：以前区政府什么都管，没有重点，现在着力搞旅游，肯定更好。

【解说】

叶细致自己恐怕也想不到，4年之后，当他重新面对我们的镜头时，政府体制上的安排却让他感到那么无奈。

【同期】

叶细致：如果社区弱化，景区强化，我觉得说得过去。现在是景区也在弱化，现在是很多权力你没有，是体制的问题造成的。

何丙仲：三区合并，这是对的，但问题也来了，你管理旅游的鼓浪屿管委会没有行政功能，而有行政功能的人他没有来。现在"野导"满天飞，已经变成鼓浪屿的一条风景线了。

【解说】

在鼓浪屿，我们时不时会碰到导游来招徕生意，熟悉情况的何丙仲告诉我们，这其中很多都是没有资质的"野导"。"野导"泛滥损害了鼓浪屿的形象，可管委会对此又束手无策。

【同期】

叶细致：我叫综合执法人员去管，管不动，他一去，他们就跑，你走了，他又继续来。按理说，公安如果是我管的，你是公共场合，按照治安管理条例，我就可以管你啊，但从管委会的角度又没有这项职能，我没有这个职能嘛。

【解说】

鼓浪屿管委会管不了鼓浪屿，可如果景区能顺顺利利运作起来，叶细致倒也不觉得是个非常严重的问题，但是，当鼓浪屿定位为单纯的旅游区之后，叶细致却悲哀地发现，鼓浪屿景区的吸引力也正在一天天地失去。

【同期】

叶细致：如果是人太少，文脉就形不成气候。仅有建筑、小街小巷，即自然的景观，而缺少人文的，活的生态就不好，这对旅游环境是不利的。

【解说】

人口外迁，必然带来文化的外迁。鼓浪屿被誉为"琴岛"是因为它是全国钢琴密度最高的地方，人们走在街头巷尾随时都可能听到钢琴声。而岛上居民办的家庭音乐会更是鼓浪屿独有的文化现象,在船屋里办的家庭音乐会就曾经接待过很多外国友人。

【同期】

老黄:以前鼓浪屿的人很多,朋友也很多,都在一起,相互间的交流很多,我们这里有几次政府组织办的音乐会。

【解说】

在老黄的家里,我们看到了当年坦桑尼亚文化部部长来他家参加家庭音乐会时的照片。可当我们希望他能再次组织一次这样的音乐会时,他却告诉我们不可能了。

【同期】

老黄:家庭音乐会起码 10 来年没办了,为什么? 现在很多人都搬走了,朋友、亲戚都走了。原来我两个姐姐都住在这里,连我们就 3 家了,他们的小孩也都会弹琴、拉小提琴、手风琴,现在他们都走了,朋友也走了。

【解说】

老黄告诉我们,如今鼓浪屿上的钢琴声越来越少,"琴岛"之名早就名不副实了。为了拍摄本期节目,在半年的时间里我们先后 4 次登上鼓浪屿,在岛上一共居住了 10 多天,但是我们从来都没能听到从居民家里飘出钢琴声,更多的时候听到的是景区喇叭里统一播放的钢琴曲。而在鼓浪屿采访时我们发现,和琴声一同消失的还有鼓浪屿上的另一特色——西洋建筑群。人口外迁造成这些建筑被大量空置,破败、坍塌也就在所难免。

【同期】

黄孕西:我觉得非常惭愧,我们的亲人都在海外,一回到鼓浪屿,都觉得非常(失望),她说没什么好看的,坏成这个样子,为什么? 山还是那个山,海还是那个海,就是左邻右舍没有那种文化气息,没有那种你讲不出来的传承、文脉,连记忆都在崩溃。房子要倒了,人都走了。

【解说】

丢了人气,丢了文化,鼓浪屿旅游还能剩下什么呢? 我们要求一名导游带我们进行一次标准的鼓浪屿景区游。从轮渡码头出发,经过美国、日本领事馆旧址,再到日光岩、菽庄花园、皓月园,最后回到轮渡码头,全程只用了 3 个小时。在何丙仲看来,愿意花这么多时间看完鼓浪屿景点的人也不算太多了。

【同期】

何丙仲：你旅游的可持续发展资源没有了，你把鼓浪屿的地图打开，除了一山两园还有受污染的海滩外，你什么地方可以发展？

【同期】

记者：买纪念品了吗？

东北阿姨：买了，买它的特产。

记者：什么饼？

东北阿姨：鼓浪屿的馅饼，带回去给老人的。来了一趟，厦门鼓浪屿，这都是有名称的，有特色的。

记者：您觉得这就是鼓浪屿最有特色的？

东北阿姨：对对！

【解说】

和到所有的旅游景区一样，游客到了鼓浪屿也要带一些当地特色礼品回去。也因此，鼓浪屿的龙头路商业街是游客必逛的地方。但是看着商店内里三层外三层的购物者，何丙仲不禁感到些许悲哀。

堂堂鼓浪屿只剩下馅饼、肉松，文化的东西都没有了，应该让人家带走文化，没有。除了馅饼，街头艺人，没有。

在龙头路上，我们也发现，确实如何丙仲所担忧的，除了馅饼店和鱼干店多少还有一些厦门的地域特色外，如今鼓浪屿上更多的商店销售的却是在所有风景区都可以看见的大路货。

【同期】

何丙仲：她应该是个有文化素质的淑女，你应该淡妆恢复她原来淑女的形象，而且还要比以前更淑女。你现在让她涂脂抹粉，让她"出台""坐台"，去赚钱，沦落风尘，但你现在赚到钱没有，你只能在风月场中留下笑柄。

【解说】

NAYA 小屋是鼓浪屿上为数不多的家庭旅馆，他们的客房通常是在 2 周之前就被背包客预订光了，这些游客通常一住就是两三天，晚上 11 点多，我们来到 NAYA 小屋的时候，不少游客刚刚从小岛的各个地方回来。

鼓浪屿的沧桑感、历史，或者我们这么多年赋予它的人文气息，它这里面就好像一种沉重的、凝重的感觉。

就是有些文化的氛围，一些年轻人就在这边寻找文化的氛围，吸引他们。

文化的氛围很重要吗？对旅游来说,比较重要,非常重要。

这些游客告诉我们,他们之所以会选择到鼓浪屿旅游,想感受的就是它的文化氛围。而这也是叶细致现在所理解的鼓浪屿旅游必须具备的最大特色。

【同期】

叶细致:鼓浪屿应该是社区跟景区的紧密结合,到鼓浪屿来旅游,就是要看看你社区是什么样,鼓浪屿的人生活,而不仅仅是看日光岩的石头。鼓浪屿的人、鼓浪屿的生活,才是鼓浪屿旅游的灵魂。

【演播室现场】

2005年,圆明园湖底防渗工程在中国引起轩然大波,国家环保总局在环评报告中不客气地指出,圆明园不应该追求娱乐功能。媒体也开始质疑:圆明园管理者对于这个文化遗存重要而独特的历史、美学、生态价值的认识水平,是否完全到位? 相对而言,鼓浪屿受到的伤害历时更长,也更加不易察觉,可看到今天的鼓浪屿,我们也不禁要问:对鼓浪屿的旅游价值,相关的决策者是否也认识到位了呢? 把鼓浪屿上的居民迁出去,如果被事实证明是错误的,那么,又该由谁来为这个错误负责呢? 好,感谢收看今天的《新闻启示录》,再见!

(荣获第十八届中国新闻奖电视评论类三等奖)

评 点

怀揣问题找答案　恪守职责做新闻

随着旅游业的发展,鼓浪屿的定位从"生活区"转向"风景区",岛上人口的持续迁出及生态环境的剧烈变化,为鼓浪屿的发展转型带来困境。"琴岛"的出路何在,引发了多方关注与思考。

《新闻启示录》节目组历时半年,对鼓浪屿发展问题进行全面调查与走访,真实反映鼓浪屿发展的"迷失"之境。节目开篇以两条短新闻切入,揭示鼓浪屿所面临的问题——旅游业的发展给岛上居民生活带来不便,潜在的区域发展瓶颈日渐突出,如人口生态变化、生活公共设施锐减、"野导"问题泛滥等。又以老馆长何丙仲的讲述为贯穿始末的主轴,采用对比叙事的手法,详细描述鼓浪屿的发展历史和当前困境,思路清晰,访谈翔实,引人深思。随着讲述层层递进,记者分析总结出鼓浪屿的出路在于文旅结合,尾声部分更以圆明园湖底防渗工程类比鼓浪屿的管理问题,具有较强的启发性。

　　节目组怀揣问题找答案,以鼓浪屿发展困境为题,条分缕析,直指症结所在;通过设置悬念,充分调动观众参与到问题的探讨中;解说串联自然流畅,评论语言简洁有力,有效提升社会对事件的关注度,有利于推动鼓浪屿发展问题的解决。

"熊胆"之争

李　丞　尹　丁　方　凯　徐进桂

（福建省广播影视集团　2012 年 12 月 19 日）

【演播室现场】

在经历了舆论抵制、媒体参观、动物保护组织介入等几出大戏之后，以生产熊胆制品为主业的我省药品企业——归真堂，其一度停摆的上市计划近日又死灰复燃。我们发现，在中国证监会公布的 IPO 申报企业的基本信息表中，归真堂仍赫然在列，这意味着，这家来自我省惠安县的企业，仍处于上市的倒计时阶段。对于这场围绕着归真堂上市的"熊胆"之争，我们栏目也进行了近一年的调查采访。

【解说】

2012 年 2 月初，国内的一家媒体在归真堂工作人员的陪同下，第一次在现场拍摄到了归真堂"生产车间"内为活熊引流胆汁的过程。视频中，黑熊取胆时的嘶吼让许多网友看后惊愕不已，"残忍""痛苦"成为人们对归真堂活取熊胆的最初印象。而这也成为"熊胆"之争最核心的焦点。

【解说】

成立于 2000 年的福建归真堂药业股份有限公司是一家以黑熊饲养、繁殖、科研为主体的林业产业化龙头企业。公司拥有中国南方最大的黑熊养殖基地，现养殖黑熊 600 头，年繁殖小熊可达 100 头以上。亚洲黑熊，因为胸前有一道金色的月牙纹，又被称为月熊，是国家二级野生保护动物。根据历代药典的记载，熊胆在平肝熄火、治疗眼疾、镇痛消炎等方面有医用价值，因此在国内形成了一定规模的市场。目前，归真堂的产品分为熊胆粉、熊胆胶囊、熊胆茶三大类，共 30 多个品种，每年仅熊胆粉收入就接近 2 亿元。

【同期】

福建归真堂药业股份有限公司董事、鼎桥创业投资合伙人张志鋆：我非常欣慰的是我们归真堂它的业绩非常好，从我们投资到现在，它的成长率非常好。

【解说】

带着傲人的生产销售业绩,去年年初,归真堂开始谋求上市。很快,归真堂的上市计划就引起了社会的广泛关注,这也惊动了一直以来致力于救助保护黑熊,取缔养熊业的亚洲动物基金。亚洲动物基金创办于1998年,是一个以改善动物生存环境为目的的非营利机构,总部设在香港,在四川龙桥设有一个专门的黑熊救护中心。亚洲动物基金的成立,缘起于创始人谢罗便臣16年前与黑熊的一段奇缘。16年前,谢罗便臣跟随导游参观国内的一家养熊场。就在同行的游客兴致勃勃地挑选熊胆制品时,她不经意间独自走进了养熊房。眼前的景象让她震惊:黑暗里,几十头月熊被关在无法转身的小笼中,它们的胆囊处都插有一根金属管,上面满是胆汁流出的痕迹。因为剧痛,这些熊拼命用头撞着笼子,发出一阵阵低吼和咆哮。突然,她觉得肩膀被轻轻拍了一下。

【同期】

亚洲动物基金创始人谢罗便臣:它完全可以将我的手臂撕扯下来。但它并没有那样做,它只是有节奏地捏了捏我的手指,那是我人生重要的时刻,就在四目相对的刹那,我感觉我可能再也见不到那只熊了。

【解说】

母熊的遭遇让谢罗便臣觉得很难过,从那个时候开始,她就下定决心,要想办法解救这些黑熊。2000年7月,亚洲动物基金与中国野生动物保护协会以及四川省林业厅签署了一份历史性的协议,决定率先在中国的养熊场中解救500只熊,共同为彻底淘汰养熊业而努力。至今,亚洲动物基金已经从全国非法的地下养熊场中,救助了277头黑熊。而更远期的目标,他们希望推动取缔养熊业。

【同期】

亚洲动物基金中国区对外事务总监张小海:取缔养熊业,在我们和中国野生动物保护协会的协议中清清楚楚地写着。这个协议签订时间是2000年,2000年到现在已经12年了!

【解说】

而对于归真堂来说,如果企业成功上市,就意味着可以利用更多募集而来的资金,建设总规划面积为3000亩的养殖基地,把黑熊养殖规模扩大到1200头,记者见面会上,归真堂方面这样解释上市的目的。

【同期】

福建归真堂药业股份有限公司董事、鼎桥创业投资合伙人张志鋆：正是因为上市它的公开和透明，能够让社会监督，让社会的更多方面了解到我们的整个养殖业到底有没有问题。

【解说】

而在亚洲动物基金看来，归真堂如果成功上市，意味着12年来他们致力于取缔养熊业的工作将遭受沉重打击，更重要的是将有更多的黑熊遭受抽胆之苦。

【黑场后解说】

在沉寂了一年之后，今年的2月1日，中国证监会公布了创业板IPO申报企业基本信息表，归真堂赫然在列，而且上市备注为"落实反馈意见中"，这意味着归真堂上市已经进入倒计时。一时间，归真堂的上市计划在社会中掀起了轩然大波。网络中，各种黑熊取胆的痛苦照片和视频开始被疯传，人们认为，活熊取胆太残忍，让人难以接受，抵制归真堂上市的声音也是一浪高过一浪。

【解说】

在归真堂看来，动物保护人士的指责是不符合事实的。他们认为，从养熊业在中国发展至今，已经经历了杀熊取胆，"有管引流"和目前的"无管引流"三个技术阶段。归真堂取胆所采用的"无管引流"技术，是1997年国家林业局颁布的《黑熊养殖技术的暂行条例》中规定的合法技术。而网络中流传的黑熊穿铁马甲，身插导管引流的图片，大多是第二个"有管引流"取胆的阶段。

【同期】

福建归真堂药业股份有限公司董事、鼎桥创业投资合伙人张志鋆：现在只要是正规的熊场，绝对不是网络上图片，那种很惨的情景。反而我要问一下，他们拿一些不是归真堂的图片，来污蔑归真堂，拿归真堂说事到底有什么目的？

【解说】

归真堂所使用的"无管引流"技术，得到一些中医药专家的肯定，这种技术被描述为"安全"而且"无痛"。

【同期】

中国药科大学教授周荣汉：有人问我，活熊取胆痛苦吗？我说我不知道熊的感觉,从表面现象来看没感觉痛苦。我想熊胆是一种分泌物,就像挤牛奶一样,小孩允吸母亲的奶,我不知道母亲会不会痛苦。

【解说】

2012 年 2 月 18 日,归真堂公司在公司主页中公开宣布,邀请媒体在 2 月 22 日、24 日两天到公司的黑熊养殖基地参观采访。2 月 22 日一早,本栏目记者在归真堂公司的安排下,与国内近百家媒体一同来到了位于泉州市惠安县的归真堂黑熊养殖基地。为了不惊吓到引流的黑熊,归真堂公司将所有记者分为 10 组,每组不超过 10 人。经过近一个小时的等待,我们终于换上了公司安排的整套消毒装备,进入了引流室。

【同期】

归真堂工作人员:这是我们工作人员一会儿要用的引流针,是圆头的,中间是空的。现在用我们刚才展示的引流针准备工作,插入篓口,胆汁被引流出来。我们可以看到在引流的过程中,熊的体态平稳,意识行动正常。

【解说】

在取胆过程中,黑熊并没有像之前媒体第一次拍摄时嘶吼不已,而是显得很平静。我们发现,黑熊在取胆时一直在吃东西,而就在此之前,网络中出现了一份号称是“归真堂内部紧急通知”,在通知的第五条写着“有必要可以在参观取胆之前更改食物配方。添加氯氮卓”。“氯氮卓”是一种镇静药品,许多人怀疑,正是因为黑熊食物中的“氯氮卓”,使得取胆时的黑熊显得很平静。

【同期】

福建归真堂药业股份有限公司董事、鼎桥创业投资合伙人张志銮:刚刚那个专家说的,你每天去挤牛奶,牛痛不痛? 我不知道。

记者:挤牛奶不用做手术。

中医专家:你直接说麻醉没麻醉吧?

福建归真堂药业股份有限公司董事、鼎桥创业投资合伙人张志銮:没有任何麻醉的问题!

记者:我们想知道怎么做到无痛的?

福建归真堂药业股份有限公司董事、鼎桥创业投资合伙人张志銮:本身就是无痛的!

【解说】

由于没有直接证据证明网络中的那份“归真堂内部紧急通知”,就是归真堂内部正式发出的,因此归真堂到底有没有在取胆时给熊吃镇静药,至今还无从考证。归真堂方面一直向媒体强调,他们抽取熊胆使用的是"无管引流"技术,在一些中医药专家口中,这种技术被描述为"安全"而且"无痛"。亚洲动物基金的工作人员对此有不同说法。

【同期】

亚洲动物基金黑熊救护中心兽医JO:无管引流是一个手术过程,包括移除胆囊、缝合腹壁,在原来胆囊的位置留下一个永久的洞,病菌就沿着瘘管进入体内。

【解说】

亚洲动物基金方面告诉记者,目前他们救助的 277 只黑熊中,有 65% 都是来自无管引流的熊场,而在过去的 12 年间,一共有 120 只熊相继死去,其中 38% 死于肝癌等不同程度的癌症。

【同期】

亚洲动物基金中国区对外事务总监张小海:因为无管引流需要通过手术把胆囊移位到靠近腹壁的位置,我有好几次在我们这个救助黑熊的手术室,就看到我们兽医打开熊的肚子的时候说:这里面怎么乱七八糟的,胆不在胆的位置,肝不在肝的位置,它内脏已经乱了。你打开胆囊的时候就会发现,胆囊里面有各种各样的疾病,感染是必然的,没有见过没有感染的胆囊。胆囊炎是我们人类都知道的很痛苦的疾病,熊在生理结构上跟人很像,那完全可以感受到和我们一样的疼痛。

【黑场后解说】

公元 695 年,唐代药典《新修本草》,第一次提到了熊胆可用来治疗黄疸,后来在宋、明、清等朝代又陆续出现了用熊胆治疗痔疮、小儿惊风、肝疾、目翳等疾病。在一些中医药专家看来,目前,天然熊胆的药效无可替代。

【同期】

中国中医科学院资深研究员,第七、八届全国政协委员周超凡:我们现在人工合成的熊去氧胆酸,只是胆酸类成分里的一个成分,一种成分。我们打个比方,熊胆粉是森林,熊去氧胆酸好比几棵树,是树木与森林的关系,不能以偏概全。

【解说】

但是,还有一些中医药专家认为,在真正的治疗中熊胆使用并不普遍。刘正才是著名的中医学家,中国药膳研究常务理事、学术部部长,他告诉我们,实际上由于熊胆在古代是珍稀药材,极难获得,因此几千年来真正用熊胆治病的医生很少。在他看来,天然熊胆的药效是可以被其他草药或者人工熊胆所替代的。

【同期】

著名中医学家、中华名医、中国药膳研究常务理事、学术部部长刘正才:我搞了中医 40 多年,也没用过。大家都说熊胆作用不可替代,根本就是乱说!为啥不能替代呢?几千年来别人不用熊胆,不照样把病治好,咋个讲不能代替呢?

【解说】

那么到底有没有一种病非需熊胆治疗不可呢?专家的表达显得颇为隐晦。

【同期】

记者:不吃熊胆会死的病,有没有这种病?

北京中医药大学教授、中医药理论委员会主任委员张世臣:我不知道,不吃馒头就会死的人有吗?

记者:噢,它(熊胆)就是馒头是吧?那也可以吃饭?

【解说】

调查中记者还发现,2004 年,国家林业局、药监局等五个部门联合发文,规定熊胆粉的使用范围只能用于特效药、关键药,但是直到去年,归真堂仍然还在生产一种保健品——熊胆茶。

【同期】

归真堂股份有限公司董事会秘书、副总经理吴亚:我们取得的资质是含茶制品资质。具体的批号我目前还不是很清楚。

记者:是食字还是药字?

归真堂股份有限公司董事会秘书、副总经理吴亚:食字。

记者:那就不是药了!

【解说】

在亚洲动物基金看来,在国内,熊胆产品真正的药物需求有限,其真正的目标是礼品市场。

【同期】

亚洲动物基金中国区对外事务总监张小海:大家以送礼来用这个熊胆,它本身已经不参与到治疗中间去了。

【解说】

这张由亚洲动物基金耗时 4 年并保持更新的动态图,详细记录了各个省份养熊场的分布,据他们调查,目前保守估计全国 11 个省存在 98 家正规养熊场,其中吉林省最多,一共有 35 家养熊场,占近 1/3,共养熊 10262 只。已批复的含熊胆药品共有 240 个,厂家 191 家,分布在全国 27 个省份。而这些还只是公开的数据。

【同期】

亚洲动物基金中国区对外事务总监张小海:整个产业一年有多少熊胆粉出来,1 万头熊,每头熊 3 公斤,就是 30 吨。30 吨两卡车就拉完了。全中国你一洒也就没有了。可是哪来那么多熊能给人买?

【解说】

根据亚洲动物基金的实地调查,实际上在我国,除了正规的熊场外,还有许多地方存在着非法养殖行为,第二代以铁马甲、挤压笼为主的熊场仍然大量存在。

【同期】

吉林省榆树市青山乡养熊户伞国彦:它这个熊掌和熊肉,黑熊死了以后,这个也能达到两万块钱,就光卖四个爪子。肉还 60 块钱一斤呢。

重庆地下养熊场主:就是不允许戴那个铁背心,它穿着铁背心不是很麻烦吗?来检查我们给它卸下来,林业厅直接通知了。哪都有,这叫地方保护主义!

【黑场后解说】

在亚洲动物基金黑熊救护中心的一片竹林中,掩藏着一块墓地,120 只熊安眠于此,在这里的每一头熊,都曾经被关在狭小的铁笼里,腹部开孔,引流胆汁很多年。墓地的面积,还在不断扩大。这里的熊,1/3 死于肝癌,另一些则死于铁笼生涯带来的心肺衰竭和各种疾病。每个坟头前,都有块圆圆的石头,上面刻着死去黑熊的名字和生卒日期。

王善海是亚洲动物基金四川黑熊救护中心的饲养主管,从中心一成立,他就开始照顾这些黑熊。2008 年春节前的一次营救,让王善海终生难忘。2008 年的 3 月 31 日,3 辆卡车载着 28 头熊于晚上 8 点抵达中心。车还没靠近时,人们就闻到了卡车上飘出的恶臭,一头头衰弱、肮脏、濒死的黑熊,被抬下了卡车,每一头熊身上,都带着因为抽胆而腐烂的伤口,人们在它们的腹部看到了直接插入的导管,有的还身穿铁马甲。还有一头熊,在抵达中心的半途中,就已经死亡。

【同期】

亚洲动物基金四川黑熊救护中心饲养主管王善海:当时它的前肢骨头都已经现出来,腐烂,肚子上面肿得很大,全部流脓,已经死在里面了。

【解说】

从3月31日到4月9日,28只熊中有18只熊被埋进了墓地里。王善海说,以前,他们都是用推车将熊运去埋葬,但那一次,他们出动了卡车。18只熊,在生命最后时刻,都被起了名字。"蜜糖""奇奇""强生""乐乐""窈窕"……埋葬它们时,工作人员在它们的四周盖上芭蕉叶,让这些久违大自然的黑熊,体会森林的感觉。

【留白】

【同期】

中国科学院动物研究所研究员黄乘明:我们跟其他动物一样,我们在自然界里面,也是一个物种,我们没有权利去统治其他的动物。

国家林业局野生动物保护与自然保护区管理司副司长严旬:野生动物保护法颁布了这么多年,有些对野生动物保护起到了很好的作用,但有些已经不是特别适合社会经济发展的要求。

亚洲动物基金中国区对外事务总监张小海:我们亚洲动物基金的焦点不在归真堂,对于养熊业的存在才是我们目标,我们希望它能被非法化,国家改变它合法化的政策,宣布它行业不再存在。

【演播室现场】

一直到现在,关于是否取缔"活熊取胆"的争论仍然没有停止,也没有一个标准答案。但是,这一次围绕着"熊胆"的全民论战,却是新中国成立以来,范围最广、持续时间最长的,关于人与动物、人与自然之间关系的深度讨论。在中国经济社会高速发展的今天,人们对自然、对动物的认识已经不仅仅停留在杀戮和利用,而是转而关注如何善待和保护,可以说,"熊胆之争"是中国社会值得欣慰的进步。好,感谢收看,再见。

(荣获第二十三届中国新闻奖电视评论类三等奖)

以理性阐释观点　以温度赢得观众

2012年2月,针对愈发激烈的"熊胆"之争,福建省广播影视集团记者进行了将近一年的调查采访,奔波四川、重庆、福建、吉林等地,走访事件关键人物,为观众再现事件发展过程,梳理分析各方意见,体现了主流媒体坚持公平正义、反映事实真相、担当社会责任的使命要求。

该电视评论的可贵之处在于,在大量事实调查的基础上呈现不同意见的交锋过程,以较为公正、客观、中立的态度评论时事,引导大众做出理性的判断。归真堂上市是否会加剧黑熊的生存困境?无管引流技术是否减轻了活熊取胆的痛苦?熊胆作为珍贵中医药材是否完全不可替代?围绕这几个问题,记者采访了归真堂董事、经理及工作人员,联系了亚洲动物基金的创始人及中国区代表,以当事人视角呈现双方对同一问题的不同回答,以医疗领域专家的不同意见作为参考,并搜集相关影像、数据、文献资料,在各种论据的相互对立、印证中,拨开事实的迷雾,促使观众得出自己的答案。

作品的另一可贵之处是透过理性展现人性的温度。作品结尾将镜头转向黑熊的墓地,讲述动物保护工作者难以忘怀的辛酸往事,以触目惊心的事实激发观众对黑熊保护的关注,将舆论争议的焦点引向对人与动物、人与自然关系的思考。《"熊胆"之争》其实是人与自然之争,作品最后升华主题,将问题抛还给观众,从而具有一定的哲理意义。

我们需要什么样的中国制造

杨旭东　郭　曦　潘海阳　黄国安　潘馨颖

（泉州广播电视台　2015 年 12 月 21 日）

【主持人】

继续来关注本栏目推出的"年终产业观察"，今天我们要探讨的话题是《我们需要什么样的中国制造》。

2015 年在世界制造的竞争大格局中，中国制造经历了一场又一场的较量。较量背后是喜是忧呢？节目一开始我们先从春节间中日"马桶盖的较量"开始。

【解说】

2 月 22 日，日本《每日新闻》发表题为《"中国资金"春节期间席卷日本列岛》的文章称，百货店的销售额出乎预料地创新高，日本列岛因中国资金而沸腾。其中，马桶盖几乎处于断货状态。

一个小小的马桶盖，为何会让国人趋之若鹜，千里迢迢跑去国外抢购呢？

记者发现，原来这受追捧的马桶盖打的是智能牌，即，瞬间加热、智能除臭、温水洗净、暖风干燥等多种功能为一体。

面对日本智能马桶盖的疯狂畅销，国内的卫浴厂家显得十分无奈。那么，国内是不是就没有这种智能产品呢？

其实不然，在中国水暖卫浴制造基地泉州，也有企业早在国人"扫货"日本马桶盖之前，就已经推出了智能马桶的产品。

【同期】

雷建成："水汽也不能让它进去。你看我们进行了一个涂胶，到时候到我们那边可以看一下，日本的产品很多地方都没有涂胶。它是为了他们日本的市场，日本卫生间是干湿分离的，不会有水汽。到中国肯定就会有很多弊端，它用上去故障就会很多。"

【解说】

更让雷建成"受伤"的是,其实日本畅销的智能马桶盖大部分还是中国制造的。

问题来了,中国制造的好产品在中国却打不开市场,到了日本就变成了香饽饽的畅销产品。反思这场较量的背后,中国制造到底输在哪呢?

中国制造缺失消费者对民族品牌的信心

和正电子科技公司总经理杨振西认为,中国制造并不输在技术上,而是输在消费者对中国民族品牌的信心上。

【同期】

杨振西:"其实日本产品也是在我们国内生产的,那么日本的产品在我们(国内),消费者总觉得日本产品比国内好。其实我们国内产品已经达到了很高的水平。"

【解说】

以匠心智造精神才能让世界爱上中国制造

中国制造并不是技不如人,而是匠心不足。在今年厦门"9·8"投洽会的闽商论坛上,敢于代言中国制造,让格力产品走向世界的董明珠认为,满足消费者的高品质产品需求,培养民族品牌的自信心,以匠心制造精神,才能让世界爱上中国制造。

【同期】

董明珠:"通过我们把一个冷冰冰的产品变成艺术品,在全球别人没有我有,不买你买谁?唯一的标准是消费者的需求,这就是最高境界的标准,(这样)你才能让消费者满意。"

【主持人】

中国制造应以满足消费者需求为标准

董明珠敢于代言中国制造,让格力产品走向世界,在全球消费者心里赚了一次民族品牌崛起的信心,这靠的就是以消费者为标准。

中国制造需要赢得消费者的信任和信心

以前我国消费动力不够,因而要去刺激需求。现在有了消费动力,但供给的产品却满足不了消费者的需求,才导致国内购买力的境外转移现象。如何才能将国民消费留在国内,树立起中国制造的民族品牌信心呢?一时间"供给侧改革"一词成为大家共同的转型呼声。

向供给侧管理转型升级

5月18日,著名经济学家厉以宁在华侨大学 EDP 名家讲坛发表主题演讲时认为,30多年来,中国经济,或中国制造更加注重的是需求侧端的管理,即靠投资、消费、出口三驾马车,靠财政刺激计划、降息、降准等举措,刺激中国经济增长动力,然而这一剂剂强心针反倒给中国制造带来了种种诟病。

【同期】

厉以宁:"第一,资源过快地消耗;第二,生态破坏;第三,部分产业产能过剩;第四,低效率。现在提出了新常态按经济规律办事,实际上首先表现在把高速增长转为中高速增长。"

【解说】

供给侧管理:提升品质和品牌,满足消费者需求

去产能、去库存,提高产品附加值,满足消费者的个性化需求。青岛红领集团开创了领先世界的互联网工业模式,赢得了消费者的信任和信心。在集团常务副总裁李金柱看来,供给侧管理将是中国制造未来的升级转型出路。

【同期】

李金柱:"一方面我们要减少、屏蔽掉过去这种产能过剩的缺点,另一方面就是要提高满足消费者需求的能力,这是供给侧改革的关键。同时在供给侧改革里面还有一个关键的要素就是生产和消费一定要匹配,消费者需要什么样的产品,我们就要生产什么样的产品。我们生产什么样的产品,生产的产品一定是消费者需要的产品。"

【解说】

在注重供给侧管理思维的推动下,当下,中国制造正悄然兴起一种大众创业、万众创新的转型升级浪潮。在中国制造业基地泉州,机器人车间、"互联网＋"智慧工厂、个性化定制等新型的制造模式已经大量出现。

著名经济学家林毅夫在接受本栏目记者专访时表示,未来供给侧改革的突破口是要提高产品品质,提升民族品牌的国际影响力,满足消费者的个性化需求,这样才能形成中国制造在世界新的核心竞争力。

【同期】

林毅夫:"现在随着工资的不断上升,成本不断提高,那么有一部分可以走向微小企业的两端,去做品牌,可以用智能制造的方式,来降低生产的成本;经常利用我们创业创新的这种优势,那我们一些新的产业,可以在国内发展得很好。在国内发展的好，在世界上也会更有竞争力。"

【主持人】

向供给侧管理转型升级，让世界爱上中国制造

供给侧改革的思路就是让更多的企业、产业转型升级，化解过剩产能，让僵尸产业、过剩的行业有序退出市场。供给侧改革的目的就是要让世界的消费者爱上和尊重中国制造。

那么，如何才能让世界爱上中国制造呢？一起来看品牌之都泉州的做法。

【同期】

财经记者钟鸣："我现在所处的位置就是惠安石雕文化展示馆，在这里你可以了解到石雕发展的进程，也可以看到各式各样早期的石雕作品。近日，惠安也从中国石雕之都晋升为世界石雕之都。"

【解说】

"工匠智造"精神赢得世界尊重

6月8日，世界手工艺理事会考评组专家一行来到惠安，今天，他们要对是否授予惠安"世界石雕之都"进行考评投票。

世界手工艺理事会是联合国教科文组织下设A类组织，其宗旨是保护、提高手工艺作为世界文化重要组成部分的地位。

【同期】

世界手工艺理事会亚太地区主席加达·易加薇：看到惠安的这些石雕非常惊讶，也非常赏心悦目，非常高兴来这里，早上看到这么多的产品，发现这些产品有传统的元素，创新的元素。

世界手工艺理事会拉丁美洲主席阿尔伯托·博托拉扎：我去参观过其他地区，但惠安这里，在石雕的结构和材料上面都是非常特别的，而且这里的每一个人技巧都特别好，给我的感觉是非常传奇的城市。

【解说】

最终专家组全票通过，授予惠安"世界石雕之都"的称号。与此同时，有着"中国陶瓷之都"的德化也在这次考评中全票通过，被授予全球首个"世界陶瓷之都"称号。

在华侨大学工商管理学院副院长陈金龙看来，从惠安的石雕技艺到德化的陶瓷技艺，双双将首个"世界之都"的桂冠收入囊中，靠的就是一种"工匠精神"。

【同期】

陈金龙:"就是说,我们做产业的,实际上要有一部分人慢慢来,你就要把这个产业做成你的事业。德国也有很多几百年的企业,它就专注于它做的这个项目,把它做专。"

【解说】

中国制造需要一些"慢"公司和"小"公司

陈金龙认为,所谓的"工匠精神",一是热爱你所做的事胜过这些事给你带来的钱,二是要精益求精、精雕细琢。多次前来泉州调研的中国工程院院长周济也认为,当今社会心浮气躁,许多企业追求的是短、平、快带来的及时利益,从而忽略了产品的品质灵魂,失去了消费者的信任。因此,未来的中国制造企业更需要"工匠精神",才能在世界制造的大竞争格局中获得成功。

【解说】

满足世界消费者的品质信任和品牌信心

我们需要什么样的中国制造? 它们或许是一些"慢"公司或"小"公司,但是如果它们生产的产品品质能赢得消费者的信任,能让民族品牌赢得世界消费者的信心,那么这就是我们需要的中国制造。好的,本期财经深观察节目就到这里。

(荣获第二十六届中国新闻奖电视评论类三等奖)

评 点

立足地方,做好重大主题报道

记者怕写经济新闻,因为复杂的经济模型和理论,既难懂又难写;读者也怕看经济新闻,因为通篇都是数字、术语,不好看也看不懂;两难之下,如何做好经济报道成为一道难题。《我们需要什么样的中国制造》的高明之处在于将重大经济题材做了深入浅出的处理。其一,全篇没有罗列中国制造发展的流水账,也没有不切实际的空泛之谈;而是注重挖掘,贴近地方,以泉州马桶盖和日本马桶盖的较量为切入点,提出了中国制造存在消费者对民族品牌缺乏信任和信心的问题。其二,以"泉州制造"为由头,转向对经济热点"供给侧改革"话题的探讨。借由多位经济学家和企业家的访谈,阐述"供给侧改革"国家战略出台的背景和意义,为经济发展新政策、新路径鼓与呼,顺应了中国经济转型发展的时代要求。其三,以惠安、德化两大"世界品牌之都"的成功经验为鉴,充分发挥地方样本的示范效应,为中国制造开出了"匠心智造"的发展良方。

好记者不仅是事件的记录者,也是社会的思想者、引导者。该电视评论主题明确,拓展范围广,采访对象有代表性,从提出问题、分析问题到解决问题,逻辑严密,论证有力,引人深思。正因为立足地方,眼观全局,才为一个国家经济发展中的重大议题提供了优质的地方新闻素材和独特的地域角度。

《中国正在说》之《崛起中大国的国际战略》

李灿宇　曾晓捷　杨　青　郭江山　张　雷

（福建省广播影视集团　2016 年 12 月 25 日）

【演播室现场】

吴学兰:12 月初,外交部部长王毅在谈到 2016 年国际形势的时候,用两个字进行了概括:一个是"变",一个是"乱"。而说到中国外交,他讲:"2016 年对于中国外交来说,是攻坚开拓的重要一年,因为'变'和'乱'当中既包含着新挑战,也蕴含着新机遇。"那么全球格局的变化将给中国带来怎样的挑战? 中国又将如何同世界打交道呢? 今天我们就要把这样的问题抛给外交战线的一位"老兵"。这位"老兵"曾是周恩来等国家领导人的波斯语翻译,他在伊朗、阿联酋、荷兰当了 10 年的大使,他亲历过伊斯兰革命,伊朗可以说是他的第二故乡。阿联酋总统亲自授予他一枚一级独立勋章。而当他结束荷兰 3 年任期的时候,荷兰女王破例为他举行了午宴。他就是我们今天的主讲嘉宾,我国资深外交官、国际问题专家华黎明先生。有请华老。

吴学兰:您好! 华老。

华黎明:您好! 大家好!

吴学兰:华老其实不仅是我国的资深外交官,而且也是中国国际问题研究院特聘研究员。华老的胸前是一枚非常漂亮的胸针呢,还是什么装饰品呢?

华黎明:这实际上是一枚勋章,就是阿联酋总统授予我的一级独立勋章。那么我回国以后已经捐献给外交部的档案馆了,给我留下了就是这个小小的纪念品。

吴学兰:非常珍贵的荣誉。其实从事外交工作 40 多年来,华老可以说为祖国赢得了很多的荣誉和友谊。咱们一起看一下大屏幕上一张照片,大概半年前,西方 5 个国家的领导人一起在德国拍下的,才过了大约半年的时间,5 位领导人中就有 4 位即将或者已经离开西方政坛的中心。华老您怎么看?

华黎明:其实不是这 5 个人的问题,是他们所代表的国家的问题。想当初

20年以前,7国集团刚刚成立的时候,它们是多么的风光、多么的威风,但是去年欧洲发生了"黑天鹅事件",美国发生了"特朗普现象",美国和西方遇到了大的问题。如果弄得不好,2017年,可能欧洲还会出大事。

吴学兰:究竟是西方旧秩序的终结,还是世界新秩序的开始?华老带给我们的精彩演讲是《崛起中大国的国际战略》,舞台我们交给华黎明先生,有请!

华黎明:谢谢!

华黎明:有人为中国的现代史编了一句很生动的归纳,就是说中国曾经"挨过打",也"挨过饿",现在正在"挨骂"。那么我想在座的诸位都是"90后",我是"30后",也就是出生在上个世纪30年代末日本占领下的上海。当初我们的民族,我们的国家正在挨打。那么1949年,我又经历了新中国的成立,当初的中国遭遇到西方国家的封锁和包围,所以我挨过饿。那么现在我们中国强大了,我们现在又挨骂了。这样,我的中国故事就从这里讲起。我们不妨来看一下大屏幕,这个上面的数字显示,在1980年的时候,中国的经济总量才2000亿元,到了2014年的时候,增加了34倍,中国的进出口贸易增加了114倍,中国的外汇储备增加了3万倍。我们很自豪,我们也很高兴。那么中国为什么会崛起呢?我想无非是两个原因:一个原因就是内因,内因就是中国特色的社会主义道路,改革开放。改革开放解放了中国的生产力,焕发了中华民族的勤劳和智慧的潜能,这是我们中国崛起的根本原因。当然还有一个外部的原因,因为上世纪80年代,当中国改革开放的时候,世界上发生了一个重大的情况,即全球化导致资金、商品、技术在全世界的自由流动。

960万平方公里的土地,13亿人口提供了巨大的市场和劳动力,这就是中国崛起的外部原因。那么中国崛起之后,世界是怎么看的呢?占世界人口1/5的中国,摆脱了贫困走向富裕,从落后走向现代化,这当然对中国来说,对中华民族本身来讲,这是我们民族的千秋伟业,但是也应该说,这是中华民族献给世界的一份厚礼。当2008年美国发生金融危机的时候,如果没有中国这样一个强大经济体存在的话,那么美国本身乃至世界不可能从这场危机中间复苏过来。所以应该说这是中国对世界的一个重要贡献。那么对于中国的崛起,我想美国和西方,他们一方面是欢迎的,但是另外一方面,他们也感到很焦虑。因为由于中国的崛起,使得世界的整个地缘政治发生了重大的变化。我举中美之间的关系作为一个例子,中国是世界上最大的发展中国家,美国是世界上最大的发达国家,这两个国家之间的经济依存度很高,(2016年)中国是美国最大的债权国,美国是中国最大的债务国。中美之间的贸易额已经超过 6000 亿美元,中美之间每年人员往来已经超过 570 万人次。我们的依存度是很高的,但是同时,中国和美国之间又有着结构性的矛盾。这个结构性的矛盾,主要表现在两方面:第一方面,就是由于中国的崛起,几百年来以西方世界为中心这种利益格局有可能被打破,不是今天,但是将来有一天有可能被打破。因为我们知道从英国工业革命以来,这个世界的秩序,国际的经济秩序是由西方发达国家的集团来制定的。除此以外,这几百年来,世界上的游戏规则,大部分都是西方发达国家制定的,那么有可能由于中国的崛起,这种游戏规则,不完全由美国或者西方国家来制定,在这一点上,美国和西方国家是很焦虑的。大家记得美国总统奥巴马多次说过,美国还要领导世界 100 年,为什么这么说?因为他已经听到了中国在赶超它的脚步声。另外还有一位,就是这次在美国总统选举中败选的希拉里,她曾经说过:"我不愿意让我的孙辈生活在由中国制定游戏规则的世界里。"第二方面是更深层次的问题,就是,中国的发展说明中国特色的社会主义道路是可行的,是走得通的。1991 年,当苏联解体的时候,西方人普遍认为社会主义制度终结了,但中国的情况说明,中国不仅这个制度没有瓦解,而且以更高的速度、更大的规模发展,这对于资本主义本身是一种挑战。我在荷兰工作了 3 年,接触了很多欧洲人,我有很多朋友,我在荷兰的企业界会受到很热烈的欢迎,他们把我奉为上宾。但是我到荷兰外交部去的时候,经常会遇到一些不愉快的事情,比如说人权问题、台湾问题、西藏问题,都会发生一些摩擦。他们又欢迎,但同时他们又不能接受中国这样的政治制度和价值观念,这就是中国崛起遇到的一个悖论。

【解说】

在华黎明看来,当今世界的国家关系建立在两个基础之上:第一是国家逻辑基础上,对抗冲突、零和博弈的关系;第二是市场经济基础上,合作共赢、正和博弈的关系。正是这样的双重基础,导致了国家之间关系复杂矛盾。

【同期】

华黎明:全世界都从中国的发展中受益,但是世界(上的国家)不是都很高兴,尤其是美国为首的西方世界。

【解说】

中国的发展引起世界秩序的变革与重组,中国该如何消除他国疑虑,实现和平崛起,透过浩瀚历史与纷繁时事,华黎明对中国外交的思考探索,既着眼当下现实，也有对未来的趋势判断。

【同期】

华黎明：由于中国走了一个和西方国家完全不同的道路，而改变整个人类社会对于发展道路的选择，这个是更深层次的意味。

华黎明：我们应该怎么来面对这个悖论呢？我想，中国的核心是要把自己的事情做好，这是需要我们外交做许多工作的一个地方。中国的崛起，不仅美国和西方，而且周围的邻国，他们对中国崛起有深深的误解和焦虑，认为中国强大了以后，可能会用非和平的手段，来解决和他们的领土（争端）或者是相互之间的关系，所以这点正好被美国利用。所以我想我们还需要做很多工作，让我们的邻国、让整个世界相信：中国崛起是一种和平的崛起，中国的崛起里面包含了很大的善意。但这很不容易。为什么不容易？因为历史证明，大国的崛起几乎没有例外——"国强必霸"。我们看看历史，罗马帝国、奥斯曼帝国、大英帝国，还有一战以后的德国，还有日本，二战以后的美国和苏联，国强了以后，都走上了称霸或者争霸的道路。中国是一个正在崛起的大国，中国能不能走出这个历史的怪圈，我想引用一段 19 世纪德国的一个社会学家马克斯·韦伯的一段话：一个长期积弱的落后民族在经济上突然崛起必然隐含一个致命的内在危险，它将加速暴露落后民族特有的政治不成熟，甚至会造成灾难性的结局，即民族本身的解体。很不幸，德国日后的历史被他言中了，德国发动了两次世界大战，给欧洲、给世界带来了深重的灾难。但是也很有幸，就是德意志民族在二战之后反省、反思了这段历史，而且很认真地反思了这段历史，所以才有了日后的德国和法国这两大仇敌之间的和解，才有了德国和法国之间的煤钢联盟，和后来发展成为欧共体和今天的欧盟，才有了德国总理勃朗特到波兰去访问的时候在犹太人的墓前、集中营的墓前下跪这一幕。

当然很遗憾，世界上还有一个崛起的国家，就是我们的邻国日本，它在明治维新以后，也走上了军国主义的道路，给亚洲、给世界带来了深重的灾难。可惜作为一个整体，这个民族至今不能正确地反省这段历史，我讲德国和日本这两个例子，目的是使两个国家的历史，成为我们正在崛起的中华民族的一面镜子。中华民族崛起能不能不走他们的老路。我 1996 年在阿联酋担任大使期间，亚洲杯的足球赛在阿联酋举行，其中有一场比赛是中国队对日本队。这个比赛，中国去了几百个球迷，比赛开始的时候，他们喊的口号是中国队加油，但是喊到后来，口号就变成打到日本帝国主义，大刀向鬼子们的头上砍去。这给我一个深深的感觉,就是(如果)我们的青年这一代把中日之间历史上的问题,变成了年青一代,甚至是两国运动员之间的一种仇恨,这是一种很可怕的后果。所以我在这里要向各位在座的青年同学们提出一个问题:就是中华民族的复兴、中国的崛起,目的是什么? 我们崛起的目的,难道就是为了报仇雪恨吗? 因为我过去受到了侵略,受到了屠杀,受到了屈辱,所以当我强大的时候,我就要报仇。德国在一战之后不就走上这样的道路吗? 如果这样的话,我想中华民族不可能走出这个"国强必霸"的怪圈。

我记得有这么个传说,我不知道是真是假,说是曾经有人给中国的外交部部长寄去钙片,认为中国的外交太软弱。我也经常听到我们很多同胞抱怨,中国的外交不够强硬。我想这里有两个问题:一个国家的外交,它的实力和它的权力必须是相适应的,外交不能干自己力所不能及的事情。是的,中国是发展了,刚才我举了很多例子,中国创造了奇迹,中国的经济力量已经在世界上很强,但是毕竟我们距离世界上发达国家还相当遥远。我记得 30 年以前,邓小平曾经说过,中国要赶上世界上的发达国家,还需要几代人、十几代人乃至几十代人的努力。这是他老人家在 30 年前就看到了,中国和西方发达国家之间的差距,我们的经济发展中间,还包含了很多不公正、不平等,包括空气、水源、土地的污染,这是从硬实力方面讲。从软实力方面讲呢,那就是有一个法治的社会,从国民素质来讲,要有诚信、要友善,这些方面其实我们还相差得很远。中国在这些问题上,我们如果还落后的话,我们不能称为一个大国。比如说随地吐痰、在公共场合不排队,中国人是不可能带着这些陋习走入世界强国的行列。不要以为我们经济发展了,就可以走入世界强国的行列,如果我们的软实力不行,中国在世界上也许不会成为一个令人尊敬的国家,中国也可能不会成为一个令人向往的国家。

衡量中国外交的标准,不是硬还是软,中国的外交是不是成功,关键就要看我们的外交是不是为中国的现代化建设、中国的发展营造一个和平的友好的国际环境。我们中华民族很不容易,我们有 200 年战乱贫困的历史,好不容易有机会集中精力来发展自己,如果再给我们中国人 50 年、100 年的时间,那么我们中国会变得更加强大。那么我们外交要做的事情就是要让这个发展的过程不被阻断、不被切断,当然这个过程不被切断首先我们要有强大的军事力量,我们的军队必须强大到我们的对手不敢再来欺负我们,所以我们要有最现代化的军队,要有可信的第二次核打击能力,但同时我们的外交要在世界上广交朋友,要在这个世界上营造一个对中国现代化建设和平的友善的环境。

我做了这么多年的外交官,我觉得做外交官,你要讲硬话、讲狠话是很容易的,跟人家去交涉,把人家骂一顿,这是最容易的,而且是最不费脑子的事情;把谈判搞砸了、搞坏了,最后把我们的军队推到第一线,这是外交官的失职。我们不能轻易言战,战争如果在 2 年、3 年、5 年内不能解决的话,中国如何应对?这些严重的后果,我们都要想好,外交官最难做的事情就是广交朋友,尤其是化敌为友、化险为夷,这是衡量一个外交官是不是成功,衡量一个国家的外交是不是成功的一个重要的标准。你看,中国的外交,1949 年到现在,快 70 年了,我们中国的外交为中国营造了一个和平的环境,这难道不是中国外交的成功吗?

营造一个和平的环境,营造一个对中国友善的环境,不让中国这个现代化的过程被阻断,这是我们外交所面临的最重要的事情。时间对我们很重要,给中国一点时间,真的很重要。让我们大家共同奋斗,为实现中国的国家富强、民族复兴、人民幸福而奋斗。

谢谢大家!

吴学兰:感谢华大使的精彩演讲,我相信在场的 4 位观察员,还有各位现场的观众,你们也有自己的思考,或者很想向华大使提问。没有关系,广告之后我们马上回来。

【演播室现场】

吴学兰:欢迎大家回到《中国正在说》。今天我们节目请到的嘉宾是中国前驻外大使、国际问题专家华黎明先生,而且我们节目也非常荣幸地请来了 4 位观察员,让我为大家一一做个介绍。首先,中国联合国协会前副会长、中国驻以色列大使馆前参赞张小安女士,欢迎您,张会长。北京国际关系学院副教授杨华锋先生,欢迎您。中国国际广播电台新闻评论员姜平先生,欢迎您。这边是中央电视台 G20 峰会特别节目的观察员奥地利人欧朦熙先生,欢迎您的到来。我们首先请张小安女士。

张小安:华大使,您好! 我觉得您刚才的演讲提出了一个非常重要的问题,就是崛起的中国能否走出"国强必霸"的历史宿命。那么我的问题是中国怎样才能更加客观、理性和自信地看待我们自己和这个世界?谢谢。

华黎明:我们这个国家,这个民族,苦难太深重了。200 年的时间,不是外敌的侵略就是内战,所以我们又遭遇到那么严重的贫困和在世界上落后别人这么多的距离,我很希望中华民族在人类历史上创造一个新的奇迹。同全世界各国人民一道走上共同富裕和发展的道路。

吴学兰:那么杨华锋先生,您也是长期关注国际关系问题,有没有什么样的话想和华老来提出?

杨华锋:好,谢谢主持人,谢谢华老。候任总统特朗普最近一系列的言论或者一系列的事件让我们感觉有一种"特朗普现象"在逐渐浮出水面。您怎么看待未来特朗普上任后中美关系的发展?

华黎明:谢谢你的提问。这次美国大选,不同于美国历史上的历次大选,它不是简单的一个总统的精英的更替,而是一个商人,地产商当选了美国总统。这说明美国的社会,美国的经济和社会制度走到了一个节点上。当美国在全球化过程中,华尔街的金融大鳄和美国大商人都获得巨大利益的时候,美国的中产阶级在萎缩,美国的穷人更穷,他们希望能够在精英集团之外,能够有一个人出来维护他们的利益,这就是我们看到的"特朗普现象"。其实这个现象背后同欧洲出现的"黑天鹅现象"是同样的。到目前为止,特朗普还没有入主白宫,但他已经对对外政策说了很多话。这些话表明,首先他说了"美国第一",要把精力都放在国内的事情上,发展美国的经济,这表明美国将不再在世界上花那么多钱,但他同时又在其他很多问题上发表了很多在美国看来政治不正确的话。这些将来都会给美国的国内政策和国外政策带来重大的冲击,所以我们现在不忙于下结论,等他在1月20日以后,入主白宫以后,他到底会做些什么,我们再下结论。

杨华锋:12月5日的时候,联合国安理会否决了叙利亚问题的决议。很多人会认为我们在面对这样的国际局势的情况下,我们应该跟俄罗斯发展更好的关系,或者更进一步发展中俄的关系。对这个问题,华老您怎么看?

华黎明:联合国安理会在处理中东的许多问题上是很不公平的,比如说2011年的时候,联合国安理会通过的决议案对利比亚进行干涉并且发动战争,最后导致了一个合法的领导人卡扎菲被推翻,惨死在战争中。所以在这次关于叙利亚的问题上,西方国家又企图通过一个决议案来保护所谓的叙利亚反政府的力量不撤出阿勒颇,但是被中俄两国否决了。中俄两国在这些问题上不仅是两国之间有全面战略协作伙伴关系,而且在这些国际问题上,从主持正义的角度来看,中俄两国的观点和立场相似。这次正是由于中俄两国主持正义的立场,叙利亚才避免了一次重大的灾难。

吴学兰：谢谢您。姜平先生也是长期从事国际新闻评论，我相信您也有很多问题想向华老提出。

姜平：日本是我们的邻国，中国也是它的邻国，彼此之间这种关系错综复杂，但彼此之间都不可能换掉这个邻国。我们现在经济上，中日之间这种依赖关系特别紧密，但是政治上有些冷淡，安倍现在做各种小动作，但是作为中国来讲，既然是一个负责任的大国，正在成长中的（大国），我们应该以怎样的姿态和日本相处？

华黎明：其实中日关系，大家记得在2012年，日本"购岛"之前，民主党执政的时候，中日关系一度还走得很近，这代表了中日关系发展的一个方向。安倍执政代表了日本的官僚集团这种非常极端的思想。我个人觉得安倍推行的政策，他的目标并不是中国，他的目标就是要把中国的"威胁"无限扩大，最后为他的"修宪"铺路，所以对这一点我们必须看清。中日之间确实有历史问题，就像我刚才讲话中提到的，我本人出生在抗日战争时期，我是挨过打的人，所以历史我永远不会忘记。但是我们回顾历史并不是要延续仇恨，我们的眼光还要放到我们21世纪乃至22世纪，中日这两个一衣带水的邻国如果能够走近，这两个第二大经济体和第三大经济体之间如果有一个更紧密的贸易关系的话，对世界和平、对亚洲和平都是一件好事情。所以我想我们要反对安倍政府现在所采取的这种对中国不友好的政策，但是同时我们要着眼于日本人民，因为安倍迟早是要走的，日本人民在日本这个国家，他们会永存下去。

欧朦熙（奥地利人）：最近让我很开心的是今年G20峰会，中国成为全球合作的领头羊，但同时我又非常担心，欧洲现在因为经济危机和难民问题等各种因素，很多人不太赞同全球合作与全球化，这些声音会不会影响到中国和欧盟之间的关系？

华黎明：其实中国非常希望欧洲能够稳定，欧盟能够进一步地发展。中国看到这种"黑天鹅现象"，其实我们并不高兴，因为"黑天鹅现象"如果进一步发展，欧洲的形势如果进一步恶化，对于世界、对于中国都是很不利的，因为欧洲是中国除了美国以外的最大的贸易伙伴，是中国很大的市场，也是双方投资重要的市场。所以我们非常希望欧洲人团结起来，欧洲人能够比较顺利地解决他们的难民问题、移民问题，和他们社会的少数族群问题，渡过这个难关，重新走向二战以后法国和德国建立煤钢联盟的这种合作团结的精神。

吴学兰：好的，现在有一位观众递了个纸条上来，说现在网络上有一种说法,把主张用武力解决争端的一派称为"鹰派",把主张用和平手段解决问题的称为"鸽派"。有人认为中国外交官大多数是"鸽派",包括您在内,总是想退让,中国也应该在适当的时候"秀一秀"肌肉,请问您是否同意?

华黎明:我很不赞成"鸽派"和"鹰派"这个说法。"鸽派"和"鹰派"这个说法是西方媒体发明出来的,因为西方国家大多都有利益集团。有的利益集团的人他们主张战争,另一派赞成和平,所以有"鸽派"和"鹰派"之争。在中国,我觉得不存在"鸽派"和"鹰派"。我们要知道,中国是在中国共产党领导下,国防和外交我们都有统一的目标。这个目标就是要维护中国经济发展现代化的过程不被阻断。我们要有强大的军队,同时我们又要在世界上广交朋友。我主张中国要有世界一流的军事力量,要有战之能胜的一支军队,特别是中国要有可信的第二次核打击能力。如果从这个角度讲,我可能是个"鹰派",但是同时我又主张中国不能轻易言战,要广交朋友,让世界更多的人理解中国,这样可能你又说我是"鸽派";我既不是"鸽派"也不是"鹰派",我是"中华民族派"。

吴学兰:回答得非常智慧! 其实刚才还有一个问题我来追问一下,当前中国外交最需要防范的误区是什么呢?

华黎明:中国外交最需要防范的误区,就是不要把外界发生的事情都认为是对中国不利的,或者是对中国敌对的。我们可能要"脱敏"。有些不好的事情,不一定是针对我们的,比如说印度和日本举行军演,或者印度的总理到日本访问,我们(有些人)会把它看成这是针对中国的。没有那么复杂。其实世界上的关系是很多因素决定的,中国人在这个问题上要"脱敏",要有更多的自信,这是我们避免走入误区很重要的一个原则。

观众1:华大使好,主持人好。之前我在网络上看到过一篇文章,大概是说中国人在海外遇到困难和问题的时候求救无门,然后感叹说"当我们身处海外的时候,祖国在哪儿"。但是我最近又关注到这样两条新闻:一个是在11月份的时候,新西兰南岛发生了7.5级地震,当时中国包下当地能用的所有直升机,在第一时间把困在岛上的中国游客全部安全地接走。再有一个就是最近以色列海法发生了特大火灾,当时中国驻以色列大使馆也是第一时间把中国留学生从重灾区全部安全撤离。所以我想问一下您对此有什么看法?

华黎明:其实40年前,当我进入外交部的时候,外交部的领事司(还是)外交部最小的一个部门,因为我们一年发的护照大概不会超过100本,我们在海外公民不多。但随着中国经济的发展,现在中国可以说,全世界每一个角落都有中国人,有旅游的、有留学的、有经商的,还有从事劳务工作的,那么既然有了中国人,中国政府就有责任保护他们的生命和财产安全。其中最突出的例子,就是 2011 年,当利比亚发生战争的时候,中国政府动用了一切可以动用的力量,把我们在利比亚的 3.6 万名公民都安全地撤出了利比亚。这个就是中国能做的事情。其中我还记得一个非常令人感动的镜头,有一位工人在飞机到达北京以后,从旋梯上走下来,马上跪倒在地亲吻祖国的大地。我还记得早在上个世纪 90 年代,当伊拉克入侵科威特的时候,我们有几千名劳务(人员)困在那里不能出来,我们国家也是动用了最大的力量把我们在那儿的几千名劳务(人员),其中还包括几十名台湾同胞,一起从科威特经过伊拉克、约旦,用专机把他们接回中国。祖国真伟大! 没有祖国,我们哪能回到自己的家里?所以我们的领事保护工作就是要为老百姓服务,为中国老百姓的生命财产服务。

观众 2:华老师您好! 我来自中国农业大学,我有个问题想问您:在您 40 多年的外交生涯中,有印象比较深刻的故事吗? 在您所接触的这么多优秀外交家中,哪位外交家的思想风貌对您的影响是最大的? 谢谢!

华黎明:对我影响最大的,而且是我心中的偶像,(这个人)就是周恩来总理。由于 70 年代初,中国同伊朗的关系迅速地发展,我成为周恩来总理的第一位波斯语翻译。我曾经有多次机会跟周总理零距离接触。我最后一次见到周总理是 1975 年 5 月 12 日,周总理已经病重住在医院,那次我印象非常深刻。伊朗客人热烈地邀请周总理到伊朗访问,周总理只说了一句话:"我看来是不行了,将来要去只能我们在座这些年轻人,由他们去了。"不幸的是,半年之后他就离开了我们,所以周恩来总理是我心目中一个偶像,他的世界的眼光、战略的眼光,他的睿智,还有他高尚的品德,都是我们学习的榜样。

吴学兰:刚才我们一直在聊 2017 年恐怕世界风云是很多的变幻。您觉得是机遇还是挑战?

华黎明:我想现在世界发生的事情对于中国来讲,机遇大于挑战,因为整个世界现在总的趋势是"东升西降"。最近发生的"特朗普现象"和欧洲的"黑天鹅现象"说明西方的经济和社会制度遇到了大的问题,中国力量在上升,西方资本主义的势力正在遇到重大问题。这个中间我想可能会在近期内发生很多事情,但是这都是暂时的现象。从长远看,中国的机遇会是很多的,我对中国外交的前途,2017 年中国的外交充满了信心。

吴学兰:感谢华黎明大使今天为我们做的精彩演讲。同时我们也要感谢电视机前和现场的观众朋友对节目的关注。

（荣获第二十七届中国新闻奖电视评论类三等奖）

评 点

创新节目形式，关注国家发展大势

《中国正在说》是东南卫视于 2016 年推出的一档大型演讲类政论栏目，以"讲好中国故事，发出中国声音"为栏目宗旨，采取电视公开课的形式，邀请不同领域具有权威性和代表性的专家就新近发生的国内外重要事件发表评论。节目的第 8 期《崛起中大国的国际战略》邀请了驻伊朗、阿联酋、荷兰前大使华黎明来分享他对中国外交的深刻洞见。华黎明敢于直面敏感话题，以亲身经历有力地回应了西方涉华的各种谬论，深入分析和论证中国模式和中国外交路线，逻辑清晰，论据翔实。

该节目采用主讲嘉宾与主持人、观察员对话的形式，通过演讲和问答，由浅入深，层层推进。这在横向上有利于呈现各方观点和意见，展现话题的广度；在纵向上有利于主讲人进一步阐述和论证其观点，拓展话题的深度；显示出制作团队在节目编排方面过硬的专业能力。节目内容上，主创人员能牢牢把握时局，紧抓国际热点，精选嘉宾，巧设主题，使节目兼具知识性与观赏性，满足观众的精神文化需求，为电视政论节目的制作提供可借鉴的经验。

赤心报国　无私奉献

史　青　范燕红　毕国闽　史迎光　陈道山

（福建电视台　1991年10月5日）

【导语】

这几百幅唐、宋、元、明、清和现代画家的山水字画精品不久前壁立在福州西湖博物馆展厅内。人们看着这些穿越了千百年时空的字画无不为之倾倒，为之赞叹！欣赏之余，大家不禁把崇敬的目光投向这些珍品的收藏、捐献者——陈英、金岚夫妇。

【解说】

陈老是我省建瓯县人，离休前担任北京军区后勤部副政委、妻子金岚是电子工业部离休干部。

60年代初，中年的陈英将军开始以学习鉴赏字画来调剂精神。他广交书画界朋友，四处寻访收集历代字画。在"文革"动乱的年代看到有人把古画当作废纸烧掉、卖掉，陈老心疼极了。他倾其所有、节衣缩食把这些字画买下来。董其昌、石涛、朱耷等大批古代大画家的惊世之作都是在那时候收集、保存下来的。当我们采访陈英、金岚夫妇以及他们的儿子陈西进、儿媳张明时，陈老笑着对我们说："由于时代的关系，当时外国人来买的少，倒爷把画拿出去卖的也很少，画多价钱便宜。那时是文物遭到破坏的时候，我冒着一定的风险，加上画店里有熟人，所以慢慢地收集了100多幅画。"

当陈老家中存了不少古代字画的消息传到当代画师们的耳中时，他们一个个悄悄地来看画。陈老夫妇懂得当时正受批判的大师们的心情及其作品的价值，热情地接待了画师们，为他们提供了宽松的创作条件。书画家们心情舒畅地在这里赏画、交流、创作。就这样，留下了艺术家们处于创作巅峰时期的一大批代表作。瞧，李可染的《井冈山》，据说唐山大地震震碎了陈老家十几个镜框，唯独这幅丝毫无损，以致10年后李可染又在画上写上"岿然不动"四个字；刘海粟的劲松、苍鹰让人觉得惟妙惟肖呼之欲出；看了黄永玉的《屈原投江》,不知观众您是否也感受到屈原呼天抢地的悲怆心情? 它充分表达了画家当时的真实心情。陈老如数家珍,诉说着包含在一幅幅画中的动人故事。

这些在艺术荒漠中绽开的鲜花在一定程度上弥补了"文革"期间我国美术史上的断层,并且成为研究我国美术发展史上这一时期珍贵的实物资料。

【同期】

儿子:"文革"是否定祖国传统文化艺术的时候,我父母由于对祖国的文化遗产有正确的认识,那时能收到相当的艺术品,我觉得与当时客观的环境是有关的;有主观的情况,也有时代的机遇,有人说是发"文化大革命"的财,我觉得这种提法不对,所谓发"文革"的财是从现在来看,可当时还是冒一定的风险的。

【解说】

这时的陈老对中国书画的研究已不单纯停留在消遣,而是怀着一种庄严的责任感和深沉的热爱之心全身心地投入,他的书画知识也大有长进。经过多年的寻访、交换、收集,收藏的历史书画文物日益丰富。有人说,只要能数得上的当代书画家,陈老的藏画中都能找到他们的作品。

陈老逐步形成了自己的收藏风格,成为我国著名的书画收藏家之一。

【同期】

记者:你们都是靠工资生活的,在当时能收藏这些是很不容易的,陈老您能不能谈谈?

陈老:我们家的钱全都用来买画裱画、招待画家,我自己还穿着 50 年代的便衣。有人问,画又不能吃又不能穿,你买了那么多干什么? 我觉得这些作品很珍贵,有这个机会,只要有钱我就买。

【解说】

面对众多有巨大艺术价值和经济价值的艺术瑰宝,陈英、金岚夫妇以老共产党员的赤诚之心、无私的襟怀,经过全家商量,郑重决定全部完整地捐献给家乡福建人民。这不仅在我省是空前的,在全国也屈指可数。

我省的书画家怀着欣喜、崇敬之情,纷纷题字作画,颂扬陈老夫妇爱国爱乡、无私奉献的崇高精神。

【同期】

记者:你们花费这么大的心血保存了大批珍贵文物,现在你们全都捐献给国家,又把福建省颁发的150万元奖金全献出来,你们这种高风亮节无私奉献的精神特别令人感动,我们很想听听你们二老的想法。

陈老:这笔钱假如我们花了也就没有了,也留不下东西。我们把画和钱捐献给国家,又用这笔钱建一个收藏馆,以便将来可以不断地继续收集新的作品,这对福建的文化艺术水平的提高、作品数量和质量的提高有很大的好处。

记者:你们做儿女的对父母的决定是怎么想的?

儿媳:我觉得这些作品不仅有经济价值,而且具有很高的艺术价值。把它捐献出来,大家都可以来参观,可以得到艺术的熏陶,这对提高我们的民族文化素质也是很有意义的。

【解说】

陈英、金岚夫妇捐献的这批书画文物,使我省馆藏书画文物提高了一个档次,省政府决定在美丽的西湖之滨建造"福建积翠园艺术馆",作为展出这批珍贵书画文物的专馆,计划明年11月落成,观众朋友,到时您可别错过饱览这批珍贵书画文物的机会呀。

(荣获第二届中国新闻奖电视专题类二等奖)

评点

凭脚力描绘典型人物　用脑力呈现时代精神

在社会发展进程中,每个时代都会涌现出一批彰显时代精神的典型人物,但由于优秀品质的相似性,媒体对典型人物的报道往往出现模式化、套路化的问题。这样的新闻报道既不能引起社会大众的关注,更无法起到教育、引导作用。

本作品是对陈英、金岚夫妇义捐事迹的报道。记者能感人所感,与受访者建立良好的关系,充分了解受访者优秀品行;在对陈英、金岚夫妇的采访中,围绕文物保护和捐赠的主题,深入挖掘故事素材,选取典型有力的事实,描述了陈英、金岚夫妇在"文革"时期冒着风险抢救保护书画文物,在改革开放后又将文物无私捐献给社会的感人故事。作品去粗取精,立足时代,紧抓典型人物所承载的道德价值,在平静克制的叙述中彰显陈英、金岚夫妇在特殊时期坚持保护文物的爱国大义及捐赠文物的无私奉献精神,使典型人物报道吸引人、感染人、引导人。

此外,在 20 世纪 90 年代初,作品能充分利用电视媒介的传播优势,视听结合,对夫妇二人收藏的珍贵书画文物进行视觉化呈现,让观众足不出户就能欣赏到珍贵的文化遗产,兼具新闻价值及文化价值。

农民林开明的土地心结

魏　强　刘凌汉　杨奕华

（福建省广播影视集团　2008 年 11 月 6 日）

【口播】

土地,亘古不变的实体,历来都牵系着我国亿万农民的生产生活。党的十七届三中全会之后,土地流转再次成为人们关注的焦点。2008 年 10 月 17 日,党的十七届三中全会刚刚闭幕,我们摄制组就开始了关于土地问题的采访。

【解说】

采访的第四天,我们来到了地处福建内陆山区的沙县。因为福建省全省目前土地流转面积占承包耕地面积的 8.51％,而沙县,土地流转面积竟占当地承包耕地面积的 57％,沙县算得上是福建全省土地流转的典型。

沙县当地职能部门的同志热忱地介绍了情况,极力推荐我们采访西霞村村民林开明。

【同期】

沙县凤岗街道西霞村村民林开明:这是我原来的老房子,住着 7 口人,我的责任田在电线杆那边,差不多 7 亩,那边山垅田 3 亩,在那山垅那边。

记者问:现在这片田都是你们合作社的,你们现在合作社总共有多少亩地?

林开明:总共有 1300 多亩。

【解说】

沙县是我国著名的小吃县。改革开放以来成千上万的沙县人奔赴全国创办了数以万计的"沙县小吃店",林开明是土生土长的沙县农民,也是沙县最早外出办小吃业的第一批人之一。

【同期】

林开明:我是在 1999 年的时候出去办小吃的,在这之前都是自己在家种

地。田都是自己在种。（画面、音乐过渡）

头几年出去做小吃的人比较少，田还可以承包给人家，转租给人家。（画面、音乐过渡）

2003年、2004年小吃开始逐渐发展壮大，空闲田就越来越多。（画面、音乐过渡）

当时我们村里的年轻人都出去了，几乎 $80\% \sim 90\%$ 都出去做小吃了。（画面、音乐过渡）

当时有（外地）人来租田的，知道我们急着要出去办小吃，原来1亩可以收300斤谷，他会杀我们的价，1亩150斤，有的是100斤。

【解说】

林开明告诉记者，自己不再耕地之后，他的10亩承包地，经历了雇工、转包、出租、承包这些阶段。应该说沙县的土地流转之所以能够这样大规模地开展起来，正是因为有了许多林开明这样背井离乡外出开创小吃业的人，闲置了原先承包的土地，促进了土地流转以民间的方式自发地运作起来。

【同期】

林开明：按我们农村来讲，出去做小吃只是暂时的，年轻的时候可以出去闯一闯，到了年龄大的时候，你还是要回来，我们祖祖辈辈农民还是要靠田靠山。

【解说】

林开明说，外出办小吃给了他夯实的原始资金积累。2007年春节期间，林开明和一些同样外出办小吃业的村民聚在了一起。

【同期】

林开明：不谋而合聊天聊了起来，干脆我们把我们自己的田全部统一承包起来。

【解说】

就这样，林开明和5个村民以股份合作的方式，成立了金农高优农业合作社，承包下村里1300多亩的土地。记者了解到，对于林开明成立的金农高优农业合作社，租用村里的土地，村里人是抱以欢迎态度的。

【同期】

沙县凤岗街道西霞村村民彭金华：我们田给他，我们自己像收租的，像以前地主收租一样，讲不好听一点，是不是。现在来讲他要给我利益，我把田给他,像会员一样,有分红的。

林开明:后来政府可能关注到我们这一点,就是我们把田承包来很多,关注到这一点。

【同期】

沙县农业局局长蔡岩松:2007年的时候,我们县委县政府就看到(土地在)群众中已经有流转。

【解说】

蔡岩松局长告诉记者,要发展现代农业,土地是个载体,有序的成规模的土地流转就显得特别重要,同时还需要农民专业合作组织来配合发展。

【同期】

沙县农业局局长蔡岩松:通过农民专业合作组织,这样子土地流转会更有生命力,也更有成效。

【口播】

改革开放30年,我国经历了变革性发展,可是迄今依旧未能完全摆脱农业化社会的基本格局,农民问题仍然是我国最大的民生问题。大批的农民进城务工、创业,不仅把8亿~10亿中国农民的贫困问题和发展问题解决好,或许将从根本上改变我国城乡二元的社会架构,同时也导致了成规模的土地流转,为集约化的现代化农业经营创造条件。从这种意义上来说,土地流转问题事关重大,而集约化的现代化农业经营又关系土地流转的成败。但是集约化的现代化农业经营还需要我们的国家、我们的政府、我们的社会什么样的帮助和扶持呢?

【片花:背景、报纸画面、音效】

【解说】

站在旧房屋面前,就可以看到自己承包下来的1300多亩土地,林开明有种成就感。

【同期】

林开明:我们小的时候,从分田到户的时候,经常听到爷爷、老娘和周边邻居之间吵架,都是一些小琐事,比如你的菜地多挖一两个锄头过来,菜地里的鸡到我田地里吃了一两片菜叶也吵架,倒是现在成片一下,农民也不存在为了自己的一亩三分地跟隔壁邻居吵架了。

【解说】

林开明告诉记者,作为合作社的最大股东,他有种衣锦还乡似的自豪,这种荣誉感比他在外地办小吃业赚钱了还更浓烈,但是,既然把辛苦赚来的300多万元全部投入了农业发展,他必然要面对现实。

【同期】

林开明:搞农业投资比较大,回报比较慢,资金这一块成问题,那我们农业不像工业,工业你厂房搞下去,到担保公司、到银行可以贷款,农业这一块,没有什么担保公司,去哪里贷款。

【解说】

林开明所说的贷款,指的是在土地流转过程中,发展大农业所需要的大额贷款资金,因为,目前金融企业对农业贷款至少有两个渠道。

【同期】

沙县农村信用合作联社主任许建:一是小额信用贷款,通过我们的评定认定,免于担保,可以在3万元以内进行周转的,但这3万元远远不能满足规模的经营生产。还有一种是可以在20万元之内的农户联保,但是农户联保要求担保的能力,应该符合贷款的要求,不能说农民收入1年只有两三千元,你去担保一个一二十万元。这显然就超过他担保的能力。

【解说】

而林开明所说的担保公司,指的是在土地流转过程中,为扶持土地流转而产生的经济担保实体,因为,对于农业,目前在沙县,已经成立了养猪行业和柑橘行业的两个担保公司。

【同期】

沙县农业局局长蔡岩松:养猪协会和柑橘协会,经历了一定的发展,之后也有一定的资金积累,同时整个产业的基础也是比较好的,所以他们这些有关的协会会员,出些资、融些资,来成立担保公司,相对来说条件比较成熟。

沙县农村信用合作联社主任许建:担保公司成立本身是要有利可图的,要承担风险的,没利就不愿意做这事。

沙县农业局局长蔡岩松:因土地流转成立的一些专业合作组织,它的整个发展期很短,资本积累上有较大的差距。一时很难通过社员之间来融资,成立担保公司。

沙县农村信用合作联社主任许建:担保公司不是由国家出资的,它都是由个人出资的。

【解说】

许建告诉记者，如果国家银行拿自己的钱为自己担保，那又何必多此一举呢。

【同期】

沙县农村信用合作联社主任许建：担保公司只能是由社会团体或其他人，用自有资金，来组建担保公司，自愿承担风险，银行不行的。

【解说】

于是，当遭遇资金周转不过来的时候，林开明曾经还想到了"能否用农作物来抵押贷款"。

【同期】

林开明：山林拿去贷款，林权证拿去担保，你木头要出售有林权证才能出售，你钱没还掉，木头放在那里是一年一年大起来，也就是增值起来。我这农田是不能抵押贷款的，我这田地里种的东西也是不能贷款的，比如（田里农作物）一个季度一个季度，这季节到了，我不采收去出售，放在那里会烂掉。这肯定不能作为一个抵押物。

【解说】

自从参与了土地流转、成立了合作社之后，林开明对于有关土地的事宜一直倾注了最大的关注，近段时间各种媒体上报道的浙江省"农民宅基地、承包田"抵押试点的消息，让林开明活络开了心思；和林开明一样关注这件事的，还有沙县夏茂镇的村民张立椿，他也是外出办小吃赚钱后，回来办养牛场的土地流转参与者，他和林开明有同样的心结。

【同期】

沙县夏茂镇村民张立椿：城里面的房子都能贷款，为什么我们农村里的房子都不能贷款？有时候我们资金周转不过来的时候，真有点想不通。

沙县国土资源局副局长李炳星：应当说，本来作为财产权，不管是国有的还是集体的，它们的法律地位应该是平等的，不能说国有土地使用权可以抵押贷款，集体的使用权不能抵押贷款。作为浙江他们想冲破这个界限，他们认为地是我们农民自己的地，房子也是我们自己的房子，为什么作为我们农民的资产，只是身份的不同，是农民的资产就不能抵押。

【解说】

李炳星告诉记者,十七届三中全会说得很明确,农民有三样东西不能拿去抵押,一个是土地承包经营权,一个是农民的宅基地,一个是农民的房屋。

【同期】

沙县人民政府副县长罗奕星:我觉得中央是深层地考虑这个问题的,确保农民不管怎么样,他不至于丧失土地,不至于丧失房屋。

沙县国土资源局副局长李炳星:农民集体宅基地(如果)可以进入金融部门进行抵押,那必然也会出现一个后果,因为农民如果出现风险以后,必然产生居住的问题。

沙县农村信用合作联社主任许建:土地再抵押给人家,可能农民就会流离失所。

沙县国土资源局副局长李炳星:再严重点说,会引起社会安定的问题,所以物权法、土地管理法、担保法都不鼓励农民的土地拿来做抵押物进行抵押贷款。那我们沙县前一段也在探索这件事。

【解说】

李炳星告诉记者,浙江之所以敢在土地抵押贷款上有所先行,必然有它可以依托的依据;沙县前段时间,政府组织相关部门到浙江去考察,考察回来之后,打算结合沙县实际情况,就集体土地使用权可以抵押贷款等金融创新上,在夏茂镇先行试点。

【同期】

沙县人民政府副县长罗奕星:从我们沙县来讲,我们确确实实想在这方面(抵押贷款)来个创新。

【解说】

但是,在试点过程中,难免还是会遭遇这样的问题。

【同期】

沙县国土资源局副局长李炳星:那你总不能说,以最基本的生产资料去抵押贷款吧,万一生产资料出现了风险,你金融部门委托法院是执行好还是不执行好?你最起码的生存权都没有了,要田没有,要房子没有,怎么办?

沙县农村信用合作联社主任许建:上诉到法院去,法院可以判你胜诉,他欠你钱,但是不给你执行,因为明摆着,签订合同时,你就违反了有关土地法律规定。

【解说】

许建告诉记者,改革创新之路必然有摸着石头过河的阶段,必然要遭遇许多现实的问题。他认为,如果沙县真的把夏茂镇作为试点,那么……

【同期】

沙县农村信用合作联社主任许建:(我们)和政府探讨,就是如果出现了风险,政府和我们(信用社)怎么来承当风险。十七届三中全会提出来,土地流转承包,适度扩大规模,这是很好的,但是规模化生产后,就需要资金。但银行目前受到抵押物的限制,比如自有房产抵押、土地使用权抵押,这都受到国家的限制。更重要的是,国家应该把保险业拉入到农业范畴来。

福建农林大学经济与管理学院系主任庄佩芬博士:终归一句话,其实还是限制于资源的,所以我觉得只有通过发展,真的只有通过发展,才能解决这些问题。

【解说】

2008 年 10 月 22 日,林开明在他的合作社办公室的地图前,说了这样一段话。

【同期】

林开明:可以耕地的土地面积都在这,目前我们合作社已经流转到这里了,这么一大块都已经被流转了,就差这一块没有,预计明年想办法一起拿过来。十七届三中全会刚刚开完,大家对土地流转问题都非常关注。(记者:你对这问题,你了解多少?)我对这个问题,按这会议精神来看,对于我们农民,对于合作社,对我们农民发展有好处,一是土地可以长期使用,感觉对我们搞规模化生产有利,一些设施投资下去也敢投资。

【口播】

关于土地流转的话题很多,比如,把征地限于公共利益的需求,这公共利益怎么界定;土地流转会不会产生强势群体对土地的"掠夺",还有劳动力转移到城市后,社会治安问题、医疗保障问题、户籍制度问题等,都有待于进一步摸索和健全。我们不知道沙县夏茂镇在土地流转中创新的试点是否会取得成功,但是,我们看到了像林开明这样一批农民对于十七届三中全会后土地流转的乐观态度,前进中遇到困难是社会发展的客观规律,但是,正如十七届三中全会关于农村改革若干重大决定指出的那样,我国已进入着力破除城乡二元结构、形成城乡经济社会发展一体化新格局的重要时期。这个时候,扎实的法制支持,配套的政策扶持,一步一个脚印的创新显得尤为重要,社会也就是在一步一个脚印中进步的。

（荣获第十九届中国新闻奖电视专题类三等奖）

评点

通过人、为了人,透视农村土地流转问题

土地问题事关农村改革发展稳定大局,与广大农民的切身利益息息相关。2008年10月,党的十七届三中全会闭幕之后,土地流转问题再次成为社会关注的焦点。福建省广播影视集团敏锐地把握到这一社会热点问题,立即组织力量进行走访调研。

记者团队,带着问题,深入田间,找到了全省土地流转的典型地区——沙县,同时选取外出创业成功后返乡承包土地、成立农业合作社的村民林开明,作为典型人物。但这个典型人物不是用来宣传的,而是通过呈现他的所思、所想、所感,来揭示一个普通劳动者,与党的农村政策的命运休戚的关系。在此基础上,节目聚焦于土地流转过程中农民面临的资金难题,分析了中央相关政策的内涵意义,探讨集体土地使用权作为贷款抵押物等金融创新实践的可行性,呼吁政府完善相关配套政策。作品坚定了广大农民克服困难的决心,切实做到"想民之所想,急民之所急"。

"农民林开明的土地心结"这个标题很夺目,预示着节目是关于人的故事,而非关于政策的抽象阐释。让我们想到了20世纪80年代许多讲述农村改革的文学作品。当然阐释政策的内容是不可少的,但让政策通过人、为了人该创作思路,是值得充分肯定的。

你,准备好了吗

——2009 招工找工难的思索

刘凌汉　吴佳敏　郑丽彬

（福建电视台　2009 年 12 月 31 日）

【导语】

如果说城市化是每个国家经济发展的趋势,那么,我们是否可以说,农民进城则是城市化的必然规律? 按"十一五"规划,2050 年我国将达到中等发达国家的水平,那时候,农村人口将低于全部人口的 20％。也就是说,未来的 40 多年,每年农村将向城镇转移 1400 万人口,可是我们的农民准备好了吗? 我们的企业准备好了吗? 我们的城市准备好了吗? 我们的社会准备好了吗?

【解说】

12 月 5—7 日,一年一度的中央经济工作会议在北京召开。12 月 10 日,记者专门就会议提出的推进经济发展的重点,关于就业、社会保障措施等,这个目前全社会关注的热点问题,来到福建泉州——东南沿海农村进城务工人员最集中的地区调查、采访……

【同期】

人物 1:你肯定是要先把员工的心定下来。

【解说】

杨柳,泉州市滨海大酒店常务副总经理,32 岁,四川人。17 岁起就任酒店服务员,如今被聘为酒店管理者,身兼打工者与管理者双重身份。

【同期】

人物 2:员工忽然就流失近 200 个,就怕这样情况发生,这样情况发生企业就没办法去面对了。

【解说】

王力,三斯达福建鞋业有限公司行政副总经理,35 岁,安徽人。19 岁起辗转广东、浙江、福建东南沿海大小鞋厂务工,如今被聘为企业管理者,身兼打工者与管理者双重身份。

【同期】

人物 3:如果你有技术,应该不是找工难,应该说找到一个适合自己的工作难。

【解说】

郑舟,乔丹(中国)有限公司鞋业部,30 岁。20 岁成为鞋厂普通针车工,经过 10 年努力,如今成为产品打样设计员。

【解说】

不论是出来打工的郑舟,还是已经成为企业管理人员的杨柳和王力,2009 年对于他们来说,都是个不太寻常的年份。经济大环境的低迷对他们所处的企业,以及他们的企业所在地区的经济,不能说完全没有影响。

【同期】

王力:有的小工厂,百八十个人的,倒掉很多,没办法生产。

【解说】

那么,我们是不是可以这么推断,这附近的大小企业应该就不缺工了吗?这只是一个普通的工作日,王力所在的工厂门口一如既往地挂着招工信息。其实,这样的招工信息牌在这个号称中国运动休闲鞋基地的一条街上随处可见。

【同期】

王力:我们从前用这样的牌子,现在都是用电子信息牌了。

【解说】

让王力犯愁的并不是这种零散缺工的情况,明年公司计划扩大鞋的产量和产值,准备再上 3 条流水线。

【同期】

王力:准备再上 3 条流水线,增加 3 条流水线就意味着,在原有的工人基础上要增加 1000 多人,这 1000 多人有的时候招的好的时候,一批招几十个人。

记者:那 1000 个人得招多少批,那就是不断在招。

【解说】

看来,从广东等地的劳动力市场引进,或是从西部地区的劳动保障部门、技术学校推荐的劳动力对于解决企业发展过程中的需求还是远远不够的。况且这样的招聘,也和过去不大一样了。

【同期】

王力:有没有洗手间?空调?有没有夫妻房?有没有IC电话?公司里面有没有娱乐室?每个节假日有没有主办文艺晚会?有没有员工一般该享受的保险等,他在问我们答,原来是我们问他们答。

泉州"90后"农民工:工资最少要1300元。

泉州"80后"农民工:公司为我们考虑我们就能安心在这里上班。

泉州"80后"农民工:要让人很充实。

【解说】

现在王力还不敢想象,万一真要招不来工人,公司将要面临怎样的压力。

【同期】

王力:比方说我们要1000人,就招来500人,还有500人的缺口要怎么办,我们这个流水线是不是要闲置,我们这个生产量订单要缩小。

【解说】

2009年下半年开始,泉州——这个福建乃至全国工业发展最快、最具活力的地区之一,都被缺工问题困扰。不仅是工厂,连酒店服务行业也面临着相似的问题。

【同期】

杨柳:简历没有体现出在哪一年退伍的?

应聘保安的员工:2003年。

杨柳:在哪里退伍的?

应聘保安的员工:在邵武。

【同期】

杨柳:工厂可能通过科技的发展,可能会用机械化,但是我们酒店是一个劳动密集型行业(缺工),对我们来说肯定会带来很大的困扰,因为我们的服务更多的需要人去完成。

【解说】

劳动力稀缺让杨柳所在的酒店悄然酝酿着对待员工理念的转变。

【同期】

杨柳:我们在管理条例上明确规定,要求领导要主动和员工打招呼。

记者：真的是这样子？

杨柳：是，我自己每天整个酒店至少巡视 3 次，在任何岗位看到他们，都要主动和他们打招呼，或者是简单的询问。

【解说】

酒店招工之所以不太容易，杨柳认为，这和当下社会热议的"80 后"与"90 后"一代也有一定的关系。

【同期】

杨柳：比如以我自己来说，我们 70 年代那个时候的家庭，家里的小孩比较多，还有我们一般毕业以后很快就走上工作岗位，现在的八九十年代的这些孩子，可能对他们来说并不是非常急需要一份工作。

【解说】

从杨柳还有之前王力的经历我们可以看出，以泉州为例，当下许多企业还是缺工的。如果说，企业在这场招工战役中打得相当费劲，那么这场战役中的另外一个重要角色——农民工兄弟，他们又处在怎样的境况之下？

【同期】

郑舟：这个就是把设计图稿转换成一个纸板，然后分解这个板块下来再进行样品的制作。

【解说】

从车间到办公室，郑舟用 10 年的努力来实现了这样一个跨越，如今拥有一门技术的他并不害怕自己有一天会因为企业的原因而丢掉饭碗。

【同期】

郑舟：现在找工作是好找，那可能是要花点时间。比如说离家要近点的、收入要差不多一点的、能够照顾到家里的，这样的工作那么好找吗？

【解说】

为什么还有那么多和郑舟一样，希望通过自己的努力真正迈进城市门槛的人们，还是找不到一个安稳的落脚点？

【同期】

郑舟：人家感觉这个行业很辛苦，愿意过一种比较轻松一点的生活。

【解说】

当然，另外有些人不愿意出来打工，也是因为过去相比沿海地区要落后许多的老家，如今发展得越来越好了，同样提供了就业机会和创业空间。这也在一定程度上分流了部分劳动力向经济发达地区转移。

【同期】

郑舟：听说收入还很不错的。

记者：会比这里低？

郑舟：肯定会低一点，但是有的人觉得能够在家里，能够照顾到小孩、老人，如果那边能达到 1000 来块就愿意回去了。

【解说】

我们调查了许多农民工，从中挑出这 3 位。可是，就这 3 位籍贯不同，经历迥异的农民工，各自不同的故事，却让我们发现"招工难，找工也难"，如今似乎已经在东南沿海的工业发达地区形成了周而复始的怪圈。一边企业急等开工，一边农民迫切找工作！客观地说，如果我们走不出这个怪圈，那么工业发展乃至城市化进程都将是一句空话。可是又是什么原因，让这个怪圈长期以来，几乎总是在困扰着我们的企业和农民工呢？！

【同期】

都阳：因为这是经济发展的一般逻辑。

【解说】

都阳，中国社会科学院劳动与人力资源研究中心主任、中国人口与劳动经济学专家。

【同期】

都阳：首先在经济发展很初期的时候，我们需要解决就业岗位，这个时候劳动密集型企业，当然是最好的就业部门，一旦这个部门扩张到一定程度以后，它就必然会产生（劳动力）数量短缺和工资上涨的情况，那么劳动密集型企业的规模在缩小，工人工资在上涨。这当然是好现象，关键是如果有了这种变化后，无论是企业还是劳动者，是不是有相应的调整。

【解说】

进城务工的农民工，对城市充满了未知的恐惧，如何才能消除他们的陌生感，让他们真正地走进企业，融入城市生活？他们最需要的到底是什么呢？

【同期】

郑舟：赚到的钱能够领到手，这个是很关键的问题。

还有一个要尊重他们，比如说户口问题，有的人出来打工几十年，回家都不适应了。社会肯定要考虑解决这些问题，他们到底能不能在这边安家落户，总不能一直是外来工,一直是农民工。还有一个医疗方面的问题,也是很关键的,还有就是子女上学的问题,基本上就是这些问题。

【解说】

其实,郑舟这位出生于 70 年代末的普通工人的想法,极其真实。改革开放以来,大量的农村劳动力涌入城市,务工、经商,形成独特的农民工群体。据不完全统计,目前其总量已经达到 2 亿人。这些农民工为我国的经济、为我国的城市、为我国的企业,都做出了极大的贡献。可是我们的城市、我们的企业尽管也在口头上说"一视同仁"啊,各地也出于种种考虑,出台了形形色色的优惠,甚至三令五申要以"新某地人"的尊称来取代"农民工""外来工"这些略带贬义的称呼。但是这种种努力,在"城乡二元化"这些固有的、根深蒂固的差异面前,却显得那么苍白无力!那么,我们对于郑舟这位普通农民工,这样的真实却在某种意义上兼顾了六七十年代尤其是 80 年代农民工的普遍性想法,又该怎样来解读?

【同期】

全国人大财经委副主任贺铿:很多城市的政府,你是一个原来城市的政府,扩大了的城市,农民工进来以后,你没有起到政府的作用。这个是政府要转变执政理念的一个方面,应该一视同仁。这次经济工作会议,从户籍方面,当然是让农民工在行政方面走向平等的一个途径,但更重要的是我们自身理念要真正一视同仁。

【解说】

是啊,是到了打破"城乡二元化"、改变公共政策福利来源一视同仁化的时候了!如果说社会、城市公共政策上的一视同仁能带给进城打工的人们一种公平的切身感受,那么,我们正在招工的企业是否考虑过,在这些年这场城市化洪流中应当怎样扮演自己的角色?

【同期】

杨柳:首先作为企业要诚信,这份工资不仅仅是他自己要的,他后面还有一大家子人。

管理人员:这个电话都是可以拨打外线的、长途的,都是免费的,宿舍里面共有两台。

记者:随便让他们挂吗?

管理人员:随便挂。

【解说】

在我们走访的几家企业,与过去相比,企业为工人做出的改变显而易见。

【同期】

带孩子上厂办幼儿园的工友:3 岁,(记者问:在这里出生,还是在老家出生的?)在这里出生的。

记者:办了这个幼儿园是不是感觉放心多了?

带孩子上厂办幼儿园的工友:厂里面有当然是好啦。

校车司机:安全把你放到学校,再把你接回来,父母就放心点,不怕下雨刮风,什么都不怕。

福建省人民政府发展研究中心原副主任研究员王开明:一个企业的管理最根本是以人为本的管理。

【解说】

福建省人民政府发展研究中心原副主任研究员王开明,是我省经济及各项工作政策制定的参与者。

【同期】

王开明:从社会保障、从教育,包括技术的培训,要舍得投入,而且要看到你对农民工好,他会回报你。

【解说】

当然,走出招工找工怪圈,同样需要进城务工人员改变观念,从自身方面做好准备。我们的农民工不仅需要改变自身的、原来适应于农村的观念,尽快树立适应城市的、企业的观念,更需要做好自身的准备,尤其是从业基本技能方面的准备。

【同期】

王开明:政府现在搞免费培训,要积极参加,从长远来看,整个进城的农民工,将来特别是年青一代的,回去种田的可能性是很小的,所以也确实要有一个融入城市的思想准备,而且要有一个公民意识,这个城市将来有可能是我的,我要爱护这个城市。

【解说】

国庆 60 年阅兵式上,由 2323 人组成的农民工方阵首次出现在游行队伍中。宁夏"打工仔"郭昊东代表 2.4 亿农民工登上国庆彩车。

【同期】

贺铿：对城里人我常说，你看看他的爸爸是哪里人？再看看他的爷爷是哪里来的？总归可以找到他的祖宗是乡下人。

王开明：当今时代，谁是最可爱的人，应该说是农民工。

杨柳：作为外来工来说，不仅是企业的认同，当他走入社会以后，社会的认同，他们还要在这个社会里生活，包括他们子女教育问题，以及福利，这些都是影响未来企业用工的一些问题。

王力：人都是有感情的，员工也是这样，你对他好，什么都为他考虑，他就觉得在你这里做着舒服，什么事都像在家里一样，有个商量的余地。

郑舟：进城可能是很多年轻人的向往。这里还是不错，今后在这里还是继续做。

【解说】

采访过程中，记者不断地思索着片头提出的问题：我们的农民、企业、城市、社会准备好了吗？应该说，我们的社会、城市已经着手在准备逐步解决城乡二元化问题！我们的企业、我们的农民工也已经在着手准备！我们相信，只要有这几方面共同的准备和真正地实施，我国经济将真正可持续发展……

（荣获第二十届中国新闻奖电视专题类二等奖）

评 点

深挖细究社会现象　用心践行使命担当

随着国家"十一五"规划的提出与中央经济会议的召开，福建电视台密切关注国家经济发展动态，通过对农民工问题的长期观察，发现福建省出现农民工集体返乡、用工单位招工难的现象。在深入调查过程中，记者以福建沿海地区 3 位农民工的情况为主线，对招工找工难题进行深刻剖析，提出改变城乡二元化、转变经济增长方式、调整产业结构、提升农民工自身技能等一系列破解难题的具体举措。

记者紧紧抓住"谁是利益主体，就最应该采访谁"的原则，先后走访了几家用工单位，对管理人员的访谈展现用工单位招工难的现状，又从用工单位、农民工及中西部发展状况三个维度探讨"用工荒"的深层次原因，并向相关专家请教招工找工难现象的经济学原因及解决方案,层层递进,直击难题的核心,展现了记者优秀的"脑力"。

该节目刊播于2009年年底。翌年,"中央一号"文件和两会均强调了解决招工找工难题的重要性,这反映出该记者团队的前瞻性与敏锐性,"眼力"独到。节目组密切关注社会民生,深耕基层,以脚踏实地的采访调查回应企业和民众对招工找工难题的关切,践行了新闻工作者的使命与担当。

开往泉州的团圆号

集　体

（泉州电视台　2011 年 3 月 6 日）

【导语】

重庆—泉州，距离 1903 公里，心的距离 0 公里（画面：大巴车开动的画面距离，距离一直减少）；距离 0 公里，心的距离 0 公里。（现场音响）"叫爸爸"，"爸爸"。

【解说】

2011 年 1 月 24 日，春节前夕，一辆特殊的大巴车从重庆酉阳出发，开往福建泉州，车上有 20 多名留守儿童，他们将跋涉 2000 公里，与自己的父母过年团聚。一路上都会发生哪些故事？当孩子们和父母团聚的那一刻又会是什么样的场景？我们的记者用镜头全程记录了这段团圆之旅。

25 日凌晨 2 点，在湖南长沙西高速公路收费站，记者终于等到了这辆大巴车，孩子们大部分是好几年都没有见到自己的父母，有的甚至是从出生到现在都没有见过自己的爸爸，这一路上到底会发生什么样的故事？当孩子们和父母团聚的那一刻将是一个什么样的场景？我们一直充满期待。

一大清早，大部分孩子已经醒来了，兴奋地望着窗外，期待着能够马上飞到泉州，到自己父母的身边。身边的这对小兄弟哥哥叫欢欢，弟弟叫迎迎。迎迎今年 1 岁 8 个月，至今没有见过自己的爸爸。

【同期】

"叔叔给你们的饼干。"

"别争了，都有吃的。"

"您今年多大岁数啦。"

"60 岁。"

"是不是带着两个小孩有时候挺烦的？"

"（我）人老了嘛，天天就去找（小孩）。跑，跑得很远，马路上车又多。"

【解说】

欢欢和迎迎的爸爸叫冉敬峰,在泉州一家石材厂打工已经好几年了,本来他和妻子想回老家过年,但为了节省1000多块钱的路费,只好让老母亲带着欢欢和迎迎来泉州过年。冉敬峰就要见到欢欢和迎迎了,大巴车上20多个孩子,他能认出自己的孩子吗?

20个小时过去了,大巴车进入福建境内,泉州越来越近了。和这些孩子们聊天时,记者明显地感觉到他们似乎少了一份这个年龄应有的欢乐和顽皮,多了一份成熟和坚强。对于这些孩子来说,"家"和"团聚"这些平平常常的词语,显得多么珍贵,甚至有些奢侈。

12岁的田怡然在老家一所乡镇中学上初一。一年多来,她和父母千里相隔。在大巴车上,其他小朋友都有爷爷、奶奶或亲戚陪同,她却独自一人。提起爸爸田波,小怡然总是抑制不住自己的思念之情。

【同期】

留守儿童田怡然:我爸爸真的挺好的,无论我做错什么事,爸爸都会谅解我,回来他都没有骂过我。(到泉州后)帮他们洗一下衣服啊,做家务之类的。其实我承认我不是很勤快,可是有时候我真的会为他们洗衣服。可是……(捂嘴欲哭)

【解说】

小怡然告诉记者,由于父母常年在外打工,他们村大部分留守孩子都由爷爷奶奶来看管,小怡然常常感到和奶奶的沟通很困难。

【同期】

田怡然:有时候我说话她听不懂,她有时候说方言我也听不懂。我一直要问她是什么意思,她可能会觉得比较烦吧。

【解说】

和小怡然一样,万菲的父母也在泉州打工,提起同在泉州打工的爸爸妈妈小万菲显得异常激动。

【同期】

留守儿童万菲:我经常梦见和他们(爸爸妈妈)一起在海边玩呀,照相,特别的开心。我希望在他们的心里,我不再是让他们烦恼伤心的那个女儿,我希望这次过去让他们知道,我已经懂事了,长大了。

【解说】

大巴进入福建龙岩境内,高速路上的大雾越来越浓,能见度甚至只有100多米,司机张师傅立即小心翼翼地减速前行,眼看着再一个小时多就要到泉州了,孩子们心里都喜滋滋的。

25日下午两点半,经过一天一夜的千里跋涉,大巴车终于抵达了目的地泉州市水头汽车站。早已等候在车站的亲人们立即围拢过来。小怡然透过车窗,焦急地寻找她的爸爸和弟弟。

【同期】

"毛(弟弟)。"

"这是你弟弟是吧?"

"是。"

"真可爱。"

"高兴吧?"

"高兴。"

"喊我,喊我。亲一个。好乖哟,好重哦,好久没有抱过他了。"

【解说】

而此时,在车站,冉敬峰也在四处寻找儿子欢欢和迎迎。此时的冉敬峰,已完全变得手足无措。你看,这名小男孩刚一下车,他立即奔上去,准备去抱。

【同期】

"姐,我的儿子呢?"

"是不是这个?"

"不是。"

【解说】

显然,冉敬峰已经不认得欢欢和迎迎了,他再也等不住了,索性飞奔上车。

(亲儿子的现场)

抱着从未见过面的儿子,冉敬峰显得异常激动。而欢欢只习惯被奶奶抱着,爸爸的举动,显然把他吓坏了。

(现场哭声)

出生之后从未见过,孩子们能够接受这个从没有见过面的爸爸吗?带着这些疑问,我们一起来到了欢欢和迎迎的新家。冉敬峰拿出了早已准备好的玩具给儿子,百般讨好,可欢欢和迎迎对着这个有些陌生的爸爸始终没有开口。

【同期】

"叫爸爸。"

"你走开。"

【解说】

一声爸爸,冉敬峰等了两年,这时,他再也等不及了。

【同期】

"叫爸爸,快叫。"

"爸爸。"

"哎,哈哈哈。再叫一声。"

"爸爸。"

"大声喊。"

"爸爸。"

【导语】

孩子一声嘹亮的呼喊,让冉敬峰暂时忘记了在外打拼的艰辛,沉浸在幸福之中。然而,许多现实因素为这次团圆加上了一个时限,过完春节,孩子们又要离开父母回到老家,相见时难,别亦难,这次相聚,让冉敬峰觉得无比珍贵、难以割舍。

【解说】

在南安水头的欢欢和迎迎家中,这一年仅有一次的团聚,让父亲冉敬峰特别珍惜,他走遍商场,给孩子们买了几套新衣服,还有一堆新玩具,看着两个孩子,冉敬峰心中百感交集。

【同期】

冉敬峰:看他们长这么大,觉得挺愧疚的,欠他们太多了,没有带孩子在身边,有时候,在外面和他妈妈挺想孩子。

【解说】

工厂一放假,冉敬峰就带着欢欢和迎迎来到泉州市区东湖公园。欢欢和迎迎以前一直没走出过山村,对这里所有的东西都充满了好奇。

【同期】

"快看,老虎哦。"

【解说】

欢欢和迎迎一开心,在公园里又打又闹,初为人父的冉敬峰看着淘气的孩子们常常手足无措。

几天的努力，欢欢和迎迎开始对这个有些陌生的爸爸感到亲切了。

一到晚上就是冉敬峰和孩子们的游戏时间了，对于冉敬峰来说，这是让孩子亲近自己最有效的方式。

【同期】

"我叫什么名字，知道吗？"

"你把爸爸弄疼了。"

【解说】

欢欢不知轻重的话，竟让冉敬峰几乎喘不过气，但只要孩子开心，冉敬峰都愿意去做。到泉州已经十来天了，欢欢和迎迎对冉敬峰的感情越来越深，"爸爸"的呼喊也越来越嘹亮。

【同期】

"叫爸爸。"

"爸爸。"

"亲我一下。"

"亲到脸。"

冉敬峰：给他糖吃，叫他叫我什么就叫什么，叫我的名字，叫我的俗名，叫我爸爸，什么都叫，反正你给他糖吃，他叫得挺欢的，我心里挺爽的。

【解说】

转眼间，春节假期已经结束，冉敬峰的工厂过两天就要开工了。原本打算开工后，就让母亲带着欢欢和迎迎回老家，可20多天接触下来，他却舍不得让两个孩子离开，这时，他又提出一个酝酿很久的想法：让欢欢和迎迎留在泉州。

冉敬峰的想法一提出，就遭到母亲的反对。在泉州打工的这段日子，一家人就住在10平方米不到的房子，周边就是好几吨重的石材和加工设备，并且外面就是马路，车来车往，这样的环境，让家人难以放心。

【同期】

欢欢和迎迎的奶奶：孩子很调皮，环境比较危险，又担心孩子被拐卖。

【解说】

对于欢欢和迎迎的去留，妈妈熊玉英特别纠结，既舍不得把两个孩子送回老家，又难以把孩子留在身边，因为工厂开工后，夫妻俩基本没有时间照看孩子。欢欢和迎迎的母亲熊玉英初九就开工了，很忙也请不到假，如果留在泉州照顾得过来吗？他们怕上晚班吵到他们睡觉,白天睡觉会吵,要是留在这里肯定要去上学。

【解说】

工厂开工了,冉敬峰请了两天假,想为孩子留在泉州努力一下,今天他带着欢欢到附近一所幼儿园去看看,如果能在泉州上幼儿园,放学时间自己来照看,那么欢欢和迎迎留在泉州的愿望就能实现了。

【解说】

幼儿园学费一学期 3000 多元,如果欢欢和迎迎留在泉州,这半年下来开支要多出 1 万来块,这无疑是很大的负担,在现实面前冉敬峰退缩了,一家人商量很久,还是决定让欢欢和迎迎回到老家由爷爷奶奶看管。

【同期】

冉敬峰:还是送他们回去吧,他爷爷身体不好,他奶奶在这边看,也管不了他们两个,有时候看这个那个跑了。

【解说】

第二天一大早,冉敬峰帮孩子和母亲收拾好行李,准备送他们回重庆老家,可是欢欢不想走了。

【同期】

"我不想走。"

【解说】

此时冉敬峰再一次犹豫了。

【同期】

冉敬峰:"要不让欢欢留下来吧,让他到车站如果真不想走再说。"

【同期】

冉敬峰:"你要想我,爸爸给你买玩具寄回去,还有新衣服。"

【解说】

面对欢欢的不停呼唤,冉敬峰只好撒了个谎。

【同期】

"爸爸不是要走,是去给你买东西。"

【解说】

随着大巴车的远去,欢欢和迎迎与父母这一年仅有的一次团聚也落幕了,孩子们又回到了重庆老家和自己的父母千里相隔。在这相聚的 25 天里,我们完整地记录了一次幸福的团聚,一次悲伤的别离,孩子们稚嫩脸孔所不该有的成熟,坚强汉子的无奈,这何尝不是5800多万留守儿童家庭的表情和心情。团圆是孩子们孤独无助中的希望,也是父母在劳累和辛苦中的坚强,希望这些家庭能够奋斗出更好的未来,不让这些付出白费。

【同期】

田怡然的父亲田波:只要一家人在一起,即使吃白菜晒太阳都很幸福。

冉敬峰:如果工资高了,就把所有的家人都接来泉州。

（荣获第二十二届中国新闻奖电视专题类三等奖）

评 点

关怀留守儿童　温情而不煽情

《开往泉州的团圆号》是一部温馨感人的电视专题作品。2011年1月24日,一辆特殊的大巴车自重庆酉阳开往福建泉州,这辆大巴车上满载着盼望与父母团聚的留守儿童。泉州电视台的记者随车拍摄并做追踪报道,通过实拍和采访,真实记录下一段珍贵的时光,展现了亲子间久别重逢的喜悦和离别时刻的不舍。

作为新的社会现象,有关农村留守儿童的报道时常见诸报端,但这些新闻报道常常侧重于社会各界的关心和帮助,将农村留守儿童置于报道内容的"配角";相关的影视纪录片往往侧重于对亲子关系的描摹,仍以成人视角为主要叙述角度,且不强调时空的完整和延绵。《开往泉州的团圆号》则另辟蹊径,将镜头焦点对准农村留守儿童,经过数日的跟拍,以纪实片的方式,生动再现农村留守儿童的所言、所行、所感。报道中蕴含大量值得细细体悟的细节,如小怡然的撇嘴欲哭、冉敬峰的手足无措、欢欢的不愿离别等,真实而动人,反映出记者敏锐的观察力和生活感知能力。

这部专题作品虽呈现了许多感人场面,但并未过度渲染,而是点到即止,温情而不煽情。节目以"团圆"为主题,在反映农村留守儿童这一社会问题的同时,也鼓励人们为美好生活而不懈奋斗,从而充分发挥了新闻报道成风化人、凝心聚力的功能,弘扬了真善美,传播了正能量。

让我们记住他的名字

吴木坤　李　博　林振作　刘丽影

（厦门广播电视集团　2013 年 6 月 30 日）

【导语】

在距离中国万里之外的南极大地,有一条路被命名为"厦工大道"。这条路,让南极的科考队员记住了一家中国企业,也记住了一位普通的中国工人,他的名字叫——盖军衔。

【同期】

科考队同事念盖军衔妻子来信:今天是你的生日,祝你生日快乐,我们天天都在注意你们的消息,许多人都在关注此次的冰盖考察。你自己多保重,嫣明。

【解说】

2004 年 12 月 11 日,盖军衔在南极中山站度过了终生难忘的 50 岁生日。第二天,他们将向被称为"人类不可接近之极"的南极冰盖最高点冲击。

【同期】

克服困难,完成考察任务。我们一起喝下这杯酒。

好。

【解说】

这已经是盖军衔第三次参加南极科考活动了。1992 年,国家极地考察办公室选中厦工装载机作为南极科考装备,厦工机械师盖军衔从此与南极结缘,成为中国第一个参加南极科考的产业工人,厦工大道就是那时候盖军衔开着厦工装载机修出来的。

【同期】

盖军衔唱歌:一时失志不用怨叹,一时落魄不用胆寒……

【解说】

1997 年,盖军衔再次随科考队来到南极,他给队友们带来了"闽南三宝",把闽南的工夫茶和那首唱响中华大地的歌曲《爱拼才会赢》带到了南极,让闽南的水仙花在南极的严冬绽放。

在冰天雪地中,在那片危险而孤独的生命禁区中,盖军衔和科考队员结下了生死之谊。

【解说】

青年时代的盖军衔一直有个遗憾——自己只有小学文化程度。1975年,盖军衔进入厦门工程机械厂当学徒,那年他20岁,同一批进厂的工人里,他的文化水平是最低的。

【同期】

师傅余长吾:所以当时我就鼓励他,文化水平再加紧深造一下,所以他就毫不犹豫地报了我们的夜校。

盖军衔生前采访:意思说叫我要多学习,当时我也给我师傅说,我说你相信我,我不管到任何时候,都不会给师傅丢脸的。

【解说】

从那时起,盖军衔白天上班,晚上到夜校读书。两年初中,三年高中,四年大学;九年之后,他拿到了机械制造专业的本科文凭,弥补了人生一大缺憾。

厦门工程机械厂是中国第一台装载机诞生的地方。对装载机这个庞然大物,盖军衔有着浓厚的兴趣;数以万计的零部件,他拆了装,装了拆,反复研究每一道工艺,每一张图纸。几年下来,他竟然蒙着眼睛也能拆装机械,只听声音就能辨别故障出在哪里。

80年代初,国家第一机械工业部开始推广"群钻"技术,这是全国机电行业的一项重大革新,当时厂里还没人敢涉足。

【同期】

师弟林国强:这个难度很大,大家都打退堂鼓了,但我们盖工,每天不分中午晚上,就他一个人磨这个钻尾。

【解说】

经过反复试验,盖军衔磨出的"群钻"可提高钻头的一次刃磨寿命3～5倍,这个年轻的学徒从此在厂里有了点名气。这个时候,厦门设立经济特区,中国的改革开放开始在全国铺展。

1990年,国家机械部引进美国卡特彼勒装载机技术,厦工作为工程机械重点企业承担了整机装配任务。在最后的验收中,样机发生故障,美国专家正要判定不予通过,盖军衔凭借自己的经验和技术,大胆提出问题出在进口配件而不在装配过程。经过仔细检查,终于证实是进口的连接轴上挡圈漏装导致故障,美国专家由衷地对这位中国工人竖起了大拇指。

从装配工到工段长,从调度员到质管员,从车间副主任到高级技师、高级工程师,他为各类装载机的生产制造解决了近百项技术难题,为厦工创造的价值难以计数。

当年不想给师傅丢脸的学徒,在不断的学习和吃苦中,成了师傅最杰出的弟子,成为产业工人的骄傲。

【解说】

南极有四个必争之点:极点、磁点、冰点和高点,前三者分别被美国、法国和俄罗斯先后攻克了,仅剩气候条件最为恶劣的冰盖最高点尚未被人类征服。2004年,中国决定组织一支极地科考队,远征南极之巅。

【同期】

中国极地研究中心副主任李院生:我们一起来厦工请老盖再去南极,我们这次的任务是登顶。

盖军衔生前采访:当时我也感到,人生,也难得有这种国家需要我们的时候,所以当时我说,行,我再最后去一次。

【解说】

年过半百,一生劳碌,对工作过度的投入加上不规律的作息和饮食,老盖的身体积劳已久。南极冰盖最高点海拔4000多米,气温达到零下40℃,对于身患高血压和糖尿病的老盖,意味着这可能是一次回不来的征途。

【同期】

一、二、三,祖国万岁!勇士们,冲向南极冰盖最高点Dome-A,这次科学考察活动是国际南极考察的一次重要的科学活动。

盖军衔:这个吊车好啦。

全部准备完毕,准时下达命令。你们建功立业的时候到了,祖国在注视着你们,我宣布现在出发。

【解说】

2004年12月12日,为老盖过完50岁生日的第二天,一支由13名勇士组成的远征队从南极中山站出发,向冰盖深处推进。一路上,科考队连续遭遇了"死亡陷阱"冰裂隙和漫天飞舞的"地吹雪"。更糟糕的是,在这个危急时刻,一件意想不到的事情发生了。

【同期】

老盖,出现什么情况了?

盖军衔:啊?

出现什么情况了?

盖军衔:轮胎坏了。

什么原因造成的?

盖军衔:啊?

什么原因?

盖军衔:被冰碴刮破了。

【解说】

作为茫茫冰原上唯一的交通工具,雪地车出现故障是很危险的,必须在最短的时间内解决问题。冒着被冻伤和出现高原反应的危险,老盖以最快的速度把雪地车修好。科考队继续向前挺进,而老盖的体能却在一点一点地下降。

2005 年 1 月 7 日凌晨,经过 25 天的艰难跋涉,中国科考队距离冰盖最高点只剩不到 50 公里了,危险却在这个时候悄然逼近。

【同期】

盖军衔生前采访:记者他在传输那个资料。

南极队友金波:对,没电了突然。发电机就相当于我们的生命线。

零下 40 多度的冰天雪地,停电就意味着死亡。

盖军衔生前采访:我就赶快冲到发电房里面去,爬上爬下,然后又到舱顶去开透气管。

【解说】

老盖甚至来不及戴上手套,在冰冻的瞬间,他的手被黏掉了一层皮。一秒、两秒、三秒,地球最南端的低温冻住了时间。凭借老盖丰富的经验和娴熟的技术,发电机组终于恢复运转,而老盖却出现严重的高原反应和休克现象,倒在了发电机旁。

【同期】

随队医生童鹤翔:发现他胸闷、呼吸困难,所以我考虑他可能有心脏方面的问题。

【解说】

再坚持一天就胜利了,但老盖的身体已经在一路的抢修中被耗尽,距离梦想已如此之近,而他的血压却在这个时候降到了最低点。为了队友们的胜利,老盖选择了放弃,流着眼泪告别队友,告别南极。

【同期】

盖军衔:记得成功的时候不要忘了我。

队友:那一定,一定。

队友:保重。

【解说】

2005年1月18日,中国远征队终于登上了南极冰盖最高点,这个亿万年来寒冷孤独的地球的"不可接近之极",终于有了人类的足迹,而且是中国人的足迹。

【同期】

盖军衔接受采访:我没有坚持到最后……

【解说】

当人们以英雄的礼遇欢迎这位南极战士凯旋时,老盖心中的遗憾依然挥之不去,他知道自己再也不可能踏上那片净土了。

【解说】

告别南极后,盖军衔又投入到厦工装载机的售后服务工作中。遍布全球的经销商和用户们说,老盖就是一部装载机的活字典。

【同期】

厦工烟台代理商肖尔海:他工作非常认真,所以有了他,我们在装载机遇到的故障,没有解决不了的事情。

【解说】

几年间,老盖亲手培养了几十名售后服务工程师、上百名技术骨干、3000多名企业技工,对外培训用户则高达1万人。

然而,没有人知道,每一个不眠之夜,每一次泡面充饥,每一堂课,每一次出差,正在耗尽老盖的生命。2012年9月,老盖承担了一个装载机3D教学软件的开发项目,又开始了几个月的不眠不休。

12月8日,北京传来喜讯,盖军衔荣获中国第十一届"中华技能大奖",这是中国政府对工人技能水平的最高奖励。

【同期】

盖军衔生前采访:福建省到现在只有3位,对制造业来说,可能我就是唯

——一个获得这个大奖的人,所以我自己都不敢想,当时在报名的时候叫我报我都不敢报。

【解说】

这个最高荣誉似乎开始总结老盖的一生,这时他已经感觉到身体越来越不舒服了。

【同期】

同事余作力:连续一个月他一直咳嗽,他也没去医院检查。

妻子王嫣明:我说你今天怎么那么早躺在床上,他说他今天觉得肝有点痛。

【解说】

妻子硬拉着丈夫去医院检查,这时教学软件的研发正在做最后的冲刺,老盖还忙着给培训班上课。奔忙中的他竟然不知道,自己的身体已经到了油尽灯枯的地步。

2012年的最后一天,检查结果出来了,老盖被确诊为胰腺癌晚期,而且病灶已经转移到肝脏等全身8个部位。没有人能够想象,一个人的身体已经这样千疮百孔了,还能忍着疼痛坚守在岗位上。

【同期】

师傅余长吾:一下子接受不了,接受不了,真接受不了。

妻子王嫣明:他可能看我流眼泪,他就说,哎呀,你不要伤心。他说,你就当我去出差,我反正也老出差不在家。

【解说】

2013年的春节,老盖和家人是在病房里度过的。

【同期】

妻子王嫣明:儿子说,可能这辈子,就这段时间跟他待得最长。

【解说】

老盖知道儿子爱集邮,每到一个地方,都会用当地的邮票寄明信片回来,甚至把儿子的日记本带到南极,盖上邮戳。

病床上的老盖最牵挂的还是装载机,教学软件还剩下最后一点,他撑起虚弱的身体做着最后的努力。

【同期】

同事余作力:他说,做不完了,对不起,这件事情你们一定要把它做完,我是没办法了。

厦门厦工机械有限公司执行董事陈玲：他的生命已经是倒计时了，他还在想着这些。

【解说】

这个装载机教学软件成了盖军衔生命中最后的遗憾，就像当年南极最高点触手可及的时候，他却不得不遗憾地转身离去。

2013 年 4 月 24 日，老盖的病情急转直下，癌细胞已经在全身大面积扩散，妻子知道最后的时刻到了，再也无法对年迈的公公婆婆隐瞒下去了，得让老人家见儿子最后一面。

老盖的父亲祖籍山东，一生戎马，参加过抗日战争、解放战争和抗美援朝。父子相见，已是儿子弥留之时。

【同期】

盖总，盖总。

没办法了。

知道吗，伸直，好好好，伸伸伸。

【解说】

2013 年 4 月 25 日零时 35 分，盖军衔停止了呼吸，安静地离开了这个世界。

【同期】

师傅余长吾：不能替他，能替他我替他走，他对厦工还有用。

妻子王嫣明：刚开始我还觉得说，他好像就是出差了，但是时间长了就会觉得，本来应该要回来了怎么还不回来，后来想一想他回不来了。

【解说】

按照盖军衔的遗嘱，妻子将一条老盖亲自写好的短信发送出去，作为对这个世界的最后告别：

　　　　各位朋友大家好，当你收到这条短信的时候，我已离开这美丽的

　　人间。我在西去的路上遥祝各位朋友健康长寿，这是盖军衔送给各

　　位朋友的最后一个祝福。

盖军衔走了，但是，装载机铭刻着他的名字，遥远的南极也会记住他的名字。让我们记住他的名字，一个普通的产业工人——盖军衔。

（荣获第二十四届中国新闻奖电视专题类三等奖）

"小"人物　巧叙事

　　从生产生活中发掘先进人物事迹是常规化的新闻报道题材,将同质题材创新化需要记者的慧眼和巧思。《让我们记住他的名字》回溯了普通产业工人盖军衔平凡而伟大的一生,记者另辟蹊径,聚焦于盖军衔的人生遗憾,以人生的不圆满凸显人物的丰满形象,真实反映一位普通产业工人勤于奋斗、为国奉献的优秀品质,也高度凝练盖军衔的人生成就,叙事主线清晰,切入角度新颖,体现记者独到的"眼力"与"脑力"。

　　新闻追求客观性,但并不代表新闻是冰冷的。记者察实情、动真情,赋予新闻温度与灵魂,让观众为之感动并由衷地向榜样学习。《让我们记住他的名字》制作于盖军衔逝世之后,作品哀而不伤。盖军衔身体每况愈下直至与世长辞,是为"哀";面对南极艰难的环境、严重的病情,盖军衔坚守岗位、无私奉献,是为"不伤"。记者在创作时既真情流露,又克制自持,在追忆盖军衔的同时又将他的遗憾化为激励观众拼搏奋斗的精神力量,展现了记者优秀的"笔力"。

　　记者牢牢把握时代脉搏,以"小"人物折射时代大背景。在追求新闻时效性且时空跨度大的情况下,节目组又快又好地制作出细节丰富的电视作品,实属不易,体现记者长期的素材积累功底和扎实的节目编排能力。新时期,我国社会发展日新月异,要求新闻工作者继续加强学习、与时俱进,讲述更多中国故事。

厦门渔民阮过水：漫漫回家路　船过水无痕

杨　絮　邵　琦　颜学佳　陈文国　张　涛

（厦门广播电视集团　2017 年 12 月 10 日）

【导语】

今年是两岸开放交流 30 周年，厦门与台湾隔海相望，但就是这么一湾浅浅的海峡，却将两岸亲情隔绝了 38 年。有这么一位普通的厦门渔民阮过水，他因为熟悉水性，被国民党部队抓去金门当船夫，从此在台湾颠沛流离近 40 年。为了保佑家人安康，他在台湾基隆建起了厦门龙珠殿，守住了闽南渔民的一份信仰。从少年到白头，他是如何踏上返乡之路的？他又为何要把"送王船"的传统民俗重新带回厦门呢？我们一起去听听"过水"的故事。

【同期】

厦门渔民阮过水：在台湾（码头）检查的和金门（码头）检查的，就会问我这个名字是哪来的，是你自己取的还是父母给你取的。我就说我从小就是这个名字，（就有人开玩笑说）淡水过咸水，咸水过淡水，坐飞机也是过水，坐船也是过水。

【解说】

阮过水，今年已经 90 岁高龄了。他是厦门沙坡尾一个普通的渔民，他说父母给他取名"过水"，本来是期望在海边长大的孩子能遇水平安，没想到命运跟他开了个大玩笑，他一生颠沛流离，逃不开"过水"两个字。

【同期】

阮过水：我们早期是渔民，早期的渔船晚回港，因为吃饭晚，被国民党抓到金门去了。当时骗我们，说我们把国民党兵载到金门后，就会放我们回来，到了金门以后，人跟船都不能回来。

【解说】

1949 年，国民党撤退部队在厦门港一带大批捕抓壮丁，阮过水连人带船一起被强行带走，去了金门。他原以为，这只是一次短暂行程，跟以往出海打鱼差不多。没想到这一去,就是 39 年,不仅没来得及跟父母道个别,3 个儿女,一个 5 岁,一个 4 岁,一个还在妻子的腹中,更是让他日思夜想。

【同期】

阮过水:人在台湾,心在厦门。就是害怕别人看到,自己眼泪一直掉,哭一哭就过去了。

【解说】

阮过水"过水"并不顺利,到了金门,他的船就坏了,但是国民党部队没有放过他,又把他带到了基隆。阮过水数过了 1 万多个日子,看着海的那一边,却又束手无策。从小以海为生,阮过水通晓水性,他曾多次动过念头,要私渡回厦门。

【同期】

厦门渔民阮过水:你看我脸上这个就是被国民党打的,国民党拿枪的木头那端给我砸下去,把我砸倒了,血流得不省人事。

【解说】

一湾浅浅的海峡,又怎能阻隔这深深的思乡之情?为了祈求早日团圆以及对岸家人的平安,他和几个同样被带到台湾的厦门渔民在基隆造了一间庙宇,取名厦门龙珠殿,至今香火不断。

不知道是不是内心的呼唤起了作用,1987 年两岸开放台胞返乡探亲。阮过水从电视里得知这一消息,他背着人号啕大哭,更不敢让台湾的家人知道。1988 年 9 月 11 日,老人始终记得这个日子,这一天他终于踏上了返乡路。

【同期】

阮过水:就赶紧啊,买票到香港,从香港再到厦门,那种感觉不懂怎么说,就不用说了,肯定哭了,哭得说不出话。

【解说】

厦门,大学路 100 号,曾经的家,1949 年,他被抓走时,父母才 40 岁出头,但如今,天人永隔。

【同期】

阮过水:(父母)不在了,看到父母不在了,心里很痛苦,怕人家看到自己哭,也不让小孩看到自己哭,很痛心。回来的时候孙女,都这么大了。

【解说】

阮过水说,他始终相信是老天护佑,让他能在有生之年重回家乡。当他回到家乡,发现曾经守护渔民的厦港龙珠殿没了时,他心里犯了嘀咕。

【同期】

阮过水:回来找不到祖庙,庙没了,做成幼儿园了,所以才要做王船。

【解说】

"送王船"是闽南"讨海人"与海相搏时的一种信仰,在阮过水看来,这更是他屡次漂泊、"过水"的精神罗盘。曾经这个盼头,支撑他在台湾等回家等了39年,如今,他也有义务把厦门这个传统民俗恢复起来。

【同期】

阮过水:从很早很早以前就有这个王船了,这王船要是不传下去,日后这个文化会流失,要不是我从台湾回来,厦门港的王船文化会没掉。

【解说】

阮过水的口气很大,不过正是由于他的倡议,1995年开始,厦港"送王船"民俗重新恢复,规模一次比一次盛大热闹。从祭神仪式到造船,阮过水都全程参与,为了监工王船,阮过水可以几十天时间守着,几乎不吃不睡,但依然精力充沛。

【同期】

阮过水:我们建船就是这么建的,不是按现代随随便便做一架就好了。

【解说】

如今,闽台"送王船"民俗还入选了国家级非物质文化遗产名录,连马来西亚的朋友都专程赶来学习。阮过水的漂泊日子也结束了。他看着"王船化吉",再一次"过水"时,老人说,送王船,不仅是他生活的一部分,也是融进他血液里的海洋记忆。

【同期】

阮过水:高兴啊,当然高兴!现在(大陆)每个人的生活都很好,台湾从以前的有工作没人做,到现在有人没工作做。有人没工作做,自然就困难啦。

【解说】

叶落归根,虽然老人的户籍在台湾,但他却喜欢住在大陆的老家。如今,阮过水最爱的就是和儿时就熟识的老渔民们一起泡茶。茶叶"过水",舒展开来,我们却总会回想老人一生的悲欢离合,还好,浅浅的一湾海峡终究没阻挡他"过水"回家的路。

（荣获第二十八届中国新闻奖国际传播类三等奖）

讲述小故事　折射大时代

　　厦门渔民阮过水,他的漫漫一生逃不开"过水"二字。1949年,过水被国民党军队抓到金门,自此开始近40年颠沛流离、"独在异乡为异客"的生活,仅一水之隔的父母妻儿成为他最难割舍的牵挂。随着1987年两岸开放"台胞返乡探亲",老人终于得偿所愿回到故土。该电视专题策划于两岸开放交流30周年之际,阮过水老人的故事正是这段历史的重要见证。作品通过阮过水的故事带领观众回到过去,感受大时代下小人物的波折命运,使观众处其境、感其情,更真切地体会到两岸开放交流的重大意义。

　　作品编排以人物采访为主,通过当事人的回忆,以第一人称还原事件经历的诸多细节——曾因想要回家遭受毒打、为祈求家人平安建立庙宇、得知开放探亲而号啕大哭、为保护传统而制作王船等,描绘了千思百转的人物心理,展现了人物丰富的内心世界,借真人真事传递两岸割舍不断的血脉亲情。同时,作品还穿插旁白解说,以他者视角介绍事件背景、补充故事资料、衔接具体情节,这种双视角的叙事方式丰富了故事的层次,拓展了叙述内容的深度,更增添了作品的真实性和感染力。

　　记者置身社会大课堂,深入基层,接近群众,采撷"阮过水"这一具有时代意义的典型素材,透过一个人、记录一代事、展现一段特殊的历史。"过水"二字的背后,不仅是沧桑老人艰辛的回家之路,更是两岸人民长久分离的相思之苦,作品以小见大,结合本地民俗风情,展现时代主题,真正实现了暖人心、聚民心、筑同心的良好效果。

穿　越（节选）

王继成　杨　航　黄　静等

（厦门广播电视集团　2010年4月22日）

穿越（一）：
"桥"还是"隧"？　十年论证造就"中国第一"

【导语】

再过几天,翔安隧道就将正式通车了。作为我国大陆第一条海底隧道,翔安隧道一直备受瞩目。从今天起,我们将推出翔安隧道特别报道,回味穿越海底70米的建设故事,解读隧道将为厦门人生活带来的改变。

相信许多人都知道,因为施工难度大、工程质量要求高,翔安隧道的建设工期长达4年多,但大多数人可能不知道的是,在隧道的建设史上,曾经有过一个阶段耗费了比这长得多的时间——整整10年。在这10年里,困扰国内外专家的是这样一个问题,厦门岛的东通道究竟该用什么样的方式越海?这里究竟适合建隧道还是建桥梁?今天,我们就先带大家去了解这背后的故事。

【现场】

几秒钟海水波澜起伏的现场。

（水声）

【解说】

这是厦门岛东部的一片海域。春日的下午,波光粼粼的海水像往常一样连接起了两端的土地——一侧是厦门岛,一侧是翔安。海洋是翔安人的宝藏,却也是制约当地发展的一大阻碍。因为海,与岛内不超过10公里的直线距离,翔安人非得绕个大圈,不花上一个小时走不完。因为海,翔安丰富的土地存量被搁置了,厦门往东发展的脚步也停下了。

【同期】

翔安区居民1:工厂、企业都不愿意进来,就算进来工人也不好找。大家都觉得太偏了。

翔安区居民2:真的很不方便,路太远了。想说什么时候能像集美那样直接过海就好了。

【解说】

跨越大海,将厦门东通道打通,势在必行。但怎么过海,成了专家面对的第一个问题。摆在面前的方案有两个:一是建桥,二是建隧道。四面环海的厦门,在这方面似乎有着比其他地区都丰富的经验——厦门大桥、海沧大桥创造的成功范例,让桥梁方案成了首选,也让紧随其后的隧道方案显得有些弱势。桥梁支持者的意见非常明确:再建一座桥,不仅可借鉴的经验多,更意味着厦门岛周边增加一道新景观。但反对者却提出质疑——

【同期】

翔安隧道建设指挥部副总指挥曾超:它是因地制宜,有些桥在有些地形上可以创造出好的景观,但是像在4.2公里的开阔海面上,采用桥形的话,很大部分就像厦门大桥或者集美大桥这种桥形,景观上来讲并不一定是好看的。

【解说】

隧道支持者随即提出了一系列反对建桥梁的理由。厦门岛周边海域海洋生物物种丰富,这里是国家一级保护动物中华白海豚和文昌鱼的栖息地,其中中华白海豚濒临灭绝,如果在这片海域建桥,海洋流场几乎无法避免会遭到破坏。

【同期】

翔安隧道建设指挥部副总指挥曾超:(海底隧道)采用我们现代的钻爆法,它从海床底下通过,这是桥梁和隧道当中最好的,环境保护也是最优的。

【解说】

桥梁支持者则再三强调,我国大陆地区并没有修建海底隧道的先例,而且厦门海域地理环境非常复杂,建设隧道将面临世界性难题的挑战。

各有优劣的桥梁和隧道,谁能实现效益的最大化成了决定问题的关键。建桥梁的经验多,工程投入少,难度小,还能为厦门岛增加新景观。但东海域的海洋保护将遭受巨大挑战,桥梁两端的港口岸线也将失去所有利用价值,一旦遭遇恶劣天气,这座桥将与现有的所有进出岛通道一样全线关闭,厦门岛可能成为孤岛。而建隧道几乎不会破坏当地的海域生态,也不会影响岸线土地的利用。天气再恶劣,它同样可以正常通行,是世界上公认的全天候越海通道。但与此同时,它的建设将几乎没有国内的经验可循,海底施工风险较难预测。桥梁和隧道,究竟选谁更好呢?

【同期】

翔安隧道建设指挥部副总指挥曾超:百年工程,作为建设者他一定要对工程负责,一定要选出最优的方案。综合评价采用隧道方案是非常好的。毕竟是第一条(海底隧道),确实要有敢为天下先的精神,从决策者到建设者都必须有这种精神。

【解说】

无畏的精神加上充分的论据,终于把桥梁专家们纷纷说动了,最终,建设海底隧道的方案反而成了"第一选择"。2005年2月,国家发改委在批复中,最终同意采用钻爆法暗挖隧道的修建方案。就在那一年的4月30日,筹划了10年的厦门东通道——翔安隧道终于正式动工了。

穿越(二):
在"海绵"中掘进

【导语】

继续来关注翔安隧道特别报道。选择建设海底隧道,也就意味着选择了风险与挑战。在翔安隧道的建设中,面临着多只拦路虎,而只要有一次疏忽,都可能使之前的建设成果付之一炬,"透水砂层"就是隧道建设者们所遇到的其中一个大难题,在这样的地质环境下施工,就好比是在海绵中掘进。

【解说】

在世界最深的海底隧道——日本青函隧道的建设过程中,曾经发生过多次涌水事故,隧道更是几度被海水淹没,死伤三四十人。而这都是因为海底多变的地质环境所造成。

【现场】

记者:我手里是一块海绵(放进水里),翔安隧道遇到的其中一只拦路虎,就是像这样吸饱了水的地质环境,称作透水砂层,建设者们说在这样的地质环境下施工就像是在海绵中掘进,但更可怕的是,吸饱了水的是没有支撑力的松软砂层。

（画面:将水浇在推起的沙砾堆上）

【解说】

2006年6月9日的一次竖井涌砂险情,让我们看到了透水砂层内部的真实状况。当时竖井施工到15米深处穿过砂层段时,突然发生涌沙、涌泥,最大流量达到了每分钟60立方米。砂层物质迅速涌入,竖井瞬间变为泥潭,而这就是透水砂层里的结构,在这样的土层中开挖隧道,真的难以想象。

【同期】

翔安隧道A4标项目部副总工程师何小龙:基本上就是没有自稳能力,挖开之后就是往下塌就是这种情况。

【解说】

透水砂层位于隧道翔安端,一端在陆地一段在海里,在初期勘探阶段,预测的长度是150米,并且是在隧道主体的上部。但实际上,却并不像想象的这样。

【同期】

翔安隧道A4标项目部副总工程师何小龙:在实际的开挖过程中,从原先预测的150米变成450米,而且侵入隧道的断面就是跑到隧道的中部来,这样的风险就更大,而且距离更长。

【解说】

因为实际情况的变化,原先的施工方案不得不推倒重来,经过项目部技术人员与院士、专家联合攻关,通过论证,"地下连续墙井点降水"方案被最终确定。简单来说,就是首先在滩涂上筑围堰,将海水驱逐出去,使滩涂成为真正的陆地。然后在滩涂内,也就是在隧道上方地表,划定一个长方形的工作面。沿着这个长方形的四周,挖深深的壕沟,再在这个壕沟内注入钢筋水泥,使这里形成隔水的围墙。

（动画＋施工画面）

【现场】

记者:(站在泳池边,镜头拉开到整个泳池)实际上,围堰就像是一座游泳池,但池子里不只是单纯的海水,而是富水的沙砾,如何将水排空,也就是把海绵拧干,这又是一个问题。

【解说】

挖井自然是最直接有效的办法。一两个井显然是不够的,工程人员在这个区域挖掘密密麻麻的189口深井,让土壤中的水流向这些井里,然后立即抽干,再通过注浆等方式,豆腐脑般的砂层终于变得密实坚硬起来。2007年11月10日,翔安隧道透水砂层,这一世界海底隧道施工中最长的砂层段被成功穿越,国内外隧道专家称之为奇迹。

穿越(三):
每天2厘米攻克"海底深槽"

【导语】

在昨天的翔安隧道特别报道中,我们讲述了建设者成功穿越"透水砂层"的奇迹,今天再来见证另一个奇迹——攻克海底风化深槽。"风化深槽"是海底隧道施工的世界性难题,而翔安隧道在建设过程中就要攻克4个较大规模的深槽。海底地质环境复杂,建设过程险情不断,而翔安隧道的成功穿越,不仅为海底隧道克服风化深槽施工提供了具有开创意义的新工艺流程,也创造了人员"零伤亡"的工程建设奇迹。

【解说】

这是2009年1月6日下午,按照当时的勘探预测,翔安隧道最后一个海底风化深槽F4已经安全通过,但谁也没想到的是,隧道施工中最大的一次险情竟在这个时刻发生了。

【现场】

隧道内落石、抢险画面。

(底声:混乱的指挥声)

(字幕:2009年1月6日下午5点57分)

【同期】

中铁隧道集团公司A1标杨川:石头一块块往下掉,大面积地掉,一个大洞,看那个情况还一直往上面塌。

【解说】

不良地质在毫无预警的情况下再次出现,F4的地质形态并没有结束,这些连通海水的岩层如果继续垮塌,后果将不堪设想。

【同期】

中铁隧道集团公司 A1 标副经理李斌:那上面的水也要下来了,下来后我们整个洞都要被淹。

中铁十八局 A2 标副经理卢军:现在想起来还有一种毛骨悚然的感觉,浑身好像起鸡皮疙瘩。

（闪白）

【解说】

据海底勘探阶段预测,翔安隧道将遇上 4 个较大规模的海底风化深槽,而实际上在施工过程中,类似地质情况远远不止这些。深槽的危险在于它内部破碎的岩石和海水相连,一旦出现一处小洞,隧道之上 70 米深的海水就会像一列高速行驶的火车一样击穿风化深槽,对隧道对施工人员都将是灭顶之灾。隧道工程师们在无数次的论证下摸索出了应对的方式——采用帷幕注浆工艺,固化土层、阻绝海水。

（动画演示）首先在掌子面布置 197 个注浆孔,把特制水泥浆注入前方 35 米,将破碎的风化岩凝固起来,再将 72 根 35 米的超前长管棚,以 3 度的斜角插向风化槽深处,每提进 2 米,将小导管以 30 度的斜角打入风化槽体注入水泥浆。

这样的工艺注定了开挖速度不可能太快,集美大桥用 18 个月就完成了全长 8 公里的桥梁建设,但翔安隧道穿越一个 130 米的风化深槽就用了整整 22 个月,平均一天只能掘进 2 厘米,而且海底的地质情况变化莫测。面对这个世界级的难题,工程师们做了最坏的打算,他们在风化槽前建造了一座 5 吨重的防水闸门,一旦发生险情无法控制,就关闭闸门。

（闪白出）

【解说】

（字幕:2009 年 1 月 6 日　塌方现场）

拱顶塌方依然持续,落石迅速堆成了一座小山,眼看就要将断面堵死,这是抢险作业的最后机会。

【同期】

中铁十八局 A2 标副经理卢军:我们看到实在没办法,装载机往上顶,最后我们用挖机,就直接开进去堵上去了。120 多万元的挖机,就开上去,堵上去了。

【解说】

最终,塌方在施工人员的多方努力下被完全控制,防水闸门没有启用,隧道安全,人员安全。

【同期】

翔安隧道安全总监、中铁十八局高级工程师吴仕书:到目前为止即将要通车了,翔安隧道没有发生亡人事故,这是取得的一个很大的成绩。这个成绩主要是在新的理念的指导下,在新的技术支撑下实现的。我们感到很欣慰。

中铁隧道集团公司 A1 标杨川:很高兴啊,真的很高兴啊,因为这个隧道毕竟是中国第一条海底隧道,建成了,而且毫发无伤,这个心里是很高兴。

(定格,音乐延续几秒)

穿越(四):
王芝明——"建的是海底隧道,可从没好好看过海"

【导语】

在翔安隧道的建设过程中,每天最多有近 800 名工人在同时作业。他们中有许多人来自外地,为了建隧道才在这里,一待就是好几年,但在完成了手头的工作之后,许多人依然这样告诉记者:"虽然建的是海底隧道,可我还没机会好好看看海。"甚至有人这样说:"厦门岛内是什么样子,我还不知道呢。"原因很简单,在这漫长的 1000 多个日子里,他们几乎都扎根在隧道建设的工地上,从未离开。接下来,我们就带大家一起去认识一位在隧道工地干了 4 年多的一线工人。

【现场】

一小段开装卸机的镜头

【解说】

他叫王芝明,翔安隧道项目部综合班班长,在工地上,他负责的工作是为施工一线提供抽排水等综合保障。虽然这是看起来普普通通的工种,但当时选中王芝明可谓"百里挑一"。今年才 40 岁的他,有着长达 23 年的隧道工作经验,不管是驾驶装载机、电焊还是修理,王芝明样样在行。因此几乎是在翔安隧道开工的同时,他就从四川被抽调到了厦门。

【同期】

中铁一局厦门海底隧道项目部综合班班长王芝明:2005年8月过来的,由我们中铁一局公司各个项目部抽调精英骨干来参加海底隧道建设,感觉到无比的荣幸和自豪,但是也感到肩上的重任无比重大。

【解说】

翔安隧道是中国大陆第一条大断面海底隧道,这个"吃螃蟹的人"自然不是好当的。虽然带着这样的心理准备,但真正进入隧道的掘进过程,王芝明才发现施工条件远比他想象的还要艰苦,不仅海底湿度大、温度高,一道道技术难题更是让挖掘屡屡受阻。为了确保工期,加班就成了他们的家常便饭。很多时候,工人们就是像这样坐在隧道深处,头顶着如同下雨一般不断渗出的地下水,边吃盒饭边等待下一轮的工作。

【同期】

中铁一局厦门海底隧道项目部综合班班长王芝明:2006年咱们为了赶工期,在竖井施工的时候,当时因为人员(临时)调动,人员不够用,我连续干了5天5夜,中间趁他们换工序才中途休息。(记者:不觉得累吗?)累啊,但是觉得值得。

【解说】

就是这句"值得",让王芝明在翔安隧道一干就是4年多。在这1000多个日子里,他从没回过家乡,甚至没机会到厦门岛内看一看。王芝明的老婆孩子都在四川老家,女儿从10岁起就再没有见过爸爸。前年"5·12"大地震那天,孩子的学校也受到了波及。

【解说】

中铁一局厦门海底隧道项目部综合班班长王芝明:我正好加班回来。接到电话,听了一句孩子受伤了,就再也没有了,电话就再也不通了。(记者:为什么不通了?)受地震的影响当地信号都没有了。(记者:当时的心情怎么样?)(当时心情)七上八下的,内心很犯愁,也很着急,晚上我还偷偷地掉泪。(记者:后来有没有一直打电话回家?)打不通了,(开始落泪)对不住小孩,现在想起来都对不住,只有以后了,补偿她们。(抹眼泪)

女儿被学校震落的砖头砸伤了手臂,可想到隧道的施工进度,王芝明还是咬咬牙留在了工地上,为了这事,老婆孩子没少埋怨他。如今隧道要通车了,与家人分别的日子眼看着就结束了,可王芝明还是不敢告诉妻子女儿自己什么时候要回家。

【现场】

中铁一局厦门海底隧道项目部综合班班长王芝明：因为以前说过很多次回家了，最终都没有实现，她们都以为我是不是在骗她们。（记者：现在都不敢说了？）嗯，现在就不敢说什么时候回家了，不说了，再也不说了。

【解说】

王芝明告诉我们，他的工友几乎个个都和他一样，在工地一扎根就是好几年。要是有人回家超过三回，大家都会觉得简直太"奢侈"了。但用他们的话来说，"海底隧道需要我们这样的人，我们也想为隧道多做自己的贡献"。

【同期】

中铁一局厦门海底隧道项目部综合班班长王芝明：海底隧道毕竟是我们国家第一条，眼看通车在即，我感到无比的兴奋，这是我们建设者的兴奋，也是我们全中国人的兴奋。（记者：以后回家了，会跟家里人说起这条隧道吗？）会说的，毕竟国家的第一条海底隧道的建设也有我的一份。

（荣获第二十一届中国新闻奖电视系列类三等奖）

评 点

创新成就报道　践行以人为本

主创团队通过长期追踪拍摄，以大量纪实性镜头与人物访谈，再现了中铁一局厦门海底隧道项目建设者直面难题、屡创奇迹，成功穿越海平面下 70 米的动人事迹，生动诠释了大国工匠敢于创新、不畏艰辛的拼搏精神和舍小家为大家的情怀，题材新颖，意义重大。

记者迈开脚步，不怕吃苦，冒着风险深入工地现场，以实际行动说服隧道建设者，使建设者从抵触采访转为欢迎、支持记者现场记录抢险过程，捕捉最鲜活的新闻素材，传递出"在现场"的真情实感；这是记者勤于"脚力"的最好体现。面对重大工程，记者善于观察与思考，发现了建设过程中问题的多面性和复杂性，选取具有代表性的关键节点进行深描，如海底隧道建设突发险情，隧道和施工人员险遭灭顶之灾时惊心动魄的抢险画面等，正是记者独到的"眼力"和"脑力"的具体体现。节目策划上，为了让普通观众更好地理解施工工艺,记者团队采用通俗易懂的语言和动画演示等方式,增强报道的可视性和趣味性,展现了他们优秀的"笔力"。

传统的建设成就报道,突出的是进度、成绩、数据,关于建设者,常常以群像形式呈现,难免有见事不见人之感。随着对于新闻也要"讲故事"的强调,以及整个社会对于个体劳动者的关注,新闻的文体和文风也相应发生了转变。《穿越》节目组聚焦于一位工作出色的普通工人,通过跟拍与访谈,揭示了他丰富的情感世界,以及乐于奉献的高尚情怀。以人为本的新闻才能吸引人,也能感动人。

2018 年 8 月 5 日《两岸新新闻》

梁 杰 蔡志强 邵 琦

（厦门广播电视集团 2018 年 8 月 5 日）

主持人：戴小楠

嘉　宾：张子祯　唐永红　于　强　黄智贤

【演播室现场】

主持人戴小楠：两岸一家亲，共饮一江水。今天上午，福建向金门供水工程通水现场会在晋江市龙湖水库金门供水泵站举行，来自晋江的水源源不断地输送到对岸的金门，这也意味着从今天开始，盼了 23 年的金门民众终于喝上丰沛、放心的大陆水。这是大陆积极为广大台湾同胞谋福祉、办实事、办好事的又一举措。今天，《两岸新新闻》推出特别节目《共饮一江水》和您一起来见证福建向金门供水工程正式通水的历史性时刻，解读供水背后的故事。我们在厦门演播室现场邀请到金门乡亲张子祯以及厦门大学台湾研究中心副主任唐永红一同关注，同时，我们还将连线北京的国际关系学院公共管理系副教授于强、台北的台湾时事评论员黄智贤为您解读此次福建向金门供水的方方面面。今天的节目当中有哪些重点消息，一起先来了解。

【解说】

福建向金门供水工程正式通水，金门人喝上了福建水。历经 23 年论证建设，记者多路探访亲历者揭秘供水工程背后的故事。配合供水工程建设，晋江围头村民"舍小家，顾大家"。金门雨量少、水质差，民众热盼大陆"远水解近渴"，一朝梦圆。

【演播室现场】

主持人戴小楠：两岸一家亲，共饮一江水。今天上午 10 点，在福建泉州晋江市龙湖水库金门供水泵站，一股股清水沿着将近 28 千米的输水管道，从福建晋江一路跨海奔流到对岸的金门，福建向金门供水工程正式通水。这意味着，经过 23 年的努力，饱受缺水之苦的金门人终于喝上了福建水。中共中央台办、国务院台办主任刘结一,福建省委书记于伟国、省长唐登杰出席通水现场会。

【视频资料】

中共中央台办、国务院台办主任刘结一,中共福建省委书记于伟国,水利部副部长周学文,金门代表洪丽萍,共同按下通水按钮,开机送水。

【活动现场】

【现场解说】

厦门卫视记者侯又华:我现在在福建向金门供水工程的通水现场会。正在此刻,晋江的水源正从我脚下的输水管道,输送到对岸的金门。晋江和金门的一小步也见证了两岸的一大步。这一刻,金门的民众已经期盼了整整23年!

【背景声】

两岸共饮,饮水愿景,正式启动!开启水闸门!

(锣鼓声、欢呼声)

【现场解说】

厦门卫视驻台记者朱叙原:上午 10 时 02 分,来自晋江龙湖水库的供水送达了金门的田埔水库,从水闸中缓缓流出。今天上午有 3500 多名金门民众自发来到现场,见证这一历史性时刻。有民众激动地表示,盼了这么多年,他们终于能喝上来自福建的水了。因为晋江供往金门的是原水,金门特意在田埔水库新建了一个蓄水池。(水)由自来水厂经过净化和加压之后,流向金门的千家万户。

【解说】

福建向金门供水水源来自泉州市晋江流域,由晋江金鸡拦河闸引水至晋江市龙湖水库,经龙湖抽水泵站抽水、输水至围头入海点,再经海底管道输送至金门。输水管道长约 27.935 千米。对于长期严重缺水的金门来说,两岸通水解决了他们一块很大的心病,金门乡亲连声说感恩。

【同期】

金门县议长洪丽萍:全金门的乡亲,共同一个感恩的心。这是历史的一页,希望创下未来更好的佳绩。

桃园市金门同乡会理事长洪成美:今天我们把(通)水解决之后,金门很多的建设就可以迎刃而解。

【现场解说】

厦门卫视记者侯又华:我现在就在晋江的龙湖水库,这里除了水资源丰沛之外,水源的品质也是逐年提升。在我的左手边,大家可以看到有这样的截污渠,它就如同一个防护网一样,拦截住周围的生活污水不进入到水库当中。水库还对水源进行24小时监控。近年来,这里的水质从过去的三类水标准上升到了二类水标准,让金门民众喝得上放心水。

福建省长唐登杰:让金门乡亲共享清洁水、安全水和生态水。

【解说】

水到渠成的背后,也为两岸未来通水、通电、通气等民生工程的实施积累经验。

【同期】

金门县长陈福海:我们今年完成了通水,我们接下来(要)通电、通桥。

国台办主任刘结一:我觉得不只应该"三通",应该全面地通起来。两岸是一家,一家人就应该自由地相互走动。两岸关系一定会越走越好,越走越近,越走越实。

厦门卫视记者晋江、金门采访报道。

【演播室现场】

主持人戴小楠:金门供水工程输水线路总长达到27.935千米,连接着两岸的长渠,穿山跨海,工程凝聚着无数建设者的智慧和辛劳。在两岸的协作之下,各施工方奋战2年多,突破了陆地管道铺设、海底施工、陆海管贯通等多个关键节点。接下来,我们通过一个短片一起来了解。

【视频资料】

2015年10月,福建向金门供水工程在晋江龙湖正式动工。作为泉州市最大的天然淡水湖,龙湖面积1.62平方公里,日供水能力达到38万立方米。为了顺利引水,施工方在龙湖建设了这座取水泵站。

【现场解说】

厦门卫视记者张慧:我在金门供水龙湖取水泵站的主厂房。这里一共有三台机组,一台机组每一个小时最多可以抽取1200吨水。工作人员给我们介绍说,平时这三台机组是采取"两用一备"的工作状态,只有在应急情况下才会开启第三台(机组)。可以这么形象地比喻,机组就像人的心脏一样提供压力动力,把血液送到身体的每个部分。

【解说】

为确保水质,施工方在龙湖水库外围修建了截污渠,把生活污水拦截在水库之外,保证用水安全。

【同期】

福建省晋金供水有限公司工作人员郑文镇:生活污水都经过污水处理装置,达到国家污水排放标准,再排放到截污沟里,然后通过污水管道排到外面去,不会流进龙湖。

【解说】

在陆地段施工过程中,为了埋设 11.68 千米的陆地输水管,施工单位采取逐段施工、人工排水等方式,克服了陆地交通影响和地下水位高等困难。2016 年 10 月底,金门供水大陆段率先具备通水条件。但到了海上,受到复杂多变的天气和海流影响,施工难度高得多。遇上强劲的东北季风,海底管道的铺设每天只能前进 100 米左右。如果碰上台风,工程就得暂停。海底管道用的是高密度聚乙烯管,为了避免管道漂浮在海面上,管外要间隔包裹配重块,同时,敷管船上安装 GPS 定位,确保海底管道到达海床下方挖好的沟槽中。

【同期】

江苏神龙海洋工程集团有限公司董事长倪福生:我们在施工期间遇到台风、东北季风的影响,真正在海上施工的有效工期是有限的。但是我们施工单位在海上克服恶劣的环境,制定了一些赶工措施,投入了一些大型的全机机械设备、专业的施工人员,增加的船舶都是抗风能力比较强的。

【图片资料】

在克服了这些困难之后,一个亚洲唯一的触角状沙堤横在施工人员的眼前。

【同期】

江苏神龙海洋工程集团有限公司项目副经理沈桂平:按照原来的设想,我们的管线是从沙线中间穿过的。因为它是亚洲第一条沙线,它不是人工的,是自然形成的,有好几百年的历史。后来我们就优化(海管线路),把这条管线放到(沙线)触角的边缘部分,先放管,后开挖,利用退潮的时候,用加长臂的挖机,包括水陆两用的挖掘机,上去就把它做好了。这样就没有破坏到沙线。

【解说】

在施工方看来,最难啃的 3 公里是在陆海交接处。实现陆海管道贯通,要克服容易塌方的沙地、淤泥带、硬岩等复杂地形结构。

【同期】

福建省晋金供水有限公司工作人员郑文镇：(工地)刚好在海边,大部分都是沙地,土方会比较容易塌方,要做好(防止)塌方的工作。当时工期又刚好碰到雨季,施工还是有一定的难度。当时开挖下去,(从)地面挖到海平面的位置,然后(把管道)连接起来。

【解说】

后来,工程采用了钢板固桩和沙包支撑的方式,解决了塌方的难题。为了抢工期,技术人员将管道预先搭好,一到退潮就把管道放入并回填好,用最短的时间、最小的破口实现入海管道合龙。

【同期】

江苏神龙海洋工程集团有限公司项目副经理沈桂平：之前的准备工作就要做好,预置的(部分)要提前做好,接管的接管,在下面弄盖板的、浇混凝土的、挖机的,还有海上打小围堰的(工作),在一个潮水(涨退间)全部完成。我们里面做得滴水不漏,后来施压的话,全部达到要求。24小时连轴转,最后一个接头贯通的时候,我们有的人都几天几夜没睡。

【解说】

经过 600 多天的奋战,2017 年 11 月,总长 16.016 千米的海底管道完成铺设。2018 年 1 月 12 日,陆地管与海管完成衔接施工并穿越海堤。现在,龙湖水就是从围头这片海下送至金门。

【演播室现场】

主持人戴小楠：好,在了解了晋江段工程的建设情况之后,我们再来看看金门段工程的建设情况。

【现场解说】

厦门卫视驻台记者吴平凡：我身边的这个管道就是大陆向金门供水的专用海管,它由河北某家高科技管业公司制造。在这个海管上特别贴了一张说明,说明标注了管道的材质。这个管道非常环保,仅含碳、氢两种元素,可以回收,完全燃烧后仅产生二氧化碳和水蒸气,对环境是完全无公害的。同时,它保障水质,无毒、不含重金属、不会污染水质;它具有耐酸耐碱、抗拉耐撞的功能,并且还有抗地震的能力。

【解说】

穿过 16.05 公里的海管管道,晋江水一路向东,"欢腾"地来到金门东半岛的田埔水库"做客"。为了迎接"新客人",田埔水库新开挖了一个蓄水总容量15万吨的蓄水池作为"会客厅"。

【同期】

金门县自来水厂厂长许正芳:这边会有受水池(蓄水池),已经建好了,导水管也建好了。未来,应该是在明年,我们会完成一个大型的净水厂。因为这个净水厂在施工上有一些延迟,我已经把水送到荣湖的一个既有的净水厂,我们在太湖也有另外一个净水厂,所以我会把水送到这边跟这个地方,先做一个减量的通水。本来我们一天估计是(通水)15000吨,现在先做5000吨到10000吨,这已经跟大陆方面谈好了。

【解说】

金门县自来水厂厂长许正芳表示,大陆向金门供水工程是两岸合作的第一个民生基础建设工程。从前期的商谈、研究到现在的完工,历时20多年,走到今天实在不容易。

【同期】

金门县自来水厂厂长许正芳:其实后来我们实质的工程,整个工作总经费大概30亿新台币,包含从晋江到田埔的海管工程,还有受水池(蓄水池)工程、导水管工程,还有净水厂工程、送水工程。未来可以从东半岛送到西半岛,甚至送到烈屿小金门。目前整个工作陆续在施作,在完成。

【解说】

许正芳指出,大陆向金门供水工程完成后,确保了金门未来30年的用水,更确保了金门未来30年民生与经济建设,意义深远。

【同期】

金门县自来水厂厂长许正芳:大陆对这个案子非常用心,我们非常感谢。其实我们中间还有非常多仪控方面的联系,水质方面的管控。大家都要再花很多时间来合作和整合。其实这一块工作,我们在初步阶段已经做得非常完整。

【演播室现场】

主持人戴小楠:现在我们还可以回想起来,当年福建向金门供水项目签约仪式的时候,金门县县长陈福海就曾经感慨地说,两岸心连心,同是一家人,共饮一江水,通水亦通心。所以今天在现场,我想请教一下来自金门的张先生,我们刚才在新闻当中看到了这样的一幕,可以说(金门人)终于喝上了放心的、充沛的大陆水,我不知道作为金门居民您内心(是什么样)的感受?另外我们也很好奇,这一次大陆向金门供水,金门民众的心里怎么看待这件事情?

金门岛屿村落发展协会顾问张子祯:由于地理环境和历史原因,金门人习惯了长期节省使用水,可是今天能够通水通心,我还有我很多乡亲的感触是,暖暖的情意在心头,这是很难用言语去形容的。我们也知道,金门的湖库大多面积小,(水位)又浅,由于淤积和严重的氧化,(金门)长年抽取地下水。如果说(地下水)平均每年下降1米的话,那么以后水的盐化现象就会非常严重,生活用水的品质就没有办法得到任何保证。金门的西半岛是花岗岩层,(地势)比较低,所以(有)很多地下井水用水大户。有大陆的水过来,地下用水大户就可以在有规划、有计划性的辅导下,有规划地分批停水,(这)给金门乡亲带来了新的希望。一家人心连心,(因为)是一家人,(大陆)才会想到照顾金门人。

主持人戴小楠:今天上午的通水现场会有一个主轴是"见证与感恩",我相信这可能也是大多数金门民众今天心里非常真实的状态和感受。两岸从一水相隔到今天的一水相连,这一路走来并没有那么平顺。大陆向金门供水这件事情从开始发端、论证、建设,再到今天的最终实现,前后经历了20多年的时间。这期间充满了种种艰辛与不易。我想请教一下现场的唐老师,我们今天最终可以看到(两岸)通水这一历史性时刻,再结合我们20多年走来这一路的艰辛,是不是觉得这一刻在今天显得格外的不易和珍贵?

厦门大学台湾研究中心副主任唐永红:是的。众所周知,两岸关系存在结构性矛盾,两岸互信因此相当脆弱,再加上台湾政治生态复杂多变,都使得两岸交流合作一路走来步履蹒跚。但是大陆一贯基于"两岸同属一个国家"的原则,本着"两岸一家亲"的理念,不断推进两岸经济社会的交流合作,增进两岸的民生福祉。大陆向金门供水历经20多年,今天终于得以实现,这件事情让两岸共饮一江水,福泽两岸,真实体现了两岸是休戚与共的命运共同体。

主持人戴小楠:所以我们今天也非常欣喜且欣慰地看到,23年的风雨兼程,今天终于尘埃落定。但是我觉得对于大家来讲更重要的是,饮水是第一步,让我们看到未来可期。从大陆引水到金门,最后选择了从晋江作为水源地和供水线路等,这是两岸专家经过多年论证达成的共识,作为亲历者、同时也是建设者之一的朱金良对此感触颇多。

【同期】

福建省水投开发集团副总经理朱金良:他们问我最困难的是什么?我开

玩笑说,谈了整整一代人。当时 1995 年 3 月份,我还没结婚,到现在我小孩都已经大学毕业,准备结婚了。谈的时间很长,这么小的工程,谈了 23 年才能迎来通水,是很不容易的。

【解说】

作为引大陆水入金门的推动者之一,朱金良回忆称,两岸用了十几年的时间考察、商谈、论证,才在引水路线上取得共识。

【同期】

福建省水投开发集团副总经理朱金良:为什么选晋江?因为厦门本身缺水。厦门的水本来就是从(漳州)九龙江引过来的,再引给金门,从水源的调配来说是不科学的。第二个为什么从晋江引水?因为晋江发源于泉州,入海于泉州,在水质、水源、水量、调度方面都更有保障。

【解说】

两岸在引水路线上取得共识后,进入了技术深化阶段。从 2008 年到 2014 年,朱金良开始作为福建的施工方与金门方面展开多次工作技术商谈,形成水源、水质、计量、水价等所有一系列的签约条件。

【同期】

福建省水投开发集团副总经理朱金良:(我们)从水流的条件、海底地形地貌的条件、海床稳定的条件(进行商谈)。因为如果(这些条件)不稳定,管理下去可能会移位并且断掉。从这几个方面选定技术深化阶段,后来我们沿着这条(思路)做深做细,形成项目建议书、科研书册报告。

【解说】

2015 年 10 月,朱金良终于等来了晋江向金门供水工程的开工。经过近 3 年的施工建设,从推动建设到工程施工,朱金良离梦想又更近了一步。

【同期】

福建省水投开发集团副总经理朱金良:今年 5 月份进行全线试水,我们试了 24 小时,所有的东西都达到我们预期的目标。我们当时一天设计(输水)流量是 3.4 万吨,经过 24 小时测试,我们已经达到 3.6 万吨,超过原来的 3.4 万吨。

【解说】

从最开始的联络沟通到现在的晋水入金,整整 23 年。朱金良感叹道,整个过程最难的不是技术层面,而是两岸来回地谈判。如今,这些都已尘埃落定,令他感到这些努力也是种光荣。

【同期】

福建省水投开发集团副总经理朱金良:应该说我是一个见证者,也是一个建设者、推动者。(这个工程)是为了金门的民生用水。解决金门同胞的民生用水,对我们来讲,是义不容辞的责任。

【演播室现场】

主持人戴小楠:金门地区长期缺水,从开始商议大陆供水,到如今成功通水,这一路走来,事实上并不平坦。十几年前,金门方面就派人到一水之隔的厦门来考察交流,主动表达希望从厦门引水的意愿。虽然这个方案最终未能实施,但是两岸民间力量的推动,也在这引水工程中扮演着重要角色。

【同期】

厦门市市政公用协会前会长张益河:我梦见了我们的管道通到金门,白花花的水流进金门岛,给金门的老百姓送水了。我热泪盈眶!

【解说】

等了若干年,金门民众终于喝上大陆水,现年75岁的张益河非常激动,因为他也是两岸通水的见证者和推动者之一。2006年,金门民间组织组团来厦门进行公事考察,时任厦门市市政公用协会会长的张益河就是主要对接者。

【同期】

厦门市市政公用协会前会长张益河:从2005年到2011年,几乎每年金门和厦门都有两到三次互动。这互动除了反映金门供水紧缺的情况,还对厦门的供水情况进行调查和了解。

【解说】

张益河介绍,早在1996年,厦门就已将供水工程修到大嶝、小嶝和角屿,解决了当地民众长期以来缺乏淡水的难题。该供水工程本已准备铺向金门,但由于政治因素遭到搁浅。2005年后,两岸以民间名义进行考察探讨,推进项目。

【同期】

厦门市市政公用协会前会长张益河:当时我们提出以民间的形式来解决金门供水问题,所以民间的形式是以我们协会和金门的爱水协会的民间合作来推进金门供水工作。

金门县爱护水资源协会创会会长王水彰:我们金门向来缺水,在早前都是农业。因此金门人的名字,像我叫"王水彰",中间带"水"字的特别多。以前我当议长的时候,(时任)县长陈水在,(名字)中间也有一个"水"字,就是说金门希望有充沛的水来供农业灌溉和居民的生活,所以对(名字)中间的"水"字特别重视。

【解说】

王水彰表示,当初他创立金门县爱护水资源协会的主要目的之一,就是为了向大陆"借水"。

【同期】

金门县爱护水资源协会创会会长王水彰:当时我们金门县爱护水资源协会曾经两次组团到福建省水利厅拜访。(通水工程)有两个选项,第一(个选项)是从厦门供水,第二(个选项)是从晋江的山美水库供水。后来我们考虑再三,因为厦门的人口越来越多,从九龙江过来的水要应付厦门(的用水需求)。我们也考虑到,如果把水从晋江的山美水库经过围头然后(引)到田埔水库,是一个很好的捷径。

【解说】

随着金门方面从大陆引水的意愿愈加强烈,2012年,经过两岸民间团体的相关论证,福建省水利部门提出铺设管道为金门供水,并确定了两条备选跨海线路:一条是从晋江围头到金门,另一条是从厦门大嶝到金门。

【同期】

厦门市市政公用协会前会长张益河:厦门的南线(方案)跨海的(部分)只有8.7公里,比较近。当时金门(的用水需求)那么迫切,我们也加快步伐,所以我们的相关研究方案、施工设计方案都搞出来了。

【解说】

虽然由厦门大嶝引水到金门的方案没能入选最终方案,但张益河表示,无论哪个方案入选,他不仅觉得欣慰,也为金门民众解决了一大民生问题而感到欣喜。

【同期】

厦门市市政公用协会前会长张益河:我相信若干年以后,因为一期(工程)的金门供水要求是2.5万吨,二期(工程)长远的规划是5.5万吨,我们的第二(个)方案就作为二期备选方案来确保金门供水的可靠性,所以我们的工作没有白费。希望我们的子孙后代,能够把我们两岸永远紧密地联系在一起。

【演播室现场】

主持人戴小楠:位于晋江的围头村正是福建向金门供水管道的入海口,也是祖国大陆距离大金门岛最近的地方。把大陆水引向金门,不仅是金门人多年的希望,也是围头村村民长期的愿望。

【现场解说】

厦门卫视记者梁智凯:围头村曾经是两岸炮战的前沿阵地,随着时代的变迁,如今它已经成了两岸通婚的"第一村",这也使得它与金门之间的关系由"冤家"变为"亲家"。随着晋江水通到金门,它们之间的情缘更是亲上加亲。

【解说】

从曾经的"海峡炮战第一村",到现在的"两岸通婚第一村",目前已有 100 多名围头女子与金门男子结为两岸婚姻。自 2012 年,围头村每年都组织"金门回访团",既走访关心"围头新娘",也关注金门民众缺水问题。把晋江水引到金门,从那时起,就成了围头村人的期盼。

【同期】

晋江市围头村支部书记洪水平:一甲子的时间,围头村通过"送炮弹"到中期"送姻缘",到这次的送水,真是一种很美好的巧合。这样一个惠民政策,把水供到金门去,真是"爱跨海峡",我们也非常感动。

【解说】

洪水平表示,自供水工程开工以来,围头村一直把它当成大事看待,为了让管道铺设顺利,不少村民主动把自己在海面上的养殖区进行清理或迁移。围头村所在的金井镇,当地居民也义不容辞地贡献了自己的一份力。

【同期】

晋江市金井镇居民:原来大家听说要征地,其实心里不是很愿意,但是后来知道是要建水厂给金门供水,大家思想就积极了很多,主动把土地转让出来。毕竟大陆跟金门像一家人一样。

晋江市围头村村民洪鸿谦:我们这边跟金门联婚的(夫妻)有 100 多对,看到自己的乡亲有水喝,我们心中也很高兴。

晋江市围头村村民吴坤清:舍小家,顾大家,两岸一家亲。通水以后,给金门同胞生活带来方便,我们围头村跟金门同胞的感情会更加深。

【演播室现场】

主持人戴小楠:我们今天看到福建送往金门的水终于通了,金门同胞期待了多少年的心愿终于实现,这是大陆送去的民生之便。从今年初以来,大陆各地积极落实惠台 31 条,加快给予台商台胞同等待遇,惠台措施的"乘数效应"在不断显现。今天在现场,我们也想请教一下唐老师,这一系列的举措反映出大陆怎样的一份用心呢?

厦门大学台湾研究中心副主任唐永红:当前台湾当局拒不认同两岸同属一个国家,因此两岸公权力层面推进两岸经济交流合作(的工作)就停摆了。另一方面,台湾当局又不愿意向大陆开放市场,阻碍两岸经济社会的融合发展。在这个背景下,大陆基于"两岸一家亲"的理念,"操之在我"通过给予台湾同胞同等待遇的方式,扩大两岸各领域的交流合作,期望两岸经济社会融合发展,增进两岸的民生经济福祉,这是当前大陆政策的一个重要方向。

主持人戴小楠:是的没错,这些年可能由于一些众所周知的原因导致两岸关系出现停摆,但不管岛内政治生态怎样变化,包括两岸关系如何起伏,就像刚才您提到的,大陆始终是以"操之在我"的方式继续为两岸民众谋福祉,我想今天金门的民众应该对此事感受特别深刻。今天上午,在晋江金井镇围头村现场的嘉宾就远望龙湖水库的碧波,见证了历史;而在金门,3000 多名当地民众也在田埔水库见证了通水的历史性一刻。福建向金门供水,这一路究竟经历了怎样的过程?接下来请张涛带来梳理。张涛。

【室内解说】

主播张涛:我们知道,金门县位于福建南部海域,由 14 个大小岛屿组成,因为地理位置特殊,水资源贫乏,每年人均可利用水量仅有 167.9 立方米,属于资源性缺水。从福建供水金门是解决该地缺水问题的有效途径。应金门县政府的请求,1995 年以来,福建省水利厅、福建省台办会同两岸有关部门和单位,克服种种困难,经多次工作和商务技术商谈,取得成果。金门供水工作自 1995 年启动至 2013 年间,历经了沟通联络、达成共识、技术深化、有效推进商谈四个阶段,取得了多项成果。2013 年 8 月至 2015 年 6 月,双方的授权单位福建省水利厅和金门县政府、双方的业主单位福建省供水有限公司和金门县自来水厂分别举行了三次工作商谈、八次商务技术商谈,为供水合同的签订创造条件。2015 年 7 月 20 日,福建向金门供水项目合同正式签署。从泉州晋江金鸡拦河闸引水至龙湖水库,再经抽水泵站抽水送至围头入海点,再经过海底管道送至金门,该工程总投资 3.88 亿元人民币,其中大陆方取水泵站以及陆地管道部分工程投资 1.29 亿元人民币。2015 年 10 月 12 日,福建向金门地区供水工程大陆段正式开工。2016 年 10 月底,陆地输水管道全线贯通,泵站完成调试并稳定试运行,大陆段率先具备通水条件。2016 年 6 月 24 日,海底管道正式开工。2017 年 11 月 27 日,海底管道全线贯通。2018 年 5 月 10 日至 11 日,双方成功进行联合测试,水量达到设计能力。两岸一家亲,共饮一江水。盼了 20 多年,金门乡亲终于圆梦,两岸越走越亲,越走越近。把时间再交给小楠。

【演播室现场】

主持人戴小楠:谢谢张涛带来的梳理,我们稍事休息,更多消息马上回来。

【片花】

雨量少,水质差,金门民众盼大陆"远水解近渴",一朝梦圆。福建向金门供水,两岸各界高度关注,纷纷点赞。

【演播室现场】

主持人戴小楠:欢迎回来,这里是《两岸新新闻》特别节目《共饮一江水》。长期以来,金门因为缺水给当地民众的生产和生活造成不便,大陆向金门供水之后,金门民众的用水情况将会得到怎样的改善呢? 我们来看厦门卫视驻台记者从金门发回的报道。

【视频资料】

每天清晨,家住金门县金沙镇三民路的王老先生都会提着一个水桶出门,骑上摩托车行驶两公里左右,来到金沙镇蓉湖净水厂门口,接上满满的一桶水后再回家。

【同期】

金胞王先生:这个水是吃的,家里的(自来水)是用的,(家里的自来水)有漂白水的味道。(净化过的水)就不会。

【解说】

水质差是金门人公开的秘密。多年来,像王老先生这样到服务站提水的金门乡亲还有很多,他们有的骑摩托车远道而来,有的甚至开大卡车运水。

【同期】

金门民众:(自来水)漂白味很重,稀饭都没办法吃,泡茶也没办法喝。(记者:所以你会期待大陆的水引过来吗? 你就不用来这边挑水了)对。

金门民众:当然是期待(大陆供水),如果水是干净的,当然会(期待)。

【现场解说】

厦门卫视驻台记者吴平凡：在金门，水资源是非常稀缺、非常宝贵的资源，像金沙镇、金湖镇等乡镇，由于自来水的水质不是特别好，因此金门乡镇政府特别设置了免费的取水点供当地民众取水，取水点上明确标注"严禁浪费水资源"等，提醒当地民众要珍惜爱护水资源。它也指出这种经过高级处理的净水，供水成本十分高昂，每吨高达 250 元新台币，折合人民币 50 多块钱。

【同期】

金门县自来水厂厂长许正芳：金门水质不佳，今年藻类也很多。水体富营养化长期严重，所以我们在做水质处理时非常困难。

【解说】

许正芳表示，金门的年降雨量约为 1500 毫米，但是年蒸发量达到 1800 毫米左右，降雨量入不敷出，湖库严重缺水，金门人只好抽地下水使用，但是现在金门地下水也是超抽严重，情势不容乐观。

【同期】

金门县自来水厂厂长许正芳：我们整个地下水一天的安全出水量是 2.38 万吨左右，现在每一天已经超抽 1 万多吨，对未来地下水资源的永续发展其实是很不好的。现在很多（地方的）地下水已经有盐化问题。

【现场解说】

厦门卫视驻台记者吴平凡：金门缺水不仅给金门民众的生活带来影响，同时也严重影响金门的农户、种植业。我身边的这位黄先生他家有 800 多亩高粱地，但是由于金门去年遭遇旱灾，他家损失惨重。

【同期】

金门农民黄仁凯：因为去年的旱灾，造成我们农民种植高粱没有水，损失（情况）以我们家来说，损失了 1/3（的收成）。

【解说】

黄仁凯说，长期以来，金门水资源紧张，湖库里的水仅供民生使用，农民不能抽来灌溉农田，灌溉农作物只能靠下雨。如果长时间不下雨，农民辛辛苦苦地付出，就可能全部付诸东流。

【同期】

金门农民黄仁凯：像这种（状态的高粱），它已经缺水了。它为了减少水分的蒸发，把叶子卷起来，不让叶子表面晒到太阳。（记者：像这种情况它很快就会死掉吗?)这种情况下,再持续两个礼拜不下雨的话,叶子尾端就会开始变焦,然后(高粱)开始一根一根地倒下去,后来就会全部死掉。

【解说】

黄仁凯说金门近一个月几乎没下过雨,天气炎热,灌溉农田的溪流濒临干涸,农民都很着急。

【同期】

金门农民黄仁凯:我们这边农民灌溉需要的用水(来自溪流),这条溪叫斗门溪,它现在也已经快干涸了。再不下雨的话,大家都要抢着用这条溪的水。(这条溪)干涸的话,就没有水可以抽了。

金门农民:没水会有影响,(庄稼原本)正要结穗,结果都枯萎了,都长不大了。

【解说】

据金门县农会的统计数据,金门县目前种植高粱面积 2000 公顷,种植小麦面积 2000 公顷。去年由于遭受旱灾,高粱和小麦的产量均有所下降。其中,高粱产量 320 吨,比常年 450 吨减少近 1/3;小麦产量 460 吨,比常年 600 吨减少近 1/4。

【同期】

金门县农会理事长蔡水游:我们农作物的产量,有时候如果没有(遇上)风调雨顺(的年份),收成不到(常年的)一半。还是要谢谢大陆同意供水。我想水有了,我们金门的农业可以有更多的发展空间,不光是小麦和高粱,还有其他作物。金门很适合种植,都是因为缺水,没办法大量推广。

厦门卫视驻台记者吴平凡,金门采访报道。

【演播室现场】

主持人戴小楠:事实上,水资源的匮乏不仅影响了金门老百姓的生产生活,也限制了金门相关产业的发展。金门酒厂和昇恒昌金湖大饭店是金门县的两个用水大户,它们的用水情况如何? 让我们来看记者的调查。

【视频资料】

金门酒厂目前有两个工厂:一个是金城厂,另一个是金宁厂。金城厂实行三班制,生产线连续 24 小时不停运转,2017 年平均日用水量 700 吨。金宁厂实行两班制,生产线每天连续运转 16 个小时,2017 年平均日用水量 1600 吨。两个厂加起来,2017 年平均日用水量 2300 吨。

【同期】

金门酒厂实业股份有限公司技术副总经理余泓麟：我们是工业用水，所以一定会跟一般百姓的民生用水互相使用。当然在用水上，（金门县）政府一定是以民生用水优先，所以如果缺水的话，我们的生产一定会受到影响。

【解说】

余泓麟表示，水是做酒不可或缺的资源。目前金门用水紧张，大陆向金门供水将大大缓解金门酒厂用水的压力。

【同期】

金门酒厂实业股份有限公司技术副总经理余泓麟：今年我们预计生产21000吨的原酒。目前金门高粱在台湾地区跟大陆的市场占比来讲，还是台湾占比较高，应该占了九成多。如果未来大陆市场成长的话，每年的产量势必就不（止）是21000吨了，可能是25000吨、28000吨，甚至30000吨都有可能。到时候用水量就不是现在这样了，所以如果大陆通水过来，我们就比较没有后顾之忧了，我们以后在增产上就会比较有把握。

【现场解说】

厦门卫视驻台记者吴平凡：除了金门酒厂，昇恒昌也是金门县的用水大户。走进昇恒昌，凉爽的冷气、一尘不染的地板、高档的游泳池、276间客房，这所有的一切都需要水。

【解说】

昇恒昌金湖大饭店是金门当地第一座五星级观光饭店，受益于"小三通"，到金门旅游的游客逐年增长。这使得昇恒昌不仅成为热门"打卡"景点，也成为金门的第二大用水大户。

【同期】

昇恒昌股份有限公司金门营运管理部副总经理白国良：水对于观光当然是非常重要的资源之一。金门非常需要大陆的游客多来金门走走。我们会常常办一些活动来吸引游客，也会参与金门大小盛事活动。这些（活动）都是希望游客能够看到金门的特色，享受到优质的文化服务，而这些（活动）没有水都是不行的。

【解说】

金门陆岛酒店是金门县唯一一家陆资酒店。旅游旺季酒店常常客房爆满，用水量激增。

【同期】

金门陆岛酒店有限公司总经理许瑞芸：金门未来一定是往观光旅游业发展，所以说如果未来大陆能够供水的话，可以确保我们在发展的过程当中，不会有缺水的疑虑，肯定可以对我们有一个正面的帮助，所以我们非常乐见期待。

【解说】

统计数据显示，今年上半年金门"小三通"出入旅客累计 881364 人次，较去年同期增长 4.47％，金门县观光处指出，陆客自由行比例逐年增长，金门各行各业迎来商机，大陆向金门供水对促进金门的观光旅游业无疑是一大利好。

【演播室现场】

主持人戴小楠：我们都知道，其实金门的发展有很大比例都是来自于旅游观光产业的带动。那么现在解决了吃水、用水的问题之后，对于金门的旅游服务行业，乃至于其他行业，包括工业、农业，到底能够带来多少实质性的提升呢？想请教一下张老师。

金门岛屿村落发展协会顾问张子祯：前段时间我水厂的朋友告诉我，大陆的水送到金门，水质很好，处理生活用水的相对成本反而低了。所以在这种状况下，在金门发展小规模的产业链，不管是农业还是种植业、养殖业，譬如说小型的观光工厂、小型的农家乐，这些都会间接刺激到金门本地的年轻人，（使他们）有了希望。因为（这些）产业不需要大，也没有重工业的污染，（是）小型的服务。另外我也想到了，前年有个朋友要从屏东引进新品种的鱼虾到金门来做养殖，跟学校做教学合作，学校里面有水塘，也可以进口一些新品种的鱼虾，就近让金门人消费、销售，可是缺水。所以，在这种状况下，各种产业就会（发展）起来，不管是小规模的产业链、农渔业，还是从台湾带过来的一些新品种和新技术，（通过）再融合，让金门更能够发展光大。

主持人戴小楠：所以我们也可以看到，其实两岸引水不仅是解决当下金门缺水的问题，换句话说，也是从长计议地去解决金门永续发展的问题。我们也可以看到，对于大陆的惠台政策，岛内过去其实也有一些杂音，比如说"是不是只是看得到，但是却吃不到呢"。但是这一次通水金门，让这样的谬论不攻自破。另外，从更深层次的角度来看，也想请教一下唐老师，我们现在看到大陆的惠台举措，是不是具备更强的普惠性？可以让更多的台湾民众能够有感呢？

厦门大学台湾研究中心副主任唐永红：是的，让两岸关系和平发展的红利惠及两岸广大基层民众,是大陆两岸政策的主要方向。但是政策成效如何?能不能惠及台湾的广大基层民众?不完全取决于大陆方面,更需要台湾当局政策开放。比方说,今天台湾当局如果拒绝大陆向金门供水,那么金门民众就不可能喝到大陆的水。事实上,台湾是一个小型经济体,需要有效地全球化运作,也就是需要开放、整合内外的资源市场。在中国大陆成为全球化重要中心的时代,台湾当局只有认同"两岸同属一个国家",从根本上改善两岸关系,向大陆开放市场,包括向大陆资本、大陆商品、大陆民众开放(市场),(使之)能够自由地进入台湾。这样才能从根本上改善台湾的发展环境,台湾的民生经济才会根本好转,才会有更多更广大的岛内民众有活可干。

主持人戴小楠:没错,我们希望能够通过各种各样的惠台措施,让更多的台湾民众,尤其是基层民众还有年轻人,能够搭上大陆快速发展的快车。但是光我们努力还不够,需要双方的共同努力。我们一方面希望能够提升两岸同胞的生活水准,另一方面希望通过这样一项举措能够增进两岸同胞的心灵契合。历时 23 年,福建向金门供水在今天终于得以实现,金门缺水的历史将一去不复返,两岸各界对此高度关注,有祝福,更有期许。请张涛带我们来看。

【室内解说】

主播张涛:我们首先来看一下台湾《旺报》的报道,其中援引北京联合大学台湾研究院副院长李振广的观点,(李振广)解读说,从金门通水可以看出,大陆各地站在"两岸一家亲"的角度照顾台湾民众,相信台湾民众心中有杆秤,知道谁才是照顾金门人饮水需求的一方。新任金门大学校长陈建民表示,金门先天条件受限,现在两岸有引水方面的交流,未来可能要扩大到更多层面,金门可以为两岸关系发展提供很多有益的启示和智慧,金门已经成为两岸关系和平发展的灯塔。刚卸任金门大学校长一职的黄奇则表示,金门曾是战场,不愿再见到战争,若要"独立"并与大陆切割,金门做不到。两岸问题还是要靠智慧来解决。我们再来看一看台湾社交媒体上面一些网友的评论。台湾网友张慧留言说,她只留了四个字,那就是"饮水思源"。虽然只有四个字,但这沉甸甸甸的四个字诉说的不仅是对于民生实惠的感恩,更包含了两岸之间一衣带水的情深意重。台湾网友王先生则表示,民以食为天,水乃是百姓生存之首要必备条件,这才是血浓于水真正的实践证明。年过八旬的金门县爱心慈善基金会董事长许金龙今天特别打电话向我们表达了他的心声,他激动地说:22年前,我曾经带人去厦门大嶝,晋江龙湖、围头,去看水库能不能引水到金门。

但今天,我因为中风躺在病床上,眼睛看不见,走不出门,无法参加通水仪式。大陆的水通到金门,解决了千百年来金门的民生大问题,我很激动,很感激,真正是"两岸一家亲,共饮一江水"。以上就是相关梳理,再把时间交给小楠。

【演播室现场】

主持人戴小楠:好的,谢谢张涛。我们可以看到,金门民众盼大陆水已经盼了20多年了,然而蔡当局出于政治考量却出手干预。台湾方面陆委会前一段时间宣称,按照目前的两岸关系,举办两岸通水仪式的时机不宜,要求金门县推迟举办。一项这么好的民生工程,蔡当局到底在怕什么?又为什么要把它政治化?这个问题我们要来连线一下厦门卫视台北演播室,来听听时事评论员黄智贤的说法。

【视频连线】

台湾时事评论员黄智贤:蔡英文为什么会这么害怕一个很简单的通水典礼?在台湾,一天到晚都有完工典礼,任何一个工程完工都要有完工典礼,为什么要怕?我们要先来看"通水典礼"是什么意思?它有三个意思。第一个意思是昭告全世界我们完成了通水。金门,"八·二三"炮战的金门,手足相残的金门,而今喝来自福建泉州的水。一碗水,一代人。喝大陆的水,你还能够不认自己是中国人吗?而这样的宣告,宣告"两岸合作,其利断金",蔡英文她怎么能够忍受呢?另外一个宣告,是让大家知道,原来大陆是这样勤勤恳恳地努力要解金门的渴。金门没有水已经二十几年了,没有任何人能帮忙,大陆出手相救,让金门人可以喝到水。这个事情对全世界宣告,蔡英文怎么能够忍受?典礼另外一个意思是回顾过去所有的艰难。多少人的奔走、努力、奋斗、牺牲,才能够让一滴水从泉州流进金门人的家里面。这样的努力不能够让人家知道。(典礼还有)另外一个意思是感谢。中国人,受人点滴,涌泉以报。受人涌泉,你何以为报?受人涌泉,尤其是兄弟省下自己的水,让你有水喝,你何以为报?而且是日日、月月、年年让你有水喝,你何以为报?金门人想大声地说出:"感谢你,兄弟!感谢你,福建!我们都是一家人。"这样的感谢不能够让全世界的人听到,更不能够让台湾人知道,原来大陆对台湾这么好。

【演播室现场】

主持人戴小楠:好的,谢谢智贤发自台北的观察,我们继续来看,以政治目的来绑架民生工程,意图如此明显,手法如此粗糙,但是蔡英文当局却真的就这么做了,接下来我们连线人在北京的国际关系学院公共管理系于强副教授,请于老师为我们分析一下,蔡当局连通水仪式都这么怕,可是她就不怕失了民心、失了选票吗?

【视频连线】

国际关系学院公共管理系副教授于强:说实话,民进党这么做是非常没有政治谋略的做法。我们知道金门是民进党的政治沙漠,从来没有民进党人当过金门的县长;在金门县议会民进党也只有一席。可恰恰是在这样的政治沙漠中,民进党才需要好好地经营。因为可能一点点小小的努力就会换来政治上巨大的回报,所以在面对跟金门有关的民生问题上,民进党如果真的有政治谋略的话,应该处理得尤其谨慎,应该尤其为金门的民生问题着想。这至少对于民进党来说,才是符合政治利益的。所以我们现在看到民进党的这些做法,说明民进党其实完全没有任何政治谋略。这是一个方面,另外一个方面,民进党的做法是一贯的,它为了自己的政治利益,完全不顾台湾民众的民生,所以我想在年底的县市长选举当中,台湾民众一定会用选票去告诉民进党,他们对于民进党这种用政治绑架民生,只顾政治,不顾台湾民众民生福祉的行为是非常唾弃的,民进党在年底的县市长选举当中,必然会为自己这些不顾台湾民众民生的行为付出代价。

【演播室现场】

主持人戴小楠:好的,谢谢于教授的观察。我们继续来看,虽然台湾当局罔顾民意,一直在阻碍两岸交流上有一些小动作,不过大陆方面推动两岸发展的善意始终不变,为两岸同胞谋福祉的初衷不改,惠台举措持续释放,特别是厦门在这一方面更是先行先试。厦门经济特区因台而设,从经贸合作到文化交流,从试点直航、"小三通"到"大三通",从民间往来到政党交流,在推动两岸各领域交流合作上开创了一系列先行举措。

【解说】

近年来,厦门以深化两岸交流合作综合配套改革为抓手,着力建设两岸经贸合作最紧密区域,引进了友达、成宏、东元、联电等20多家台湾"百大企业",台企工业产值约占厦门工业总产值的1/3,累计实际使用台资106.8亿美元。厦门口岸的台湾水果、食品、酒类、图书、大米等进口量稳居大陆第一,已成为大陆对台最大外贸口岸。在两岸文化交流方面,厦门重点打造海峡论坛、工博会、文博会、海图会、两岸乐活节等50多个对台交流活动平台,品牌效应凸显,其中海峡论坛因其民间性、草根性、广泛性的突出特点,累计吸引约10万名台胞参与,成为规模最大、参与人数最多、形式最多样、内容最丰富的两岸交流盛会。为促进同胞融合,厦门率先聘任台商、台胞担任社区主任助理、业委会主任和社区居民大学校长,推动台籍职工与普通市民执行相同公积金政策,率先开展台胞专业技术职务任职资格评审试点,率先出台台湾特聘专家制度暂行办法,目前已特聘台湾专家、专业人才195人。此外,厦门主动对接国台办惠台31条,率先全国出台60条惠台举措,有效推动台胞、台企双待遇的落实,推出面向台青的公共租赁房,并提供项目对接、注册登记、资金扶持、税收减免、贷款融资等项目落地辅导服务。台胞可在厦门设立个体工商户从事经营活动,享有厦门市政府提供的就业补贴等。随着越来越多的台湾青年来厦就学、就业、创业,厦门在两岸交流融合中的战略支点作用愈加显著,为两岸关系和平发展做出了独特贡献。

【演播室现场】

主持人戴小楠:今天通水仪式的举行不仅是两岸通水的开始,更可为两岸的经济民生交流提供一个可行的模式,也为双方的合作互惠、共荣双赢提供了良好的示范。"两岸一家亲"不仅仅停留在最初的理念,而是逐步落实到可以操作的层面。也想请教一下唐老师,在接下来,闽台之间、厦台之间,包括两岸的生活圈,还有哪些可以值得大家期许的愿景呢?

厦门大学台湾研究中心副主任唐永红:基于"两岸一家亲"的理念,积极扩大两岸民间交流合作,不断增进两岸民生经济福祉,这是大陆一贯的两岸政策方向。当前大陆正在以同等待遇的方式来落实"两岸一家亲"的理念,来拓展两岸经济社会的交流合作,来推进两岸的融合发展。福建厦门比邻台湾,更应该先行先试。同等待遇政策措施,涉及台湾同胞在大陆的生活、创业、就业等方方面面,那么这些政策措施的逐步落地,有助于相关领域交流合作的扩展。随着同等待遇等措施的逐步落地,随着两岸交流合作的进一步拓展,两岸融合发展,特别是闽台、厦台融合发展,就有机会进一步深化,我们一直在探讨的厦金生活圈、海峡经济区、两岸共同家园都有望形成与发展,最终有助于形成两岸命运共同体。

主持人戴小楠:我们期待在大家的共同努力之下,两岸生活圈能够更加紧密融合。事实上我们可以看到,大陆与金门本是鸡犬相闻,地理相近,而如今,渠成了,水也到了。随着一股股清泉从福建晋江经海底管道输入金门,两岸共饮一江水的梦,跨越了23年,一朝实现。是谁在真正地为民众谋福祉、办实事,两岸同胞看得一清二楚。两岸一家亲,一家人就应该多走动,两岸关系才会越走越好,越走越近,越走越实。正如国台办主任刘结一上午在通水现场会上所说的,两岸关系好,台湾老百姓才会好,台湾才有前途。好的,感谢您收看今天《共饮一江水》特别节目,也非常感谢两位嘉宾做客我们的演播室,我们在明天的同一时间《两岸新新闻》再会!

【片尾曲】

(荣获第二十九届中国新闻奖电视编排类一等奖)

评 点

巧寻内在关联　深挖新闻故事

民生无小事,两岸心连心。福建向金门供水工程是一项贯通两岸的惠台好事,从根本上解决了金门民众的饮水用水难题,体现大陆积极为广大台湾同胞谋福祉、办实事、办好事的善意善举,题材重大,意义非凡。

巧寻内在关联,着力于重大新闻本土化传播。《两岸新新闻》紧跟两岸热点,慧眼独具,以标志着"晋水入金"的福建向金门供水工程通水现场会为引,挖掘出时事新闻素材与厦门本地的内在关联,通过回忆金门供水工程的筹划过程,生动再现厦门所做的积极推动与重要贡献。节目文化构成、表述方式的贴近性设计,体现了制作者的慧心巧思。

全方位、多层次地深挖新闻故事,生动诠释"两岸一家亲"。"现场直击""工程解读""深度分析"等板块,层层递进,全面讲述了两岸通水工程的历史、现状与未来发展;以厦门演播室为核心,贯通晋江、金门、北京、台北,有条不紊地向观众展示两岸通水的历史性时刻、两岸百姓的手足真情、建设者的艰辛不易和专家学者的观察与评论,内容翔实,宏观视角与微观视角相结合,讲好了惠台的"新故事",讲活了两岸的"大道理"。

整档节目编排巧妙、思路清晰、素材丰富,表现形式多样,以虚拟前景、动画包装等手法生动讲述重大新闻事件,增强了节目的观赏性和趣味性。《两岸新新闻》在两微一端的实时直播,被中国国际广播电台、台湾华视等多家媒体转载,对促进两岸人民心灵契合、拉近心理距离产生了积极作用。

后　　记

　　《福建优秀新闻作品选评》,是由中共福建省委宣传部、福建省新闻工作者协会牵头编撰而成,编务工作由厦门大学福建媒体发展研究院、厦门大学新闻传播学院具体组织实施。评点部分各篇的执笔者有:张燕萍、刘韬、梁立民、孟健、王亚楠、谢梦瑶、刘坤厚、温晔、叶磊、郑美娟、刘露、王璇、郭海旗、方文浩、刘也夫等。

　　作品选编,得到了省内各相关新闻单位的大力协助,厦门大学教务处也给予了出版方面的支持。谨致谢忱!

2019 年 12 月